乡村爱情故事

王崇联 著

陕西师范大学出版总社

图书代号　WX22N1773

图书在版编目（CIP）数据

乡村爱情故事：长安花开/王崇联著.—西安：
陕西师范大学出版总社有限公司，2023.3
　ISBN 978-7-5695-2758-2

　Ⅰ.①乡…　Ⅱ.①王…　Ⅲ.①短篇小说—小说集—
中国—当代　Ⅳ.①I247.7

中国版本图书馆CIP数据核字（2021）第278405号

乡村爱情故事：长安花开
XIANGCUN AIQING GUSHI: CHANG' AN HUA KAI

王崇联　著

出 版 人	刘东风
责任编辑	尹海宏
责任校对	王淑燕
装帧设计	观止堂_未泯
出版发行	陕西师范大学出版总社
	（西安市长安南路199号　邮编 710062）
网　　址	http://www.snupg.com
印　　刷	西安市建明工贸有限责任公司
开　　本	720mm×1020mm　1/16
印　　张	17.25
插　　页	1
字　　数	276千
版　　次	2023年3月第1版
印　　次	2023年3月第1次印刷
书　　号	ISBN 978-7-5695-2758-2
定　　价	59.00元

读者购书、书店添货或发现印装质量问题，请与本公司营销部联系、调换。
电话：（029）85307864　85303629 传真：（029）85303879

目 录

第一卷

柳枝俏田居遇少年

居庐渐多，则成村落。村落的形成，大致是因为古代生产力落后，物资匮乏，用具短缺，且自然环境险恶，人们为了生息繁衍，就得相互依赖，乞盐引火、工具共用，另外，集群力可以抵御灾害、抗击獠狂等。当今社会，生产力极其发达，收割机从田头一过，麦子颗粒就装进了袋子，就连秸秆也捆扎了，省却了割捆运碾等一系列人工过程，牛马碌碡权耙等也渐渐地在农村绝迹。但村落繁居，渐成闹市，烦喧醒醒也就接踵而至，总有避嚣取静者。因而离群索居者也就多了起来，形成了田居人家。

灵沼乡民柳弘扬于沣水之西承包桃园一片，园内兼毓各种蔬菜瓜果。自有小贩，来此批发贸易。为便于照管，弘扬夫妻率领儿女，于园内筑墙作屋，还将家中鸡猪一并迁来，在此饲养，以为久计。女儿柳枝俏已经高中毕业，陪父母一起园中农作；儿子柳枝春在临近学校上初中。居临河堤，风光秀丽，景色佳美，春柳夏荷，禾稷郁郁，自有一派豆棚瓜架之乐。

四月天暖，春惠万物，河堤杨柳，披金挂绿，微风一拂，飕飕飔飔，常有对对伉俪于河堤缓步踏青。最近，更有人早晚哨笛于此，月夜幽静，笛声悠扬，丝竹慧耳，使人百恼顿消。这日早，弘扬妻罗氏坐在炕头做些补衲之事，儿子枝春坐于一旁正做作业，女儿枝俏则在灶下烧火。远处笛声响起，却见女儿不住地出门远眺。罗氏大声呵斥道："还给外卖眼，锅下火灭都不知，扇得满屋都是灰。"慌得枝俏急忙添柴烧火。须臾，又是舒头外张，忘了锅灶，怄得满屋都是烟，自己也涕泪齐出。罗氏见女儿猴不志一，喝问道："昨晚洗锅时就魂不守舍地给外卖眼，今早还是这样，得是外边有人勾魂呢？"枝俏忽指窗棂道："妈，妈，刚才有个黄莺从窗外掠过，好像落在窗台下面了。"其弟枝春听了，赶忙放了手上功课，跳下炕，窜出去看鸟。枝春绕到窗外，哪有什么鸟儿在窗下，东望河堤，太阳正冉冉升起，霞光万道，穿杨射柳。面前麦子青葱，宛如绿海，中间夹种油菜，黄花片片，耀眼炫目。只眼前自家这片桃园，蓓蕾满树，桃花正绽。枝春心中失望，正要回转续做功课，忽见花枝颤动，仰头一看，原来是一对黄莺隐在花间。枝春站在树下，静息赏看。罗氏在屋里喊道："这么早的天，哪有什么黄莺？休听你姐哄你。"刚喊完，窗外就黄莺哩哩，杜鹃咕咕。枝俏急辩道："妈呀，你听，你听，我没有哄弟弟。麦子都抽穗了，前日黎明我已听见黄莺叫早。"罗氏道："听见黄莺叫早，也没见你早起过。"母女二人向外望，窗外桃花开得粉红，有黄莺缀在花枝上，荡来荡去。黄莺目光锐利，也向屋内窥探。母女二人转至外边，只见两只黄莺在花枝梢头交颈颉颃，很是精神。枝春看得手上发痒，又跃跃欲试，意欲靠近，罗氏悄声道："这是叫人早起的鸟儿，不许扰害。"黄莺受惊，飞到园子深处去了。三人回到屋里，黄莺又在外边婉转不止，枝俏揭了锅盖，取了两块黄黄的蒸红苕，道："我到园子看黄莺去了。"向外就走，口里还唱着："豆蔻开花三月三，姐姐提篮去田间，麦瓶花开了一片片，摘了回家蒸麦饭……"罗氏唤道："饭没烧熟就给外跑。"唤而不住。罗氏只好叫枝春去添柴烧锅。

　　沣河边还有苟子婶两口儿，也是灵沼镇人，夫妻在河滩池塘种莲产藕，还在河滩养了一群旱鸭，产蛋卖钱。苟子婶体格风骚，情态妖冶，虽不至于喙长三尺，却也能说善笑，佻脱喜谑，本是市面上长大的，经多见广，还喜欢看书，十足的性情中人。夜饭后，弘扬夫妻喂了鸡猪，安排了子女，不多时就来这儿，几人坐于院中，听那苟子婶天南地北地乱喧。其时五六月份，一池碧荷，万朵红蕾，参差绽放，夜风习习，荷香沁脑，几人一聊就是半宿。头顶月静云闲，堤上笛声清越，小院笑声朗朗，常引得行路者驻足。真是：笛中一片升平乐，唤起离人万种情。近日，柳弘扬每每夜阑回家，却发现只有一个光头儿子占据着电视，问其姐，却言不知。须臾，却见枝俏欢蹦而回，面带喜悦。弘扬怒而问之，却道："趁月色看桃花去了。"弘扬怒道："整天在桃花旁边，有啥可看的。难道白天还没看够？"见父亲追问得紧了，枝俏反唇道："你也是才回来，反不让我去外边耍。"弘扬道："光知道耍，早上睡懒觉，非要让你妈喊上十遍八遍才起来。"弘扬只是督促女儿早睡早起，道："这地里的活儿正是最多的时候，要早睡早起，趁明做活，不能再野了。"久之，不觉心生疑窦，质询于妻，罗氏道："近来，这鬼女子干活总是浮皮潦草的，晚饭一吃，丢下碗筷，也不洗涮，就没了影踪。"弘扬道："以前，为看个电视，姐弟两个把电视频道扭来扭去的，互不相让。一个要看爱情片，一个要看武打片，动辄姐弟俩就在电视前面武打起来了。这一阵子却怎么安宁了？"罗氏也疑惑道："每天早上，都娇惰不起床，一旦听到笛声，就急急火火地起来了。"二人觉得必有事故，便留意起女儿行踪来了。

当晚淅了一场雨，次日天晴，园囿更加翠绿蓬勃，瓜果飘香，莺啼燕语。弘扬和妻子带领枝俏姐弟二人提了篮子在地里摘辣子。初升的太阳亮澄澄地挂在天空，那枝俏干活果然和往常大不一样，不断地给岸上瞅。弘扬训道："岸上有啥可看？用心干活。"枝俏道："我看岸上有一堆人，才给那儿盯。"弘扬一抬头，岸上没有一个人，斥道："人有啥好看的，没见过人？"过一会儿，枝俏又给岸上瞅，弘扬又问："这回给岸上看啥？"枝俏又诌一个谎："刚才我看见那个柳树上落了一只大雁。"弘扬道："现在是七月份，哪来的大雁？谎都不会撒。"枝俏急道："那就可能是一只鹞子。"一副失张失智的样子。弘扬道："胡说！哪来的鹞子？"夫妻二人更加疑惑。傍晚，大地涂金。枝俏匆匆吃了晚饭，躲于闺房中。夫妻暗中窥察，见枝俏对镜梳发，又敷胭擦粉。"贼女子，上晚妆矣。又将何为？"夫妻猜疑。妆竟，枝俏又捋襟提袖，款束裙带。对镜左右顾之，见两颊红润；上下顾之，甚觉亭亭玉立，十分满意。这时，河畔笛声起，枝俏顿时面有喜色，神色兴奋，一副按捺不住的样子，却故意在门口徘徊一阵子，装作若无其事。瞅其父母不在身旁，便径直向河堤走去。父母却潜而随之。在这个季节，河堤草丛中常有青春男女在此怡情，或月下缓步，或花前联袂，弘扬夫妻已自猜出八分。那枝俏上了河堤，向那笛声响处走去。夫妻二人隐藏于玉米地里，目光扫视河岸。女儿刚一上堤，那吹笛少年便迎了上去。那少年如新出的麦穗一般，标致帅气，飘逸洒脱，女儿高兴得几乎双脚都要跳起来。二人散步河堤，小声说着什么，偶有行人走过，女儿便满脸娇羞，低头停语。西边片片丹霞，映照堤树，二人面色绯红，醉如流韵。微风吹着，杨树叶子哗啦啦地响，翻动的树叶闪烁着晚霞的金光，四周碧翠，芳馥弥漫。两人没走几步，便并排坐于堤坡草丛之中，女儿从兜里掏出一手帕包裹来，解开铺于草丛上。听女儿说道："是我妈煮的黄豆，包些来专门给你吃。"两个便一递一口地剥那黄豆吃，都说香。罗氏才悟道："怪道我煮的黄豆一下子就少了许多，不知道还把啥东西偷出来给外人吃。"又听女儿说道："还是你前日买的猪蹄好吃。"少年道："过几日我再买一个。"吃毕，二人揪身边草叶擦了手。只见女儿笑靥迷人，喜滋滋地盯着少年，凝睇不舍，那少年却在谈着什么，女儿听得津津有味。四籁寂静，少年之声隐约可辨。夫妻二人听了，无非是书生意气、天真无邪的童趣之语。女儿时而也说上几句，只是声音细小，难以了辨。弘扬夫妻注目少年，见那少年生得俊彩不凡，一脸聪慧，煞是可爱。河堤草丛厚实，蛐虫鸣唧，蚋蚊飞绕。少年掏出一把折叠扇子给女儿扇凉驱蚊，女儿拿过扇子欣赏上面的花色，又给少年扇凉。母亲窥之，心生妒忌，顿感失落："萍水相逢，就给扇扇子。长这么大还没有给娘扇过扇子。"堤坡高处，微风轻拂，颇为凉爽，远处斜晖脉脉，水光潋滟，令人神怡。二人收了扇子，在那高处穿花度柳，沐风浴霞，时而笑声朗朗，时而私语窃窃。而那弘扬夫妻伏于玉米地中，满身流汗，又有蚊虫叮咬，热痒不堪，又不敢大动，其苦可知。罗氏竟控制不住，放了一个连环响屁出来。女儿忽地站了起来，惊道："必有歹人偷听！"少年也疑惑道："不会吧！"并大声喊道："谁？快出来。"见无有动静，遂抓起足下土块，向玉米地里掷去。忽听玉米地里传出几声猫叫，枝俏道："原来是猫思春呢，是苟子婶家的猫。休管它。"二人又散步河堤上，听蝉斗草。弘扬夫妻学了几声猫叫，对那话语也听得厌烦。天色曛昏，远村已经灯火点点。枝俏似乎要离开了，却听少年说："天刚黑，还早着。"又听女儿道："若我妈我爸知道，就不好了。"少年道："怕什么，你妈你爸打你不？"女儿道："他们不打我，光骂我。我妈我爸的脑袋都是经过千锤百炼的封建脑袋，又没文化。连电视上谈恋爱都不让我看。我得赶快回去。"少年拉手不让去，道："咱们在一块儿说几句话就骂你？"枝俏道："他两个似乎发觉了我们的事，最近一直鬼鬼祟祟的。今日我出来时，他两个又诡诡秘秘地互相丢眼色，还在我后面咳嗽了一声。我一定要回去了。"少年送到了果园，响吻之，才恋恋不舍而去。悠扬的笛声又响了起来。待那少年远远地离去，弘扬夫妻才从地里钻了出来，妻子道："原来是给自己找了一个伙伴儿相耍，倒也一片痴心，并未有非分之事，也无须揭穿，防止枝俏恼羞成怒。"弘扬道："但也不能由着性子。年轻人，情窦一开，有时不能自已，出了事情，将如何收场？还要管束，晚上不能回家太晚。"拨开云翳，方可睡觉安稳。此言不虚也。

翌日，村子过七月会，弘扬夫妻前天就回家做准备，无非是打扫房舍、沽酒炖肉、购买豆腐菜蔬等。一大早，父母就催促枝俏回家帮厨，顺便将自产黄豆芽带回，而枝俏却自告奋勇："我看守园子。"父亲道："你回家帮你妈烧火做饭，招呼你姑你姨。园子我来看。"枝俏便噘嘴使气。罗氏却是吓唬道："现在庄稼高深，能藏住狼，听说河岸上有狼，你苟子婶家的鸭子都被狼吃了几只。"枝俏道："我不怕！没有狼，那是黄鼠狼吃的。"罗氏又故意道："早就有个狼，早晚就在河堤上走动，多人都说。"枝俏听了，心内一惊，气一泄，一下子就矮了三分，吊长了脸。弘扬道："都这样大了，回去招待你姑你姨，在人前头走一走。以后家里来客人也会待承了。"罗氏见女儿满脸娇嗔，便道："好，好，我的女儿，你就看园子，我跟你爸回。"枝俏立即转嗔为喜。弘扬却怒道："别把鸡猪饿着。"枝俏道："爸，你也不怕把我饿着。"弘扬道："你还能饿着？爸能关住鸡猪，还能关住你？"枝俏又噘嘴了。

暮色降临，一家人带着剩馔，回到园子，却见棚下狼藉一片，西瓜皮摊了满地。弘扬再到地中一瞧，那个最大的西瓜不见了。那是留作瓜种的。弘扬叫苦不迭，欲向女儿发火，那枝俏早包了剩馔中的排骨没了踪影。直到月上柳梢，才兴尽而回。见父亲眉色愤怒，气顿挫抑。弘扬辞色严厉，问那西瓜。枝俏辩道："是我吃了。那瓜熟透了，野兔咬了一个大洞，我就卸下吃了。"弘扬怒道："你吃就吃了，却给兔子赖账？昨日我看那西瓜还稳当着呢！我就问，你一人能吃完那么大个西瓜？把瓜子儿扔哪儿去了？""野兔把里头都掏空了，我拣好的地方才切了吃了，不好的给猪吃了，瓜子儿都撒到院子了。"弘扬命令道："明日一大早，你给我将那瓜子儿捡起来，那是瓜王，给明年留作种子的。"次日一大早，枝俏将枝春唤了起来，姐弟两个一块儿捡那瓜子儿。却被老鼠嚼碎了许多，气得弘扬只是翻白眼。弘扬夫妻猜想必是与那个男孩共同来吃的，不然，一个枝俏，岂能吃完那么大个西瓜？遂检查其他干鲜罐储，似乎鸡蛋少了几枚。追问之，枝俏说可能是黄鼠狼偷吃了，并委屈道："你们在家里喝酒吃肉，我在地里吃了一个烂西瓜，就将我当贼一样审来审去。"

以后每晚，罗氏总是给枝俏将活儿排得满满的，或是拴两串辣椒，或是将豆子剥了再睡，还要将次日做饭用的柴火准备好，以防夜晚下雨淋湿。枝俏被羁縻在家，气得又蹦又跳，心中急躁却是说不出。堤上笛声婉转，牵情动意，枝俏心如饥鼠，刷碗时手脚都不自在了，总是磕碟子碰碗的。见枝俏不断地踮脚尖向苍茫河堤眺望，弘扬总是以威严的目光警告之，而罗氏却在一边看着好笑。月后，农活稍退，父母始午休，二人又钻到一起。就这样，母女二人互相提防着，女儿不想让母亲知道，母亲却是不想让女儿过早谈恋爱，怕其误入歧途。

这日午间，天气燠热，枝俏与那少年在桥洞下烤了几个红芋。两人吃着红芋，遥望远处，一片烟景，心内怡悦。却见其弟枝春一手牵羊，一手提着蛐蛐罐子，透出烟景，将羊扎于坡上，向沟渠底下踽踽走来。渠底草木丰茂，那枝春边走边翻草搬石寻蛐蛐儿玩耍。二人躲藏不及。那枝春猛然看见姐姐与一少年坐在桥洞下吃红芋，很是诧异。枝俏却大声呵斥道："不念书去，却捉蛐蛐耍？"枝春解释道："我来放羊，不是出来耍。"那少年欲躲避之，枝俏却拉住道："休怕！那不知道，还瓜着呢。"枝春却反驳道："我不瓜！你跟人谈恋爱，学电视，还亲嘴，却叫我回去写字，我不去。回去给咱妈说。"枝俏却道："这是我同学。谁亲嘴来？敢给妈说，看我撕你嘴着。"枝春欲跑，枝俏却挥手喊道："过来，有几个红芋烤熟了，拿去吃。"那枝春从灰堆里刨出红芋，高兴得拿了就吃。枝俏训斥道："还给妈说不？"枝春看了看他姐，道："不说了。"那枝春吃着红芋，又踽踽地看羊去了。枝俏却跺脚道："糟了，糟了。我弟不懂事，没轻没重的话都敢给我妈说的。一旦爸妈知道了，非打我不可。"果然那枝春常以此挟持他姐。从此，枝俏难以指挥得动他。枝春动辄揭其姐道："你急着去谈恋爱，却叫我替你干活。"枝俏知硬的不行，便时常以一把炒豆子、一把爆米花等哄那枝春，诱其替自己干活，而自己却与小情人幽会去。枝春干活更是敷衍了事，极不认真。枝俏有时还使不动。罗氏整日骂两个道："真是大懒使小懒，小懒不动弹，把大懒气得翻白眼。"

朔风渐起，青叶转黄，芳菲将尽，园中瓜果业已凋零。弘扬见秋实尽收，意欲回迁度冬。枝俏屡阻之，心内更是着急。这日，细雨蒙蒙，二人又在桥洞下缱绻，枝俏不断地向少年诉说着心中之苦："我爸我妈多半是知道了，把我管得好严紧。"少年愣道："那我就到你家去给说一下。"枝俏失笑道："你算老几，我爸能拿棍把你打出去。"少年道："那怎么办呀？"枝俏道："你得找一个媒人来给我爸说。"少年应诺。二人正要两唇相凑，忽听桥顶有人呼曰："骚猫！"接着就腾腾跑了下来。二人遽然散开，少年一溜烟而去。原来是苟子婶，见了枝俏，先是一惊，随后笑道："噢——我只听桥下有响动，还以为我家的咪猫与谁家的郎猫在此厮混。下来一看，原来是小伙子跟个姑娘。"枝俏顿时红着脸，小声道："看苟子婶说到哪儿去了？"苟子婶道："没说到哪儿去，婶子在桥上走着，就听出下面把嘴咂得'吱儿、吱儿'地响，跟小麦拔节声一样。可不知道咂出啥滋味来？"窘得枝俏羞晕满颊，脖颈红赤，嘴里只是说："没有的，没有的。"苟子婶又道："只是婶婶没神，将一对好鸳鸯给冲散了。"枝俏急跺脚道："不是的，不是的。"一脸娇羞。苟子婶笑道："不是鸳鸯，不是鸳鸯，难道是一对野斑鸠？"枝俏脸更红紫了，狡辩道："他是我的同学。我在桥下避雨，才遇到了一块儿。啥也没有做，千万别告诉我妈。"苟子婶笑道："天没下雨，避的啥雨？明明演了一出《虎口缘》，一下子却成了《拾玉镯》。告诉你妈你爸有啥不可的？当年你妈你爸也是从这桥洞下面钻过来的。这我都知道。"这枝俏只是在一旁跺脚使脸地假气。那苟子婶又郑重道："婶婶最爱牵系红绳，充当月老。你给婶婶说实话，这个少年是哪个村子的？姓甚名谁？婶婶帮你打听确切，保你女子不吃亏上当。"枝俏低头告诉苟子婶道："这少年是东桃花村的，叫郭明锐。"苟子婶道："可好，我娃他姨家正好在东桃花村，过两日我就去为你打听一番，看那个郭什么人品如何。""郭明锐，婶婶可要记住。""噢，噢。记住了，叫郭明锐。"枝俏羞涩地道："拜托婶婶了。"苟子婶匆匆地寻猫去了。枝俏高兴得几乎蹦了起来，若有了媒妁之言，就可以名正言顺地谈恋爱了。

　　那苟子婶一双快脚径直来到弘扬家寻猫来了。这柳弘扬经营这片果园，从早到晚，少有暇时。这日下午，正在棚架下面的躺椅上小憩，鼾声沉迷，颇为解乏，却蓦然而醒，只见苟子婶满脸脂泽，风韵而至，正对妻子说是猫思春、寻猫来了，弘扬劈头就道："你就说是你思春，却给猫身上赖。"苟子婶指弘扬两口子道："看你俩都快要抱孙子了，还整天在家里思春思春的，亏你们说得出口，也不怕娃娃听见。"弘扬道："我儿子尚幼，怎能一下子就抱孙子？"苟婶道："你两口子整天在这荒天野地里图清净，全不为女儿想。女大十八变，你家枝俏已变得是时候了。你看，在这儿都能把娃给憋闷死。"此话来得蹊跷，弘扬夫妻不由神情愣怔。苟子婶见了，又笑道："这年轻人整天爱的是灯红酒绿的热闹，心早就不在你们身边了。"罗氏道："我女儿就没离开过我。"苟子婶见这两口子认了真，便道出有做媒之意。弘扬道："枝俏尚小，还能帮我干几年活。"苟子婶道："实告诉你，两个早就黏到一块儿了。你看这周围荒天野地的，连个小伙子都没有的，娃娃们心早就慌了。好不容易有了一个，还能不往一块儿凑！"言词轻情，这两口子听了便不由得大眼瞪小眼。苟子婶又道："今日之青年男女，电视看得多了，就跟着学呢！一时没管住自己，肚子里就生了根，丢人现眼的是父母，孩子才不管什么叫出丑卖乖，照样跟唱堂会一样，还是嘻嘻哈哈地到处跑。"苟子婶再偷眼看那两口子，弘扬夫妻顿时吓得目瞪口呆。苟子婶不由得好笑道："我说你快当爷了！那枝俏可是一个乖女子。"弘扬夫妻勉强道："说哪里话！那个小伙子姓甚名谁，家住哪里，还未搞清楚就来讨油嘴吃。若是个不好使的，到时叫你吃泔水。"苟子婶道："你两口子还装得啥都不知道，就是整天吹笛的那个小伙子。"几人正笑着，却见枝俏满脸悦怿，欢蹦而回。见了苟子婶正站在葡萄架下与父母说笑，知道是来谐事的。弘扬见了枝俏，脸色顿时恶煞，吓得枝俏立即步态姗姗，规整衣服，转身欲避。其母见了，便唤道："回来！往日走个路，如贼撵一般慌，今日怎么就稳当了？"那枝俏便依树而站，惊恐不敢进前。苟子婶急忙夸枝俏道："枝俏娃长大了，懂事了。知道啥是个标致了。"又打量枝俏道："你看，怪不得叫枝俏呢，人就是长得俏，嘴唇俏，鼻子俏，眼窝俏，腰也俏来腿也俏，个子又高又窈窕，衣服扎在裙子里，腰姿挺秀，举止轻盈，走几步路来怎么看都俏板。"罗氏道："什么俏板，瘦得如干老鸦一般。"苟子婶说道："如今社会就时兴瘦——苗条。"又说了几句，就寻猫去了。弘扬夫妻严厉地训斥女儿道："再不许跟那小伙子钻一起了，免得遭人笑话，打听清楚了再说。"枝俏心中惴惴，但还是想苟子婶能谐此事。

　　思想着将与心上人长相厮守，这枝俏常自笑难掩。这日正在花前凝痴，却见苟子婶神色愀愀，对己招手。枝俏芳心怔忡，忙迎了上去。苟子婶抚其头曰："女呀，事不谐和。"枝俏顿时魂飞魄散，急问道："怎么就不谐和？"苟子婶道："我打问清楚了，那个郭明锐确实风标美洁，举止潇洒。自从学校回来，就不下地干活，整天修饰笔挺，皮鞋亮锃，拿着笛子在练，说是将来搞文艺去，其父母又管束不了。村中人都说：是一个标准的二流子。"听此，枝俏气色凝沮，痴呆惊恐。荀子婶便劝慰道："别看那青年风度翩翩，是标准的公子哥儿，看着好，不中用。女呀，要仔细想，咱庄户人，整天拿个笛子，到哪里去搞文艺？公子哥儿靠不住，一步走错好更改，步步走错难回头。天下好小伙多着呢，可另选一个。"说得枝俏痴痴呆呆，低头而去。一连几天，父责母训，羞愧难当。一到晚上，堤上笛声相催，越发煎熬，塞耳烦躁，乱发无名之火，只把气使在锅案上。这夜，笛声急促，撩人心扉，本不想出，怎奈情魔蛊惑，按抑不住，拔脚而出，遥见明锐子孑月下，徘徊花荫，枝俏不觉大悲。近前喝道："谁家不争气的儿郎，聒得人不得清静？"明锐喜道："几天不见你出来，真是急煞人也。还以为你病了。"枝俏怒道："休要咒人。谁来与你相约？"明锐一脸惘然，细视之，见那枝俏真的将小嘴噘得高高的，娇嗔生姿，益发可爱。又逗道："嘴长也，何止拴两头驴。"上前捧其颊，吻其唇。枝俏推开，颇有怨怼："休玩笑，别人找女婿，人人羡慕，而你却被人笑作二流子。"说完涕泪纵流。明锐料枝俏已经知道了自己，急抚身安慰，又拭其泪。枝俏依偎明锐怀腋，哽咽不禁，明锐不断为其拭泪解释。啜泣完毕，枝俏推开明锐，正色道："休要胡乱攀扯，从此出去，在外好好打工，脱掉懒皮，挣上两万块钱来，方能娶我。如脱不掉懒皮，休要再来。记住只等三年。"转身疾走，明锐中情惶急，挡住道："休要乱来，我又不会包工，又不会偷抢诈骗……如何挣得两万？"枝俏说道："只保三年，三年后，此身不保。争气而还，月下笛声相会，就在此处。"又回眸道："休要负我！"留下郭明锐一个人怔怔然，呆立原地。

　　当晚，郭明锐一宿未眠，次日，咬牙出门远去，父母阻挡不住。

　　三年后，冬天，郭明锐风尘仆仆，回到家乡，不及洗尘，掖了长笛，即去沣水之滨。却见日夜寄情之处，一切乌有。弥望旷野，只凄风麦苗，残阳斜晖，哪有什么桃园！连一根枯枝也看不到。当年枝俏栖居之处，墙垣也无，只留坚痕硬土。昔日之桃花玉颜，俱已杳渺。北风萧瑟，遍地荒凉。逡巡其处，听远方风涛枯柳，望堤岸枝头昏鸦，忆枝俏之风流遗韵，心中凄惨，犹如梦寐。度己所倚，足下当是丽人香闺，帘钩绣带，眼前晃漾，兰膏脂粉，芳馥犹闻。怅惘不知所之，忽见足下硬土，有光反耀，以小枝刨焉，竟出残镜半片，背面镶有美人玉照。拭去尘土，却见靓妆枝俏，玉立于桃花下面，右手拈桃花一束，人面映红，笑容靦然，目流秋波，樱唇欲动。明锐顿时恨不即在身边，心中叹惋！猛思河边有荀子婶可打问究竟，遂将玉照揣于怀中，急去河边。寻至旧处，却见荀子婶所居，也旧景全非，墙垣坍塌，只留破灶灰堆、焦木碎瓦，成了一片废墟，那处池塘，也荷枯叶腐。伫望四周，芦苇萧索，孤鸟鸣啾，枯林斜阳，返照断壁。明锐孤坐草丛，面对瑟瑟流水，更加疑惑，枝俏去了什么地方？正是：寒来暑往三春秋，夕阳桥下细水流。当年俏妹今何在，凄风蒿草遍地愁。一切恍如隔世。隐约间记得枝俏家居灵沼镇，可灵沼镇之大，何处寻问？悒悒而回，一宿不眠，只将枝俏玉照反复展看，更觉灿烂醉人，呼之欲出。次日，哨着长笛，将灵沼镇大街小巷连转三遭，曲尽其妙，意其美人必能聆听，便来相应。一连数天，始终玉影未现，更加怅惘。芳趾无踪，艳迹难觅，整个春节，烦躁不安。天天来到昔日河边，追忆美好，心中叹惋。父母见子神色愀然，计是春心萌动，便招呼亲朋，速为觅姻，以安其心。

上元节前，东桃花村欲与灵沼镇对弄社火，以庆太平，此乃当地民俗也。明锐村子有主持因见明锐英武非凡，一表帅气，欲招明锐来做本村头彪旗手。明锐思之：到时我头马亮相，必招万人瞩目，再横笛一曲，何愁那枝俏不出，即使彼不至，众人也会风传其耳。明锐便慨然应诺。意殊得！一连两天，明锐一身古装，骑高头大马，行最前列，如皇帝前面执金吾使一般，真个是人胜吕布，骑胜赤兔，最有风标。身后锣鼓喧天，旌旗飘扬，锣鼓后面，两排少女扭着秧歌，跑着旱船，千姿百态，最后才是本村百十台社火，迤逦数里。先是绕村镇游扬，然后来到场地。那场地设在郭外麦田中，地主任其踩青，以图盛景。阡陌之上，方圆十里八乡之民众，多来观看。

有武弁专司清场。两队社火，彩帜辉映，锣鼓竞喧，真个是人如洋，旗如海。双方秧歌少女绕场一周后，来至前面高埠处，进行表演，一竞高下。灵沼镇社火队势大，专门从黄土高原上请了安塞腰鼓队，前来凑兴。上百少女，绿衣红裙，腰系小鼓，鼓缚黄锦，槌缀红绫。少女们鼓槌翻转，手足张扬，如飞如翔，如腾如跃，远远望去，似红色波浪，簇簇飘拂，纷纷扬扬。双方头彪旗手各带领自己村镇锣鼓社火绕场表演。锣鼓铿铿锵锵，锵锵铿铿。社火高高举起，社火上有童男童女，扮演历史人物或经典故事，个个脸敷彩粉，眉涂翠黛，古装炫艳，造型优美。蔚蓝天空上，时而有三英战吕布：吕布花冠锦袍玉带，画戟奋起，有白脸红脸黑脸三古装大汉围住吕布，刀枪并举，战马嘶鸣。时而有射雁招亲：草坡之上，有少男少女，男跨青骢，女鞯大红胭脂骝，男戎装毡靴，手执缨枪，女花冠雉尾披风，轻腰袅妙，引弓对天作射箭状。时而有昭君出塞：只见胡人牵马，昭君貂裘狐领，披红氅，迎风坐于马上。时而有飞燕舞盘：有一铜盘，飞燕单足立盘上作舞状。有韩琦杀庙：韩琦一手掀髯，一手举刀，香莲母女跪地仰面哀求。有杜十娘沉宝：十娘满脸幽怨，怀抱宝匣，纵身江中。当然还有西厢红娘、玉环霓裳、三堂会审等，皆古今故事。还有二龙抢珠：珠子上下飞舞，二龙在空中盘旋，鲜灵鲜活。还有钟馗嫁妹：只见钟馗黑若焦炭，须鬣偾张，目裂睛突，举五指欲扑人，观者望而生畏，而其妹却美艳若花。各色人物，影映蓝天，很有教育意义；地上万姓，仰首观看，多有喝彩。社火两边，还间杂着高跷竹马，进进出出，变幻无穷。正是：擂动太平鼓，敲响丰收锣。乡风何以见？古道载舞歌。场子周边，叫卖叫买，热闹非凡。约一时许，场内锣鼓戛然而止，人们以为一潮表演完毕，中间停歇，观众品评纷纷。忽然笛声亮悦，一曲春芽细柳，荡荡飘来，摄魂入魄，沁人心脾，凌空播越，一浪高过一浪。人们回眸望去，见有英俊青年，跨赤红马，手执长笛，绕梁之音，似出玉管，荡漾升空，播入云霄，飞向远方，场上顿时万噪息止。众人见那哨笛少年风度翩然，尽皆羡慕，引得无边少女心痒神驰。一曲奏完，欢呼暴起，皆曰："再来一曲！"一时，锣鼓社火复起，龙翔凤舞，腾奋天空，别有风味。明锐正要离去，忽一妇女衣着俏板，从人群中挤出，对着明锐喊道："马上少年，可是明锐？"明锐应诺。妇人又问："可记得枝俏否？"明锐急忙跳下马，问曰："你可是苟子婶？快告诉我枝俏在什么地方，我去看她。"苟子婶郑重道："你随我来，我有话说。"明锐将行头交于他人，兴冲冲地随苟子婶来到场外静处。苟子婶凄怆道："大不幸焉！自打你离开以后，枝俏一直抑郁不乐。有恶棍刘世虎见枝俏绰约妩媚，使请媒妁，欲通姻缘。枝俏却是不愿意，说道她心有所属。前年，那刘世虎从桃园拉了几竹筐桃子，拿去将要送人，却是未付钱，枝俏就随车前去催讨。时天黑，未承想那刘世虎见色起意，车行至偏僻处，便停了车，要非礼枝俏。枝俏慌急躲闪，但天黑看不清，倒栽于车下，昏迷不醒。那刘世虎以为枝俏摔死，将枝俏拖入草丛中，驾车仓皇逃去。次日早晨，太阳一竿高，一个放羊的老汉发现枝俏躺在草丛中，还有一口气，就立即送至医院进行抢救。待家人寻至医院，千唤而不应声，只把眉目滞转，呆也。觉事有蹊跷，他爸告于派出所，警察略经调查，即将歹徒刘世虎拘捕，一讯而得实情。但枝俏住院三月，不见好转，而又靡费不支，遂抱恨回家。从此却是面目板滞，人事不分，成了呆子。父母忧愁，遍请医巫，又针又灸，还是脉窍不通。那刘世虎被拘，家属便纠集恶人，砸了园子，将枝俏一家赶逐，并连带我的房子也一并毁夷，使得我在那里也待不下去了。现在枝俏阖家哀叹，没个笑声。就是这么大的热闹也无心来看。"明锐听了，犹如做梦一般，不信其耳。苟子婶待人本是销金铄铁般热情，这时也涕泣难禁："可惜了，可惜了。一个好坏子。当年花朵般争鸣爱笑的俊俏女郎，今日却是慵懒一堆，不知梳栉，整日披头散发，又痴又傻。村子人言：成了一堆大粪也，铲都铲不出去。"苟子婶已怆泪不能禁。明锐惊讶，即随苟子婶来到枝俏家中，却见门庭阖闭。推门入，果然家中肃穆静寂，满是恓惶，没一点过年的欢愉气氛。其父母已经两鬓斑白，脸色阴郁，正枯坐唏嘘，见有客至，惊讶不已。问之，知是三年前的哨笛少年，更加惊讶。却见枝俏正坐于房檐之下，偎着棉袄晒太阳，低头纳闷，对着地上一只鸡在发呆。明锐上前，双手抱其肘，呼之："枝俏，看呀，是我。三年期到了，我回来了。"枝俏面目漠漠，毫无反应。明锐又抱其颊，仰头相对道："我回来了，我专为你回来的，难道你忘了月下之约？"依旧若问木桩。明锐不觉大悲，鼻中酸楚。如何昔日枝头鹊般欢蹦活跃，今日却是呆若木鸡，成了人间厌物，明锐不由心肠凄断。而枝俏父母早已哽咽不成声。其弟枝春，业已成人，含愁含恨，在旁边述起事件起因、如何治疗，与苟子婶所言一般无二。明锐只能恨恨不已。握拳无奈，取笛欲对枝俏鸣奏，怎奈鼻腔酸渐，涕泗不禁，难以成气，只好潸然而归。

一夜转侧难眠，忽忆昔日有"解铃还须系铃人"之说，遂告于枝俏之父柳弘扬，欲使枝俏再睹一次歹徒刘世虎狰狞面目，或可唤醒那瞬间之记忆，胜似那旷野招魂。弘扬思之有理，二人来到派出所，告之所求。警察深为扼腕，叹曰："惜来晚也，节前才被处决。"二人骇愕，问为何因，曰："刘世虎另有大案在身！"二人额手相庆。大仇虽报，但灾难犹渊，怏怏而还。明锐父母心喜儿子有所恋爱，便托人了解对方情况，得到的信息却是："女方乃一呆傻女子，医巫罔效，眼见就已。"父母大惊，遂规劝儿子："了了此意，早离苦海，免招笑柄。"而明锐却坚信枝俏对自己并未忘情。见儿子深陷痴情中，其父母遍求媒妁，为子征婚，企图找一个容貌姣好的亮艳女郎，诱惑儿子离开枝俏。于是，整个正月，家中媒妁接踵，络绎不绝，而子却屡梗母意，低昂不就。有若许少女因在社火场中目睹了明锐之飘逸风采，贪爱其表，渴慕风流，竟忘羞自荐而来，求其天作。或许颜色胜于枝俏，然而明锐总觉无一较枝俏诙谐多趣，遂矢志不移。父母只能叹息。

一情不泯。一日，明锐将枝俏扶至堤上。明锐哨动竹笛，以促其悟。可惜春寒料峭，堤高风响，将那笛声淹没殆尽。尽管明锐吹得是唇裂血渗，而枝俏犹深痴不醒，实是对牛抚琴。但明锐信心不减，日日如是。渐，春风绿岸，嫩柳藏莺，芳草披堤。苟子婶夫妻又在池塘种莲产藕，池塘内荷苞朵朵，耸出水面，即将绽放，远处看一片烟花美景。赏昔日共悦之春，弄久已荒疏之笛。自春历夏，河面由菡萏蓓蕾，已成万枝千红，一齐开放。枝俏每听见笛声，立即眉目转活，似有寻找。对明锐更是依恋不舍，寸步不离也。弘扬夫妻皆预感枝俏康复有日，色也喜。这日，秋色明媚，明锐又偕同枝俏来到桥洞下面，在这里，二人唇吻相接，情意绵绵，明锐欲复演旧日之戏，以激活枝俏。烧火一堆，当中煨有红芋数枚，备有甜水。那枝俏给吃则吃，给喝则喝，却是极目搜寻，似曾有旧。见枝俏脸映着火堆，正剥红芋皮，明锐忽将那堆火扬了起来，一片火星直冲枝俏面目，枝俏慌急，"哎呀"一声，本能地用双手挡拒，浑身一颤，立时惊出了一身冷汗，猛地跳将起来，骂明锐道："将我烧成麻子，你来娶我也。"即用手来打明锐，明锐向外就跑，枝俏在后面边追边喊。其父母与苟子婶突然听见二人调笑打闹之声，急上前来看，见那枝俏追着明锐喊着。几人暗中观察，见枝俏转瞬间百媚顿生，无任何痴呆僵板之状，以为梦寐。见有人在前面，枝俏顿时停止了追赶，见是母亲，羞得面红耳赤，无地自容。其父母不由热泪盈眶，抚其头曰："女儿可醒了。"枝俏却惊觑父母道："父耶母耶，如何我一觉醒来，你们都鬓发斑白，形销骨立也？"其父曰："女呀，你不知这一觉能睡百年，父母如何不老！"又奔向明锐道："连你前日尚是童稚少年，今日也是眉高额突，黑睛荧荧，成了伟岸男儿。"苟子婶搂枝俏道："枝俏一觉睡得好长矣，现在明锐已成了一个人人夸赞的好青年了。"明锐欲再试枝俏，随手掐一草梗，趁枝俏呆想时，用草梗搔其颊，枝俏一把抢之，即向明锐搔来，道："我正想一梦醒来，人事变迁如此之大，到底是真是假，这一切是否还在梦寐之中。"其母搂着枝俏道："女儿，这一切都是真的。正是明锐将你从混沌世界中引了出来。"枝俏双泪迸流。此后，枝俏、明锐二人更加形影不离，联袂踏青，临流对影，倦时互相依偎，饥时同递同食。次年春，枝俏已将息一年，彻底康复，一语一笑，春色迷人。双方家人遂为二人偕接花烛。明锐将河边那块地租下，与枝俏一起结庐植桃，夫妻二人遂生息于此。双方父母也来帮助经营管理，并享受清闲雅致，以避尘嚣。周围村民多有羡慕。

三年后之清明，春风骀荡，旭日旸旸，笔者回家祭祖，望见田野里有一片桃花，粉红诱人，便去观赏。见有一丰韵少妇，在桃花下面引着幼子，正在寻蜂追蝶，融融之乐，不可言表。忽听堤上笛声飞扬，那幼子非常兴奋，曳步引手指向堤坡。笔者问之，同行者曰："这就是几年前那个从拖拉机上摔下的女子柳枝俏，病了一段时间，现在孩子都两岁了。""噢，此事我也听说过。"同行者又仔细地向笔者述了枝俏从拖拉机上摔下的原因。闻则命笔，才有此田居人家之篇。

第二卷

——————

张磐磐敦诚得爱鸾

上

　　长安河东村南街有张磐磐，其母孙氏先产二子，皆不弥月而殇。孙氏整日对壁掩袖零涕，似没脸见人。丈夫张朋绅颇为忧虑，众妯娌多有慰喻。孙氏素不佞佛，至此，也随娘家母逢庙烧香，见佛磕头。丈夫则修桥补路，济弱施贫，毫不吝啬。至磐磐生时，又怕其早殇，父母严戒探视，讳若无有。护犊心切，一岁时，从未出庭户。两岁时，尚不敢取名讳，仍以畜名代之，犹在襁褓中。三岁时，始拜识外婆姑舅，亲朋庆贺。孙氏专请神巫将子"锁"于碾盘之上，以为碾盘沉重，鬼神勾之不去。俗称：锁命也。因无名讳，众人始呼为碾盘。四岁时，母始指认日月星辰。以后，母又产又殇，独碾盘存活，始取名为磐磐。父母虑门户单寒，又抱养人家一女，曰："与磐儿做姊妹，待养大嫁人了，也可与磐儿做一门亲戚。"待之一如己出。可天公偏偏与之作对，抱回不足一载，又殇也。夫妇哀婉欲绝，对磐磐更加呵护，步趋不离，日夜不令哭，稍有风寒弄肚，孙氏先唏嘘于旁，绝不许磐磐受风见雨，恨不整日噙在嘴里。九岁时，始入学堂，每从学堂归，先于母怀吮乳吃，同生皆戏笑之。孙氏怕儿子吃亏，不令与他子玩耍。但磐磐性格温厚朴讷，喜与诸孩童戏。他子家长皆晓孙氏护短，也不令己子与磐磐玩耍。磐磐十二岁时即辍学家养也。

　　其父张朋绅乃一乐师，以击鼓为能，专于红白喜事时为人击鼓，以伴他人唱曲凑兴，周围传名也，人辄请之，实是卖艺糊口耳。磐磐自幼便喜弄父亲鼓具，父便令子与自己学鼓艺。由于圈养过甚，磐磐手脚不调，学艺颇慢。但父还是悉心点拨，至十七岁时，父不幸去世。至此，母更是将磐磐爱若明珠。朋绅临终时，嘱磐磐母曰："磐磐身体单薄，性格孱弱，不是与人竞争之材。我已将行鼓之秘窍尽传于他，只是其气力不足。汝要督促之，将来以此为饭食耳。"此后，除地里庄稼活外，母便督其练鼓，日日不辍。随其长，气力也增，技艺渐次娴熟，也常被他人叫去行艺。渐，周围闻名也，人皆呼为小鼓师。

由于父母娇惯，磐磐性痴而心专，又少见识，人以为其傻，又呼为张傻。人呼贱名母也不禁，认为贱名者神鬼不收，可以长命耳。磐磐幼时被锁"命"于碾盘之上，其母以为开锁后即聪颖也。他子十二岁时行开锁仪式，母亲为磐磐平安，延至十八岁时才行开锁仪式，即弱冠礼仪也。

却言那磐磐开锁之日，被剃成光头，此俗也。事实上是头儿光光，好处多多，至少是不生虮子不生虱。自开锁以后，可以自由留发。那日是正月十四，巫婆张扬，村人皆晓，多来围观戏耍。村社之人，本来就好热闹，尤其是孩童哄弄，一睹这十八岁光头小伙开锁之丑态。而那些孩童还能得到糖果赏赐。孙氏早已备好干鲜糖果以及香蜡纸表，请来诸神，一阵祈禳。那磐磐却是不信将自己小命锁于碾盘之上，忸怩不叩拜。孙氏郑重道："这个碾盘已保尔小命十八载了，自后尔将在人世行，要好自为之。"那磐磐在母亲再三强求之下，始对碾盘三叩拜耳。人们见磐磐那青光头皮在阳光下闪耀发亮，便戏耍指笑，一片聒噪，将磐磐品头论足。其母高兴，此举就是让儿子当众亮相，被人品评，以此证明：张家有子已长成，从此不在深闺养。是日又近元宵节，民间有"小初一，大十五"之说，因而村社正是热闹，围观者颇多。孙氏请诸神再赐儿子康福长命。而磐磐却是一脸窘态，时而以手抚摸光头，时而又以帽苫之。及见众小孩妇人皆笑其傻样，更是羞臊得不敢敌众人目，眼波乱扫，目光散漫。忽见人群后排有一少女，肌映朝霞，目夺明珠，天姿丽质，荡人心怀。磐磐不觉形神俱惑，凝睇若痴，竟忘己丑形也，口水自流，似不觉，任其长流，猛悟，即用衣袖擦拭之，众益笑其傻相。巫婆将一纸形锁挂于磐磐脖，又以火焚之，口中念念有词。磐磐只顾瞻注少女，至火焰燎于颊，才慌而抖之，众人更是笑得前仰后合。时鞭炮声响，顽童自来讨糖果吃。

原来是村中有人腊月新娶，这日，新妇之堂妹将姐送回夫家，忽听传言：巫者今日要为十八岁的磐磐开锁，又听了那磐磐的习性，那堂妹也是少年性情，便前往看笑。时近正午，阳光明亮，果然见这张傻，青光头皮，站在碾盘前面，出尽洋相，逗得众人嘻嘻哈哈，妇孺皆乐。那女子也随人自笑，却不知这一笑勾魂摄魄，蛊惑得磐磐神情摇动，从此不能自拔，便演出了下面一段恩怨情仇。

却说磐磐见那女子粲然一笑，便神魂颠倒，暗思之："这是谁家亲戚？如此靓丽！"而女子毫不知觉。及仪式完毕，磐磐犹凝注不舍，母揪耳，方才醒悟。母将儿子推于人堆里，笑道："去，叫人揉闹去。良也罢，莠也罢，也算是张家后人到世上来了一趟。"巫者也道："人世是大戏台，不管你在上面演光脸还是演麻脸，唱君子还是唱小人，是哭是笑，好咧歹咧，总是证明你到人世上转了一圈。"孙氏又忙于谢神送巫。众人见磐磐又憨又傻，将磐磐光头乱摸乱扇，推来推去。磐磐急用帽苫头，逃也。磐磐见女离去，不由尾缀其后。孙氏回到家中，招呼亲戚，拜托道："人生最大之事莫过于传宗接代，延续子嗣。今磐磐已成人也，望诸戚回去，物色佳偶，准备为磐儿鸾配。"饭毕，还是不见儿子回，便来寻找。那磐磐早已徘徊在彼家门口，希冀一顾颜色，但无由相晤，只能呆立凝思，暗中窥伺，也仅睨其侧影。欲闯入家门，又怕有孟浪之嫌，更惭自己形秽耳。然而心不能舍，遂入，遽与女遇，正欲搭话。母却寻至，呼曰："你舅你姨都要回家，要你送诣，遍寻不见，却在此处！"磐磐怏怏而回，却频频回首盼顾。

不久，舅为其介绍东邻女，言其雅丽绝伦，温婉可爱，有大家闺秀之风范，已代为允诺；姨也为其力荐西邻妞，言其针黹精巧、锅案娴熟。年齿容貌，悉遂母愿。磐磐睹玉照，皆画黛弯长，标致素雅，虽有三分娇态，但总觉没有那女子璀璨醉人，磐磐置而不顾。母令磐磐遴选之，磐磐犹豫不能决。母察觉磐磐似乎心有所属，追诘之，磐磐才实告。孙氏喜曰："磐儿刚刚开锁，就懂人事矣！已经知道给自己觅偶。果有眼光，彼之妹，娘也曾见几何，确实容色靓丽，出类若仙。难怪我儿看了一遍，就印在心里。娘速为子遣媒去。"既而媒至，听了所求，极意嘉纳，道："彼河西村女子，与咱村一衣带水。二人年貌相当，此诚美事，竭力玉成。"磐磐母促之曰："防他人捷足。"媒人去，母子在家坐待好音。翌日，媒来告曰："真是一家有女百家求，惜插足晚也！此女名叫杨爱鸾，确实生得千娇百媚，人见人爱。又性格嬠欢，手脚利落。只是腊月里已许于咱村北街胡强之子胡洪也。其父吝啬，彩礼颇高，那胡强却是慷慨。惜哉！惜哉！"
听此，磐磐如饮冰水，愣而不语，痴也。母疾呼之，方醒，涕泪并流。连着数
日，不眠不食。母心中悚惧，复请媒至，多与聘金，议其能否设法救挽。媒辞
曰："难也！你再多聘金也抵不住北街胡强。那胡强常年在外包揽工程，其弟胡
超也在新疆包工程，兄弟二人有钱有势，交往广泛。胡洪又是风流倜傥之青年，
翩翩一表，女焉能不贪不爱？并且花红彩礼已过，焉能悔之！"母无奈，只好托
媒再为子遍觅颜色。母抚劝磐磐，侮那杨爱鸾也并非绝色。其姨、舅又来打问选
配结果，姨又逐次述其女方慧美贤淑，家教严谨。舅又来提东邻女对磐磐非常悦
意。媒婆也将诸多玉女佳照一并抱至。磐磐览之，确实个个姿容昭昭，喜态可
掬，却无一适意。母叹曰："皆贤而美，又身板结实受用，都是生儿养女的好坯
子。随手摸之，俱不比那杨爱鸾差半毫。"但磐磐总觉其无一赛过爱鸾耳，低昂
不就，屡梗母命。磐磐晨昏思慕，恹恹而病，渐次尪羸。其母终日在旁哭泣劝
慰，曰："杨爱鸾已志于胡洪，胡家豪横乡里，雄霸一方，谁敢与之争锋？谁敢
间其婚姻？何况间人婚姻者，终是气短，为人不齿。""儿但放心，天下美色多
矣，娘已对你舅、姨等撒话，他们也托人遍访佳丽。按咱之家境，何愁无有美
妇！"久之，磐磐才稍进食也，母始放心。但磐磐还是心念不灰，每于爱鸾之村
庄行鼓艺时，即察其芳踪，希幸一遇。而那杨爱鸾也极是喜欢磐磐之鼓戏，逢场
必至。

却说这胡洪与杨爱鸾皆俊俏风流，美色相匹，二人你贪我爱，互相倾慕。
河东村与河西村仅一水之隔，两村中间有一短桥，大概有七步长，人称七步桥，
桥两边植有杨柳，两村隔水相望，村民熟识，多有来往。夜晚，胡洪趋过七步
桥，来到爱鸾家后院，一声呼哨，爱鸾就来到河边，河水曲延，河边有花有草。
二人幽会，或缓步花荫，或悠悠水边，欢爱殊浓，村人羡慕，皆曰："玉女俊
男，天生一对，地配一双。"爱鸾心意殊得。张磐磐每听二人一起，便不由心疼
之，恨不能将其拆分也。一日傍晚，磐磐抱鼓具归，正于桥头柳下歇息，其时，
夕阳拂嫩柳，日影过短桥，却见爱鸾臂挽菜篮，姗姗打桥上过。爱鸾是刚从地里
薅完野菜，准备回家。磐磐急呼女并坐，将桥侧一处擦拭干净，女放下菜篮，坐
于桥畔，道："汝即小鼓师也，人呼为张傻，为何十八岁才开锁也？"磐磐道：
"那是我妈之事。"女又抿嘴笑道："听说你都上小学了，还吃你妈奶？"磐磐

脸红，却道："听说你许了胡洪，我实告你，那胡洪自幼性格乖戾，为人凶恶残忍，极端自私，不可共苦，只能共乐，仅是空有其表。我实心爱你，你还是跟了我吧。"磐磐说完，又将女逡睨不舍，颇是失礼。爱鸾不由羞晕满颊，既而以为痴言。笑问曰："何以知你爱我？"磐磐曰："我日夜都在想你。"女不言，笑其更痴，曰："人言张傻，果不谬也。"磐磐道："我一点儿都不傻，只是痴心为你着想，不愿看到一朵鲜花插于荆棘之中。一旦嫁了过去，你将自废一生，后悔莫及。"女漫应之，笑其情词天真而去。磐磐见爱鸾痴迷胡洪，跺脚急。他日遇女，又如是言之，女不在意。女一日询诸堂姐，堂姐道："胡洪名声不佳，倒是真的。至于恃强凌弱，那才能保护家人。你休听谗言。"一日，与胡洪嬉戏时，女却以此言来问胡洪，胡洪便追诘之，知是来自南街张磐磐，怒道："你个张傻，也不撒泡尿来照照自己，还想横刀夺爱，真是癞蛤蟆想吃天鹅肉。"便径直找到磐磐，将彼给到村外，曰："你真大胆，敢虎口掏肉耳！尚再谗言，小心将汝狗命呜呼。"生揍了一顿。磐磐一时口鼻皆血，幸被路人劝止，曰："勿与一傻子较真耳。"此后，人更晓其傻，真傻也！见面竟直呼"张傻"，而磐磐颇不在意。磐磐回到家里，唇吻绽裂，母究之，知是胡洪所为。问其因，知是儿子失理，又惧其势，不敢对众诉子之冤，只是唉声叹气，日夜唏嘘。而磐磐却是不恼，心中还是独钟于爱鸾。母无奈之，整日训诫。胡洪母知磐磐在儿子婚姻中间逡，便到磐磐家门前，将磐磐母一顿诟辱，责其教子无方，孙氏出来万般解释。孙氏惭愧，对儿流泪道："你刚刚在人世上行，却怎么一头扎入单相思的深渊而不能自拔。再这样下去，叫别人笑咱张家后人这般没有出息。"只是促子与他女联姻，并诫子勿远离自己。磐磐不听，依旧嗅其芳踪，蹑其艳迹，希冀以自己傻态换回佳人回眸一笑，以慰思念。

　　这晚，又是月上柳梢头，人约黄昏后。胡洪与杨爱鸾坐于河滨赏月，看那孤月朗朗，疏星粲粲。二人正在卿卿我我，忽然，清风习习，树叶飒飒，有暗香袭人。爱鸾问："何处飘来清香？"抬头望去，只见月光清亮，槐树花事正旺，曰："槐花飘香。"爱鸾谓胡洪曰："哥哥既然爱我，今夜何不与妹妹摘一撮槐花，让妹妹品尝。"却说槐树在一废院内，二人携手跨颓垣入，至树下，仰视之，树粗如腰，高拂房脊，皎月之下，一派荫翳。花叶摇影，恐怖阴森。又四周静幽，胡洪不由脸有惧色，声颤道："哥哥自幼不会上树，何况夜里！"爱鸾笑曰："偌大个男儿，连树都不敢上，妹子想吃一把槐花都办不到。怪不得那张傻说你自私！看来并非妄言。若是如此，今后还怎么为妹妹赴汤蹈火、保护妹妹？"那胡洪经爱鸾一激，自告奋勇，以唾涂手，道："来！看我为妹妹粉身碎骨，在所不辞。"便攀缘而上，刚蹿了两蹿，就不由气竭力衰，滑了下来。连着几次，皆如是也，如蛤蟆一般，呼哧呼哧，喘气不上。倒逗得爱鸾前仰后合，忍俊不禁。而胡洪早已面红耳赤。爱鸾又笑道："羞！羞！拳大个女婿，整天酸溜溜的，打架吃醋还行，叫上个树就显得如此狗熊样。"说完，就脱剥了外衣，扎绷了内衣，形体尽现，四肢快朗，身段怜人，道："来！看妹子我一显身手！"转瞬对胡洪一笑，娇态横生，胡洪不觉遍体酥麻，抱之就吻，麝兰熏腾，满身汗香。爱鸾又笑跑之，姿态窈窕。胡洪笑而追曰："指头大个妹子，火辣辣的，我看今晚能沿到树梢上去。"爱鸾笑至树下，以揸度之曰："可耳！"遂将鞋袜摔脱，手抓足攀而上。腰姿飘袅，轻如猿猱。胡洪惮怕，心咚咚而跳，不断促其下来。爱鸾攀至树冠处，即手抓老枝，稍一使劲，即蹿于上面。坐树杈上，摘花而啜，并折枝扔于下面，让胡洪拾吃。那爱鸾见旁边一横枝上槐花繁密，便伸手去抓那横枝。原来那是荫翳衬映，不是树枝，只是一道黑影，不虞一把抓虚，闪了一个空，"哎呀"一声，从树上倒跌下去。没想到槐树下面有破砖旧石，拉拉杂杂，爱鸾太阳穴处正巧磕在树下一块突兀石头上。吓得胡洪赶快去扶，却是头颅低垂，咽咙吼吼。月光洒在爱鸾脸面上，只见口鼻出血，只有出气，没有吸气，瞳孔散也。

可怜一个活泼嬉欢的俏妹子，天真烂漫，方才还是笑声朗朗，瞬息间就兰摧玉折耶。胡洪惶遽，大惊失色，料其已死，方寸大乱，往复蹀躞，不知所措。回视周围，幸无知者。窃思曰："赶快走脱为好，免得以后说不清道不明。"便回头悄悄溜掉，将半死的爱鸾独个儿丢在院内。这废院残丛错竹，藏蛇卧兔，平日狐鼠涎胆，何况静夜。一切都是神不知鬼不觉的。后院复又月色清亮，夜阑如初，鸱鸮鸣树，宵虫奏草，只是多了一具少女尸首。一缕香魂缥缥缈缈，树下游荡。却言那庄主是一老鳏夫，方才合闉就枕，尚未入眠，忽听后院"嗵"的一声闷响，似乎一堵墙垮塌也。心中疑怪，便问谁何，无人应答。又睡片刻，很不放心，才累累赘赘，穿裤着袄，手扶一杖，篝灯往视，思曰："似乎墙倒之声，却无雨水浸泡，何遽就垮塌也？"说来事巧，这晚，那磬磬正坐在河边享凉，忽听前方传来"哎呀"一声，很是疑怪，犹豫而前，透过颓垣见一物蜷伏树下，衣服明艳，绝似一人，便逾垣相看，果是一女，散发遮面，头垂不起，呻吟急促。磬磬错愕，大骇惊呼。恰这时庄主秉烛至，正见磬磬扶起一人，便大声诮呵。烛光一对，见是男子正扶一少女，少女口鼻皆血，庄主错愕不禁，当时就怪呼起来。一时，邻人围集，打来手电，豁开头发细审之，原来是村中女子唤杨爱鸾者，已是气若游丝，命悬一线。有人赶快去叫村医，并通知爱鸾父母。又有人问旁边磬磬："为何如此？"磬磬解释道："我经过此处，听这里有声怪异，就来相看。"众人见爱鸾衬衣撕裂，裙带松脱，双足赤露，身边又有陌生男子，肯定是有什么奸情在里面，怒诘姓名，知是张磬磬，众人谩骂："看你个傻子，憨厚老实，怎么还色胆包天，耍起流氓来了！"磬磬一再解释，但因口笨，却是难以释清，众人皆是不信。爱鸾父杨贵才闻讯而至，村医已经做了检查，命大家速将爱鸾送往县城医院，先行抢救。爱鸾母亲韦氏听说是女儿出事，也呼天抢地，奔向医院。贵才有几个莽撞侄子，愤愤不平，找来绳索，将磬磬缚了，扭至乡府派出所。

　　那磬磬本来性格内向，为人谨讷，见扭绑他的这伙人面目狰狞，汹汹如虎狼，更口禁不能解释。警察见其心悸汗出，不能置词，先以奸情拷之。磬磬号冤鸣苦，因而暂且监下，待查再审。次日，磬磬母寻至，警察略致讯诘。磬磬只道冤枉，大呼以误。警察查验现场，见树下足印纷冗，有成人者、小孩者，更有槐花树枝，已无从稽考。又查出爱鸾口含槐花渣沫，而且手握槐枝一串花，足染树绿。尽管当时只有磬磬一人在现场，毫无证据乃磬磬施暴。唯一众论就是磬磬曾间人婚姻，有人佐证，磬磬也承认。虽有疑，但还是推论摘槐花时坠枝所致。于是，将磬磬存疑释放。

　　那磬磬在局里受了惊吓，更加痴傻。回到家里，又要去医院探望爱鸾，却被母亲严锢在家，不许外出，道："为此事，差点儿将你送进监狱，还不醒悟！"但磬磬还是攀垣钻隙，探听爱鸾情况。

　　事发当晚，那胡洪吓得神色不定，悄然趱回家里，伏床蒙头，翻转难寝，昧爽即起。其父胡强怪子今日起床恁早，却见子神态恍惚，容颜诡异。诘之，越发气色紧张，言辞闪烁。胡强逼问之，胡洪才半嗫半嚅交代昨晚事件。胡强听毕，跌足叫苦，问："生呼？死呼？"胡洪曰："确死无疑！"又问："你能肯定无人知晓？"胡洪曰："确实无人知晓。"其父曰："若有他人晓你二人嬉戏所致，你将如何解释？至于败坏门风、品行有损倒是其次，最可恶者，见死不救，弃置不理，此是毫无人性、大损阴德之事。父母都跟着丢人！还有：此事一旦水落石出，看你如何面对众人口舌！"胡洪哀道："当时我只是害怕。"胡强妻也知道了事情经过，惊得手足失措，说道："可让胡洪立即去医院探望，或可弥补，收回人心。人命关天呀，瞒不过去。"胡强道："不妥！所幸迄无知者。事已至此，不如从容躲避之。"也不管损其阴德事，遂安排胡洪潜去新疆他叔胡超处。下午，消息传至：爱鸾尚未气绝，但难以回转，而磐磐却因猥亵爱鸾被收在监。磐磐被絷，村子蜚语顿起，胡强捏黑造白。至晚磐磐又被放回，村子又漫传爱鸾口含槐花事，胡强又谮言四播："年轻女子多羞于嘴，或许是摘槐花时从树上掉下也。"时村中人也如是说，多笑其贪馋羞口。两村相近，谣诼风传。真是：为贪一口鲜，沦作可笑人。

胡强与妻携礼去医院探视，见爱鸾父母，故作惊讶，道："听了此大悲惨之事，总是不信。才来迟焉。"爱鸾母亲早已哭作一团，杨贵才哀告不幸，并惊问胡洪如何不至。胡强道："胡洪前天去了新疆，到他叔胡超处干活去了，在家里也是整天闲着。"对贵才一阵安慰。去看爱鸾，见彼昏迷不醒，正在输液。胡妻不由唏嘘于旁，而胡强只扫一眼，即转身问贵才情况，贵才道："医生说是颅内出血，压迫传感神经，故而昏迷，现九死一生也。医治之法，必须开颅，抽得血出，方可活命。除此之外，别无二法。但开颅最少需两万，并生死不保，又难免不留后遗症也。"胡强叹息道："没想到如此严重。"贵才又道："原准备今晚去告知于你，商量如何处置。你现在来了，即可坐下商议。"胡强推托道："这是大事，该兄长你做主。"贵才道："事到今天，你也该参与意见。这爱鸾整天与你家胡洪在一起，也半是你家人了，你也有权做主。"又泣诉艰难："若要开颅，至少得两万，我力量有限，其结果医生也没把握，等你拿个主意。"胡强惊讶道："兄长差亦，这婚事八字还未见一撇，并未过门，如何就半是我家人了？你抬高小弟了。这是你家大事，这个主意该是你拿。我究竟是外人，主意拿不得！拿不得！"这胡强也猜出贵才隐有放弃之意，心中暗喜，又道："青年男女爱在一起耍，这是常情。人还是你家人。如此破家之资，要慎重处理，决断在兄。"贵才妻韦氏道："我与他爸从亲邻到处借，也只凑出三千，才住进医院，其余也不好借。还是请亲家一伸援手，扶我们一把，帮爱鸾渡过难关。"胡强沉吟好长一阵子道："你看，这几年我盖房修院，也把前些年的积攒倒腾空了。他妈又是个病筒子，纵是有些钱也都给药铺送去了，空托个大架子。今天好不容易拼凑了一千元才来的。"胡强将钱交于贵才之手，道："确实拿不出手。"便托故辞别。贵才送之，胡强握贵才手说道："即使事有闪失，我们仍是兄弟。"胡强走后，韦氏对丈夫哭道："胡强常年在外包有工程，家道饶裕，没想到如此皮薄，就这样撒手不管了。"贵才对妻子道："都是明眼人，没有希望。与其痛苦而生，不如痛快而死，倒也干净。"韦氏糊涂，只是悲啼，却反问曰："我仅此一女，焉能如此殁了？又不明不白的。"又道："难道一点办法都没有了？"韦氏见女不醒，而夫又不愿赊财救之，求之巫者，巫者曰："槐者，鬼木也，何况黑冥，鬼气最重。魂已离舍，远游不知何处，或者附于哪个躯壳之上，勾不回矣！"晚上，韦氏则自在树下撑衣招魂，白天则守在爱鸾身边。眼见女儿呼吸微弱，性命将尽，只是对夫哀恸。

此事在两村中广传："这下没有爱鸾了。可惜一个花骨朵，尚未绽开，就这样折断了。""昨天还是一个活蹦乱跳的姑娘，今日却是这般光景。真是：天有不测风云，人有旦夕祸福。""那胡家将花轿都扎绷好了，只等抬人呢！一个好坯子，就这样没了。"消息传至磬磬母亲孙氏耳中，孙氏却祝其早死，曰："那个妖精，早咽气才好，免得我儿整天勾心！"

这日，韦氏正在病床前涕泣，却见一青年楚楚而入，目光搜寻，及见一妇人旁边卧有一光头少年，愕而问之，才知这就是杨爱鸾母女，大吃一惊，也不由心头发酸，怆然流涕。想那昔日花朵般的俏楚佳人，今日却被剃作光头，弄得非男非女，又绷带缠绕，僵卧不醒。近前审视，见女双眸紧闭，气息微弱，贴面小呼，女毫不知觉。韦氏泣曰："魂已离舍，只剩躯壳，叫不醒了。"可怜一个亭亭花下人、活泼可爱的少女，今日任人摆弄而不知觉也。青年不觉泗泪交下。问其如何治疗，韦氏恸哭曰："只有手术一条路。"适贵才至，知是磬磬。致歉曰："侄子鲁莽，差点儿使你身陷囹圄，勿记于心。"磬磬问："何不手术？"贵才叹曰："生死难卜，况又是倾家荡产之费，挽回的难免不是一堆骸骨。"韦氏又在旁边恸泣丈夫不救女儿。磬磬击桌道："有一丝希望就该救人为主，难道爱财不爱命耳。"旁边也有人对贵才叹息蔑视。贵才遂与磬磬叙间阔，曰："诚实之人耳。"杨贵才此时才揣测胡家隐存悔婚之心。

爱鸾三天而不死，此时住院押金业已乏匮，没钱续交，而手术最佳时期已过，医院怒而逐之。那胡强见爱鸾三天不死，心中着急，以为杨贵才筹到款项，又在请医生做手术施救，便假以看爱鸾之名又来打探情况，并扭扭捏捏地向贵才奉上三百块钱，道："我心里也着急，这都是在亲戚朋友处求的借的。不容易呀。"与贵才叹息几声。临行，低头对贵才道："兄长有啥话就说出来，不要憋在心里。"见贵才不语，胡强又道："兄长看爱鸾有希望没有？"贵才只是叹息。胡强又道："有句丑话小弟我说在前头。"贵才惕然一惊。胡强郑重道："我家娶媳妇，是要娶一个健全人回来，绝对不会娶一个残疾人或者有后遗症的病人回家。小弟绝非落井下石之人。但天下事，将心比心，都是一理，请兄长自己掂量。重要事还要兄长自己裁处。如果有需要小弟帮忙之处，小弟义不容辞，随叫随到。"胡强走后，贵才夫妻知胡家悔婚已成定局，事情只有靠自家独力支撑。但到了此时，还有何希望？村人听闻胡家已将爱鸾抛弃，而贵才也待其自毙，多有来看爱鸾者，意是最后一眼。深交者，叹惋而去；泛泛者，腹诽而已；而街谈巷议者就更多也。众人背后骂曰："心狠如铁，无资格为人父。"贵才叹曰："论人者，皆非当事之人，若事搁在他们头上，他们将如何处断。吾非铁石心肠，外人不知就里。医生说过，手术成功率极低。家里情况也差，到时人财两空，我儿子将来拿啥成婚？那又是一场后悔。吾宁被人诬之，就是不做手术。"贵才见议论者多，而妻子也哀求自己想方设法救活女儿，就故意在村中张榜曰："谁若出资将爱鸾救治，一旦痊愈，则给谁做妇；若死，则所出费用一概不还。立此存照，绝不反悔。望村民互相传播。"试想到了此时，谁敢揭榜？贵才出此下策，意在使胡家风闻：我家爱鸾并没有婚志胡家，是无主之身。但胡家却是不理会。

却说磐磐那日回还，随即怂恿母亲孙氏为爱鸾治病，孙氏怒骂曰："什么爱鸾！眼见成了一堆白骨，焉能救活？若有生望，亲父母不比你急？婿家不比你富？俱都撒手不管，坐等自灭。你爱她，她父母焉能不爱她？她爸把匣子都给钉好了，她姐把衣服（殉衣）都给穿上了。你爱她，她心中有你否？彼死与你何干？就你爱拾这骷髅艳鬼。况且真凶未缉，你若招揽，又于人留把柄也。素无瓜葛，此作只能徒取其辱，为人耻笑。其父是有信誓，但纯属堵人口舌，掩人耳目。"而磬磬却痴情曰："彼死，我将不复生也；彼生，能为儿一洗清白之身。"孙氏不许。那磬磬真的去寻死觅活，以死相挟。孙氏无奈，曰："彼真是我家中大害祸也。不知上辈子亏欠人家多少，害得我儿差点儿坐牢，今又破费我家也。"又骂儿子道："真是羞了先人，张家祖宗不知怎么亏人来，留下你这样一个后人。"先整出一万元来，交于磬磬道："家中只有这一万块钱，你拿去，只这一次。"磬磬拿了钱，径奔医院。杨贵才却深叹磬磬诚笃，惭愧曰："吾心中之酸苦，愧对侄言。吾出此榜实是演给胡洪家看。原以为两家可坐下商议，共渡难关，而彼反而抛弃爱鸾，此路绝也。"又曰："汝仗义之举，可感天地、泣鬼神。但实言之，我已对爱鸾不存任何希望。汝此举也只能换回一堆白骨耳，吾已为其将匣子钉也。请你将钱拿回，诚心过日子去。"磬磬不觉错愕，时韦氏在侧号泣，力骂其夫："不如禽兽！不如外人！"不得已，杨贵才又整出一万，一并交于医院，先与爱鸾做手术。术后三天，爱鸾毫无反应，气息愈弱。医生告曰："我们已尽所能，但手术太晚。现在回天乏术，还是把人拉回去吧！"

杨贵才将爱鸾舁回家中，默等一死。亲戚毕至，那爱鸾虽然气息将绝，但还是芳魂幽幽，萦绕身躯，不肯离舍。众人知毫无希望，围着爱鸾，只等气绝，再料理后事。独胡洪家无一人至。夜晚，爱鸾渐渐目定口张，面色荧灰，气脉将绝，举家流涕。众人怕爱鸾父母悲伤过度，将其劝离。那磬磬静而思曰："爱鸾生时最爱听我之鼓点，乃知音耳。彼殁，魂未走远，我为其最后击鼓，以送知音。"遂背来鼓具，于爱鸾家院来敲，贵才不能阻挡。磬磬尽其技艺，鼓声咚咚，震透心肺。敲至中夜，爱鸾堂姐忽奔告韦氏曰："爱鸾呼吸也。"全家愕而奔视，手触其吻，奋有气息，虽弱，仍可辨。火速传来村医，村医按其脉，门外鼓震，觉其一震一搏，了了可数。呼磬磬停鼓，则脉息渐弱。连连称奇，急传令磬磬："勿停鼓。"对贵才曰："脉有强象，速送医院，或可救挽。"于是众人又舁爱鸾回医院，医生验证，果然心脏一鼓一跳，律与鼓谐，鼓停则也延息而弱，奇其复生。令磬磬不停鼓，并与心律谐。医生进行抢救。磬磬则不停鼓之，一刻不息，虎口震裂，鲜血淋漓鼓面。次日，医生喜告曰："爱鸾醒也。"于是举家欢庆，奔走相告。而磬磬却因力竭而昏厥，救之方醒。后来医生解释道："可能脑内有一脉窍被淤血堵塞，鼓声频波使脉管震动，将其疏通。还有鼓声震动，能加强心跳，心跳有力，则血液流通加快，也就将那堵塞之处给冲开了。"

堵塞脉窍竟被鼓声震通，奇哉，两村遍传。

忽有堂兄寻磐磐至，报其母病危。磐磐急问病况，堂兄怒道："看还能见上一面否。你妈若是有个山高水低，以后谁来管你？"火速回家，母病已大渐。原来磐磐母亲闻爱鸢死，而那一万元，也因磐磐已画押，打水漂矣，又思儿子种种之不肖，气涌心头，当时患脑疯而危。见儿子回，孙氏心中回润，怒目揞手，而口已经不能言也，须臾而殁。母亲暴亡，磐磐惶恐，进出踌躇，不知所为，思忆母恩，唯有流泪。宗族帮助磐磐办理丧事。舅、姨、叔、伯等诸亲诮责磐磐，恨其不争，哀其不幸。训斥曰："待母期满，速找一妇，赶快成家。不然，连饭都没得吃。""从小就赖母庇护，今母作古，若不找一妇，靠谁来经管？饿死也！""蹉跎两年，那时送到门前却是不要，这时好女子都有了人家！倘若那时娶了，你母焉有此难？""再不能乱挑乱拣也，娶媳妇是为了过日子，不是摆花瓶供人看。"众人醍醐灌顶，耳提面命，但磐磐犹不醒悟，心中却还是念着爱鸢。

下

街上传言：那胡洪风闻爱鸢情况转好，现已返回，欲与爱鸢复续旧好，胡洪家还要包揽医院所有花费。磐磐疑惑，因身披重孝，不便往询。杨贵才忽至，呈上当初磐磐所赠一万元，深谢其救命之恩，满脸愧怍，曰："当初情急之下，才出此下策。贴榜文、发誓、许诺，现在想起，确属可笑，老侄儿不可当真。关于所垫付费用，现在奉还。侄之义举，爱鸢及家人将没齿不忘。"并向孙氏灵堂献香三炷。磐磐惊其悔，愤其食言，心中怅恨，欲找爱鸢诉其真相，意欲挽回爱鸢情意。而医院却拦阻之，曰："彼尚未脱离危险，任何人皆不能见，以防一时之冲动又耽延病情。"又问："什么时候才能痊愈？"医生道："要彻底痊愈，至少一年，而且还不能受任何刺激。"磐磐只能返回。由于母死，处境伶仃，锅灶冷落，竟恒日不见烟火也。

原来是胡强闻知爱鸢复生，料其真相将白于天下，急招子回以圆其谎。那胡洪在新疆，远隔千里，却是日夜忐忑，怔忡不安，不知爱鸢是死是活。而爱鸢不死，胡强在家中也昼夜彷徨。胡洪回，父告以实情，坚要儿子断了与爱鸢之婚姻，道："脸皮放厚，不怕被村人骂。彼大脑缺氧，足有一周，难免不留下后遗症。此乃一生之事，不能耍儿女感情。"但胡洪也是一个痴情种子，溺于美色，在家哭闹道："此事因我而起，我已弃她一回，焉能再弃她？"胡洪要去看爱鸾，胡强阻挡不住。胡强先去了医院，暗中了解情况，医生告曰："无妨，此女恢复尚快。就目前，看不出任何后遗症痕迹。"胡强始放心，告子曰："爱鸾一直处在昏迷当中，其间变故一概不知。你可暗中告诉爱鸾，将那日发生之事，说成是自己一人摘槐花，不慎从树上掉下，免得两人都脸上无光。"又道："今后要对其好，以弥补过失。就是她以后知道你那晚抛弃了她，也会感觉你对她好而不计前嫌。"胡强夫妻与儿子一同往视。那时爱鸾还被隔离于病房之中，绝不与外通。

却说爱鸾苏醒，见心上人胡洪在窗外延颈举踵，招手相望，爱鸾心中慰然，知道自己渡过人生一劫也，双泪横流。那胡强好的是纵横捭阖，向贵才呈上重礼，拍胸曰："中间事冗，未来看视，致有误会，今日特来道歉。儿媳之一切花费，我来承包。迟早都是我家一口人嘛。而且全是馈赠！"贵才那时正处于医药费乏匮之时，但还是拒绝："盛情已领，不烦破费。"胡强豪爽道："哎，兄长现在还生当日之气，当初也怪小弟一时糊涂，没有尽力援助，当时确实是手头紧张，力不能及。二者兄长你为何不到我这里告一声，何必出那榜？确实是下下之策，外人对兄长多有微言。理解者道是病急乱投医，不理解者却言是我家抛弃了爱鸾。更何况卖身治病，千口耻笑；又是儿女婚事，父母哪能包办？"其妻也道："那胡洪听说爱鸾出事后，就直接扔下手头事情，跑了回来，并痛哭流涕的，说什么一旦没了爱鸾，他也不想活了。"胡强又道："我的儿媳，我不给其治病，还靠别人？成了笑话。"那胡强誓言朗朗，而胡洪却是低头不语，颊颜红赤，满目羞惭。杨贵才夫妇商议：究竟胡家势大，难以违拗。于是杨贵才来到磐磐家，承认自食其言，收回承诺。

一月后，爱鸾始解除隔离，贵才夫妻自然是搂爱鸾一阵痛哭，道："不知我女儿受了多少痛苦才渡过劫难。"爱鸾也哭道："女儿我只知道身子轻飘飘的，是在无穷无尽的黑暗中挣扎，后来听到有咚咚的声音，好像是鼓声，我就挣扎着向那鼓声爬去，那鼓声引着我，终于看到了光明，我才睁开了眼睛。"胡洪来到病床边，爱鸾执胡洪之手，切切不放，二人泪流满面。爱鸾道："几成隔世之人了！想起来就是为吃一撮槐花，却差点儿连命都丢了，真叫人羞愧欲死，无地自容。"爱鸾昏迷当中，以为胡洪一直陪伴在自己身边，道："这一段时间，你日夜陪伴，人瘦一圈也。"胡洪道："只要你康复，就是我死了，我也愿意。"爱鸾又是热泪盈眶。胡洪教爱鸾不要对任何人言及那晚上事情之经过，自己也不言那事，以免他人传作笑柄，都不光彩。爱鸾应诺。胡强也要求贵才夫妻不要告诉爱鸾整个治病的过程，免得影响二人之感情。因之，那爱鸾一直认为胡洪就是自己的救命恩人。母亲专门试问爱鸾："女儿，知道救你者是谁？"爱鸾答道："胡洪！"贵才夫妻默然，胡强夫妻却点头而喜。爱鸾认为母亲这样问，是为了加深二人感情也。

又月余，医生告曰："病已痊愈，可以出院，回去休养。"胡强慷慨道："再住一月，加强营养，靡费不惜。"实则是向周围演示，是胡家将爱鸾起死回生也。而韦氏对丈夫曰："爱鸾性格刚烈，一旦知道救她之真相，怕与胡洪弄翻。到时胡家翻脸索要赔偿，如何赔得起？"勉强支吾半月，托以夏忙，即接爱鸾回家。那爱鸾回到家里，家人皆以调养之名，杜绝外出。但究竟玉容锁不住，倚门透春眸。渐渐地，爱鸾也出现在自家门口，但爱鸾婆终不令出大门。原来爱鸾婆已经八十余龄，是随爱鸾伯父杨宝才过，爱鸾出事后，怕老婆不能承受打击，便对老婆隔绝消息。及那爱鸾从黄泉出来，老婆才知晓：孙女爱鸾在坟墓边转了三圈又绕回来了。那老婆便亲呀蛋呀的，整天将爱鸾搂在怀里，并将两个儿子一阵痛骂，嫌儿子将这么大的事情隐瞒了自己。怕爱鸾又去外边疯呀癫呀的受风受寒，老婆整天拿着拐杖，坐在爱鸾家门口，监督着爱鸾，不许出大门，只能在院子晒太阳。韦氏也时时训诫女儿："从此将那野性子改了。"因而那爱鸾被圈在家里，将息了三个月，养得丰腮叠颐，光艳夺目。逢人问候，一语一晒，启齿嫣然，人皆祝其康复。那胡洪却是常来爱鸾家，两情浃洽，分寸不离。胡强心中窃喜。

而磐磐此时正处于痛苦之中，那磐磐想：若是爱鸾知晓是自己救了她一命，肯定会前来感谢，而彼不前来感谢，那就是其父未向爱鸾告以实情。探得爱鸾回家，便想前往道其真相，诉其思念之苦，但听到爱鸾家人根本不许其出门，除却亲近人外，不许任何人探访。磐磐又想：爱鸾正在安心养息，自己也不宜提那救命之事，一旦受刺激，对身体很是不好，待彻底康复，提之未迟。但母亲死亡，贵才负约，磐磐心情一直不乐。

　　然而世上没有不透风的墙，两村街坊中早就暗传着出事当晚胡洪与爱鸾在一起的消息。爱鸾堂姐告诉韦氏曰："胡洪根本不是出事前一天离开村子去新疆的，出事那天晚上，就有人在街道上看见胡洪低着头溜回家中。次日一大早还有人看见胡洪从他家后院翻墙出去，急匆匆地走了。"韦氏告于夫，贵才道："此话并非空穴来风。我早就猜到当晚是两人在一起的。试想，爱鸾性格再强，也不至于晚上一个人爬树摘槐花吃，肯定是两人在一起的。"韦氏暗问爱鸾那晚之真相，爱鸾道："妈妈如何要问过去的事，一切都是不肖女儿所为。"又道："妈妈知道，女儿嘴馋，自幼就喜爬墙上树，这次闯了大祸。"韦氏道："我女儿再嘴馋，也不至于黑咕隆咚地一个人到别人家后院偷槐花吃。你给妈妈说实话，那天晚上你是否与胡洪在一起？"爱鸾思想片刻，道："妈妈既然知道了，就不必再问。女儿后悔得不能再后悔了，不愿提及。一旦传出去，还被人笑话。"韦氏暗恨曰："狼心狗肺！置爱鸾生死于不顾，竟然跑也。"贵才又对妻道："胡强第一次去医院看爱鸾时，就一脸的虚情假意，对爱鸾只睃一眼，视之漠漠。但我不想因一次偶然的灾祸而使爱鸾失去一个富贵门户，才将此婚姻继续下去。再者，胡洪确实年龄轻，没遇过大事，心中惕怵，慌乱而逃，将心比心，此情也能理解。"韦氏道："就是胡洪丢下爱鸾不管，他父母都是五六十的人了，难道也能昧心不管？"贵才道："可能胡洪不敢给他父母说。现在，一切都过去了，咱们还是按原路来。"韦氏又曰："将爱鸾交于这样一个人，这样一个家庭，这谁能放心？"贵才曰："可一旦告诉爱鸾真相，怕一时之感情挫折对爱鸾身体不好。"韦氏曰："只好限制二人勿要太近。"从此对胡洪父子更加憎恨，恨其见死不救，又愤其父子共谋，用一大堆假话来诓骗自己。

　　却说胡强也闻到风声，料想着贵才已经知道了那晚之真相，便径直来找贵才夫妻，饰非掩丑，曰："孽子所为，我一直都被蒙在鼓里。为儿女着想，望兄长多多海涵。"又道："也是胡洪年岁小，遇到这种事，当时就失了主意，给吓得跑去了新疆。事后我们才知道，惶恐得几天不食不睡。"摇唇鼓舌又许以财帛，道："众人饶舌，若是将真相泄露于爱鸾，对爱鸾恢复也是不利，还影响二人感情。为防止多舌者一言偾事，更要杜绝爱鸾外出。"贵才应诺。

　　适爱鸾婆寿诞，贵才兄弟商议曰："爱鸾已经彻底痊愈，她婆今年八十有三，下月是其寿诞日，特请戏一场，一者为她婆祝寿，二者是驱散萦绕在全家人心中之阴霾，豁朗心情。其主旨是祝贺爱鸾彻底康复！"当地有鼓戏，当年磐磐之父曾是组织者。艺人对磐磐之遭遇甚是同情，对那两家的作为皆是憎恨，却被请来演戏。那晚，戏棚子就搭在爱鸾家门口，锦帐绣幢，台上灯光明耀，台下人头攒动。爱鸾知道今晚唱戏名是为亲婆祝寿，实际是庆贺自己康复，便刻意装扮一番，并第一个出现在舞台上，手执话筒，感谢那些关心自己健康的乡里乡亲。那爱鸾上身穿艳红色呢绒大衣，着高腰靴，腰姿款段，云鬓委绿，颜色丰美，酒靥迷人，在聚光灯下更显明眸艳腮，容华绝代。爱鸾鞠躬感谢乡亲毕，款转身段，对大家舞蹈一出。这爱鸾本是当地名媛，数月未出，今晚竟于聚光灯下旋转蛮腰，翩然起舞，众人见其身段风流，腰肢纤袅，皆延颈举踵，睹其风采，争相拍手叫好。爱鸾喜极，回头一笑，倍加嫣然，秋波横扫，夺人魂魄，倾倒一片。众人惊其大难未损其艳，转更增媚。爱鸾族中有叔伯家姊妹，皆有容有仪，也列队上台，舞之蹈之，围着爱鸾逞娇斗艳。众人唤爱鸾再来一段，却被她妈强推了下去，责其不要猖狂，小心着凉，令陪她婆并坐。爱鸾婆便将孙女爱鸾搂坐中间，几个堂姊妹也依坐两侧。灯光照耀，群芳肌肤雪亮，艳如花朵，将爱鸾锦簇，竞相辉映。胡洪也在身后作陪。

　　既而，正式开戏。第一场是当地一出小戏，夜阑方完。伯父母扶爱鸾婆回屋歇息。第二场是一出哑剧。爱鸾依旧被众姊妹簇拥中间，胡洪还是依红偎翠，身后作陪。周围多是青年观众。剧白：夜深人静，明月如水，一声呼哨，有阔少与一少女悄悄从帐幕两侧出，相见甚喜，舞之蹈之。女忽嗅槐香，仰首见树上槐花，推阔少至树下。阔少仰望树，有惧色，摇手示不能。女撒娇，坐地上蹬腿。阔少试之再三，不能上，坐地喘气。女抠其脸羞之，自脱外衣，扎膊而上，摘槐花，并于树上舞之蹈之，忽一足踩空，坠落地上。阔少急去扶之，女垂首不能起，阔少吐舌瞪目。左右顾之，无人知觉，逾垣而去。有老汉秉烛出，于树下照之，见少女蜷伏，大惧，手作喇叭呼之，众人至，抬送医院。医生展一纸曰：手术，钱两万，生死不保，不然，尸体耳。少女父母看纸，哭泣摇头，出一纸曰：放弃治疗，任其生灭。有群众出，指骂父母。父转眼思之，出榜曰：谁能救活，妻之。有男青年出，揭榜。父出一纸：若死，无悔！青年咬指画押。随后推少女进手术室，须臾，白布推出。父母号啕。青年对尸击鼓，纸曰：为知音送行。少女竟推开白布坐起而复活。那阔少窥见少女活，即至病床前，少女竟扑向阔少怀中。演此，忽然一男子登台，扯下帷幕，将几人推打，正是胡洪也。

　　那胡洪、爱鸾观看小戏，至中间，二人始觉有意，那胡洪甚是尴尬，心怀鬼胎，不由芒刺在背，局促不安，不敢与爱鸾对目。爱鸾偷眼观之，见那胡洪神态蹊跷，就已猜出三分。及胡洪恼羞成怒，扯下帷幕时，爱鸾怒而质问："得如是否？"胡洪脸色由黄转紫，赧颜不敢抬头，虚声曰："假的。瞎编！瞎编！"观众尽喊道："真的，真的。"爱鸾曰："众岂诬你？"胡洪始跪而求宥，爱鸾在众姊妹簇拥之下，拂袖而去。怒回闺房，抱母呜恻。韦氏急忙抚慰，问曰："女儿今晚受了谁的委屈来？"爱鸾道："现在夜深人静，上有天，下有地，请父母告诉我，到底是谁救了我性命？"贵才急忙道："胡洪！"母惊愕道："女儿为何问此？"爱鸾曰："到了此时，父母还是要隐瞒于我。一切女儿已经知道了。"韦氏曰："女儿，你知道了什么？"爱鸾就将整个过程述了一遍，问曰："确如此否？"韦氏不由泣曰："确实如此！一点儿不假。"爱鸾又曰："我隐约听外面传闻：真正救我者，乃张磐磐也。父母为何对此只字不提？"这时，贵才夫妻依旧遮遮掩掩，目光惭惶。韦氏叹道："这样做都是为了你好。"爱鸾曰："为了我好，就不该对我隐瞒真相，使我一直认为陪我渡难关的是胡洪。"爱鸾又道："今晚我要爸爸妈妈将治病过程仔仔细细告诉于女儿，女儿要知真情。"母亲道："今天已晚，女儿且息。明日白天，妈和你父再细细告诉于你。"爱鸾道："妈应该知道，女儿向来心不容事！一时不知道事情真相，一时不得安眠。就在今晚！"夫妻见爱鸾狂躁，怕影响健康，才将大概过程泣诉于爱鸾，但还是隐瞒了放弃治疗等诸多枝节。爱鸾听后，泪落如豆，道："难怪当我在缥缥缈缈之际，只听到一个声音，那就是张磐磐的咚咚鼓声，余者我再也不觉也。仿佛是那声音将我从黑暗中震醒，催我赶快睁开双眼。没有那咚咚鼓声，恐怕女儿早已长眠地下了。"

　　却说那胡洪当晚回家，心中后悔，回想那爱鸾当时对自己嗔怒之时，眼角眉梢都是美质，更显可爱，思想容辉，越发不忍，后悔得都想碰死算了。那胡强看到儿子低眉泪目，垂头丧气，问了，才知道了戏台上发生之事，也预感不妙。思曰：一旦爱鸾找到磐磐对证，或者磐磐找到爱鸾诉情，真相自出。儿子婚姻将要波折，儿子将受打击。现在儿子离不开那爱鸾了，正如车行陡坡中间，一且松懈，就要翻车，所以首先是想办法不能让爱鸾与磐磐对证。当夜便想出一条计策。

却说磐磐在家虽然是自做自食，但多时是败灶无烟，饔飧不继，吊影孤惶。思忆母恩，又恨贵才，常以酒解愁，痴痴呆呆的。村人不解情思，见磐磐如此消沉，曰："可惜一个好小伙，却被一个'情'字捉弄，成了这般模样。怪哉，怪哉！可笑，可笑！"堂兄弟们箴言相劝，曰："如此借酒消愁，于事无补，反被他人当作笑柄。还是打起精神，发奋图强，重整家业。天下好女子多矣！没她爱鸾咱真的活不成了吗？！"宗族叔伯怜其生活凄酸，光景惨淡，多周济食物，诮呵道："作速办一婆娘，以浑家室，再不可挑拣也。""天下女人，有多大差别呢，有啥可挑拣的？""你挑选媳妇，是要吃苦能干，不是挑模样，模样再好，也不能整天敬上，还得下地干活，锅案洗搓。""模样好是给别人看的，实受不实受才是自己的。"宗族已经通知媒婆，为磐磐速觅一妇。此时磐磐虽孤，但还是庄院齐整，房屋厚实，依然不失为一副好家业，还是不断有妇人想将女儿嫁于张磐磐。但此时的磐磐正陷在单相思的泥潭里，不能自拔，众亲人只是干着急而难以施援手也。忽然村子有人佐以关心，以岔开烦恼为由劝磐磐到县城做工，散心畅怀。磐磐虽然愚鲁，想此也是有益，便随那人去了城里，丝毫不知这就是胡强的奸计：防止磐磐搅和儿子婚姻，叫人将磐磐诱到工地，管吃管寝，监住不让回村，直到胡洪与爱鸾成婚。到时生米成了熟饭，爱鸾想悔婚也来不及了！

未曾想到的是，爱鸾却独自来到医院，以向医生感谢救命恩情之名，来了解自己治病的实际过程，有医生暗中将治疗之参差出入尽皆告诉爱鸾，爱鸾才知：原来真正挽救自己生命的人，是张磐磐。自己父母已经放弃治疗，胡家也将自己抛弃，只有那磐磐慷慨解囊，仗义相救。在全家都在等待自己死亡之时，又是磐磐视自己为知己，击鼓为自己送行，才使得自己捡回一命，因此导致磐磐母亲命丧黄泉。爱鸾伤心至极，一直以为视女儿如掌上明珠的父母原来也希望自己去死。亲人不如路人，芳心破碎。痛定思痛，决定去敬谢恩人。那日，装扮一番，买了礼物，寻至磐磐家。却见扉阖屋寂，庭院清冷，一派萧索。恰遇邻居一老者，爱鸾便上前打问磐磐情况，老者回曰："磐磐老实，被人耍弄了。"老者反诘之，爱鸾伪告曰："我，是磐磐家老亲戚耳，其母与我母乃远房堂姊妹，因路途遥远，多年未有来往。近闻姨母去世，未接讣告，便来看顾。磐磐是我表哥，如何就被人耍弄了？"老者曰："姑娘不知也，这磐磐是他妈一手惯大的，至小就性格专凝。今年春节，在给他开锁的场子上，看中了邻村一个女子。这女子本来是看磐磐的热闹，却反被磐磐看中。那女子确实是胭脂美人，貌若仙女。磐磐为其皮囊所惑，就给他妈要，谁知那女子却早已许于胡强之子胡洪。眼见那个女子是得不到了，而磐磐已私陷情渊，如茧自缚，不得解脱。女子和胡洪你情我爱，欢如鱼水。春天晚上，两个在一起玩耍，女子爬到槐树上摘槐花吃，没想到从树上摔了下来，濒临死亡。那胡洪怕承担责任，撇下那女子，悄悄溜掉了。那女子被人送到医院，即将断气，胡家也不要了。亲父母也只等其咽气，却被村人骂其爱钱不救女。其父便假装出了一榜，说是谁愿意出钱救他女子，如果痊愈，则给谁做妇；若死，则所出费用一概不还，并签字画押。眼见成了泉下艳鬼，谁还敢要？那磐磐老实，便给他妈要钱去给那女子治病，他妈不给，磐磐即寻死觅活，硬是给他妈要了钱，才给那女子做了手术，然而手术失败。当晚，那女子就要咽气，那个痴情磐磐想那女子生前喜欢听他击鼓，就去为那女子最后一击鼓。奇哉，没想到鼓声竟然将那女子血脉震通了。那磐磐之母却因儿子不肖而被气死。那女子逃出鬼门关后，胡强假仁假义，又来认那女子做媳妇，为了博得善名，还包揽了女子治病的一切费用。那女子父亲也就食言，将女子复许于胡洪。那女子也是没有良心，秉美艳复投身胡家，对救命恩人连一声感谢都没有的。胡家人又怕磐磐搅局，便将磐磐骗出去打工，实际上关了起来。而小偷又觑家中无人，趁夜掳掠一遍。一个沃饶之家，现在却是冰锅冷灶、烟囱无烟了。钱也没了，娘也死了，家被偷了。冤哉！太天真了！太痴情了！"爱鸢听此，不由泣道："那女子不是白眼狼，不是不报恩，因为她一直被蒙在鼓里。"爱鸢再证之实确，老汉道："我刘老汉就在磐磐隔壁住着，已七十有余，红口白牙，岂能诬人？此事，村中黄童白叟，谁人不知？哪个不晓？当初若不是磐磐仗义，那女子早已玉葬香埋了。"未曾听完，爱鸢已泣不成声："好狠心的父母！那磐磐为了我已经家破人亡，你们不报答恩情，还隐瞒了我。"爱鸢又思："我的命是张磐磐给的，我一定要报答他。"爱鸢欲寻找磐磐，便问老汉："磐磐在何处打工？"老汉道："大家都不知晓，想告诉他家被偷之事都找不着人。有人说是要将磐磐关到那女子结婚，就放回来了。"爱鸢惊讶，含涕径去。

爱鸢回到家中，三思之后，决定嫁于张磐磐。便告诉父母："解除与胡洪之婚约，身嫁磐磐，以谢其救命之恩。"贵才坚决反对："为父一言既出，覆水难收。"又劝道："是胡洪见死不救，现已悔过，表示将来要对你好，此其一也；胡强为人跋扈，咱不能逆其意，此其二也；彼家广有钱财，嫁于胡洪，你可享受一生之荣华富贵，此其三也。为何要嫁一个傻子？"爱鸾反驳曰："父亲当初对众出榜，要女儿嫁于救命恩人。女儿今日决定，就是要父亲克践诺言。更何况父亲对一人食言事小，对公众食言事大。"母亲也道："可他是一个傻子，嫁于他，毫无体面。"爱鸾反驳道："他根本不是傻子！他性格憨实，为人诚恳敦厚，势利之人才说他是傻子！即使他是傻子，可他爱我。只有他，心中才有我。他性格蕴藉，情感专凝，对我怀心不二。为了我，他失去了一切。而那胡洪却在我濒临死亡的关键之时，弃我不顾，逃之夭夭。这样的人女儿岂能依靠？"又道："当时我处于昏迷情况下，胡家是盼我死掉，因为我一死，再没有人知道那晚真相，此事就与他儿子无关了。胡家依旧是德善人家、光荣门户。而你女儿我，却要落得一个为羞嘴而丧命的馋鬼之名，被人百年耻笑！"爱鸾情绪更加激越："就是你们也盼我死！当时不与我做手术者，就是怕我花你们的钱，干脆死了倒也干净。或者怕我成了植物人，砸在你们手里，祸害你们，难以处理。可只有张磐磐他没有盼我死，他心中有我，为我慷慨解囊。在我即将咽气的时候，他也没有抛弃我，是他击鼓救活了我。父母不告诉我真情，使得我一直将负心人当作恩人敬爱。而真正的恩人却是因为我而家破人亡。"贵才怒道："多是流言妄语，不可凭信。你后辈人家，怎能如此与父亲说话！全无体统。"贵才夫妻还是怕女儿过分激动，只劝女儿冷静；或默默无言，聆受女儿揭短；或曲谕百端，努力推脱。婚事暂且不谈。女儿道："是父母给了我第一次生命，磐磐又给了我第二次生命。若不是磐磐挺身而出，女儿这身皮肉早都在地下化成一堆烂脓水，只剩骨头了。父母不知怎样痛哭流涕！所以我的性命、肉身都是属于张磐磐的。况且父母出榜在先：将我许于磐磐。"听此，母亲不由得落泪了，而贵才道："你胡说些什么！人命在天，不是谁想救就能救活的。外边传言是磐磐击鼓救了你的命，若是击鼓能救人命，那医院就甭开了，医生都敲鼓去。"爱鸾道："我没有胡说，我不信天，连医生都说是鼓声震通了我的血脉。试问父母将女儿托一豺狼，能忍心得下？人生路长，坎坷不断，一旦再有什么闪失，或绿暗红稀，或年老珠黄，难免不被抛弃。而磐磐他对我专贞不二，能与我生死患难，绝不会因色衰而爱驰。与磐磐在一起，终生即使吃糠咽菜，我也愿意。磐磐即使沿门乞讨，我也愿意提篮相随。誓死也不与胡洪配夫妻。"母亲又道："你与胡洪，婚已成约，亲邻皆知。你又多时与胡洪耍在一起。若是复许于磐磐，不怕被人耻笑？"爱鸾道："母亲知道，女儿做事，向来把握分寸。我和他在一起，从未有过分之事，依然清清白白。再者亲邻若是知晓彼在我生死之际弃我而去，他们也会支持我这样决定。"母亲道："这就好。我女儿未有越礼之事，走到哪里都能说得起话。"贵才道："一步走错，后悔一生。"爱鸾斩钉截铁道："跟着磐磐，誓死不悔。"贵才无奈之。韦氏却道："我女儿有志气。"韦氏私对丈夫曰："爱鸾自幼就性格刚烈，又病愈不久，不可强逼，防止生气激变。"

却说胡强稳住了磐磐那一头，急忙携胡洪来爱鸾家中，对着爱鸾，表示知悔，要爱鸾同意婚姻。甘词厚誓毕，胡强察言观色，只有贵才表示能理解胡洪当时心情，那母女却是态度暧昧，不置可否。胡强又思想道："趁爱鸾一家还未最后决定之时，立即毕其姻事。赶快将此锅生饭做熟，使其无机悔婚。"次日，私寻贵才，假称胡洪他婆病已膏肓，要将爱鸾立即娶过门，用婚事冲喜。又道："只有尽快结婚，方可杜绝谣言，斩断是非，免生变故。"贵才道："就怕爱鸾到时扭铷。"胡强沉脸道："婚事冲喜，急不可待，后天我要抬人。"又递给贵才一盒安眠药，道："个别女子结婚前总是扭铷不愿意，只要顶了盖头，知了趣味，婚后三天就又乖又顺了。你可如此这般。"贵才犹豫地接下了。回去与妻子商议，妻子道："以爱鸾之秉性，怕是不妥。"贵才道："却是由了她也？非抬去不可！年轻人能看清前面几步？眼前有福不去享，却要硬去跳火坑。"韦氏坚决反对，道："女儿婚姻当自己做主，一旦知道自己受骗，那将恨你一世！"贵才却是我行我素，不容妻子置喙，一切行动，都瞒着爱鸾。

却说磐磐在工地，这晚，管理他的那人突然消失，感到诧异，问其他人，有人道："胡洪与爱鸾明日结婚，彼回去吃酒席了。"磐磐非常惊讶：医生当时说，爱鸾康复得一年时间，怎么刚过半年就要结婚，或许爱鸾不晓其因，或许其中有诈，我当告诉爱鸾，但无论如何，如果那是爱鸾真正的选择，我当为爱鸾击鼓祝贺。于是，披星戴月，疾驰回乡。

那天晚上，韦氏头疼病犯，吃了药，睡至半夜，醒来，又对贵才道爱鸾不能与胡洪结婚，自己也坚决反对，但贵才却主意坚定，嫌妻子啰唆，便将安眠药放入头疼粉中，督促妻子吃药早睡。次日清早，贵才又将安眠药调于爱鸾饭中，爱鸾不知。其时，胡洪亲迎，韦氏犹沉睡不醒。爱鸾昏然糊涂之中被胡家人装扮，搀扶至花轿当中，一路细吹细打，花轿抬进河东村，经过南街时，忽然，鼓声响起，"咚、咚、咚咚咚"。爱鸾坐在轿中，昏得前仰后合，东倒西歪，忽然大脑之中又响起了"咚、咚、咚咚咚"的鼓声，蓦然而醒。掀帘而望，见一人正赤膊擂鼓，熟视良久，正是张磐磐，已瘦成一根柴也，发长未剪，髭须纵喙，恶气填胸，双目爆火。原来磐磐赶回家时，天已大明，有人告诉他家被盗之事，磐磐无暇顾及，忽听结婚乐声，有花轿即将经过自己家门，料是爱鸾之花轿，知事已不可挽回，便搬出鼓具，在自己家门口敲了起来，意为爱鸾贺婚，只是带有满腔怒气。爱鸾大声呼唤，但声音却被鼓声淹没，又轿夫步快，呼呼趋过，爱鸾以为梦境，只是泪流满面。忽然鞭炮声响，有媪将自己搀扶而下，见胡洪家门，红灯高挂，楹联含春。街道摆满酒席，院内灶烟笼气，刀砧盈耳，葱花臊子，直冲喉鼻。爱鸾还以为是在梦中，又见胡洪胸戴红花，新郎打扮，俯首自己也是一身红装，被人簇拥，又有人呼喊新娘与新郎什么的，似乎自己与胡洪结婚，绝对不像做梦。骇甚！忽悟自己受骗也。爱鸾急忙逃出，钻入轿中，战抖不休。众人百唤不出。爱鸾令绕村三匝，轿夫无奈，只得依从，引得多人围观。爱鸾觉得一切恍如梦寐，搜索枯肠，猛悟有人在自己饮食当中暗下迷魂药也，顿时愤填胸臆。时轿子复至磐磐家门口，爱鸾呼停轿，胡洪不让停。爱鸾一把扯下帘幌，蹦下轿去，奔向磐磐，径入家门，反身即关。胡洪死活拽不住。爱鸾挽住磐磐，号啕痛哭。磐磐为其拭去眼泪，爱鸾转而抚摸磐磐脸颊道："亲为救我一命，致使家破人亡，瘦得形销骨立。爱鸾岂不心疼！今世以身报恩，也显不足。"磐磐道："只要爱鸾心中有磐磐，磐磐今生心愿已足。"爱鸾道："爱鸾今生今世再也不离开亲了。"二人吻起。

婚事突变，瞬传闾里，遐迩相闻，早就有人来看热闹。胡洪不住敲门。门开，爱鸾、磐磐走了出来，爱鸾一脸怒气，胡洪又要拉扯，爱鸾呵斥道："你住手。等我把话说完。"爱鸾却拿过鼓槌，自敲起来。奇哉，鼓艺竟不亚于磐磐！众惊其鼓艺精湛。一时，围了里三层外三层的人，都来观看，万目攒视。爱鸾对众人道："各位父老乡亲，想我的事情，大家皆已知晓。是张磐磐救我一命。父母曾出榜将我身许恩人。诸位皆可为证。我今日遵父母之命，自投磐磐，虽然没有媒妁保人，但绝非私奔。一是双方有两颗真诚互爱之心；二是向众人表明我的父母不羡富贵，信守承诺；三是天意，因为只有磐磐的鼓声才能将我从昏迷中震醒。"爱鸾边擂边讲。那胡强听说婚事中途生变，惊慌失措，赶了过来。见儿子胡洪正哀求爱鸾宽恕自己："是我错也！以后……"又是指天为誓，要爱鸾嫁于自己。爱鸾冷笑着，质问胡洪道："当初你也曾对天发誓，然而在我万死一生之时，你去了哪里？你不是喊人来救我，而是将我抛在黑夜之中悄然遁去，躲到新疆。前一分钟你还说爱我，后一分钟你就将我一个人孤零零地丢在荒院之中，让我孤独去死。那里有蛇有鼠有野狗，你何能忍心？还有什么感情可言？不如路人。说是你年轻，当时害怕，不知怎么处理，也能谅解。可我在医院与死神挣命长达半月，为何半月之间你还是躲在新疆，对我死活不闻不问。你若有人心，就该从新疆回来，把我看上一眼，至少表明你心中有我，那我也就不计较你见死不救之事了，还对你万分感激，事情也绝对不会走到今天这种地步。"爱鸾又道："就说是你年轻不懂事，难道你家人也年轻不懂事吗？他们为何不叫你回来看我一眼？他们还对外宣扬出事时你不在现场，将你摘了干净。你家人当时安何心肠？恨不得将我囫囵活埋。因为我死了，就没人知道那晚之真相，我之死亡就与你毫无关系，你们依然是光荣门户，你们可以任意诽谤诬蔑我不自重。"又道："当我从死神手里挣扎出来时，我就一直向病房外看，看了几天，才看见了你。你知道我看见你的那一刻，是多么激动高兴呀。我想你肯定没有抛弃我，一直陪伴在我身边。然而，事实恰恰相反。当我知道这期间你的所作所为时，我的心跟刀扎一样。一个与死亡抗争的人，是多么希望能有亲人在她身边，可你没有。"爱鸾又道："只有磐磐，他一直守护在我身边，出钱为我做手术，在我即将死亡的时候，他还在我身边击鼓为我送行，正是他的鼓声救活了我。他救活了我，你就立即从新疆回来献殷勤、表功劳、抢现成，无非希望我有所报答。如果你胡洪真心爱我的话，就应该去感谢磐磐，因为是他救活了你媳妇。然而，你们没有丝毫报恩，却是恩将仇报，竟然欲盖弥彰。怕磐磐搅扰，竟灭理伤伦地将救命恩人骗离村庄，拖在外边，监住不让回家，直到实现你们的罪恶勾当。磐磐今天一大早奔回来击鼓，本意是贺我结婚，因为他并不知道我是受骗者。这里多人，我言岂有虚谬？"爱鸾又流泪对众人道："大丈夫做事应当光明磊落，就是今天，他们还在我身上大做手脚，竟然给我下了安眠药，趁我昏睡之中，企图抬进他家，完成他们的罪恶勾当。大家请听，既然今日是我的大喜日子，就应该让我清清醒醒，高兴才是，他们却做了如此龌龊卑鄙之手脚。胡家也自称是积善人家，在人面前说话也是一字一钉。但行起事来，却置国家法律于不顾，与封建社会抢人有何区别？"听者俱道："实在不该，都是啥年代了！"胡洪惊诧道："此我不知也。"爱鸾又道："让大家评评，我能嫁给这样的人吗？"众人大喊道："不能，不能！"胡强背后，站有一群胡家子弟，开始还满脸怒气，意欲施暴，听着听着，便不由暗觑胡强，只见胡强面若紫酱，颈暴青筋，便不敢抬头了。胡洪还是赖着不去，爱鸾严肃郑重道："你们不是一步走错，而是步步皆错，现在一切都晚了。"又对胡洪道："我们以前有过欢乐时光，那已是过去，我也记着。但是现在，事已至此，无法挽回，你也不要痴心妄想。"说完，即从腰间拔出一刀，以刃着脖，曰："今天，你们倘若无理，那就以此相见。我杨爱鸾说到做到。"胡洪惊骇而退，道："好，好，我离开，我离开，并祝你幸福。"红着面目，灰溜溜地去了。胡强见子一副失魂落魄、如醉如痴的样子，怕儿子想不开，也跟着走了。

看客当中，有磐磐之叔、伯等门宗人物，闻听爱鸾进了磐磐家门，又惊又喜。为防事情突变，立即招呼人马，守在门口，震慑保护。见杨爱鸾誓嫁张磐磐，当即拍板，为磐磐操办。先将新娘子爱鸾正规迎进屋中。接着安排人员：堂兄弟们张棚结彩，准备酒宴；堂姐妹们为二人置办婚装，裱糊新房，安装帘幌，铺设褥褥；并快马加鞭，通知亲朋，前来贺忱。一时，二人被妆饰一新，那爱鸾更显妖媚娇艳。磐磐击鼓的一帮兄弟俱来也，在门前吹吹打打，将新郎新娘戏耍。杨爱鸾一时乘兴，亲自将喜炮在磐磐家门前放响，磐磐俵散喜糖，张家门前，热闹非凡。

却说爱鸾婆原本是要送孙女出嫁的，但大家怕老婆受不了折腾，就安排在早饭后，由胡家专车来接。但胡家车未来，却有人神色匆匆地回来了，将贵才叫到僻处，告诉婚事生变，贵才急忙稳住老母亲，火速前来调停。爱鸾正站在张家门下招呼贺客，见她爸来了，不知如何回应，只是一脸怒气。贵才欲将女儿劝回胡家，爱鸾不容置辞。贵才大怒，扯了爱鸾道："走，跟我给胡家走。这儿不是你的地方。"爱鸾态度坚决道："我哪里也不去，这里就是我的家。"贵才怒道："这事还由了你也？"爱鸾反道："我的事不由我，还由了你也？"这时张家上来了几个粗壮汉子，阻挡了贵才，道："有话好好说，不要拉拉扯扯。"贵才道："我拉我女儿，你没权阻挡。"对方彪眼圆睁，道："这里是张家，不是你家，也不是大街上。这里上有国法，下有家法。这里今天有人结婚，做事要尺模着。"贵才心中恐惧，才松开了手，说爱鸾道："你娃娃家能看清眼前几步？"爱鸾顶撞道："就眼前是井，我跳我认了。与你无关。"贵才又道："你今日不进胡家门，就跟我回。至于进张家门，以后再说。"爱鸾整了衣服，道："女儿今天一身红装，于众目睽睽之下，放响喜炮，挺身走进张家大门，宣布为张磐磐之妻。怎么能说回就回呢？"贵才道："婚姻大事，不得草率。如何就这么轻忽私奔？"爱鸾情绪亢奋，道："女儿没有草率，没有轻忽，更没有私奔！又是磐磐，是他的鼓声将我从昏睡中震醒，这不能不说是天意。更重要的是，他将一个贪图虚荣的爱鸾震醒了。所以我嫁磐磐，一是互相自愿，二是遵父亲之命，三是天意安排。岂能有错？"爱鸾又对父亲道："父亲也是在人面前说话的人，一言既出，驷马难追。磐磐为了救我一命，致使一个殷实温渥之家，变成了现在的冰锅冷灶，枯寂萧条。而磐磐现在一人，生涯落寞，茕独无依。这一切都是因我所致。若不报恩，天理不容，良心不忍。"贵才道："那胡家怎么办？是胡家今天用轿子将你抬来的，你就该进胡家的门。为了你，胡家今日已是棚阁弥街，贺客盈门。上千人的排场，诸多有头有脸的大人物，不是来看热闹的。你若如此使其伤脸失面，今后胡家怎么在大街上走？你也因此而不得安宁也。为父这都是为了你好！"爱鸾还亢奋着，曰："胡家人怎么在大街上走，那是胡家的事，与我何干？他胡家就是把省长县长请来，那也都是讲道理的人。抬我来结婚并未得到我同意，就是逼婚骗婚，此事本是胡家人一厢情愿。被人耻笑，乃是咎由自取。"又曰："彼被人笑一时，而女儿却痛苦一世。孰轻孰重，父亲自能掂量得出。"爱鸾反问道："你身为父亲，竟然仕我人喜之日，昧着良心，给我下安眠药，企图将我骗进胡家，到底安何心肠？你无非是想高攀豪门。你有什么资格为人父！想让我进胡家门，除非用刀子杀了我。"爱鸾又大哭。而磐磐宗族叔伯者都在为爱鸾帮腔，劝贵才道："一者双方自愿，二者你当初也对众出榜，信誓旦旦，绝非儿戏，三者对方早已将爱鸾抛闪。"磐磐隔壁那个刘老汉，就是当初告诉爱鸾真情的老汉，骂贵才道："要是没有磐磐，你女子早就埋到地下，烂成一堆白骨了。你女子这时回过气来，胡家就来要人了。当初在医院咽气时，胡家怎么不来要人？你当初出了榜文，现在又要反悔，你一个男人家，是说话还是干啥？"贵才见群众皆指笑自己势利，不由一脸惭怍，没想到自己母亲这时突然出现在面前，问贵才道："你到底将爱鸾许了谁家？"贵才不能回答。原来是其母正要来参加孙女婚事，却见儿子火急火燎地撒身离去，猜测中间必有不妙，便也要来，身边人阻挡不住，只好扶着来了。老婆并未完全聋聩，在路上不断追问，有人告诉了整个事情起因变化。这时，她才知道救活孙女的真正恩人是张磐磐，也知道了儿子出榜的事情及孙女婚变的原因。老婆是一肚子的气："啥事都瞒着我，我还没死，把我就不当人了。"及至张家门口，又听孙女是被她父下了安眠药，抬来骗婚，更是怒不可遏，举杖就打儿子，被人阻拦住了，贵才抱头鼠窜而去。老婆气得颤颤巍巍，当着众人，将儿子一顿骂。那贵才嗟悔无极，红着脸来到胡家，对胡强道："一心为了好，未承想事情弄到这步田地。惭愧！惭愧！"自掴其脸，胡强怒之于目，挥手令去。

那爱鸾和磐磐将老婆扶入屋内，有人安排上上座，并介绍磐磐：为人朴讷，温存善良心眼好，又家境殷实，爱鸾能有依靠。又贬损胡洪见死不救，抛弃爱鸾，口碑颇差等。老婆将磐磐相了一遍，点头称许。磐磐族中管事者，顺便让磐磐与爱鸾先拜高堂，二人即对老妪跪拜一番。门口有围观群众，皆支持爱鸾决定，呼爱鸾出来，要一睹新娘子风采，并要求新娘子击鼓，这也是戏耍新娘子的风俗。爱鸾觑周围还有胡家人物，为了让胡家彻底死心，要把自己冤屈全诉出来，就拿过鼓槌，咚咚而敲，一字一板，诉着冤枉，道："做人要有天理良心，若事发生于你们身上，你们能与此忘恩负义之人白头偕老否？这里有黄童白叟，对天对地，皆可评论。"众人道："不能！"爱鸾更是来了狂劲，道："我一恨自己有眼无珠，为华表所惑，二恨自己贪图富贵，识人识面不识心，画虎画皮难画骨，才致有此错，差点儿连性命都搭了进去。此事使我知道了什么是人世间的冷暖势利。"说完复又大哭。看客中，有爱鸾之姑、舅、姨等，开始对事变都感诧异，现在，都弄清了原委，便凑在爱鸾婆周围，小声商议着："想不到爱鸾受了这么大的委屈。"这时，韦氏也风风火火地扑至，爱鸾婆怒而问道："你到底将爱鸾给了谁家？"举拐欲打，韦氏急忙道："都是她爸主意。嫌我反对，给我头疼粉里下了安眠药，我也是刚刚醒来。听人说事色不对，我就跑来了。"大家听了都感气愤。母亲将爱鸾搂在胸前，流泪道："我娃可怜。委屈了我娃也。"

伯父杨宝才再考爱鸾道："终身大事，千万慎重，你爸说的也没有错。你可以先回去，再行考虑。"爱鸾道："不用考虑。"母亲也道："爱鸾的事情，由爱鸾决定，谁也无权干涉。"爱鸾遂对众宣言道："跟了磐磐，矢志不移。重振张家，义不容辞。"众人一片喝彩。爱鸾婆搂着爱鸾，擦着眼泪道："都是你爸嫌我老了，啥事都瞒着我，才让我孙女受了委屈也。"当众宣布道："我坚决支持我孙女的选择。"伯父也道："坚决支持爱鸾的选择！"其舅也坦臂呼曰："不知磐磐身受奇冤。我今为杨爱鸾与张磐磐证婚。"磐磐遂对众宣布道："我也不会说什么，只愿今生能与爱鸾在一起，永不分离。"又响起了一片喝彩声。而爱鸾却小声对伯父道："今天当着众人，我伤了我爸的脸，小心我爸想不开着。叫人回去，看住我爸。"亲戚们俱道："爱鸾因一不幸而长大也。"接着，杨爱鸾、张磐磐之婚礼在众长辈的主导下有条不紊地进行了。

有胡家细作人员早就听出了事件由因，并在宾客中互相传播，多对胡强有睥睨之色。有些头脸人物还站在张家门口看了杨爱鸾之表演，尽知了原委，多借故辞去。只有胡强一帮挚友留着为胡强撑场面。胡强本是极爱面子之人，将儿子婚姻安排得声色豪奢，没想到却是如此结果。胡强知事已无望，后悔不已，先着人稳住场面，撤去帐幔，留下亲朋。婚宴不成，便宴即可，不能冷场。胡强弟胡超劝胡强再勿争竞，褒爱鸾道："此女又泼又悍，转眼即不认人，不是善茬，不宜配胡洪。若勉强娶来，恐凶多吉少。不如听之任之。"胡强恚恨。那胡洪低头不语，娇花软玉般的美人，本来今晚是自己的了，然而却要躺进他人怀抱，心里是何等滋味！可这一切又非自己安排。咬牙恨恨，又要相争，众人劝住，不令出去寻仇。其叔胡超道："千万不可！事已不可挽，若是上街争弄，只能是当众取辱，反为不美！强扭之瓜，不但不甜，反而坏肚！"他人也劝胡洪将那女子从心中忘掉："这事就此终结！此女蛾眉剔竖，杏眼圆睁，一脸凶煞恶态，鬼神见了也恐惧三分。""桀骜不驯，动辄横刀，即使给你绑到炕上，恐怕你也降服不住。""天下美女子多矣，何必要娶一悍妇回？"胡洪母亲先是一阵号啕，在人劝慰之下，冷静下来了，说丈夫道："此事，错不在人家，是咱家错上加错，总想将事瞒昧过去，最后吃亏受辱的还是咱家。"胡强也是堂堂汉子，今天大失颜面，羞愧无语。胡超对胡强道："此事一开始，你就伏下祸根。将心比心，如果别人对你这样，你将如何？就此罢了，再勿争闹。同时派人告诉那女子，婚姻自主，胡家绝无强迫之意。至于下安眠药之事，胡家一概不知，不可乱讲，否则就要诉诸法律，进行质对。一者也显得咱们大度，二者也给对方以警告，让他们不可小觑于咱们。"胡强点头，道："只是我难咽下这口气。"胡超道："咽不下也得咽。大丈夫心能插刀，胸能行船。"胡强又咬牙恨恨道："早知如此，当时就该在医院弄死算了。没想到今天被这堆烂肉灭了我胡强的威风。"胡超道："切不可有任何报复心理。"胡强冷静下来，也劝儿子道："娶到身边，终是不祥。"胡洪道："我很愧疚，是我对不住爱鸾。"悲哀之中，便宴依序进行。

次日，韦氏率领亲戚将嫁妆等搬送磐磐家来，见女儿爱鸾已经卸却罗裙，系上围裙，正在束薪燃火，渐米做炊。韦氏告曰："你父回家，乡党都说爱鸾女有志气。皆说你爸做错事也。连我也后悔没能阻止你爸。昨日，你婆、你伯回家，都将你爸狠狠地教育了一顿，说你的选择是正确的。你爸捶胸顿足，说自己活了五十岁，却做出了这等没声没色的事，仰势富贵，包办婚姻，在乡党面前将脸面丢尽也。三日后，汝携女婿回门时，宜将汝父好生劝慰。"磐磐道："回门是怎么一回事？都要带什么礼物？"韦氏解释了一通，爱鸾对母亲说道："我和磐磐刚刚结婚，许多门户还需要走，许多礼节还需要行。但我们两个自幼都没在人前头走过。咱家里的事情都是父母在头里操办，磐磐更是靠着他妈长大的，有些礼节，我们下辈人根本不知，也不太懂。母亲可常住这里，指教我们，别叫人笑话。"韦氏道："我女儿说得好，母亲有空就来看我女儿。"爱鸾又道："女儿年幼，昨天是一时冲动，说了些伤父亲自尊的话，让父亲切勿记挂。我和磐磐过日子，也须父亲指教。养育之恩，女儿永世不忘。今后我和磐磐还要养活他老人家。"听此，韦氏激动地说道："经此事，我女儿一下子就长大了。你爸若是听了此话，该高兴才是。他怎么能跟自己女儿计较？"

故事为人传。杨爱鸾私奔张磐磐，张磐磐已经一无所有，唯有一颗真诚的心。爱鸾曰："生命都是你给的，以后，不管吃糠咽菜，不管狂风暴雨，我都在你身边。"磐磐曰："我还有一双手，只要你高兴，整天为你击鼓都行。什么荣华富贵，什么功名利禄，皆不如一个爱鸾。"二人掌家，无有经验，但二人偲偲勖勉，故而生活甜蜜。

后来，二人出门卖艺，张磐磐击鼓，杨爱鸾歌舞，色艺绝伦，周围传颂。十里八乡知晓二人故事，多请二人为其凑兴也，二人双栖双飞，红极一时。

第三卷

痴情男偏遇痴情女

秦裕财，户县董家村人，有姑嫁于宁陕四亩地大户人家，姑收养一女，养大后，将其嫁于亲侄裕财，生子取名秦双龙。故双龙之外婆即是姑婆也。双龙四岁时，母病而殁。临终前，母握双龙手曰："听你父话，我儿一定能长大。"又嘱咐丈夫裕财曰："你尚年轻，我死，你一定要续弦。双龙年幼，需人抚养，新人若不能容，则送于他姑婆处养之。他姑婆待双龙如亲孙一般。"夫妻执手而泣。妻又道："我六岁时失去亲父母，是姑将我收养。我视姑为亲娘，娘待我如亲生，料其必不亏我子也。只是可怜我子之命运怎如我一般，苍天不公！"一再嘱托之，才闭眼也。姑婆闻双龙母殁，伤心至极，曰："没想到走到我前头了！"及见双龙，抱而悲泣。后，裕财续弦，其姑为让侄子与新婚妻子气氛融洽，便将双龙引回宁陕家中鞠养。双龙之舅、妗也怜双龙失母，对双龙抚爱有加。

谁言农家无有乐，绿荫杨下舞婆娑。黄土墙，青瓦房，晶红柿子灰鸟翔。井边提水俏新娘，大红棉袄意思长。柴灶矮屋农家炕，浊酒老碗人慈祥。适姑婆村子过四月会，姑婆家诸亲戚多携子女至，个个春服炫艳，撒娇依偎于其母身边。姑婆忙于应酬，双龙无所依，孤坐门墩，见其他孩子萦绕于各自母亲身边，双龙心中孤恓。姑婆令与姊妹们到院场跑耍。有妇人双龙呼姨者，也引有二女。其中一小女髻发垂额，双眸忽灵，一见双龙则牵裙藏于母后，时露半面左窥，时露半面右窥，神情婉妙，笑靥嫣然。其母令将双龙呼为哥，对女曰："凤女，此你姨之子，因路途遥远，汝兄妹未曾见面。可相与耍去。"凤女遂与双龙于院场玩耍一起也。时天热，孩子们俱脱剥衣服，身体轻扬，在院场跳绳玩耍。凤女忙将其姐凤绵之新衣穿于身上。凤绵跳绳毕，也要穿，凤女不还。绵告于母，母出，责令还于姐。凤女努嘴不愿意。母怒道："这些孩子，就你一个劳神！"凤女顿时泪花婆娑道："总是给姐做新衣，让我穿罢罢子。"既而，珠泪滚滚落下，道："我就是不脱，也要新衣新鞋穿。"母欲强其脱，凤女便撒娇撒痴，据地蹬腿啼号，以挟其母。那凤绵也是对树零涕，十分委屈。舅、妗、外婆等俱在旁边笑看。母对众说凤女道："性格嬲欢嘴还快，我说一句，能返我十句。"回头又劝凤绵道："我女乖乖，长得亲，好听话，不劳神，就让妹子也穿一回新衣。"众人也夸凤绵乖、省事。绵虽心中不乐，还是穿了妹子之衣，泣而去。众皆笑其母曰："都是你偏心。"母向人诉道："今天本不引凤女来，却硬要跟着来。我走哪儿，跟到哪儿，我坐哪儿，也要坐哪儿。尾巴也！"妗子道："女不跟娘，却跟谁去？"凤女穿了新衣，在一旁喜气洋洋。母却佯怒道："长大了，寻个婆家，给远点儿，叫甭回来，看还跟我不？"凤女俏唇挢然道："我就不去。"妗子又道："你不去，叫女婿拿个绳子绑了去。"凤女道："那我就把绳子咬断跑了。"外婆问："你不去，那你长大了却跟谁呀？"凤女抱母亲大腿道："跟我妈！"众人笑其嘴快。又问道："你妈老了可跟谁呀？"凤女不知如何回答，想一会儿，才道："我妈不老！"更是抱紧母亲腿。众又逗凤女道："告诉我们，你妈是从哪里将你拾了回来？"凤女道："我不说。"舅道："你告诉我们，舅给你买糖吃。"凤女即张开小嘴道："那天早起，我妈在河边淘米，看见河上漂下来一个毛蛋娃，我妈一看——是我！就用笊篱将我捞了上来。"众人又问道："你哥你姐是从哪里来的？"凤女又樱唇微启道："我哥和姐是我妈从井里捞上来的。我是从河里捞上来的。"众人见小嘴亲亲，乖乖认真，更加捧腹。母回头对众人笑道："她哥凤鸣她姐凤绵俩嘴加到一块儿，也不如这一个嘴。"那凤女眼灵手快，伶俐非常，在诸孙子中颇为抢眼，招人喜欢。妗子又逗凤女道："再跟你妈反嘴，将来给寻个歪婆子叫整去。"凤女反噘小嘴道："不整！"外婆也道："给寻个歪女婿叫打去。"凤女又道："不打。"那小嘴更加娇俏。舅对凤女母亲道："此女有出息，说不定你将来还享此女之福也。"凤女母笑道："都能劳神死，享豆腐耳。"妗又故意指一子道："让凤女给你做媳妇，要不？"那子道："不要，嫌她是河里捞的，我是我妈从庙里求来的。"凤女自惭，依母胯下。舅在旁道："长大了，想要，凤女还不跟你。满嘴鼻涕，还嫌你脏。"舅又问双龙是从哪里来的，双龙道："我是我爸在土壕里挖的。"婆又指凤女道："长大了，要凤女给你做媳妇不？"双龙羞而不答。婆见双龙小脸羞红，小声问双龙道："要不要？"双龙才微声道："要！"婆又道："那凤女长大了，就给你做媳妇。"双龙点了点头。凤女听了双龙要她做媳妇，益发高兴。其时，其他孩子脖子上都戴着花花绳（五色线绳），用来避邪。凤女见双龙无有，便将自己腕脖上花花绳拆下与双龙手上脖上套之，曰："花花绳能吓走花花蛇，花花蛇就不咬双龙哥了。"外婆问："为啥只给双龙戴？"凤女道："双龙哥，我婿也。" 众人大笑，舅给孩子们发糖果吃。盖四五月间，天气转暖，草木旺发，蛰蛇苏醒，出洞觅食，常有伤人之事，迷信可用五色线吓阻之。双龙戴了花花绳，益发高兴，想着：等我长大了，一定要娶凤女做媳妇。自此，二人在一起玩耍时，常戏称夫妻，日共嬉戏，殊不羞涩，周围人辄笑其童言无忌。

双龙七岁那年，其后母催促丈夫道："快接双龙回原籍上学，不然就显得生分了。"裕财接双龙回。路上，双龙头枕父肩而泣。父问："想你姑婆也？"双龙道："我想凤女，要与凤女耍。"问凤女是谁，双龙却是言而不清，随后头枕父肩瞌睡也。至家，又要凤女。父又问凤女是谁，却又憨言是其姨之女也。童心虽小，也存恋昇之情，而又不晓其他也。裕财道："这里才是你的家，你要在这里念书，会和一群新伙伴玩耍。"听此，孩子顿时脸色惆然，双唇努楚。父思：小小个人，也有小小个心。童心不乐，裕财也心中怅惋。而后每过年，裕财即携双龙至姑婆家，双龙才得与凤女一起玩耍也！

那凤女之母管女颇严格，稍长，则督其针黹锅案。凤女却是不耐心于此。母训曰："你现在不学针线，不做锅案，将来嫁了人，如何被公婆使唤？只有叫人家打了骂了，别人还说我没家教。"那凤女本身做事慌张又无耐性，不爱学。凤女隔壁有远房堂嫂，和凤女母亲要好，特别喜欢凤女，常坐凤女家炕上做针线，小手灵巧，花样迭出，人也长得细白标致，和气柔婉。那凤绵常随其学针线，凤女却是不上心学。此嫂却不中夫家意，婆婆、丈夫多以白眼待之，还常常在人多处嗔莺咤燕，嫂以为自己有不到之处，更加侍奉温谨，但终不达婆婆之意，笑啼皆罪。一日早，因时间紧，做早饭时，将蒸馍的碱面未揉搓均匀，蒸出的馍出现黄斑，便被婆婆苦骂，嫂子稍有辩解，丈夫怒，即楚掠之，面伤甚惨。嫂甚委屈，愤泣不食，至凤女家鸣冤，呈此家长辈难以伺候，叫凤女母亲为自己说句公道话。凤女母亲悯其悲苦，仗义执言，为那媳妇争辩。但那婆婆却道："此女子缺乏家教，待人没礼貌，还吃得多，整天不动弹，只是在家里堆膘。"凤女母亲道："她不是一个懒惰女人，是有身子的人了，不能出大力。"后来，那嫂子因为干重活而伤了胎气，小产了。嫂子常常哭泣，更是不得丈夫婆婆心意，越发虐待之，身上绀青叠叠。此嫂子后来由于不堪楚掠而逃去，却被捉回。最后难以忍受折磨而自缢死，可怜哉。村人说此女是从四川嫁过来的，怎奈遇人不淑，娘家又离得远，女儿在婆家吃了亏，亲父母也不知道，更不能站在旁边为女儿说一句撑腰的话。母亲每以此事警凤女，凤女心中害怕，故而也随母亲学衣学饭，虽然样样皆会，然而性格毛躁缺耐性，终不如凤绵。

　　原来这凤女非其母亲生也。当年，有岭南夫妻抱子乳女、拉几十箱蜜蜂来到凤女外婆村边，在阳坡处放蜂采蜜焉。此发生在每年春暖花开之际，此时气候温煦，草木正芳，油菜花、槐花等相继绽放，而桃树、梨树等满是蓓蕾。原坡一带，更是山花烂漫，野卉竞香，阳光遍洒，蛾蝶纷腾，此时最适放蜂采蜜。村中有顽童好捉蜜蜂，放学后常三五成群，去招惹蜜蜂。一时，激怒蜂群，将许多小孩蜇伤，竟有去医院治疗者。村人怒，找养蜂主人质理，欲索赔。养蜂人不与赔，而自己蜜蜂也因此不采蜜也，并要其反赔不采蜜之损失。恰值春寒，梅雨又至，天骤冷，蜂又成批死，蜂主烦恼，心疼不已。此人初次养蜂，毫无经验，原是借钱作本，大赊之。沮丧不堪，也窝有一腔怒火，恨而逸去，后未再来。

　　清晨，旭日东升，峰岭葱翠，鸟鸣深涧，空谷惊动。有人早起，面对翠岭，快心爽目，唱至田间，见蜂箱俱杳，知养蜂人去焉，却听庵门内传出婴儿嗷嗷啼声，以为养蜂人之妇尚未离去。而房内婴儿啼颇紧，令人揪心。疑其无人，叩门无应。排闼入视，果见一婴儿绷卧板上，四肢摇伸，挣之啼之。此人惊，即在村口号唤。听说风地里有弃婴，诸多媪妪即来看顾，有媪见褓褓里裤子已经濡湿，便以袄将婴儿裹了，抱于怀中暖之。有媪认其袍裙曰："就是养蜂人之女，才半岁大小。"有人曰："这家人真怪，走时连碗筷都带走了，单把女孩忘却。"有媪曰："或许过会儿她妈即来取之，到时好好骂她一顿，没有人性。"俱感蹊跷。婴儿见有陌生人至，啼愈急，越发撕心裂肺。时令五月，早晨依旧风寒，媪又以面贴婴儿面曰："脸颊发烫。"有几妇用手来抚其额，曰："是发烧。"

有妇人道："我试乳之。"搂于怀中，将乳头塞入婴儿口中。婴儿只吮两口，觉不是自己母乳味，即停而不吮，又挣哭之，抽搐焉。有妇人道："这么白胖个孩子给她藏起来，不给她了。"另有妇人道："可能父母见其发烧，又无钱医治，才遗弃也。"一妇曰："就是发烧，也不能抛弃。"又一妇人道："反正他们知道，我们村中人不会见死不救，会替她养了。"有人道："这养蜂人心真硬，能撂下自己骨肉，也不怕这里有狼来？"媪见婴儿抽搐不止，怕其不活，俱道："先抱于先生处给退烧，再看谁有奶，怜而哺之，先别饿着。咱们总不能见死不救。"便抱于村子先生处。先生看了情况，给予两粒糖丸。一时，浑身濡汗，合眸熟睡，烧退也。媪与几妇人商议如何处置，曰："先放三五天，若她妈来索要，应还之；如不来，看周围谁要，则予之。"媪抱女婴寻人乳之，但婴儿口乃择乳，如尝不是自己母乳味，则又挣之啼之，如遇同自己母乳味者，则胖臂摇伸，呱呱而吮。但凡有乳者，怀中自有婴儿，若乳了别人子，己子半要受饿。而此女一旦着乳，就强吮不放，稍离乳，即嗷嗷号啼。因而媪一天要求多个乳妇轮换乳之，以抑其啼。众妇人以此积德行善也。女初认生，见生辄哭。由于腹不胜饥，久之也不认生也，更不认乳味也。十数天后，却也无人来问津，媪也曾试图给了数家，却无人敢接，道："此女倒也乖巧，但这是有根之苗，倘若有日她亲娘来要，岂能不还？不但白养了，到时还难以割舍。"媪便抱于自己女儿家，让自己女儿哺乳之。自己女儿先有一子叫凤鸣，已经五岁，现在怀中正养着一女儿，叫凤绵，两岁了，正在摘奶。现在也不用摘奶了，正好给这个女婴哺乳了。但奶水不够，多时还是含哺而养。

哺至三月，女长得益发可爱：面如粉妆，身如玉琢，臂若莲藕。逢乳辄笑，并且不逗自笑，常能从窗外听其哏哏自笑之声，稍扶起，更是又跳又笑，一家人爱不释手，争而抱之，快活无限。后曾有数妇人，闻讯来求，竟不舍也。妇每闻村子有陌生女人至，怕索女去，辄先将女藏匿。女取名凤怡，即养蜂人所遗也，村人多呼作凤女。那媪即是双龙之姑婆也。凤怡容貌韶秀，双目明净如水，笑靥迷人，性好耍，人见人爱。曾被人偷走，妇哭曰："若丢了自己子尚可，有朝一日，她亲娘来寻，到时如何交代？"全家四处找寻。但凤怡在彼家却是朝夕啼哭，彼无奈之，只好又送了回来。从此，父母看管严紧，抚养良勖。凤怡在姊妹丛中长大也。

　　却说双龙继母生有二女，而未再育，对双龙也十分抬爱，视如己出。家中事渐烦冗，裕财又不幸患腿疾，双龙再不能去姑婆家了，念书之外，闲暇则于家中照看妹妹做家务。久之，对凤女思念渐疏。经有六七年，遗忘也。

　　一日，有人从宁陕传讯，告其姑婆仙逝。这时裕财腿疾已愈，即携双龙及村中诸多亲戚，前往宁陕临吊。双龙跪草，眼望遗像，回忆慈恩，不由泪花蓬蓬。忽见对面跪草女客当中，有一少女眉目楚楚，风致韵绝，也缤绖素服，麻缏束腰，却将自己暗中审视，既而频频回首，眉目含情，羞晕满颊。自古丧事就紊，何况盛暑，长空似火，人人呼热，一切皆草草而行。殡葬路上，男女两列手执绋布，并排于棺后，双龙正与女对，女一身素孝，阳光一照，越发花容玉肌，亮艳无双。女又时时睨之，若欲有言。双龙也觉此女面目轮廓似曾相识。女忽然悄声问曰："双龙哥，还记得凤女否？"双龙才恍然大悟，不由眼睛一亮，热血沸腾，高兴曰："凤女，你就是凤女，方才我就看你像。"凤女喜。

　　从坟茔返回路上，二人故滞后，走在一起。数年不见，双龙只觉凤女出脱成了一个身段袅娜的大姑娘。凤女问："双龙哥，还想我吗？"双龙道："想！我非常想念你。昨日到外婆家，我就想起我们童年时，在外婆家后院场子一起玩耍的生活，多么美妙呀！"女道："还记得我们幼时说的话吗？"双龙想了一会儿道："永远记着！是外婆叫我们成为夫妻。"二人不觉颜颈皆赤。女问："外婆过头周年、二周年你还来否？"双龙道："听父亲说，头周年、二周年就不来了。因为道路迢远，又临夏忙，地里活多。"见凤女失望的样子，双龙又道："父亲说，因为我在姑婆身边长了几年，无以为报，到姑婆三周年时，以我的名义给姑婆演一场戏，权报姑婆鞠养之恩。"凤女嗫嚅道："头周年、二周年，你一定要来，我在此等你，有话对你说。"见凤女双眸含情，脉脉似盼。双龙忙点头道："好，我一定来。"适凤女母亲来寻，凤女遂向母亲介绍曰："这是双龙哥，幼时在外婆家长了几年，大家在一起耍过。"其母却懵而不知，女在旁一再提醒之，其母才悟，抚双龙肩道："长得如此高了，出脱得五官明朗，眉宇堂堂，颇有其父之风骨。"双龙呼姨，一阵问候，凤女母亲才拉了凤女回，凤女一再回头瞻顾，双龙痴立，摇手辞别。

　　回到家里，思念凤女，悬想容辉。等到姑婆头周年，双龙早已摩拳擦掌，告诉父亲要到姑婆家去，为姑婆上坟，父坚不允，曰："头周年、二周年，仅在你姑婆坟头走一圈，提上酒壶，酹奠而已。你舅你姨等近亲去一趟即可，况大忙天，路又迢迢，咱又是远亲，去了，还得麻烦你舅招呼。"双龙无奈之。至二周年，双龙诓父曰："我梦见我姑婆了，我想给姑婆上坟去。今年我一定要去。"父道："梦死则生，梦与实际相反，你姑婆知咱家大忙，才托梦于你，叫你别去。"双龙无言以对，只有眼巴巴向东南望去，目穿北斗，幻想着凤女那殷殷期盼、欲言又止的神态。

第三年，双龙早已躁不可耐了，裕财及早就做了准备。一行人至姑婆村子，太阳行将落山，舅家人早在村口迎接。双龙心急，走在前面，远远就望见有一女子，正站在高埠伫望，及见双龙，女子立即迎了上来，正是凤女，三年未见，更加娇艳多姿。二人相见，喜不自禁。主家将裕财等娘家人接回款待。余晖满院，凤女与双龙正欲畅叙，凤女母亲却唤凤女曰："客人至也，快来帮厨，端盘酌酒，勿闲着。"凤女急辞而去。这时舅家门口红灯高挂，楹联红喜。盖风俗也：过三年即卸孝除服，称是儿女守孝期满，故而过三年即为红事也。

门前戏台，早已彩棚红帐，灯光明耀。戏尚未开，有几小孩在台上作耍，跑之跳之。忽有两绰约少女，皆红裙连衣，联袂登台，将众小孩逐下，自在台上歌之舞之，红灯俏影，宛然并蒂芙蓉。观者鼓掌喝彩。舅带领男性后人从姑婆坟茔请灵回煞，双龙等正从戏台边过，细看却是凤女与凤绵也，不觉心花怒放。凤女母亲却呼二女曰："你婆灵回来了，赶快下来接灵。"二女即从台上跳下，随母亲而去。接灵回煞，众女眷执香跪叩迎接，孝子们将灵位供于香案。案上红烛高烧，檀香浓郁，后辈男女分为两列再行叩拜，听居士为外婆诵经追荐。双龙目注女眷，果然寻到了凤女，也正随母亲及凤绵叩拜灵堂。凤女回眸盼注，见双龙正眄睐自己，秋波频传，凤女颜色顿喜，更显意动神流。

安灵毕，主人安排裕财等贵客住宿。这时，外边戏台早已锣鼓锵锵。凤女母亲却要凤女姊妹快回，凤女凤绵似乎不愿意回，道是看戏。其母道："明日还要早起，准备礼物。今晚是给你婆请灵，明天要给你婆送灵，要到你婆坟上去。明晚再看戏。"却将凤女凤绵推搡而回。双龙也因为乏累一天，一觉睡到红日高升，才被唤醒。早饭毕，诸客已齐，安排送灵仪式，又是男女两排对姑婆灵堂行三跪九叩礼。因裕财等是姑婆娘家人，故而待为上宾。裕财仪采轩豁，作为主祭，对姑婆灵堂叩拜，大声曰："您老人家根在户县董家村，来到此地，嗣息了一大家子。现在俱都健旺，您老无须挂念。今日咱村中人来到您老灵前，给您老过三周年，再跟您最后一叙。您老生前关心故土之人，故乡一切平安。您老看，您故乡之儿孙辈来一大群也，他们秉承您的精神，都有出息，也是您老功德无量。今日让您老看一下，也高兴高兴，您老以后不要挂念故土。您老远走高飞，或成仙成佛，或托生贵门，祝您老下一世尽福尽寿。"奠念毕，裕财对灵堂酹酒一盅，接着双龙等娘家后辈给姑婆上香叩拜，再接着就是本家长辈也祝其或乘鹤驾龙或托生昌明隆盛之福地，亲儿孙又是一阵上香叩拜。逐个拜毕，将姑婆灵堂笼烛等祭物一并扛至坟茔烧化祭奠，并行脱孝仪式。至此，奠念完毕。返回路上，白衣稀稀拉拉，延续有一里路长。双龙与凤女情意绵绵，故意落在后面。天热，双龙豁开衣领，脖颈上露出一个红艳艳的红丝圈来，煞是英姿勃发。凤女问之，双龙道："在我三岁那年，亲妈专意在神庙里给我求了这条红丝圈。我来时，爸妈说是我要到坟地去，将红丝圈戴在脖子上，可以避邪。我本不信，爸妈要我戴，我才戴了。"凤女喜。至村口，母亲喊凤女快走，回去要帮厨做饭，凤女指村外一棵大石榴树对双龙小声道："双龙哥，今晚我们在此相会。我有话说。"双龙回头，见树上蓓蕾初绽，殷红点点，心中喜。

　　夏天昼长夜短，由于舅家过事，故而晚饭早。及饭毕，才日头落山。有人在戏台上调响喇叭，意是戏将开演。双龙却踅至村外，见村烟四合，这时村舍人家才举火做饭。只见凤女正站在石榴树下候望，晚霞映照，花枝拂面，一副翘盼慕切、想见亲人的神情。见双龙来，即挽手坐于蕺草之中，草深过膝，清香馥郁，四周宁静。二人对望，无有言语，双龙只觉凤女眼横秋水，美不可言，凤女也觉双龙眉赛春山，英俊伟岸，四目相对，满是激情，一时不能忍，抱而吻之。时月牙儿东升，凉风习习，村里戏台上锣鼓锵锵。二人于草丛中互诉衷肠，享受着甜蜜。女曰："人生真美好，到时我们永远在一起，天天如此。"双龙道："今天是姑婆忌日，我们如此，不知她老人家在天之灵高兴否？"凤女道："她老人家肯定高兴，最早我们在一起玩耍时，是外婆将我许于你的。"双龙道："你可知道，我母亲就是姑婆捡的，嫁给了我父亲；你也是姑婆捡的，将来也要给我当媳妇。姑婆真是我家的大恩人。"凤女道："她老人家是一个大善人。"凤女又道："想我幼时被人遗弃，外婆善良，不忍心见我死，才将我拾了回来，交于我妈，我妈用奶水哺养了我。"双龙道："童年在一起玩耍时，我就看得出来，你和你哥你姐长相不同。"女不由泣之，双龙拭其泪，道："我们二人命运一般。我是幼而失恃，成了哀子，父亲没有办法，便将我遗于姑婆鞠养，我才有幸认识你，这也是缘分。"女曰："这一切都是因外婆善良，才使我们相聚一起也。"二人时乐时哀，时哭时笑。双龙又问："今晚你回去不？"凤女道："我给我妈说今晚在舅家睡，就不回去了。"二人喜。这时戏台上锵锵之锣鼓声已经消杳。天上玉宇无痕，银河泻影，玉兔悄悄爬到了头顶，偷看着草丛中的甜蜜男女。凤女道："双龙哥，你看，我们头顶上月光明明，是月亮爷爷在看着我们。我们应该对月亮爷爷跪拜，让他老人家保佑我二人终生不离不弃，白头到老。"于是，二人便对月亮跪拜，道："月亮爷爷作证，我与双龙（凤女）将来要做成夫妻，愿月亮爷爷保佑我二人终生永不分离，白头偕老。"拜毕，二人并坐一起，共度着人世间的美好时光。依恋之间，月移花影，玉兔西去，二人唯恐天明，不能尽情。凤女道："但愿时光永远停留在今晚，我们将永远不分离。"

忽然，树枝上传出一声清脆的鸟叫，二人翻身坐起，只见东方熹微，但天空依然繁星隐约，周围苍昏。双龙曰："我今日一大早就要乘车回家了。"想起天明就要分开，双龙不由泪水簌簌扑落，沮丧道："可惜我们不能再相会了。"女惊问："为何这般说？"双龙道："父亲说了，姑婆是我村人，去世了，三周年都过了，故乡之人以后也就无事不来了。因为以后就是后辈们的天下，我们是老亲戚，隔了层，又路远。"凤女也道："我妈也如此说：'这是你外婆最后一次热闹，你外婆娘家的老亲戚都要来，看着给你外婆把啥事安顿好，以后也就无事不来了。就是妈以后到了你外婆家，也只有与你舅一个亲人说话了。'"想起瞬息欢乐后又要分离，又不知什么时候再续亲爱，二人皆泪落如豆。女道："那我就跟你走。"双龙道："走到哪里去？你妈能放心？我爸妈管我非常严格。"凤女曰："事在人为，妈若为我提亲时，我就说我是你的人了，非你不嫁。"双龙道："诺！我也对父母说非你不娶。"既而，双龙从脖子解下条红丝圈来，对凤女道："我没有什么礼物送于你，就这一条红丝圈，是我命根子，你把它佩戴胸前，可以避邪。"凤女高兴地接了，道："双龙哥，你给我戴上。"双龙又将红丝圈佩戴于凤女胸前。凤女感到无比幸福，含泪道："我不想让你离去。你这一离去，不知什么时候才能再见。"双龙道："你放心，待腊月，即向父提此事，春节就定了。"凤女急道："我不想等到春节。"双龙回道："好，那就在中秋节。"凤女道："不要。你回去，立即遣媒人来。"双龙道："我一回去，麦子就要熟了，又是夏收大忙。待大忙一过，我立即给父亲提此事。"凤女满脸喜悦，道："好，就这样定了。"二人又温存了好一会儿，既而晓光东现，村鸡叫早，晨曦渐升。凤女还是缠绵悱恻，不放双龙去。双龙道："我得走了。"双龙将红丝圈给凤女整理端正，道："你见它，就如见我一般。"凤女思忖了一会儿，遂从地上拔出一撮奇异的花草，曰："回去将此草带上，此草名叫勿忘草，带回去，栽在院子，见它如见我一般。收完麦子，立即遣媒来，不要让我苦等。"双龙将草之根叶仔细检看，惊疑道："勿忘草？与众不同。"凤女道："传说古时候有一个男人随军出征，告诉妻子说是出征一年就可回家。可是一年后丈夫没有回来，妻子天天站在竹楼上，对着丈夫出征的方向，凭窗远眺，蹙损春山，望穿秋水，苦等十年，丈夫一直没有音信。后来，妻子因想念丈夫，忧愁而死。死后三年，人们发现这个妻子的坟茔上长了这种与众不同的草，其花叶都倾向丈夫出征的方向，后人就叫它勿忘草，又叫相思草、望夫草。"双龙将草用手帕包裹，收藏好。凤女抱着双龙脖子，眼含泪花，说道："双龙哥，我可是一天都不愿意等。"二人又是一阵盟誓：海枯石烂、地老天荒、永不变心等，然后洒泪而别。

及回姑婆家，裕财问："昨晚在何处休息？"双龙道："天热难眠，与凤女说了半夜话，临明才靠在树上睡了。"饭毕，主人将裕财等送至车站。那凤女与双龙难分难舍，双龙早已将自己地址写于纸上，交给了凤女。凤女将自己一张照片给了双龙，悄声道："这是我在舅家镜框上取下的一张照片，这镜框一直挂在外婆房间。我怕你将我忘了，特意取下送于你。你看到照片就知道这地方还有一个凤女。"双龙目注照片，这是凤女垂髫时代的一张黑白照片，只见凤女前发齐眉，满脸稚气，正在抿嘴微笑，一副怡然自乐的神态。双龙喜极，掖在胸兜。凤女拉了双龙的手，一再叮嘱道："回去，速遣媒妁来。"双龙回道："好，你把地址放好，将红丝圈不要离身，它能保佑你平安。"凤女解开领扣，道："双龙哥，你看，在这儿。"那红丝圈红艳艳的，映得凤女美丽的脸庞越发俊俏。临上车，凤女道："千万千万记住我说的话，切勿让我们的事情成为南柯一梦。"芳心怔忡，酸眉愁结。那裕财等见二人恋恋不舍，以为是兄妹多情，并无他想。双龙回家，对凤女昼夜悬想，常将照片取出一观，以慰思念之情。

忽电视报道：安康一带暴雨成灾，山洪暴发，村落毁夷，罹难数千人。双龙心中愀然，那宁陕就隶属安康地区。欲细看何处受灾，然而报道却称：交通中断，道路毁绝，通信全无，军民俱不得入，详情难知。政府催督军队前往救援，又鼓励村民进行自救。双龙坐卧不宁。数日后，报道陆续至：但见桥梁折断，路基冲毁，河道淤塞，房屋成残垣断壁，然而重灾区犹无法进入。双龙忧心如焚，茶饭不思。他想："凤女肯定正站在高埠处，切盼自己一伸援手。"过两日又知：宁陕四亩地一带，有数处村落一夜间被洪水夷为平地，数百人一夜呜呼。惊甚，那凤女家就在宁陕四亩地处，那是灾害中心。当晚双龙就梦见凤女在深水泥潭中挣扎，向自己招手求救，心如油烹。未明，告父曰："在姑婆三周年之际，与凤女私订终身。今彼遭难，死生难料，决定去看个究竟。"父思忆之，道："凤女，出身我自知之，与彼成婚不在五服之内，倒也合情合理。此女我也曾见之，实较其他女子慧黠可爱，机巧善变，又身材俏板。汝私订终身，父不反对。儿有此心，父也支持，只是要待路途通畅，交通恢复时再去问候之。"双龙道："若待道路修通，不知要等三月还是五月。彼正在难中，望穿双眼，翘首待援。现在去了，如雪中送炭一般。过了此时，我去还有何意思？"父曰："凡山洪者，来也匆匆，去也匆匆，而且范围狭小，多发生于一沟一壑。再者，宁陕四亩地那么大，山洪不知发生在哪个旮旯拐角，你婆村庄地势高，肯定没事。"又道："山洪骤至，岂能长存？道路不至于全毁，修复也快。"及见儿子寝食不安，又曰："你要去也好，我也陪你去，顺便问候你舅和你妗子。双方坐下，将彩礼日子定了，也是好事。"双龙欲一人去，曰："现在正是夏忙时节，地里活最多，家里离不了父亲。"父曰："儿年幼，单独出门，尚乏山路经验。何况现在洪水刚退，山道崎岖，羊肠多弯，步趋下面，沼泽泥洹，多伏凶险。"双龙曰："父无忧，儿年巳二十，该是·人出门的时候了。"父沉吟良久，遂诺。备好礼物，带足盘缠，曰："顺路看望你舅。"送至车站，叮嘱曰："出门在外，路在嘴下。慎之，慎之，不可让父久等。"一再谆嘱。因此次出行，车只能开到半途，多时要依靠双脚走山道，险阻颇多，难以预料。

果然一进南山，尽是断途，官兵日夜抢修，但好在路线犹存。只是要时而涉滩，时而过独木桥，时而攀葛附藤，时而泥湫没膝……皆是拔淖入洉，扶杖涉险，更何况平素就荆棘载途，现在草下更是伏有陷窝，因而异常凶险，步步小心。双龙夜宿晓行，餐风卧草。沿途村居，一片悲凉，到处荒烟错楚，鬼哭狼嚎，使人凄恻。其时雨后晴朗，天高气爽，远近烟峦，宛若图画，想象着和凤女见面时的激动景象，双龙心里高兴。本来两天行程现在却用了四天，尚未到达。干粮已尽，沿途少有店铺，此时尽皆关闭，食宿皆在百姓家里或房檐下面，山里百姓穷，却善良，听说前往探灾，都热情招待。

　　一路跋涉，辗转来到四亩地，问到凤女村庄，有人指了。那是一个正处于谷底的小里落，向下望去，依然是树木葱茏，庐舍隐隐。时天又奇热，阳坡上面，尤其大水过后，草木蓬勃，山花娇艳，芳菲弥漫。及入村子，却是旧景全非，已不能识也。所能见者多是墙壁倾塌，廊柱暴露，房垣以椽相撑。再向下走，更是一片断井残垣，瓦砾泥浆遍处。整个村子，半为墟废。汉子妇人多有头裹孝布，修葺墙屋。几乎家家门框贴有白色楹联，挂有丧幡，孝布素服者遽出遽进，匆匆无言。这里本是一片世外桃源，一年四季，山青木秀，水明草绿，时有野鸟格磔，时有獐行狍走，居民生活恬逸。现在只见青山哭泣，草木流泪。双龙不由心酸。问至凤女家，却见凤女母亲和凤绵凄婉相迎，甚是惊讶，双龙即问一家平安，老妇顿时泣不成声。回头不见凤女在侧，双龙心头骤然紧缩。凤女之兄长凤鸣请双龙进入房中，双龙一下就看到一座灵堂：两根蜡烛荧荧火，三炷炉香缕缕烟。幡带飘飘，纸花摇摇。中间正放着凤怡的黑白照片，照片前面放着一只鞋。凤鸣先哭泣道："可怜凤女连尸骨都未找到，只找到了这只鞋。"一言既出，举家号啕。双龙只觉五雷轰顶，瘫倒在地。待清醒过来，放声大哭："果然成南柯一梦了。"凤鸣、凤绵及凤鸣妻皆含泪相劝。凤绵母亲悬泪叫凤鸣妻先去备饭。凤鸣告诉双龙道："那次回家不久，凤女就买了丝线，绣起了鞋垫。母亲问了，凤女扬扬得意地告诉母亲，是给你绣鞋垫。还说你是她女婿，两情相悦，自由恋爱。母亲知道了，先将凤女骂了一顿，嫌其不告诉家长就自由恋爱。而凤女反说那是童年时外婆给自己定的婚姻。母亲说是确有其事，但那是外婆的一句戏言。母亲又说你出身大户人家，清门令望，并且你二人自幼青梅竹马，又是亲上加亲，将来结了亲，乃美中之美也，所以极意嘉纳。只是自由恋爱，太不可取。按礼纳聘，才是正道。那时，我和凤绵却笑她不知羞耻，自找女婿。可没过多久，却遭遇此祸，现在凤女尸骨不见，真叫人不忍心。唉，村中还有上百尸骨未见者。"边述边垂泪，凤女母亲也道："下雨那几天，凤女整天坐在窗台处，手托腮帮，默默无言，满脸愁苦，只向你家的方向望。我知道她是在想你哟。"
说着，又号啕起来："再见不到我家凤女了，一个活蹦乱跳的女子！原先，我们
救了她的命，这次茫茫大劫，她以命相报，救了我一家人性命，凤女真是我家的
救命恩人啊！"凤绵、凤鸣难以劝止。母亲又泣不成声道："凤女虽然是我拾来
的，可也是吃我奶水长大的，我一点都没亏她，怕别人说我偏心，待她还胜过她
哥她姐。在姊妹几个当中，凤女最是活泼爱笑，最有出息，可是没了……她不负
我的鞠育之恩。"又道："想起我的凤女来，我就心疼。小时候，整天要我抱
她，一会儿不抱，就要哭闹，我纺线，就要揪断我的线，我织布，就抱我的腿，
非要我抱她去街上转。没有案板高，我在案上擀面，她就踮脚站在案边也小手揉
面；我烧锅，她也将柴火给灶里塞，也拿根棍子戳火。自幼就手脚利索，做活麻
利。现在没了，我心都能疼烂。"其母一哭，惹得凤鸣凤绵也哭入其中，就连凤
鸣妻也边揉面边抹眼泪，全家哭得一塌糊涂。

　　原来，进入六月，汉中、安康一带，连遭暴雨。由于山道险峻，村民不得
出，又存侥幸心理，多求上苍护佑生灵。但暴雨不止，村中街道水深漫膝，村
民恐慌，望洋愁叹。有远见者，即携家拖口迁播高埠之地，倚树扎帐。凤女家
房基高于街道，虽未进水，母亲也仿他人，携全家迁至后院高埠处。给每子缝一
口袋，烙饼若许，装于其中，令子女缚于脖上。贴身衣内，装上钱款，曰："大
水一至，或有不幸，若能存活下来，这兜中之干粮，也够几日之活命。"又给
每人腰间拴一绳曰："一旦大水至，能抓住一木，则缚绳木上，随水漂流不至沉
没，或可活命。"又给每人手腕拴上地址、姓名，母曰："此乃一旦而殁，按此
地址也可尸骨归宗。大难来临，命在冥冥，娘也无能为，娘望我子个个平安。一
旦娘有何不测，你们姊妹一定要团结互助，各自成家后，多多来往，娘方能泉下
安心。"泪落如线，日夜不眠，祝愿儿女平安。凤女天真无知，笑而不信将有大
难，背母即将烙饼吃完也，母发现而责之："此救命粮，现在能在家中吃。一
旦不能，则用此粮救命矣。"凤女笑曰："此好吃。"犹与姊妹戏，如无事人
一般。母又训之："别人能愁死，你却如此乐？"凤女曰："娘不用愁。人于
世上，愁也是一世，笑也是一世，笑一世总比愁一世好。就是死，我也要笑一
笑。"母怒而责之。母亲时时刻刻将众儿女拢在身边，抹泪不止，叮咛不断，
生怕有一日少了一个。凤女一边挑绣扎花，一边劝母不要烦忧，而自己眼望汪

洋，心中惆怅，思念双龙哥处不知如何，朝夕遐想，日夜焦灼，恨不能生双翅飞到一处。暗中将身上地址换成双龙之地址，将双龙给她的红丝圈贴身戴在胸前，凝眸远眺，满目怆怀，思曰："我生为双龙哥之人，死为双龙哥之鬼，况且红丝圈还能避邪救命。"又揽镜自照，见自己衣单风寒，唇紫颊青，花貌减损，就又施朱敷粉，增添容光。母又责之："啥时候了？娘心都在喉咙悬着，你还有心于此。"凤女只是笑。没想到天气猛地放晴，百姓欢跃，以为灾难已过。此时村中街道，泥淖犹深过膝，行走不便。村民顾及家当，于泥水中回家整理之。子夜，人人高枕，忽大堤决也。原来太阳一曝，水即大涨。又是暴雨如瀑，洪水咆哮扑来。那晚，凤女先被街道吼声惊醒，却见水已涌进屋子，急忙穿了湿鞋，及推开门，街上已是一片汪洋，到处子哭娘号。前门已不能出，一家人冒着大雨向屋后院土崖处奔去，暴雨如注，漆黑似冥，伸手不见。大哥怀抱幼子，一家人互相牵扶。坡陡泥滑，缘梯而上，兄长凤鸣先抱子上，待其母上时，大水已汹汹涌来，脚下滑，人梯不稳，凤女姊妹在下扶梯，上拉下推，嫂刚将母推上，梯已滑倒也。可怜凤女姐妹随梯而倒，为水吞去，而咫尺之间，无法施援。眼望生死，耳听惨号，如刀割肺。其嫂揪住绳子一端，站了起来，幸而存活，只呛了几口水，凤绵手抓一树，攀缘而上，躲过一劫，只凤女再无踪影。再听街上到处是呼爹喊娘。而又黑夜，大雨倾注，如何去救？命交于天！平明雨犹如黄雾，洪水漫过下面屋顶。但见每一湾窝之处，皆卷有浮尸，甚至数尸相叠，惨无天日。村民无能为，只能对天哭号。临晚，大雨还淋漓不止。两天后，水才退。村民才从沉沙淤泥当中寻找亲人尸骨。政府号召互相寻找。只凤女村子，三百人一夜呜呼，还有绝门者。而上百人不见尸骨，或被溺埋泥浆，或被洪水卷走而无处寻找，后陆续被人找见或为下游人发现，但还有寻不到者，凤女就是其中之一。政府组织人简单处理，集体掩埋。凤鸣只在后院找到凤女一只鞋子。

　　世上万般悲痛，皆不过生死离别。双龙大哭，在凤女灵前跪地不起，目注遗像，心如刀剜，只见凤女目光犀利，眉宇间锁愁驻恨，似要射穿自己，怨怼自己未及时一伸援手。双龙顿有自怨自责之心，不敢与遗像对目，只是凝注那只鞋子。恨不能忍，哽咽失声，跺脚大悔。凤女母又拍着灵桌哭道："凤女啊，你魂灵不远，你双龙哥看你来了，可再也见不到你的面了。"凤鸣对双龙道："你有此心，凤女地下有灵，心也安了。人生总是要死，难得死后还有人念叨。"凤绵忍着双泪，劝住了母亲。其母擦了眼睛，道："双龙千里赶来，一口水没喝，却是一阵哭。悲惨哟，悲惨！"凤鸣妻给双龙端水喝了。双龙将给凤女带的礼物敬献于凤女的灵前，其他礼物交于凤女母亲。时饭已熟，双龙却是一口不能下咽，要回家去，凤鸣一家强劝之，道："你走了几天路程，来到这里，还能不吃一口饭？"双龙道："凤女没了，我焉能吃下？"凤鸣道："道路现在还是不通，你回家还得三五天，哪能一口饭都不吃？"凤女母亲道："凤女爱你，她在天之灵，也不愿看到你这样不吃饭。饿坏了身体，她灵魂也会不安，你要坚强，才能对得住凤女。"双龙才勉强吃了，就要立即回去。凤女母亲道："你回去，叫你爸给你另寻一门亲，好好过日子。对凤女不要再念叨，你已尽心了。她死了，是她抛弃了你，你对得起她。"双龙将凤女遗像掖于怀中，以慰思念。凤绵取出一包裹，泪水潸然，递给双龙，道："这是凤女生前给你绣的一双鞋垫，可惜只绣完了一只，另一只绣了半截，人就没了。"双龙打开一看，只见一对并蒂牡丹，绿叶红花。另一只绣的是鸳鸯戏水，可惜只绣了半边，针线还别在上面。双龙见了，泣不成声。凤鸣送双龙出村，路过一片坟茔，全是新土新幡，道："没想到这次宁陕受这么大的洪灾，四亩地成了灾害中心，全国皆知。"双龙一阵悲哀。凤鸣指道："这道沟下有数处村落，最是灾害中心，皆已毁夷，政府令集中为一村也。现在吃住都艰难，住帐篷，排队吃救济。""当地遗有孤儿，鼓励亲戚领养之。若无亲戚者，叫城里无儿无女户认领。"又含泪指道："估计凤女就是从这条沟卷走的。"双龙眼望沟壑，莹莹欲泪。辞别凤鸣，去向舅家村子。先是看到昔日相约的那棵石榴树，但见石榴树经过暴雨洗涤，又值烈日，石榴花儿更加鲜红浓艳，灼灼如火，焰焰欲燃，树下草丛尽被黄泥覆盖，连树身也半是泥浆。就在这里，二人彻夜依偎，山盟海誓，同生同死，犹如昨日，那时花苞才零落绽开。然而转盼之间，就玉葬香埋。双龙难以置信："难道老天爷真的忍心将花容玉肌化作泥土？"不忍细视。来到舅家，适妗子一人在家，呈上礼物，问安毕。妗子道："此村庄在高埠处，没有伤亡，但有几户房倒墙塌。"妗子对凤女遇难事也是双眼落泪："可怜哟，那么嬷欢爱笑的女子，就一梦没了，太可惜了。"又劝双龙别记挂于心，回去另择佳姻。双龙问舅及表兄弟，妗子告曰："都被政府招去，为灾区村子砌墙筑舍，数日未归。"双龙遂怏怏离去，专门沿洪水涌道，徒步而行。或下坎，或爬坡，或荡树枝过岸，斩荆披棘，穿越乱石，沿途处处暗沙淤坑，时有潜陷，双龙出陷入淖……

　　双龙于所经村舍，边走边比画着问："是否见到如此高矮，如此年龄，脖子戴有红丝圈的一女尸？"这时，洪水虽过有半月，许多人仍在沿途如此寻找尸亲，却是无有。或许打问者太多，沿途村民已经麻木，也无人认真回应。及进河岸，只好行堤坝，跋滩涉险。只见河床漂浮树木柴草，中间夹杂农家用具、衣物箱笼，漫无边际。或许中间夹裹死尸，难保凤女不在其中，可谁敢近前！也根本无法靠近，双龙心肝疼烂。河道几乎拥堵不动，流速颇缓。再向前行，河道分出许多岔流，岔流也多被封堵。双龙只沿主河道行，整个主河道也是浮物漫漫，绵延不尽，望之酸心刺目。越向下游走，河道渐少，沿河村民，于河道两岸，用长竿勾捞漂浮财物，争之抢之，发横财也。而河桥之上，更有男女成排，捞取浮财。或发现尸体者，拨置一边，以草掩之。双龙打问，皆言："未见活人也，若见活人，焉能不救？"初，心中还存一丝侥幸："无论如何要找回凤女之尸骨，安葬于净土。绝不让其青春艳骨，淤于污泥浊淖之中，为千人指看。或许天公开眼，让一个美凤女站于面前。"双龙一路想着，行至一个叫磨盘营的地方，前望乱流茫茫，河汉骤多，不知芳躯所经何处，至此心惘然也。上哪儿去打问？失望而却步也。凤女已殁，孤生于天地间有何乐趣？遂坐于堤上，将凤女之遗像细审：秋水玉容，再难与共，丽人冶影，何处寻觅？又取出那刺绣鞋垫，绣垫上细针密缕，针针连心，线线牵情。千情万意，宛然于绣垫之上。手泽犹存，香息可闻，然却玉容不再。双龙心如刀绞。看日衔西山，霞飞云卷，望南岭横翠，聆流水幽咽，一切皆无趣味。绿水青山，换不回玉人之音容笑貌；澹澹长空，寻不回佳人芳魂幽幽。知心知意的人呀，你的香魂在何方飘荡？灰灰苍天，脉脉斜阳，汩汩流水，落日余晖，心上人不在身边，活于世上还有什么意思？双龙恨啊，他恨天：天啊，你为何无端下了暴雨？他恨水：水啊，你太无情，忍心将一个如花似玉、活泼开朗的女子化成肉泥！他恨风：风啊，你为何不把凤女的灵魂送到我的身边，让我们永远在一起？他更恨自己：为啥当时不直接将凤女引回家中？

　　他顿足捶胸，怅恨欲死，但又能如何哉？心内成灰，不食不眠，时而痴笑，时而对水发呆。当地人见双龙如此状态，心内疑怪，问之不答，唯有涕泪。后知是因恋人溺水而亡所致，多有叹息。当地人见其不吃不喝，从日昃至于昏暝，怕其寻短，便行劝解。河边有寺，适寺僧放鸟归，当地人便叫寺僧将双龙引去同食眠。来到寺里，任僧人怎样开脱，双龙还是两泪不断。要削发剃度，了断尘缘。寺僧劝曰：“你尚年轻，六根未净，仅一时之失意便要遁入空门，实不可取。再者，汝父母养你，就是希望你能报效家门，光宗耀祖，你一旦废身为僧，岂不有失先人之望？待汝清醒以后还要还俗，到时徒取笑柄。”寺僧暗中讨了双龙地址，遣人速传于双龙父亲。秦裕财闻子因情滞于古寺，火速赶来。双龙见父，伏地悲涕，曰：“凤女被洪水卷走了，至今尸骨尚未找到。”裕财也凄怆悲怀，双眼含泪，道：“实乃命尔。彼今已殁，汝更要自强，方对得起死者。”劝子节哀，多方慰谕，力促双龙回家。

至家叩门，门开处，一女子胸前佩戴红丝圈，玉立面前，对自己嫣然展笑。不是别人，正是日思夜想的凤女也。父子以为是在梦中，家人皆出，将其迎入。双龙凝视良久，犹不信，只是执凤女手，涕堕不可堪，道：“与卿是在梦中耳？”女也握手哭泣。双龙妈解释道：“你父离开之次日，此女就寻上门来。验了那条红丝圈，我才将其留下。”父由悲转喜，曰：“虚惊一场也！”母忙为父子备饭。双龙凤女二人在小屋呜呜恻恻，凤女流泪曰：“几成隔世之人了。上天开眼，让我回到哥哥身边。是那一条红丝圈救了我。”双龙犹不信是真，执祛（qū，袖口）不放。女曰：“父母在外，甚不雅观。”双龙曰：“怕一旦放手，就再也见不到你了。”凤女哭道：“哥勿猜疑，妹子我好好的，还活着。”父入内呼二人用饭，见子犹在梦幻之中，未能醒悟。找来一针，猛刺双龙手臂，双龙才惊痛而醒，审视凤女，良久，犹不敢信。但见家人皆在身旁，方信是真，始收涕以忻！其母已将饭菜罗列几上，曰：“这是凤女做的饭菜。她知道你们今天要回来，所以饭菜特别丰盛。”凤女也笑道：“先尝我今日做的饭菜。幼时我总怕自己不会做饭，而被婆婆笑怪，今日试做一次，看合口味否？”裕财道：“此诚小事。只要有人在，一切都有希望。”一时，酒炙纷腾。裕财问凤女是如何活了下来，女哭泣曰：“九死一生，一言难尽。”

凤女回忆自己水中挣扎的情景，哭曰：“差一点就见不上亲人面了。”原来当时，凤女姊妹扶梯，足下把滑不住，梯倒人翻，凤女被压梯下，呛了几口水，努力推开梯子，却是身不由己：双手无处抓，泥滑不能起，被洪水卷走也。可怜娇俏玲珑女，翻作浊浪波涛人。她极力挣扎，手足乱扑，黑暗之中抓了一圆木，抱死不放，不断呛水，趁木在水湾里打横时，将腰间绳子拴于木上，双手紧抱。

狂风暴雨中，随木漂流，不知昏晓，只见大雨如注，漫天苍黄，但抱定一个信念：要活着见到双龙哥。及雨停，还是随木而漂，半浮半沉，但始终抱木不放。后为打捞浮财者所救。吐黄水数升，由于惊恐、饥饿、虚脱而厥晕也，数日才醒。救者问其地址姓名，此时凤女的心中只有一个双龙，除此一概空白。但双龙的地址裹在衣袋中，早已濡湿不可辨，凤女只说："户县邓家村！"因此救者以为是户县邓家村人，可邓家村在何处，人皆不知。凤女问："此处何地？"救者曰："此长安地界，村名为河里村。"凤女又问了日期，才知自己漂浮数百里，离家一周也。又养了数日，身体稍稍康复，凭记忆写下"董家村"三字，主人自是知道董家村，便将凤女送上了去董家村的公交车，凤女才找到双龙的家。"是那红丝圈保佑了我。救我者说是看见那红丝圈特别鲜艳，才发现了我，捞了上来。""幸亏娘当时有预见，给我们姊妹每人腰上缚了一条绳子，若非如此，今生再也见不到双龙哥了。"凤女呜咽自陈。又道："救我的那家人非常善良，他们给了我许多帮助。我们要感谢人家。"双龙道："我们当感谢才对。"毕，父却嗔女曰："你应该先回你家乡，家里人都在为你着急！"女脸色绯红，却是笑曰："当时，我脑子受了刺激，心中只有一个双龙哥，其他啥都不知也。"裕财赶快安排二人速回宁陕报信。

女见庭院当中，养有一草，问其何名，双龙曰："你忘也，此即勿忘草，是你送给我的。"女笑曰："什么勿忘草，其实我也不知这草是什么名字。是我怕你忘了我，才编了故事。天下哪有什么勿忘草？"双龙道："是你送的，就应该珍藏。"双龙取出了那双鞋垫，凤女见了，不好意思道："我见别人都在绣鞋垫，我也买来丝线，给你绣上一双，尚未绣完，就遭此劫。绣得也不好。"双龙道："是你绣的，就好看。"次日一大早，二人即回宁陕报平安信。裕财一再叮咛双龙："一定要到你姑婆坟前，告诉她老人家，让她老人家也高兴高兴。因为我们父子二人的婚姻都是她老人家给定的。"

春节，裕财为二人行大礼也。后来，儿女双全。

这才是：青梅竹马相伴长，两小无猜结婚姻。

数年后，有苍发老妪来村子寻找凤女。及见凤女，抚颊相之，见凤女后脖子处有一红色胎记，果然是亲女也，抱而哭。凤女愕然，而彼却自称其生母，来寻亲女也。凤女怒曰："当初弃我时，头也不回，何忍心哉？"原来三十年后，妪已不幸伶仃，茕无所依，今来寻女，以承其薄业，聊慰迟暮。女怒不从。围观者曰："今为当初之罪恶后悔也。"妪几不自容，曰："娘错也，女今日打娘，骂娘，就是用刀子杀娘，娘也不怪我女。娘孤身一人，漂泊数年，辗转万里，就是让我女儿出气来了。娘今日见了我女儿一面，娘就高兴。我女平安，娘死何憾！"次日，老妪踽踽而回，而留地址于裕财也。裕财待凤女冷静时，即劝曰："毕竟是亲生母亲，怜其孤寡，可回去探视，权当尽孝。人老，都会有忏悔之心。"

至于凤女与亲娘是否会面，言者再未去其村也，故笔者也不再赘言。

第四卷

范碧泉花好月圆

范志谨，民国初年当地名儒。其妻也是大家闺秀，出世娇姿，人称一枝花，才色兼备，颇知书礼。妻父乃志谨之师，为女择婿，百中选一，才与门生志谨匹配之。传说范志谨读私塾时，就被誉为神童：塾馆门前有一枸杞树，有日，师见有黑犬对树而溺，即对众生出一联云：枸杞树下狗欺树，命众生续其下联。众生皆不能属对。午后，志谨去塾馆，路过一花圃，见圃主蓄养之母鸡，正注目于一花朵上，似要啄之。志谨即问圃主："此花何名？"圃主告曰："此鸡冠花也。"志谨猛悟。至塾馆，即提笔续下联云：鸡冠花下鸡观花。呈于其师，师惊其异，爱其才，又见志谨出身乡绅人家，源清流洁，诗书传代，即倾风结慕，以女配之。人称：才子佳人，天作之合。夫妻富贵和睦，村人羡慕。

后经贤达举荐，志谨被聘作县府书吏。志谨有古贤之风，为吏清廉。时民国初立，政令混乱，官匪杂驳。新主政地方者颇有黄巢李闯之风，所任官吏皆愤世嫉俗之辈，特喜劫富济贫，以"前朝忠良今朝贼"为绳，诸多前朝遗老遗少、富家贵户皆不能免。志谨时乖命蹇，在其治下，焉能免却？彼知晓志谨家饶富，便诬其任书吏期间贪污国税。志谨祖上富绅，聚积颇多，横被查抄，多有分于乡民。又将志谨投入狱中，压榨勒索，不容辩释。志谨本明贤君子，为人豁达，处事秉礼，平素不多言语，又乐善好施，因而在乡中颇有德望，乡民联名为志谨申正义之言，遂被释放，但还是罚其在镇上涤厕扫街以辱之。昔日嫉妒者、无赖者、缺智者等群小在激进分子煽惑、鼓动之下，忘大恩而忆小恨，动辄将志谨诟辱取笑，志谨不敢睥睨。唉！真是：凤凰落架，虎入平原，群丑面前舞。尽管身遭罚辱，但多数乡民仍钦敬之，目传善慰，暗中抚藉，要其隐忍待时。那志谨对遭遇也辱而不惊，随遇而安。后来有同门遇之，同门知晓志谨乃博学廉俭之士，怎么形同囚徒，成人下人也，遂为志谨申诉，才使志谨免除罚辱。同门又荐志谨去远处一小学教书，志谨便离开乡里，做了教书先生。但学校初创，束脩微薄。妻子率三幼子守家，没想到长子却因出天花而亡，妻子伤心不已。志谨家居村外，当时有土匪，以为志谨家埋有富贵，又知志谨家无有力士，黄夜潜入，挖掘黄白，宅基遍掘，却是无有，恼羞成怒，便对志谨妻进行人身侮辱。志谨妻也是受人敬重且在人面前行走之人，心性好强，不能忍辱，自缢而亡。妻子横天，遗下一女碧莲五岁，一子碧泉三岁。志谨无力养育，便将女儿碧莲送人养之，自己与哀子碧泉相依为命，苦度光阴。心中愤怒，时值民国乱世，匪患遍处，找谁复仇？而自己又手无缚鸡之力，贫而无威，谁来一援？志谨悲怆，呼天不应。其时中国外侵方息，内战又起，兵灾匪祸，民不聊生，保长到处抓丁送战，多是有去无回。兴废未定，民怨沸腾，人心思乱。志谨直感世道将天翻地覆，前路未卜，遂回乡中，不再教书，专养儿子。后再未娶。家产由于县府没收，土匪掳掠，至此家财罄尽，为了糊口，只能耕种度日。志谨本一介书生，未谙农耕，对于犁锄之笨拙可想而知。志谨有远房堂兄弟，怜志谨父子孤苦，辄支助父子衣食耳，乡民多有同情。再后来，新中国成立，村子走合作化道路，有了生产队，志谨为了便于衣食养子，即向队长自荐去饲养室喂牲口。此务少奔波，整顿有序，只是要求精心，铡草备料，按时饲畜。队长怜之，对志谨多有照顾。父子二人多时就宿在饲养室内，志谨整天灰头土脸，有时还为子乞食乞衣。一代名儒，生不逢时，命运多蹇，贫困潦倒，不为所尊。但所贵的是：君子安贫，达人知命。志谨能想得开，无怨无悔。

尽管贫困压抑，那碧泉到了弱冠年龄，还是长得丰姿洒落，与众不凡。而他子在此年龄者，多已定娶。志谨也遍托媒妁，为子求婚，但周围人家，嫌其穷蔽，不愿将女嫁于志谨家，志谨惘然！

其时按政府指示，农村要大搞卫星田以增产，增产要用优良品种，培育优良品种就要种试验田。村干部对试验田之事，不甚重视，故选一贫瘠之地以搪其责。地挨乱坟堆，多瓦砾，平素有种植，但薄收耳。此地种麦，麦穗颗粒多则三叠，少则一叠，仅稀疏几枝麦芒，由于麦秆低矮稀黄，人称"气死牛"，就是牛低头也吃不上麦子。秋苞谷因为需要大水浇灌，根本不能种，只能种些耐旱之豆类。村中有叫樊陛谦者，热情好管闲事，听说县上要村子种试验田，无人响应，便自告奋勇，村长遂将此事交于陛谦。那陛谦热心奔扑，但自己无文脉，欲选一青年做技术。而其他青年见地处荒凉，又坟冢累累、鬼火明灭，慑惧不敢往。陛谦只好来激励碧泉，碧泉受其惑，便有意许之。商于父亲，其父道："祖上几辈不操犁锄而得以温饱者，何也？皆他人之血汗耳。为父常清夜扪心筹算，计一人一日食粮两斤，一生则食粮四五万斤也，俱乃他人之膏腴，祖上不但食之，而且还毓有贤名，实乃窃世盗名耳。父常思：为父今生万般困顿，或是人代天罚。儿可想，倘若人人都不事农耕，吾父子祖辈将赖何以延命续嗣？故祖上欠人多也。汝去种试验田，培育良种，正中为父之怀，能多产一粒粮食，祖宗则少受一分天谴，为父也能减一分愧耻耳，或许我儿因此还有扬眉吐气之机会矣。况他人惮惧而不敢往者，正是懦弱之表现，怯也。人在魂在，人死魂消，何鬼之有？儿去，正可示其勇。"父又叹道："只是陛谦此人智拙心高，也想谋村长之职，亦自不量力。"碧泉依父意，与陛谦应约。陛谦略与之谈，才知碧泉之才，远在他人之上；之志，村中无辈可匹，估计此子将有前程，但心中妒之。

二人先于地里劈棘芟蔓，捡拾瓦砾，平整土地，然后精耕细作。又于站内筑一斗室，碧泉雅称四方斋。斋内盘土炕，炕墙上开有瞭望窗，还能透风。依此小斋，拟为劳作小憩以及晚间看护用，又可以躲避风雨。那陛谦一腔热情，怜碧泉年幼，恐受幻魅惊怖，或为寒霜所侵，故而早晚陛谦多逻守之。陛谦乃是有眷口之人，家务冗，又早出晚归，烦苦可见。其妻也随村民愚见，对试验田育种之事多有抱怨，骂其拙作，道："大家都避而不干之事，你却是要积极，削尖脑袋给里钻，招惹得别人骂你不务正业，混工分。"陛谦理直气壮地道："别人怎么说，我不管。种试验田，是政府交给我的任务，我就要干好。"老婆又道："那地方有鬼，鬼把你拉去倒不要紧，小心你把鬼惹回家着。"陛谦道："休要迷信。我活几十岁了，鬼是个啥样子，我还没见过。等它出来，看谁拉谁。"因而夫妻不睦，常吵闹。志谨知之，对碧泉道："儿可下定决心，食宿田中。如此，一者可示汝坚心于农田试验，此举或可得到赞誉；二者你终究要自立，去人世经受磨砺，此即开端也；三者陛谦家中食齿繁多，你驻守站内，彼则多务于家事，家可和睦，此养德之举也。"碧泉道："父耄耋衰老，儿不忍使父孤栖。"志谨强笑云："父现在能步能行，每天食不过三瓯稀粥，自作自食。儿若能脱颖而出，鹤立鸡群，为祖宗争光，即是大孝耳。"碧泉遵父命，泣而去，将食宿搬于斋内。因此事，陛谦十分感动，道："年轻人就应该严格要求自己。"

　　清夜孤寂，百无聊赖。斋外荒坟丛葬，密如累卵，白昼尚且望而生畏，何况是月暗风高、四面漆黑之时。尽管当时路不拾遗，夜不闭户，但凶鬼冤魂，道传不绝。那碧泉虽不信此，但坟冢僻地，荒草没人，坟地多植柏杨，晚风一拂，飒飒作响，黑幕降临，时觉鬼形幢幢，又雉啼乌号，栖息坟树，狐追兔逐，时撞门槛，使人不寒而栗。更有农村愚妇多于黄昏时分伏坟恸诉，故心内不由发怵。碧泉善一艺：吹笛。孤独时，则哨笛以驱寂寞。陛谦弄来培育新品书籍，碧泉秉烛研读，以此遣长夜、释惮怕。白日将书本释于陛谦，而彼多半不解，只是依法耕作。碧泉甚爱好，将试验田块周边锄耙整平，夹植杂卉，悉种色样，似如园圃。春暖苗出，自成图案；而夏秋之时，更是蕉红芭艳，芬芳飘漾。碧泉悉心护植。村人见之，皆称其妙，互相播传。志谨闻儿子在站内作巧，为人传颂，多有慰藉，也来站内赏看，叹道："几十年未曾见这等花草了。"那陛谦本来势利，每见父子相聚，则睊睊睃之，因而父子所言寥寥。陛谦乃焚琴煮鹤之辈，不解花木之情，辄埋怨道："来培育新品种以增产，却做此花花绿绿之事，将有何用？"父也督促碧泉多专心于育种，少做这等悦目之事。碧泉告父道："新品培育，周期较长，或者两年，或者三年，不能操之过急。"父点头称是。

　　一日午后，骄阳如火，碧泉独自在田里引水灌苗，忽然西南方一股黑云，翻滚扑来，平遮红日。一时天地暝晦，霹雳大作，暴风骤雨，势如劈竹。碧泉忙奔屋阖户，但狂风吹门，门板欲倾，急用木凳撑之。透窗外望，只见电光划空，雨雾昏朦，黑不见掌，欲开灯，而电已断。只好默坐屋里，听门外风雨之声，期待雨停，既而飘泼暴雨又夹杂冰雹，噼啪砸下，冷气逼人，不觉鸡皮起焉。碧泉抱臂蹲伏炕上，思自己所育之花木必然摧折殆尽也，正在叹息，门却哗哗怪响，疑之，似有物推拱，大惊，透隙望去，有一黑物，高如人等，似乎以手拍门，鬼魅之说，立现脑际，顿时毛发尽竖。物却低呼救命，欲将手指从门隙探入，似求援拯。碧泉无暇猜度，急忙拉开门闩，暴风夹杂冰雹，吹物遽入。惊甚，碧泉忙极力阖门。幸亏备有油灯，篝灯近视，原来是一女子，散发掩面，披头如鬼，湿衣贴身，赤足无履，满是泥浆，碧泉惊骇。女子以手捋发，发上雨水如注，以其衣者，似非村妇。但此处荒冢偏僻，好女子为何到此？莫非鬼乎？但分明是一女子。由于冷气所逼，那女子脸色青黄，浑身打战，而又目光板滞，见了碧泉，自有三分畏怯。碧泉示之坐，女抱肩缩首，犬蹲于旁。碧泉倒热水递女，但女却齿抖手颤，口噤不能言，竟端碗不稳。碧泉即扶颊以灌之，连饮三碗热水，寒战稍止，神情缓和，才道一谢。碧泉递以巾，女拭面上雨水，及乌发一拢，也玉容可人耳。但究竟面目青黄，发绺松散，赊却颜色也。二人默坐无语，只听外边霹雳连连、雨雹哗哗。约一时许，雨声始转淅沥。及开门，风静天霁，万里一碧，气氛清爽。时日已偏西，金洒大地。而门外积水成河，所幸小屋建于高埠处，积水不进。女赤足挽裤，蹚水欲去，但水下蒺藜刺女足，女尖叫欲倾，碧泉忙扶至檐下，递以凳，女坐凳上，抱足蹙眉，拔去脚上老刺，只见血水殷殷，曲延滴沥。碧泉又递以己鞋，女穿上，道："趁天未黑，可寻取我履。"女足稍跛，一步一皱眉，碧泉扶了，二人蹚水践泥，寻至一墓侧，果见一双凉鞋陷泥淖中，女拾取之，去其泥，以水激濯之，然带早断也，而又不能接。女无奈道："只有将汝鞋穿回去也。"碧泉道："尽穿无妨。"碧泉问："敢问汝之芳名，家住何村？"女道："宋映琼，家住前面马王庙乡。"碧泉即殷勤相送，女辞之，道："今日暴风骤雨，实难禁受，若非相救，此雷电大劫恐难免也。他日必有一报。"碧泉道："无须，乃巧遇耳，人之常情。"时女脚已跛，而履大不适于足，又道路泥滑，更是一步一拐，碧泉忙挽臂搀扶之，女便一手搭碧泉肩上跛行，将至马王庙乡，女道："勿送也，天将黑，若被多舌者看见，反造黑白耳。他日送汝鞋至。"碧泉痴痴相望，女回头道："天黑路滑，君宜早回。"这时，西边层霞染彩，辉映天空。返回空斋，昏黑降临，却见父亲正孤零零在门前守望，见碧泉还，志谨道："此雷霆风雨，我儿无恙，为父就放心了。"碧泉问家里情况，父亲道："无大碍，只是后院桐树，暴风吹折一树枝，打落了几片房瓦。"碧泉遂陪着父亲回家，看了情况。晚饭后，又返回空斋。

隔日，天复大晴，高空湛蓝，澄明如洗。碧泉见前日之花木，被冰雹摧折如麻，心中怃然。正在叹息，忽见有女子于斋前架下招手，阳光映照，女子红裙白衫，如芙蕖映日。碧泉怪其何方丽姿，降临此处，注视女郎，目不忍舍。忽悟此女正是前日那个避雨女子，颜色光泽，焕然一新。碧泉欣喜若狂，忙上前迎之。女道："刚从镇上买鞋回，给你送来。"碧泉歉意道："脚伤未愈，何必跑远路！"女道："尚不碍事！"打开包裹，见是新皮鞋一双，油黑铮亮，碧泉实在过意不去，道："萍水相逢，何敢受此重礼？将那双旧鞋送来即可。"女道："已扔茅厕也。"见碧泉惊讶，女又笑道："那双旧鞋留作纪念耳。"碧泉道："无须无须。实是消受不起。"女道："映琼我若非您相救，难免不遭雨打雷击，甚至性命都难保。当时都痛痒不知也。"碧泉道："吉人自有天相。如此天姿国色，就是雷霆霹雳也有怜悯之心。只是前日你为何来到这里？"女道："母亲已殁三年，前日来为母亲展墓，却遭遇霹雳暴雨，甚是狼狈，让君见笑耳。"碧泉怊怅不已，道："何敢见笑！天有不测风云，人有窘迫之时，何况你我同病相怜。"碧泉又问道："非节非忌，怎么就为母亲展墓？"女道："晚上梦见了母亲，我就来给母亲上坟。"女又问道："你我如何就同病相怜？"碧泉也道自己身世名姓，曰："你没有母亲，我也自幼丧母，是父亲一手鞠养长大。"映琼惊讶："那你母亲是如何去世的？"碧泉道："母亲去世时，我尚不懂事，父亲也从未讲过。"又哀叹道："你还比我强。二十多年了，我尚不知道母亲坟墓在何处。由于家庭贫寒，无人愿与为婚。"女叹道："父母仅我一女，也因出身卑微，今年二十多了，也无人来与我结亲，故而至今尚未许人。"二人言语投机，喜悦似有心照，碧泉欲自荐，思之再三，嗫嚅不出。女亦知碧泉心意所属，道："男儿大丈夫，有何言？怎么就吞吞吐吐？"碧泉腼颜不知从何开口，道："我希望你常来此处。"女问道："这里就你一人？"碧泉道："还有一人，这段时间，去外地试验站学习考察。"二人来至花畦间，女问："刚才何以对花叹气？"碧泉道："见前日丰艳之花朵，却被冰雹打碎矣。"女笑指一垂颓花道："俗气。此花已经萎悴如此，还念念不忘。"碧泉道："倘若红消香断无人怜，岂不负了一片芳菲之心？"女道："没想到君如此怜菲惜芳，令我感佩。"二人见断枝经骄阳暴曝，焉塌不堪，而存者更加娇艳。碧泉拨开花丛，取其残枝，弃置一旁。花气氤氲，四周芳馥，女置身花丛之中，不由赏朵嗅蕊，恋恋不舍。碧泉道："幸风雨留情，尚未摧折殆尽。"女接言道："而又阳光作美，现在又是百花争艳。"骄阳当空，气象燠闷，女子面庞烘映红花间，色如桃花初开，颜如荷粉垂露，碧泉心志迷惑。有枝蔓挂裙，碧泉为女摘其枝蔓。二人来至斋前，女四望之，时方炎夏，太阳高悬，旷野无人，眼前群花，颜色绮艳，灼灼欲燃。女忽问："这里四野茫茫，荒坟累累，又凶煞迭传，你一人在此，就不怕鬼怪？"

碧泉道："心正不怕邪侵，世上哪有什么鬼怪？"女道："晚上也是你一人在此？"碧泉点头。女直是惊讶："你真英雄！"碧泉取出笛子，道："我非英雄。倘若孤独时，哨上一曲，也可壮胆。"女道："君尚善此？"碧泉道："略晓一二。如不嫌弃，试听一曲，献丑耳。"既而一曲《阳春白雪》，随风荡漾，飘向远方，笛声亮越。女拍手赞叹，也拿笛试吹之，但不能成调。碧泉又道："更多的寂寞时间，还是用这些书来消遣。"这时，映琼才注意到，炕头上堆有书籍，翻检之，道："唐诗宋词，读之如饮琼浆甘露。"女问："中午如何吃饭？"碧泉道："只下挂面，地中自有菜蔬。你若喜欢，中午就在此用饭。"女道："我来。"即转身汲水，又拔菜一撮，葫芦作瓢，淘之涤之。檐下有灶，碧泉向釜中注水，煨火烧之。饭熟，二人各抱一碗，只有筷一双，碧泉即于园中折禾秆，裁为箸。虽仅有盐醋，但二人心头却甜。食毕，女欲去，碧泉道："正是晌午端时，太阳最毒，小心晒黑也！待天凉了再走。"女笑道："不怕黑，黑乃劳动色。"又道："黑是黑，是本色，风吹日晒不变色。"碧泉笑道："妹本桃花色，何必要晒黑？"又道："前日雨打花蕊蔫垂，吾心尚怜，何况是你，倘若曝晒烈日，心岂不疼！"女喜回眸，转盼间，容辉秋波，满是感激。二人依偎一起，良久，女道："我要回也。"碧泉低头道："可常来此。我当送卿。"女点头诺之。才出门，女止之曰："君勿送。此处午间幽静，我从此出，刺目惹眼，若为人见，难免瓜李之嫌，反倒不美。"女挥手而去。

以后，女常来之，或是中午，或是晚上，帮碧泉做饭洗涮。二人或月下同步，或花间相对，或于豆棚瓜架下笛之咏之，舞之蹈之，便享夜凉。女亦喜哨笛，碧泉把手教之，女手搦竹笛，脖颈微侧，姿态端媚。女妙解韵律，颇有天赋，又颖悟非常。碧泉在一旁指导其吸气换气，女红唇微皱，玉齿轻分，一曲信天游，飞出樱桃小口，冉冉升空。碧泉又评骘其抑扬顿挫，女再仔细回味，碧泉又指导示范，竹笛之上，二人唇痕相叠。女见碧泉喜读书，手不释卷，也相伴相读，常至深夜，每次离开，都要将书带去再读。碧泉将女送至村口方回。

一日午后，女将离去，忽地一股怪风，直冲面目，女即以手护眼，曰："野地好大风，眯我眼也。"一时，大风卷得枝叶乱飞，纷纷作响。碧泉将女挽入斋内，女曰："卿为我吹之。"举首相向，碧泉翻其眼睑，轻轻吹之，女只觉眼睑飕飕凉爽。二人几乎面面相贴，女细汗殷殷，粉质逼现，春腮迷人，碧泉捧颊不舍。女推让道："君勿如此。"碧泉羞笑道："我们二人心心相爱就行。"又道："那天你给我送鞋时，我就想着与你订为婚约。"女春心羞容，晕红上颊，不再推却，只俯首缄默。时天大热，整个下午，天淡云闲，一派寂静，地里绝无人息，唯花香洋溢，芬馥弥漫。眼见日将落，女推碧泉起，以指拢发，抹了细汗，道："我得回去，以免父亲担心。"二人又是一阵山盟海誓。女道："那日你救我时，我见你气宇轩昂，英雄伟岸。这些天来，从你片言只语当中，又看到你胸襟远大，不流凡俗，故而才愿意献贞洁于君子。请君勿负一片情痴之心。"碧泉道："我范碧泉绝非负义之人。妹妹貌如天仙，出身又与我相同。前日风雨，送你于此，我们结合，实是天意。我若负心，是逆天而行。"女道："幼时，母亲就说要给我找一个好主家，那晚，我梦见母亲站在我面前，似乎有话要说。次日我就来母亲坟头祭奠，却是遇见暴雨，你就救下了我。或许这一切都是母亲冥冥中之安排。"碧泉道："天地缘分，我们当是珍惜。"其时骄阳欲堕，弥天绮霞，灿烂西边，二人仍恋恋不舍。此后，二人幽会更加频繁，鲜花丽人，芳馨如兰，丝竹暖耳，笙歌悠扬，欢乐不可言喻。二人穿花度柳，历夏至秋，怡情于此，倍极甜蜜。

却说这樊陡谦听到自己好友曹大胜出任乡长，即去拜访，欲求村长之职。朋友相见，格外热情，这乡长听了陡谦所求，意欲提拔，但陡谦无能又无绩，乡长便让陡谦等待时机，又鼓励陡谦擦亮眼睛，提高警惕等。这陡谦便对村子事情颇为关心，到处插手，处处讨嫌。一日午，陡谦远远望见一姑娘自试验站走出，心中自警。又到斋内乘凉，见拐角处藏有女子凉鞋一双，玲珑可爱，只断一带，心更疑惑。而碧泉之床榻铺叠，却也齐整净洁，暗察炕席，见有长发数根，又嗅出似有女子脂粉香味，便疑斋内必有苟且之事，心内恶之，口虽不言，却于黑暗之中，率好事者伏伺野坟附近，欲发其事。

那日晚，映琼至，戚恺不乐，碧泉问其如何。女双蛾颦蹙，低头不语，碧泉取出竹笛，道："试上一曲，可解忧闷。"女接笛，连着几曲，终不成调，道："心不专凝，意绪紊乱。"碧泉道："我为卿哨上一曲，以解忧烦。"既而一曲《兰花花》，笛声幽凉，如泣如诉，声播四方。曲终，女心情沮丧，道："此曲苍凉沉郁，似有不祥。"碧泉道："卿能解曲，聪颖人也。不过一段曲调，有何不祥？无须记挂于心。"女道："不光如此，吾夜梦毒蛇缠身，旁又有恶犬哮吠，故此心中怅惘。本欲不来，又怕你黑夜孤寂。"碧泉沉思道："梦随心生，不可信之。"釜中煮有黄豆，碧泉殷勤奉上，女惨怛不食。碧泉百般劝慰，道："我再一曲，卿伴以舞，以释心怀。"则是一曲《阳春白雪》，听之如觉春风杨柳，丝丝拂面。女始有笑容，道："随君之意，屋外鲜花为君开。"女遂于灯下翩翩舞蹈，并唱曲道："春秋好岁月，圃中百卉开。愿花勿作妖，魅我心中郎。"女腰姿软妙，碧泉为其舞姿赞叹，能有这般红颜知己，心内慰然，死何足惜？而女终究抑郁不乐，对烛啜泣。碧泉拭泪劝慰之。女道："不光梦恶，今日又心动眼跳，很是不祥。"碧泉问："哪只眼跳？"女道："左眼跳。"碧泉道："左眼跳财，乃佳兆也！"女道："人言左眼跳灾，右眼跳财。我知君为我好，才这样说。但征兆如此，不可不防。从今别之。"

女掠发欲去，碧泉送之，女开门，见外面昏黑，回首踌躇，刚踏步出去，忽地反身，啪地将门关上，钻进碧泉怀里，四体惊悚，道："外面有鬼，我害怕。"碧泉道："大黑天，勿要说吓人的话，世上哪有鬼？"女道："真的有鬼，我看见有半截人影，在坟丛处闪了一下。"说得碧泉也毛骨悚然，只站在门口，壮着胆子，拿手电对坟丛处照，但见青叶密密，四周静寂，只有秋虫，自鸣天籁。女还是花容失色，面带恐惧，颤抖道："我真的看见有半截黑影在坟丛处闪了一下。"碧泉抚慰之，道："卿气色不佳，该高兴才是。"女依偎碧泉，一时许，才呼吸均匀，徘徊道："乐耻忘羞，终被人笑。勿要喜愠过望，苟且之事不可长久，此最后一晚也。也是为你之《兰花花》所留也。君回家速遣媒妁，我在家等候玉音，以防夜长梦多，中途生变耳。"两情浃洽，缠绵悱恻。绸缪正酣，忽震霹一声，斋门大劈，几条黑影骤然闯入，手电强光直刺床上，二人当时魂飞魄散，惊怖欲死。原来是陛谦率人踏门而入，当场将二人捉奸。惊定，碧泉犹全身颤抖，对陛谦道："此未婚妻，即日结婚。"陛谦却狞笑道："分明是在通奸，此不仅有伤风化，也犯国法。是我保举你来到站里，而你却在这儿作奸犯科。"女面色如土，蜷缩床角，颤惕羞缩。不容多言，几大汉将二人连夜绑至乡政府。碧泉百般辩解，乞求宥免，乡长曹大胜却是不听，反令将二人胸前挂木牌，准备明日游街示众，以羞辱之。却说映琼之父宋士祯当晚听乡政府大院有声喧闹，即去相看，才知是女儿出事，骇甚。忙向乡长纳以重贿："女儿尚要活人，万望予以脸面。此大恩大德，没齿不忘。"乡长故与宋士祯相熟，映琼方免大辱。于是，碧泉胸前挂牌，曰：骗奸妇女。被背剪双臂，游街示众。志谨知了儿子之事，立即去了乡政府，但为时已晚，碧泉已秽闻昭彰，为万人指笑。志谨将儿子领回，道："不指望儿如此不长进耳。"又怕碧泉想不开，道："儿无论如何要活下去。"多方劝慰。因此事，乡长认为陛谦爱憎分明，警惕性高，立即提拔当了村长。陛谦大喜。

碧泉似无脸见人，终日躺于炕上，心中只想映琼。父送饭面前，碧泉只是不吃。防子寻短，志谨日夜逻察身旁。久而思之，道："汝二人真心相爱，何错之有？此非丢人事。只是可恨陛谦小人，狗眼馋奸！此事既然为人知晓，儿可打起精神去寻那女子，表明心迹，然后光明正大，与之结婚，则此冤可洗。看那陛谦瞎狗还有何说？将来遭人唾骂者必定是他。就是现在，众人已将彼不列人齿。儿此时若是畏缩不前，错失良机，则西江之水难濯耻也。"父又教之道："儿若不便出面，父可代儿前往嘱情。为父忍辱偷生几十年，就是希望我儿将来能有光明前程，不愿看到我儿目前这般委顿不起。儿将来屹立于人世间，要堂堂正正地做人，不能像为父这般苟且偷生于人世。"此正合碧泉之心意。于是，父子二人来到马王庙乡，问至宋士祯家，而家早已扃阖门锁，庭院萧寂。诘之邻居，道："宋士祯是医生，专治小儿癫痫。几年前，妻子去世，后来又续弦了。前一阵子传言其女与邻村一汉子私通，被人笑诟。女不甘忍受，寻死觅活。为了换气氛环境，一月前就携女儿迁徙县城行医去了。"问："还回否？"道："不知也。"反诘志谨，志谨回道："闻彼医术高明，特来造访。"那人引志谨父子至一门前，道："此其兄宋士廉家，可打听在城中之真确地址。"士廉将志谨父子打量，却是拗而不告，志谨假托孙子正犯癫痫，苦苦哀求，士廉才告诉士祯地址，父子怏怅而归。志谨对碧泉道："儿勿以此为耻，可自去寻之。父今年腿脚不便也！"

碧泉按址寻至映琼家，映琼后母正在厅中静坐，见有客至，诘之，碧泉即报名姓，道："来寻映琼，欲续婚姻。"其后母去。良久，映琼父宋士祯回，颜色沮丧，对碧泉道："汝来迟也，映琼已于半月前自缢身亡了。"一言既出，犹如晴天霹雳，碧泉差点儿昏倒，既而掩面啜泣，其后母端茶出，碧泉泣问："葬于何处？映琼为我而死，我为其扫墓耳。"其父怒道："羞宗辱祖，年轻横夭，已成灰烬，何存坟墓！"又劝道："年轻人，勿在儿女之情上用心，抛却那种海枯石烂、永不变心的幻想吧。还是回去，安分守己地过实际日子。"其后母送一包裹出，道："此乃映琼所遗，将要扔掉，你既来，就送于你，也好留个念想。"其父呵斥道："回去，再勿打扰。"其后母将包裹塞入碧泉兜中，即送碧泉出。碧泉被当头棒击，如摧肝肺，一路丢魂落魄，跌跌撞撞，回到家里，伏床大恸。父晓其情，也哀叹而劝。碧泉打开包裹，内有自己给映琼所买的确良衬衣、石榴花红裙，都折叠齐整，薄膜封装，尚未拆开，还有给映琼买的凉鞋一双，并附有玉照几张。碧泉见了，更是心如刀割，痛哭道："是我害映琼也！"

碧泉偃卧家中，凝思发呆，手捧玉照，泪如泉涌。照片上佳人靓妆，肌映流霞，眼含春波，口欲言而波欲动。谁承想如此绝世姿容，斯须间却阴阳永隔，心何能忍！碧泉取出映琼买的那双黑皮鞋，因为一直舍不得穿，还是油黑锃亮。碧泉将皮鞋以及自己给映琼买的物品包于一起，置放枕畔，这些都是按农村风俗男女双方互赠的订婚衣物。碧泉抚摸这一切，凝幻着与映琼在一起的美好时光，泪水盈眶。父见子不吃不喝，幻语迭出，怕其痴出病来，更怕其寻短，便日日开导。其父取出竹笛，望子能岔开烦恼，跳出情渊，而竹笛上红唇吻痕，芳息犹闻，碧泉见了，倍加伤感，不忍拂拭。

却说碧泉之姊范碧莲，即当初寄养于姑家者，业已嫁人，其夫张志清是某中学一教师。碧莲怜父弟孤苦，又知晓弟之不幸，便回原籍，专为父子做衣食耳。姊丈张志清将碧泉百般劝导，曰："若如此不能自拔，则被仇者所笑，亲者所痛也。大丈夫应当百折不挠、自强不息才是，怎能为情所困，淹滞不前？"碧泉才稍有吃喝。对那陛谦老狗切齿愤恨，而彼却于春节前遽入黄泉也，自己想恨也无处发泄。其时因陛谦去世，那试验田无人承接，又群众不满，早已废弃。新村长颇是同情碧泉，见那试验地无有用场，而碧泉情绪低落，只对那块试验地情有独钟，便劝慰碧泉，让碧泉父子耕种那贫瘠之试验田。那昔日之花木禾苗，早被风摧霜折，荒芜一片，那间小斋业已墟透，断井残垣，蓬蒿苦蔽，荆棘如麻。志谨欲拆除之，而碧泉不让拆除，而是稍加修葺，即徙居于内。其父阻挡不住，只是忧虑烦恼。

碧泉思念映琼，此恨绵绵，无有绝期。站在二人当初花前月下之处，映琼的璀璨笑貌又幻于脑海，自己今日手捧玉照，寸心如割。情人已去，双泪空流；

销魂春梦，再难寻觅。唯西风长空，孤雁空唳，唤不回玉人之一颦一哂。春风柳影，美人之香魂丽魄飘落何处？昨日玉人今何在，一抔黄土草青青。在这里，月下缓步，花前联袂；在这里，同钵同箸，海誓山盟。昔日凝香未散，而今玉颜成灰。碧泉抚摸遗物，哨响竹笛，旷夜幽静，笛声清越，飞向远方，多么希望九泉之下的映琼能听见自己的笛声！

见子深陷于儿女私情之窠臼，终日消沉，不能自拔，志谨训儿子道："大丈夫志趣甚广，若终生不能跳出儿女之情窟，将有何出息哉？"姊也道："现在国家依文化知识选拔人才，因而鼓励青年人考取大学，周围青年学生以及诸多教师都跃跃欲试，以弟之天赋，再加努力，完全可以考取大学，到时出人头地，也可使当初宵小之辈一改狗眼，刮目相看。"姊丈也悉心开导："弟之资质不凡，聪慧过人。若是如此淹蹇丧志，不思进取，上对不起先祖，下对不起映琼，将来自己也会徒感悲伤。即使映琼地下有灵，也为之汗颜。她绝不愿意看到你如此落拓下去。"又道："似目前这样抽刀断水，愁上加愁，倒不如发奋图强，不但岔开烦恼，更能考上高等学府，光宗耀祖。"父也道："儿幼时受教育少，现在可努力一搏，考上高等学府，为门间增光。父一生所敬者，乃儒雅之士耳。万般皆下品，唯有读书高。"碧泉终是功名意懒，叹道："纵是考上大学，到头来还不过是一抔黄土。映琼如此聪明活泼，到头来连一抔黄土都没有，其灰烬都不知在哪里为万人践踏。"父怒："没有出息。为一妇人，连宗祠都不顾，将来如何在人世行。"姊丈也道："大丈夫当心怀高远，岂能淹滞于儿女私情。"碧泉之父很少发怒，向来以温厚称，即使在最难堪之时也如是焉。碧泉不觉悚然。其姊丈在中学教学，送来课本，碧泉无心复习，只念映琼。一夕，蒙眬中见映琼站立面前，郑重道："君当记住，凡事人定胜天！若能努力考上大学，则夫妻相会有日也；若如此一蹶不振，自暴自弃，则夫妻只能天各一方，相会遥遥无期。"梦醒彻悟，是映琼要我读书也。从此碧泉专心研读，遥夜迢迢，灯火不辍，犹如囊萤映雪、悬梁刺股。只一年时间，将三年之课程全部掌握矣。来年以优异成绩考上省城师范大学。

后来，碧莲丈夫张志清由于职务升迁，一家徙居县城，并将岳父接去赡养。碧泉大学毕业，聘任到县城一所中学教书。碧莲夫妻多次给碧泉介绍婚姻，碧泉总是以各种理由推托。碧莲所住家属院子内有一私家小诊所，一日，碧莲因小恙就医，老医生见碧莲热情开朗，即托其为自已女儿觅一段姻缘。碧莲问之，老医生道："我与她娘，仅此一女，年已三十，至今伉俪犹虚。"碧莲问："为何就耽误到这般年龄？"老医生叹息道："说起来话长了。女儿从小至大，颇为自专。因先前曾与一男子恋爱，后来，男子因病去世。心不能忘情，开始不但不进茶饭，还寻死觅活。我和她娘以泪相劝，晓之以理，动之以情，才稍有转变，开始进食。却是发誓终身不嫁，我们也不便干涉。其间，也有热心人曾为其介绍姻缘，皆拒绝之，至今犹孑然一身。或许现在已不再固执也。"碧莲问取了女子其他情况，其父又取了女子照片。碧莲一看，画中人也，眉黛笑靥，真如仙女下凡，随即答应："若有合适男子即为其牵红线耳。"老医生初提此事，碧莲就想到了弟弟碧泉，及见了女子照片，更有心为之：吾弟碧泉年貌与之相当，其婚姻也有一段坎坷，至今情缘未断，还把那女子照片夹在书中，念念不忘。这二人皆是钻牛角的情徒痴鬼，或许有缘也，若能婚配，也算是人间一段佳话，更能了却双方老人之心愿。只是碧泉目前作茧自缚，也有一种十二头牛拉不回的性子。

　　周日，碧莲将碧泉招至家中。花廊前，忽见院落中有一小孩，六七岁的样子，形神情态，酷似碧泉幼时，对弟道："谁家小儿，与你幼时长得一模一样。"碧泉也似乎觉得像，碧莲便招那小儿过来，问叫什么名字，道："小泉。"碧泉笑道："怎么和我小名一样？"碧莲将小儿注目细审，那脸形，那嘴唇，那眼窝，简直与碧泉出自一个模子。这就更加奇了，碧泉童时也呼作小泉。难道世上有这么巧合之事？碧莲问其父母，道："父母皆在外地，与爷爷姑姑在一起。"碧莲又问："上学了没有？"小孩道："明年上小学。"正说着，忽见一女子过来引走小儿，道："小泉，勿烦扰阿姨。"那小孩犹在淘气。碧泉忽觉那女子的声音如此熟悉，急忙趔出房屋去看，直与那女子四目相对，即见那女子身子不由一颤，拉了那孩子就走。碧泉忽然悟出：这女子之神态绝似映琼，只是彼早已不在人世了。转过神来再搜寻时，女子已消渺也。返回屋中，低头不语。碧莲在餐桌上只提那医生之女，而碧泉却甚未听，心中只想着刚才所见女子。碧莲劝道："弟可即去与那医生女儿一会。姐已向其父答应了，你若是不去，则是姐食言耳。"碧泉快快，碧莲即帮助整理装容。领至医生家，门打开时，却是方才遇见的女子。碧泉仰首细视，良久，才道："卿映琼也！"那女子惊愕半晌，才道："你是……"泪水夺眶而出，奔入内屋，碧泉也随之入内。一切似乎都在梦幻之中，当时所有人都愣住了："怎么二人早已相识？"

果然不错，此女正是宋映琼。原来映琼与父亲回县城后，碧泉来找寻，适映琼出外散烦恼。宋士祯本不愿女儿嫁于乡下人家，想要女儿嫁于城里。为了让碧泉彻底死心，故意编造谎言，说映琼自缢身亡。而映琼却是不知碧泉寻己。不久，宋士祯知女儿怀了身孕，思忖之：事已至此，倒不如将二人结合，以免大辱。即告诉映琼，说是碧泉并未忘怀，曾经来寻。士祯携女又回到马王庙乡，要映琼之伯父宋士廉从中联络，堂堂正正与碧泉结婚。那宋士廉却误报凶信道："范碧泉暴死也。"映琼泣问原因，士廉道："听说彼是从县城回家，没几天就死了。"原来是乡长曹大胜因故下台，新乡长招集各村长在乡政府开会，会上免去陛谦村长职务，原因是无德无能。而新村长与陛谦颇有宿冤，曾是冤家对头。陛谦便心中窝火，自己当村长还不到半年，就被免了，回想不开，不寝不食，因而暴发脑出血而死。士廉却误听成是与映琼有染的范碧泉死了，因为樊陛谦、范碧泉名字读音相近，而且时间也正是碧泉从映琼家哭回之时。宋士祯父女便以为是碧泉从县城回家，怀念映琼而死。映琼哭回城中，欲寻短见，被其父以腹中有子劝下。映琼在万分悲痛中将孩子生下，发誓终身不嫁，要将孩子抚养成人。宋士祯向外扬言是拾下的孩子，因他开有诊所，偶有弃婴出现，因而此事极易遮掩过去。映琼给孩子取了和碧泉一样的乳名：小泉，孩子将映琼呼作姑。

及二人相见，互相惊诧，才晓双方尚在人世，不觉恻楚，抱头痛哭。映琼父宋士祯激动得不知如何是好。那碧莲也喜极而泣，立即通知丈夫张志清，赶忙安排酒席，祝贺夫妻团聚。士祯老夫妻即为二人装饰洞房。酒席宴上，宋士祯夫妇及碧莲夫妻俱来为二人贺喜。问及碧泉之父，碧莲道："父已衰迈，只阖门静居。知道此事，很是高兴，只要将孙儿带回，在他身边耍弄几天，以娱晚景。"士祯道："都怪老夫一时嗔言，致使鸾凤化离，未能团圆。当有心让其团圆时，却听了兄长误报，致使二人蹉跎数年，过在老夫。"碧莲道："二人婚姻坎坷，但好事多磨，有情人终成眷属。"邂逅相逢，犹如春风细雨，两泪殷殷，皆以为是梦寐耳。夜阑，碧泉取出二人当初定情之物，上面有斑斑点点，全是泪痕。映琼见了，又是一阵热泪。二人枕上喋喋，细诉衷肠，追述往事，缅述思念之苦，诉至极处，哽咽不尽。二人发誓："再不分开了。"

后来，二老相遇，志谦检讨道："当时儿女之情，我一概不知。倘若知晓，安能如此曲折？"士祯也述己过："是我不该怀有私心，误了儿女。"志谨道："我们都是尘世中人，一时迷惑，无须自责。"志谨回思自己终生遭际，一时又是老泪纵横，道："就怕我之遭遇又落到我子身上，幸亏苍天有眼，让他们破镜重圆，真是万幸。"碧莲等皆劝慰之。志谨又思自己现在儿孙满堂，道："改日到黄泉下见了他娘，也有所交代了！"春节，志谨按村礼为儿子补办结婚仪式。碧泉夫妻拜谒长辈，村中人才知，碧泉之妻正是当初被樊陛谦拆散的女子。后来，又育一女，夫妻终生恩爱。

第五卷

贺兰桂假师结佳偶

　　贺兰桂，童年捉迷藏时，欲藏匿于碾坊里面，却见碾盘上坐有二蓬头女，正在拍手游戏。二女见兰桂突至，殊切惊惧，小女即用手揩抹鼻涕焉。兰桂知是昨日乞丐夫妻所携二女，一家就寄宿于碾坊之中。兰桂遂藏匿于碾盘下面。二女童瞠目骇怪，兰桂摇手示意勿出声。须臾，有孩童悄声来捉，却见有女童默视碾盘下面，遂发现兰桂也，哗然捉住。童戏重开，二蓬头女也跟着相看。兰桂他们一哄地或飞或跑，到处藏匿，留一孩子双手捂目，待兰桂他们藏定，这孩子再去寻找。时久雨初晴，正是：新晴万姓起欢颜，树树绳绳晒被褥。孩子们或藏匿于晒被中间，或藏匿于墙树背后，或藏匿于柴絮之中。那捂目孩子每发现一个便追逐来捉，捉住则笑声哗然。二蓬头女面容戚戚，姐挽其妹，站边相看，小妹却是略不认生，挣脱其姐，跟在众孩子后面，也随飞随跑。有纨绔小孩嫌其败絮悬鹑，呵之，二女不去。兰桂以手招之，小女怯怯而至，兰桂问曰："会捉迷藏否？"女笑答曰："会！"又自报姓名曰："我叫花花，她叫草草，我们姓周。她八岁，我六岁。"于是共同嬉戏焉。

　　碾坊乃是村子一处公房，在没有电动磨面机器之时，那石碾子日夜不停，牛马欢腾，生机勃勃，非常热闹。现在却成了孩子们玩耍的场所。碾坊久乏修缮，雨水导致檐头腐朽、墙皮脱落、土坯暴露，斑斑驳驳，土坯间隙多是麻雀窝，有游蛇常出入吞食雏雀。碾坊平素静得出奇，只有在孩童不上学时，那里才传出孩童们奔跑玩耍的声音。却说那日星期天，兰桂率领诸孩童又在碾坊玩耍，模仿老师做认字游戏。墙壁上原砌有黑板一块，专写政策告示之类。孩子们以碾盘为桌，趴有半圈。兰桂用粉笔在黑板上写a、o、e、zh、ch、sh等拼音，又拼字焉，仿老师领学生诵读。又手持细棍以作教杆，时而指点呼名，有应卯者随即起立，笑而诵之。但"学生"多不听其"教"，兰桂便用教杆抽打碾盘以警之。草草、花花也立于众孩童后面，随口诵读，脸显玩笑之色。兰桂杆指严肃，但也肃中带笑，将"教杆"抽得啪啪响，又杆指二女曰："花花，草草，将黑板上字诵读一遍。"二女也仿诸童争而念道："zhōng中，huá华，rén人，mín民，gòng共，hé和，guó国，wàn万，suì岁。gòng共，chǎn产，dǎng党，wàn万，suì岁……"念毕，兰桂宣布下课矣。众童子即跑出碾坊，去做他耍。待兰桂再回碾坊，却见花花右手用粉笔头在黑板上写画，左手执"教杆"，仿己在黑板上指点，口中念道："zhōng中，huá华，rén人，mín民，gòng共，hé和，guó国，wàn万，suì岁。"其姐却在下边跟着诵读。抬头见兰桂回，笑而扔下手中"教杆"，跑向一边，相视凝笑。兰桂近前见墙上涂鸦，歪扭不整，即用手抹去。呼曰："上课也，今日考试。"众童皆趴于碾盘之上，展开纸笔。兰桂又匀给草草、花花铅笔半截，散纸几片。二人也仿众蒙童在纸上涂鸦一番，并争相将其临摹呈于兰桂阅判。兰桂随手画其错对，皆判不及格，令将黑板上生字各抄百遍，以示处罚。众童遽乱画一通，交于兰桂，曰："百遍完也。"笑跑而去，又作他耍。碾坊周围有榆树，秋风一拂，地上落满榆钱儿，居人常将榆钱儿等树叶随尘土扫至土墙根下，墙根处土壤潮湿松软，榆钱儿多发出小芽，还长有其他小苗儿。蚯蚓、蛐蛐也喜在这处打洞。孩子们或捉蛐蛐，或拔地上的小芽儿移栽他处耍之。草草、花花或发现一个蛐蛐洞儿，或发现一枝奇异的小苗儿，便争相挤来向兰桂呈报，曲意逢迎，以求其宠。只几天工夫，厮耍熟欢也。学校老师从街道过，见兰桂引导蒙童识字，以为可以巩固所学，遂在课堂上嘉勉之。兰桂受其激励，故而每放学，即带领一群蒙童与二女孩在碾坊做识字游戏焉。

　　午饭时间，街道笼气氤氲，饭香弥漫，母亲们各于扉前唤儿呼女回家饷饭，孩子们俱颠跑而回。花花、草草见去了伙伴，无人与耍，孤恓无俦，寞寞站于碾坊门口。碾坊寂静，麻雀在空荡的碾坊里鸣噪纷飞，姐妹默默相看，却见街头有孩子将饭端出，香气沁喉。姐妹二人早已肠痒鸣饿，但也不知讨要，只是呆立于旁，直勾勾地望着别人饭碗，口中咽唾，馋涎流溢。小妹花花，在旁边更是穷睛不舍，灼腹咕咕，便把手指放进嘴里咂吮。兰桂见二女眈眈注目饭碗，知是饥饿，便对二女道："取碗来。"草草、花花争相奔回，拿来破碗，伸向兰桂，兰桂便将自己饭食分于二人碗中。二女急不可待，就往嘴里送。待食毕，又惴惴站于旁边，欲将碗送上，却见兰桂碗中也告罄净。兰桂母亲忽觉儿子饭量猛增，又进食颇快，暗窥之，见儿所行，并不恼怒，反喜曰："男儿如此，必有出息。"遂赞兰桂道："我儿行善，何不让妈知晓？"兰桂道："怕母亲责怪。"后来，兰桂母亲及村中媪妪常将剩饭舀给二女吃，虽不至饱，也不全饿。问之，草草道："临明吃了开水泡馍，父母即出门去，天黑才回。留我二人看守行李。"花花又说道："有时也将我引去，只留下姐姐一个看守行李。"故而人们常常看到两个褴褛女孩在碾坊门口呆呆站立，面色惶恐。乞丐夫妻有时也和村中人来往，往往将水罐拿到周围人家，让灌上热水，人们怜其穷，都给灌之，那就是一把柴的事情。午饭后，众孩童背上书包，向学校奔去。二女孩以为又要作耍，也跟而跑之。兰桂摇手道："勿相随，我们去上学。"二女跟着跑一段，见彼不是去玩耍，便痴痴呆望，直望见兰桂他们进了学校门，才寞寞而回。二女没有上学，故而不知学校为何去处，甚至于不知道书本为何物。天将黑，二女便站在碾坊门口，于暮色中看着街道上来往的人影，眼巴巴盼父母回还。有时天飘小雨，冷风飕飕，二女衣服单寒，蜷缩在碾坊门口。有时等到天很黑了，父母还没有回来，碾坊里黑黢黢的，没有灯火，二女手拉着手，还呆呆地站在碾坊门口，瞪大着恐怯的双眼，盯着路人。街道上也是黑麻麻的，偶有人影也是匆匆而过，二女见不是自己父母，便四目相对，心中惮怕，满是惊悚。众人益加怜悯，多有馈恤。

一日，天色苍昏，乞丐夫妻回至碾坊，却见有二卷毛污狗，撕开布袋，正撅尾拱食之。狗见人至，遽逃去。夫妻收拾残余，多成渣沫，痛惜无比。而那草草、花花正与诸童飞奔厮耍。其父过来，揪翻在地，一阵捶楚，二女嘶滚哀鸣。村人围集劝解。夫妻二人涕泗交流。问之，言是商州人，秋稼绝收，走投无路，才流浪此处乞食，而孩子不知父母酸楚。辛苦半月，低声下气，讨得的一点儿粮食却被狗子偷吃矣。焉能不恼？当晚，父罚长女草草跪于铺旁，不许睡觉。草草受了惊，又冻了半宿，次日便昏烧不醒。其母坐地号啕，其父央求村人，村人领至医疗所。医生见孩子股肱多成青紫，又额头热烫，便给了药片，服之，汗出烧退。有老妪见一家哭得悲惨，恻然动念，便嚷嚷村人为其度粮。村人多舍其一掬半把，凑有斗余，乞丐夫妻谢之不尽。

会村东有妇，已婚十余载，却未生育。妇人殊想怀中有抱，求神问医，依旧不育。度粮者至其家，妇人慨然，周济白面一升，以冀消除前愆，神可赐子。猛思曰："彼一家无有生计，何不舍我一女，可共温饱。"便来窥探，见二女虽然发绺不整，脸抹涕垢，但也艳光外透，只脖颈处，就肌肤雪嫩，莹洁如玉。尤其是那小女子，性格嬝欢如飞燕。赶忙托好事婆子，以达其意。那婆子打着灯火，来到碾坊，便施展如簧之舌，巧言令色又口吐莲花，说道："结婚十几年了，一直没有抬举孩子，怀中空虚，整天就想着身后有一个能哭能笑的小尾巴儿跟着，那日子才有意思。每逢初一、十五，就去庙里烧香拜佛，求神赐予一子，都能想疯了。此地人见其家中殷实，都想将子认于膝下，却怕邻里之间难以养熟，以致怀中空虚了几年。特想抬举别人一个孩子，用来占怀。见了你家小女，当时就爱得舍不去。"乞丐夫妻并不动容。婆子又道："这家只有夫妻二人，都心地善良，有现成的砖瓦大房，现在还吃着去年的余粮。娃过来肯定不受苦，你们也能过上好日子。"又道："若是愿意，马上装三石粮食回去，保证你吃到收麦，也省得整天在外奔波。"尽管婆子说得天花乱坠，可那乞丐夫妻终是不为所动，两人各搂一女，坐于铺上。所谓的铺不过是给地上铺了一层厚柴絮，上面有他们的铺盖罢了。那两个女儿坐在她们父母的腿间，犹不安分，互相拍手作耍。那妻子却是忸怩道："女儿从未离身边，不和生人睡，难以割舍。"婆子又甜言蜜语道："小娃家不认生，只几天就熟了。这不，来了不到半月，就和其他孩子耍到一起了，一点儿都不生分。"又道："休怕！不到三月，保证吃得又白又胖。以后想见还可以随时来。"那男的沉吟道："十指连心，女儿虽求得温饱，可大人还是放心不下。此话来得突然，一时心里无此打算。且待商议，等候回话。"那妻子又道："吾虽乞讨，绝非卖女而食者。"那婆子见人家享天伦之乐、快活无限，尽管受人之托，但也实在不忍心将其拆散也。后来，此事也未有下文。而那村东妇女却因此而郁郁寡欢，思念难却。

在兰桂童戏之间，草草、花花二姐妹得以启蒙。老师更是在全校赞扬兰桂教孩子认字游戏。兰桂得到勖勉，越发将此事当成自己作业一般。二女聪颖，过目不忘。这日，天色昏暗，似欲倾塌，雪花片片，落地成泥。兰桂从老师讲台上摸得几截短粉笔，奔至碾坊，欲教那姐妹识字，却见那铺盖行李俱已乌有，猜其必是远徙他乡，或者是回家度冬，心中怅惘，郁郁而返。又过半月，听在地里捡柴的伙伴讲：讨饭那一家子，搬到邻村某地菜棚中居住。兰桂寻至，远远就见那草草、花花在风地里绕墙追逐玩耍，风吹发散，眯蒙双目。菜棚门口放有几块砖头，支了一口小铁锅，锅内正煮着苞谷稀糁。见有人至，二女豁开头上散发，认出是兰桂，草草忙找线绳将头发缯了，相视而喜。二女依旧是面皮白瘦，脸粘涕垢，败絮悬鹑。花花跑进棚里，取出半截粉笔举向兰桂。兰桂见那墙根下面还有一堆小石子，分明是二人玩耍的小石子，墙上却是写有姐妹二人的名字，歪扭不整，是他教给二人的字体。二女孩知道兰桂是来教她们识字的，就拿粉笔在墙上写字。兰桂道："勿忙，我来教你。"草草问："如何就寻到了这里？"兰桂道："听捡柴的伙伴讲，你们搬到这里，我就来给你们教字。我以为你们回家去了。"兰桂遂在墙上写字，并教之读音。二女又掏出那半截铅笔，在破纸上写画，但铅笔已秃，难以画出，遂又掏出粉笔在墙上依样摹画。毕，兰桂问道："村中住不冷，如何就搬到了野地里来住？这里风大。"草草道："你村人不善，要将花花引去做女。父母不舍，怕他们将花花偷了去，因而就迁到这里。"花花在旁边道："我就不去。"草草道："你不去，人家把你偷了去。"花花道："我黑里跟咱妈睡。他就偷不去。叫人家把你偷去。"草草道："我黑里也跟咱妈睡，也偷不去我。"草草边说边拿出菜刀来削铅笔，兰桂见草草手拿菜刀不稳，便道："小心削破手指，我给你削。"草草将菜刀和铅笔递于兰桂，兰桂削好，交于二人，又从衣内掏出几本书道："这是我以前学的课本，给你们，可按上面的拼音学习。"二女接过书，争相翻看，为书中故事插画所吸引。草草父亲从棚子出来，大声呵兰桂道："快回去，小心你妈寻你着。"又令草草添柴烧火，草草只顾看书上插画，其父怒而夺其书，交于兰桂。回头责备草草道："念书有啥用场？快去干活。"兰桂道："读书将来有很大用处。"草草父道："灶下火灭，粥都冷在锅里了。"揪着草草推向灶边："饭都没有吃，还顾得上念书？"又喝令花花去地里捡柴。只见草草跪于地上，低头吹砖下之火，灰烟迸起，直扑眼鼻，涕泪尽出。草草边吹火边用手抹脸，火烬映红了草草雪白的脸蛋，兰桂又将书给了草草，也帮其吹火。兰桂刚抬头，却见母亲远远地寻了来，并呼道："野地里好大风，冻出病来，才知轻重。到此有何好耍？"乞丐夫妻出而问之，兰桂母亲解释道："此独子，他父不在身边，着我当珍珠般看。我只是尽着性子惯，没出过远门，又值好大风，怕吹出咳嗽，才寻来了。"其母牵兰桂手就要离开，兰桂又将口袋中粉笔头儿尽给了草草花花，二女争着伸手要。兰桂犹怕二女忘了读书，以后每放学，还是去地里教之读之。而母亲严禁前往，有日背着母亲又去，远远则见茅棚萧索，麻雀纷跃，见人至，轰地飞去。近视之，陋室空荡，人迹杳渺，墙上画痕犹存，四望无有人踪，遂怏怏而还。

后又十数年，兰桂父因病弃世，家道淹蹇，日子逐渐落寞。所喜母亲身体康健，家里衣食，地里庄稼，里外经管，多赖其操持。而兰桂每每干活，都要母亲督促，却是被人议论懒惰。虽然生活熬煎，但也温饱无虞。母亲看着儿子长大，心中自喜。近来，有人给兰桂说了一门亲，现在女方却又反悔，母子不悦。正值夏忙，兰桂又因劳作乏累，偃卧床上，情绪乖丧，其母自掩门去了地里刈麦。忽有人弹指扣扉，兰桂未加理会。那人掀帘自入，以为邻居，又将絮叨，故而闭目假寐焉。来人以手抚之，兰桂觉气息有异，翻身坐起，却见一陌生女子，含笑立炕下。女子白皙高挑，双眸明亮，非村中人也。怪而问之，女子笑答："不识十年前之蓬头女也？我是草草。"兰桂懵然不知，细审之，还是惘不记忆，道："实不相识。"女子自坐于炕边道："真是贵人多忘事耳。十几年前，有讨饭一家人栖身于你村子碾坊之中，你曾在碾子上教两个蓬头女孩识字，还在大风地里教识字。可有其事？"兰桂思想良久，才悟道："是有此事。你是周草草！"忙问女饭否，草草道："此来非为温饱。闻得你家麦子未收割，特自荐而来帮你家收割麦子，而你却偷闲躲静。"兰桂不觉赧颜道："昨天加班割麦，特别乏累，故而酣睡未醒，不知你到来。"女笑指曰："夏收大忙，人人乏累，地里庄稼，却不待人，还是去地里干活吧。"兰桂倍加惭怍，却仍旧慵懒床上，惺眼沉迷，娇懒不起。女又催之："当年乖学生，而今也会撒谎也。吾已知晓，只因你被人嫌弃，心情不畅，故作此态。快速起来，随我下地割麦去。地里一劳动，就会忘掉一切，不再烦恼。"兰桂才忸怩而起。女又教道："你只对人说，我是你雇的一廉价麦客，为母亲解劳苦，也可表示你孝顺耳。"兰桂尚踌躇，女已递上鞋袜，道："快穿上，割麦去。"

至田中，兰桂见母亲割麦累了，正憩坐垅头树下，揩汗也，才注意到母亲两鬓已苍，面目焦黄，不觉心酸，忙递巾拭汗。草草上前谓兰桂母亲曰："你儿知你苦累，雇我来替你割麦。你现在不用操心收麦了，可安心回家歇息。"兰桂娘似乎不信，道："吾儿今天怎么有此孝心，莫非太阳打西边出？"兰桂曰："儿见母亲终日操劳，心实不忍，便廉价雇得一人。"兰桂母亲道："妈教儿百遍话，儿却是一句未记下，外人教儿的话，一教就记于心。"草草在旁嗤笑。兰桂力请母亲回家，自与草草挥镰割麦也。乘间问之："人传此次村子来了一女麦客，泼辣能干，莫非是你？"草草意态腼腆，道："麦客当中，就我一人是女子。我不知你村人背后如何说。"兰桂思想草草随众汉子出来挣钱，是出苦卖力，实是不易，不觉有怜玉之心，又目注草草个子瘦高，骨骼朗朗，挥镰动作干练，不亚汉子，与电视上那些跋扈娇娃相比，真是天壤之别，咳叹一声。草草道："又是盯我，又是叹气，为何心不在焉？小心割破手。"兰桂道："我想你自幼难得温饱，现在长成了一个大姑娘，为了生活，出来割麦挣钱，很是心酸，你父母舍得让你出来？"草草道："我父母前些年都去世了。"兰桂惊问道："那你妹子花花呢？"草草道："不幸夭折了。"兰桂更是吃惊道："如何就夭折了？"草草道："那年深秋，花花咳嗽发烧，看着好了，却又重犯，半夜浑身烧烫，气喘不接。父母欲送医疗所，当时却是大雨如注，门都出不去。去医疗所也得走五里路。看看不行了，才冒雨送去，可又晚了。"兰桂急问："你家中就剩下你一人了？"草草道："后来父母也相继去世，剩下了我，无所依靠。只是父亲去世时，将我托在伯伯家栖养。伯伯死后，我就显得是多余的了。伯母嫌我寄食她家，恨不得立即将我扫地出门。在我十五六岁的时候，就整天招呼着媒人给我寻个婆家，要把我给了出去。"兰桂更是吃惊，问道："我现在该不是在梦中吧？"草草道："或许你是在梦中，而我却不是在梦中。"兰桂问："那你有了婆家没有？"草草道："没有，我都不愿意。我出来挣钱，就是想挣一份好嫁妆回去，省得看别人的长脸，吃别人的眼角食。妈妈临终前一再叮嘱我，嫁个好人家，将来一辈子不受穷。妈妈有一件事情非常后悔，早知花花是那个结果，当初还不如将花花给了你们村子。"兰桂默然，往事如烟，历历眼前。那个天真烂漫的女孩，当时还不知道什么是羞臊，常蹲于墙角处撒尿。如果还在人世的话，也已出落成一个大姑娘了。而且花花比草草还要聪明伶俐，活泼喜人。草草又问："不知当初要花花的那个女人现在如何。"兰桂道："几年前就死了。""怎么就死了？"草草问。兰桂道："那女人之丈夫早就去世，死前，安排他侄子来顶门立户。但那侄子夫妻对老婆极不孝顺，又不欢而散。老婆是在孤苦伶仃中离开人世的。""噢！可怜的好人！当时若是将花花给了这个女人，或许能救两个家庭。"草草叹息了一声，又道："昨日在地头，听你村人议论一个叫贺兰桂的婚事，我就想到了你。"兰桂问："他们议论我什么？"草草道："说你是一个乖孩子，现在还被母亲娇惯溺爱着，干活都是母亲带头。你因此就被人抛弃了。"兰桂点了点头，问："这么多年了，你还记着我的名字。"草草道："因为你是第一个教我认字的老师，我就记下了你的名字。"又低头道："听了你村子人议论你的事，我想你我都是沦落之人，同病相怜。又见你母亲辛苦，我就来看你，帮你一把，以报幼时教字之恩。"兰桂道："我家的事你知就知了。"草草又嗫嚅道："幼时我还在你碗里吃过饭。我一来是帮你收割以报恩，二来是想复童时之情。如你不嫌弃，愿与你结成婚姻。你看如何？"兰桂喜，不觉眉飞色舞，继而又道："你已知之，我是独生子，娇惯成性。彼嫌我不爱下地干活，就不愿与我成婚。"草草道："我与你是贫富之交，本来心怀惭怍，怕你以身份贵贱相待。只要你不嫌弃我是当年的讨饭女就是了。你不是一个懒惰人，只是被母亲娇惯罢了。"草草又道："名叫兰桂，懒而且贵。我想只要夫妻二人真诚相处，互相疼爱，懒人也会变得勤快的。"兰桂为其真诚所动，喜曰："此诚美事，我告诉我妈去。你就不回去了，让我妈也高兴高兴。"草草道："昨晚我半宿不眠，已熟虑之矣，让你妈托一老人来说此话。我同行者中有一陈叔，德厚善良，我可托此人来做媒。"草草红脸上掠过一丝羞怯，道："吾并非急于贱售耳，其实一刻也不愿意寄人篱下，吃人白眼之食。你童年教我认字之时，我就知你心眼善良，是一个可以托付的好人，故而才不顾羞耻，亲自来向你求婚姻。你勿见猜，但愿此非痴想也！"兰桂道："难得你如此心诚，我十分感动。"又问道："你那里现在粮食怎样了？"草草道："连着数年，风调雨顺，政府又供应化肥，粮食产量也提高了。现在人们都吃穿不愁了。"又问道："你回去还念书没有？"女回答道："那年回去，政府叫我们上学。我就上了三年学，由于你先前教我认了些字，我比其他孩子有基础，还当了班长。那时，我就不断地想起你，还把你的名字写在书本上。我认了许多字，现在能读书，还能算账，别人哄不了我。这些我都要感谢你。花花在我下一级上学，比我学习还优秀，也当了班长。我们两个经常得到学校表扬。只可惜花花……"

却说兰桂母亲正在家里猜疑：儿子与那女子是萍水相逢，如何就如此熟悉？中午，兰桂、草草回家吃饭，兰桂乘间将此事告诉母亲，母亲喜道："地中之言，我就知是此女所教，果不谬也。"又道："此女身板结实，吃苦能干，自幼受过艰难，必是过日子的一把好手也。只要你愿意，我儿得贤妇，何在乎门阀贵贱！"遂托人请来陈叔，联络此事。那女子听说兰桂母亲非常悦意，高兴得再也不愿意回到老家去了，当时就留在村中。双方媒妁互相探访实确：都是诚实人家的儿女。兰桂家选取吉日，将女迎娶，二人成了秦晋之好。

女麦客自导自演一出凰求凤之喜剧，成为一段佳话，为当地人传颂也。而多数人却不知道他们曾是童稚之交，曾在一个碗里吃过饭。合卺后，兰桂母亲在家操持井臼，小夫妻二人耕耘田畴，多时是妇出夫随，尤其是那妻子草草勤谨贤惠，吃苦耐劳，孝母敬夫，毫无怨言，颇为村人称赞。而兰桂为其感动，因而恩爱有加，日景升腾，人人羡慕也。

第六卷

儿女不管父辈怨

　　每天黎明时分，安于前之母许氏都要来到自家菜园。园内青翠爽腔，菜蔬蓬勃，许氏在园里纳新吐故，已经惯然。只是今日起得特别早。许氏在园内随走随看。儿子点种的南瓜早已扯蔓开花，尤其是园内育的一片西红柿，正是成熟阶段，个个大如拳头，如灯笼一般吊挂着，红光闪亮，煞是诱人，大热天生吃一口，粉汁浓厚，浑郁可口。许氏非常喜爱，却见有人正伏地里摘之，惊甚！悄悄从背后靠近，而那人专注，丝毫不觉。许氏从后面一把扯住衣领，那人开始一阵惊慌，后又尴尬，满脸堆笑而又无以解释。原来是本村无赖刘有成！刘见自己被捉，欲找说辞，然而窘急之时，无策可对。便狗急跳墙，欲挣脱许氏之手，而许老太却扼住不放，并大声吵嚷。一时，村中有人来围观，刘有成硬是掰开许老太手腕，撤身逸去。此时刘有成脸面已羞若猴腚，而许老太却举着缴来赃物，向围观者暴扬。多亏儿子安于前闻声而至，才止住了母亲的行为，并向围观者说刘有成事先向他打过招呼。但为时已晚，村中人尽皆知晓，并在街头播扬议论，联想到刘有成以前的种种劣迹，见刘辄笑之。事后，安于前对母亲之举深为叹息，曰："那几个西红柿能值几何？你当众给其不存面目，让彼何以在街上走？"又道："彼本无赖，与咱家同街比邻。若是和咱家作起对来，将如何应付？孰轻孰重，母亲自能掂量得出。"许老太也觉过分。但当时处亢奋之中，只顾炫己抓贼之高明，却忘了他人之感受，也心中快快。那刘有成被人揭了面皮，回到家里，又羞又愤，只是当时恨地无缝！从此难在人面前说话了。对安于前母亲怀恨在心。

　　咦，本来几个西红柿，不值几钱，而农村老太却是认了真，倒是引出下面一系列故事来。

　　他日抵暮，许老太驱鸡进窝，却发现少了两只。前院后院寻找不着，正自疑惑，却见孙子安欣荣欢蹦乱跳，玩耍而回。扎在他婆怀里，撒娇撒痴。欣荣告诉他婆，刘有成之女刘凤给了她半截鸡脖子吃。许氏即怀疑鸡为刘有成所偷。辗转经宿，难以入眠，天蒙蒙亮，就爬于刘有成家后院墙豁口处，看见刘家后院有许多鸡毛，正和自己丢的鸡毛色一致。而刘有成家养黑狗正在后院呜呜地嚼鸡骨头。气得许老太又要寻去骂街，却为儿子所阻。安于前思之，刘有成丢了面子，心中愤恨，报复一下情有可原。从此就心平气顺了。告诉母亲道："只要平安无事，就是烧高香了，何在乎两只鸡？"

　　腊尽岁末，安于前去集市，想买几根短椽在菜地搭棚子用，见刘有成在集市上摆摊卖辣椒，想前去问候，以复旧好。而刘一见安于前至，顿时容颜唰变，虚汗冒出，满面惶恐。安以为刘又记前仇，也就扫兴而退。回家路上，忽忆刘有成今年根本未种辣椒，何来辣椒可卖？猛悟自己房檐挂的辣椒似乎少了几串，莫非是刘有成偷取了？更何况昨夜月黑风响，自己睡得如死猪一般。急奔回家一看，原来挂有十四串辣椒，现在只剩八串了。时辣椒种植普遍未成，因之价格奇昂。而安于前耕管得当，时运也佳，辣椒独成，储备春节卖高价耳，没想到为刘有成所算。安于前愤气上涌，握拳大恨：有个再一再二，没个再三再四。如此发展下去，真是欺我家无人了？抓耳挠腮，正思何以报复，忽见刘有成所养黑狗正在墙旮旯东嗅西嗅地找食吃，觑其左右无人，立即用一块碎馍将狗诱入屋里，急关门捕而杀之，当时就剥皮煮肉也。

　　大概一夜间特别安静，无了犬吠，刘有成睡了好觉。次日晏起，猛想起自家黑狗昨晚至今未回，急忙村里村外喊叫找寻，却是未现。拍额自忖，莫非被别家公狗拐跑也。却见女儿刘凤放学，一路颠跑回家。刘有成见女儿面若嫩玉，明眸透慧，又白衣蓝裙，胸前红巾飘飘，心中一快，忘了方才烦恼。女儿乐滋滋地告诉他，同桌欣荣给同学们张扬，说他家昨晚吃狗肉，并捎给她一块品尝。刘有成猛悟曰："准是安于前将我家黑狗杀而食之。"一时盛怒，就要到街上横骂，忽思不妥：若是互相揭挑起来，自己也是自取侮辱。挠头踌躇，当晚便把安于前搭在菜地的庵棚一火炬之。安也明白乃刘有成所为。自此，安于前与刘有成视为仇雏，伺隙报复。

两家大人交恶，而孩子照样厮耍无误。一日，刘凤放学回家，刘有成见其泪痕未干，究问之。原来是欣荣与刘凤两个在学校墙外某个拐角处模仿电视上男女人物亲嘴，被同学撞见，告于老师，师将二人批评，而同学却互相传播羞笑，因而啼哭。刘有成认为女儿吃了大亏，当即咆哮如雷："小小年纪，就耍流氓。平白无故占我女儿的便宜，肯定是他爸教的。"便拉刘凤欲往安于前家闹事："寻他家，问他安于前怎么教育的儿子，丢他安于前的人。"却为其妻赵氏阻止："小娃么，男女还没有分清，知道什么是流氓？童蒙未开，纯属儿戏，何必当真？你不先自管束凤儿，却去寻别人闹事，反叫人笑。"刘有成思之有理，回过头来，责备女儿："从今以后，不许与欣荣钻在一起。"那安于前却是喜不自胜："我儿子把他娃嘴给亲了。"鼓励儿子："好！我娃有出息！亲他娃的嘴就是给咱家争光，给爸争气！"立令其妻："给娃炒俩鸡蛋，娃今儿给咱家报了仇，雪了恨。"他老婆却接话道："你也长点儿脑子。亲人家娃的嘴，传出去对娃娃有啥好处？把欣荣给坏里教，你枉为人父。"安于前细想也正确："这事传出去对儿子也不好。"便严令儿子："少与刘凤玩耍，她爸乃大无赖，极不地道。过年时，耍钱输了你二叔两块钱，到现在都不还。"而孩子们只三天的记性，回头又厮耍在一起。

一日，安于前回屋，见儿子与刘凤等几个孩子坐在自己院子，围着一只小灰兔玩耍。小兔腿上缚一细绳，孩子们拉着玩。那刘凤前发齐眉，撅着双辫，正双手支颐，卧在地上，伸颈看着小灰兔。安于前见刘凤长得也是双眸爽亮，瞳仁剪水，满脸童真。思其如此清纯个孩子却逢那么无赖个爹！摇头叹息：孩子何错？我若强加大人之恩怨于孩子身上，伤其天真烂漫之童心，岂不显得小哉？因而对孩子在一起玩耍也就不加限制。

而刘有成却大不行，每见欣荣在自己家里玩耍，即赶走勿怠。一日，又见欣荣在自己后院一棵大榆树上折树枝，女儿刘凤手里拿着几枝，正将上面的榆钱儿吃。立即大声呵斥，吓得欣荣溜下榆树疾逃。刘有成在后跺脚故作追状，道："下次再来，砸断狗腿。"并回头怒斥女儿："再逗引欣荣来家中，连你也砸断狗腿。"榆钱儿翠生生地绿，刘有成也自吃起来。女儿刘凤却是宠爱娇惯大的，终是不怕她爹。待她爹刚一离开，又去把欣荣招到她家。欣荣又是踩肩蹬背，又是抱树蹴脚，一蹴两蹴又上树了。

安于前家后院有一棵大枣树，八九月间，果实累累，安于前每年都要将打下的枣子拉到集市上卖。在枣子即将成熟时，常有孩子来爬墙拿竹竿打枣。欣荣受父所教，看守枣树，不许孩子们来打枣，但却难以禁止。一日，欣荣正在后院墙根逮蛐蛐玩耍，忽有土坷粒自墙头落下，灌于脖项。仰头一看，却是刘凤站在墙上，正用竹竿打枣。及见欣荣在树下看她，慌得举竿不稳，在墙上闪了几闪，欣荣惊道："跌也！"吓得伸手就接。适安于前回家见之，赶忙冲上去接其下来。安于前自摘枣子分于刘凤，孩子们都跟了来，各得几粒。安于前训斥孩子们不要爬墙。孩子们在一起玩耍，谁还管什么世代恩怨，而大人们并非如此。

数年后，二人似乎将前仇忘却。刘有成混迹镇上，常弄些不伦不类的勾当。安于前多时种菜贩菜，或在周围打零工，以维持生计。这日，安于前正在街上卖大枣，时刘有成却与一帮泼皮坐在一店铺台阶上，正在无聊，忽听人言："好大枣，又脆又甜。"刘有成与几个泼皮过去一看，果然见这大枣色气红白，晶莹光亮，圆滑顺溜，不觉口水自流。众泼皮不等问价，随手抓取就吃，确实甘甜爽脆，又肉厚核小，继而大把抓取，各自向兜里装。安于前开始见刘有成等来看枣，想是给刘抓上一把拿去吃，以续乡党之谊。及见各自往兜里乱装，立即阻拦，却拦挡不住。又用帆布捂盖，几个却又掀开帆布，一发哄抢起来。安于前急忙推阻，并大声呼援，却反被众泼皮推倒在地。旁有其他商贩也大声发喊，一时市场哗然。忽有市管人员横冲过来，泼皮们一发就跑，安于前慌急之中追捉一人，抱住不放，市管人员也捕捉几个。都被解到大案前边。咦！被安于前抱住的不是别人，正是冤家刘有成，弄得安于前好不自在。刘有成却大叫冤枉，然而旁证颇多，抵赖不过，只好认罚认骂。天黑，才被妻子拿钱赎回。妻唾其面，冷嘲热讽，外加诮辱："好一个男子汉大丈夫，还如吃奶娃儿一般气性。""爱食枣，明日老娘将你卖给枣贩子当干儿子去。先人如何亏人来？生了个你，枉活了五十岁。"刘有成本来惧内，这时，更是张嘴不敢还，只是紫涨面皮，蹲在地上，蜷缩一团，道："我也是一时糊涂，再不弄这号事就是了。"妻子道："你也知道要脸？要脸就要做要脸的事呢。"妻子又来到安于前家门口一顿街骂："不过吃了你几个枣儿，就将我男人送到了派出所？若是把你老婆的黑枣吃了，就是把我男人杀了剐了，我都不说。心毒得很。"刘有成急忙将妻子拉了回来。

幸亏安于前家人未听到刘有成妻子的街骂，否则又要街头闹喧了。刘有成揖求妻子切勿张扬："悄着，悄着。人家听见笑话。"妻子道："笑话？早都叫人笑话了。此事村子谁人不知，哪个不晓？"老婆又道："女子都二十岁了，调解员赵公才给说了一个婆家，对方条件很好，可人家一打听，知道你整天佻荡在外，不是正经人，立马就不愿意了。你今天又做了这事，以后谁还愿意与咱家结亲？"刘有成道："人家不愿意，是人家条件高。也是安于前在背后捣的鬼，说我是二流子。"老婆道："人家说得正确，你就是二流子。"刘有成道："二流子怎样了？日子比他过得还好。"又道："放心，天下再丑的女子也有人要，难道一把挂面还没处下了？男人娶不到老婆的倒是有，我倒要看看他安于前儿子娶得下老婆不，又傻又大又粗。"两口子捭阖完了，即去歇息。却说刘有成因为吃枣事后悔不已，寝后自思："无非是吃了你安于前几个枣子，就受此侮辱。而且专捉了我！使我羞愧难当。还搅和我女儿的婚姻。"恨恨不已："你安于前能搅和我娃的婚姻，我也能搅和你娃的婚姻。"而安于前也跺脚后悔道："慌急之中，不及细看，偏偏把刘有成给扭住了。这是老牌死狗，又结冤仇也。"

　　然而冤家路窄。次日晌午，安于前从镇子回家途中，远远就看见刘有成孤身从对面走来。安于前想乘机和解，以释前嫌，免得彼再寻衅报复。而刘有成却是装作没看见，只顾羞走。狭路相逢，避掩不过，只好一脸肃杀，又装不认识，夺路欲避，却见安于前故意堵截，刘有成以为是仇人相见，又要斗殴，便做防范势。及见安于前身体粗莽，气势雄壮，又手提棍棒，而自己却体瘦力寡，手无寸铁，肯定斗武不过。悲思曰："将被黑揍一顿也！"其时午后最热，骄阳当空，旷野无人，又前不见村后不着店的，打死都没人知道，越发害怕。而安于前又左顾右盼，目眺一井。刘有成惊甚：彼欲将我填尸瞽井也！顿时毛发倒竖。正要回身逃跑，猛抬头，却见安于前已横棍突至面前，刘有成顿时心慌体颤，胆气虚怯。只好硬着头皮，指着安于前，镇唬道："你……你要干什么？"那安于前如雄狮一般，直眼逼视，意似搏噬。刘有成面色如土，正欲下跪求饶，安于前却先自揖让，道："曩日镇上之事，实非有意。若是你一个，就是给你几斤大枣又有何妨？而那一伙人却如虎狼一般，哄抢起来。小弟一时慌急，只知从后面抱住一人，不及细看，未承想却伤了兄长尊颜，失了美邻和气。望兄长多多海涵，切不可记挂在心，小弟在这里给大哥赔礼了。"至此，刘有成才长吁一口气。而安于前又是递烟又是点火，为表真情，甚是谄媚。刘有成心跳方止，又受宠若惊，而对安于前奉承之状甚是鄙夷，也就自表歉意："噢，曩日一时口淡，见了甜枣，就上前品尝。怎奈有几个弟兄手脚不贵，再加上你的枣子实是诱人，就不由自主起来。而又喝令不退，以至于将事弄大也，十分后悔，误犯尊驾，不要存心。那日你也为我打了圆场，说了好话，十分感谢。此件事情，实是错在为兄对麾下管教不严，对乡邻有所冒犯。抱歉！抱歉！"拱手而别。安于前以为干戈化释，玉帛重结。而刘有成对安于前之媚态眉角睽之，心中骂道："当时抱住我交给市管人员，还说不及细看，眼睛装裤裆也。弄得我在乡党面前身败名裂，今天却来卖乖。总有收拾你安于前的一天。"但又思曰：对于此物，不可力擒，只能智取，要等待时机。

后年冬，安于前正窝顿在家，忽闻镇上某处招人做土工，工钱也合宜，便随人前往。安于前干活勤快，肯出力，又为人厚道，故常得到工头的赞赏。然而连干三月，工钱分文未付。安于前随众质问工头，工头许诺："月内即可竣工，竣工后一把付清。"众人信以为真。

一日早起，准备开工，忽传言："昨夜黑莽，工地打夯机失踪。"主管认定大家都有作案嫌疑，大骂工头："让你招人干活，你却招了一群贼回来。"工头不让大家离开，排队逐个审问。安于前也在被怀疑之列，未及向工头解释，就被几个壮汉推之呵之，前去接受审问。安于前想自己不曾做贼，冀可辩释，也就随众而去。待安于前被推入一房子，就有人厉声呵斥："昨夜黑里，都干了什么？快向我们经理如实交代。"安于前抬眼一看，不由瞠目愕怯，那张大桌子后面坐的经理不是别人——正是无赖刘有成！刘对他点头狞笑道："乡党，若是自己做的事，就赶快招供，交出来就没事了。免得送到上面去，关个一年半载的，十里八乡都知道，就不好办了。"安于前干了这长时间，还不知自己是在给刘有成干活，更不晓得刘有成这个怪物什么时候成了经理，也大椅高坐，真是小人得志便猖狂。旁有壮汉翻看安于前裤腿曰："有翻墙时留下的擦痕。"便揎拳诮呵："心虚也，少磨蹭，快交代，免得老子一时手痒。"安于前也不晓得裤腿何以有硬土蹭痕，于是就向刘有成解释昨日黑里，几时到几时，在宿舍打牌消遣，某某可证，以雪清白，并道："本下苦人，天天与泥土打交道，身上有土，实是难免。"再偷眼看刘有成，似乎一字未听，脸显诡笑。安于前自思："完了！完

了！这个赃非栽到自己头上不可。"未待安于前解释完，刘有成抬手一挥："下
一个。"于是，又上来一个受审。安于前方长出一口气曰："事寝也，刘有成还
是了解我的。"自觉轻松，却被推到一个院子，院子正站有一群人，都在嚷嚷没
有干此缺德事，却要受如此污辱。主管来了，对众人道："你们都不承认，那只
好搜查了。"于是，众人被领着，来到集体宿舍，主管在每人床铺上下翻找。众
目睽睽之下，却在安于前被褥下搜到一段电线，有新割之痕，还有钳子，有人
辨认，正是打夯机的电线。安于前顿时脸色紫酱，主管怒问安于前："如何解
释？"安于前错愕不堪，哑口无言。几个赤膊壮汉，早将安于前推进刘有成办公
室。安于前紫红着脸，不断辩解，道是自己冤枉，有人设计陷害。刘有成让指出
是谁陷害，安于前却又指不出。然而却是越辩越说不清，但就是不承认。赤膊壮
汉们，早就听得不耐烦了，不等刘有成发话，手持青棍，围裹上来。安于前顿感
不妙，但又无处可逃。几人将安于前扭住按倒，拳脚棍棒一齐上，一顿好打。那
安于前平素也是势猛难挡之人，但今天双拳难敌众手，而对方又是遴选出来的打
手，如何能敌！保命要紧，安于前只是抱头求饶。打手犹拳脚不止。安于前思
想：今日落于仇人之手，刘有成必是乘机大报私仇了。众人将安于前暴揍一顿，
押去再审，安于前不认。于是，审了又打，打了又审，反反复复，安于前已是皮
开肉绽，蜷缩地上，想：刘有成肯定放我不过，又实在榜掠酷惨，疼痛难忍，不
能熬刑，只好招作贼人。刘又问："赃物何在？嫖了还是赌了？"安于前道：
"赌了。"刘有成心满意足，满脸奸笑，道："早知如此，何必当初？"于是，
打手捉了安于前的手，在招供上画押。那刘有成大喜，不由笑得前仰后合，竟从
椅子上笑跌了下来。刘有成将招供收藏，又拿腔作势，对安于前道："看在邻里
分上，我来保你，此案绝不上交，只赔偿损失即可。"于是，三个月的工钱分文
不给，而且还打得遍体鳞伤，赶了出去。安于前受此大辱，非同小可：屈打成
招，还要我领你人情。此事肯定是刘有成栽赃设套。此仇不报，绝非男儿！安于
前将此恨压于心底。

又过两载，安于前之子欣荣已长成小伙，父子二人因农事乏利而轻之。投身
商贾，但又商贾乏术，纯属劳奔，收益少又极不稳当。后来，父子在镇上开了一
饭铺，主要经营大众饭菜，生意尚可，家景渐旺。镇上有一帮无赖，常来饭铺寻
事，安于前自知惹不起这帮地头蛇，只好任其白吃，因之这帮无赖也常听安于前

调使。安于前攒钱，主要是为儿子娶媳，并不断地张罗儿子的婚志之事。果然，调解员赵公来给欣荣介绍一女子，那女子父亲来村里打听安于前家庭情况。刘有成知道了，便端直告诉那女子父亲："安于前不是好人，曾经偷过打夯机，差点儿坐牢，是我保下了。"那人将此话告诉赵公，赵公疑惑："安于前怎能是这样人呢？"婚姻也就黄了。刘有成听到欣荣婚姻不成的消息，踌躇满志，高兴得不得了。安于前探查出是刘有成从中离间，破坏儿子婚姻，怒不可遏。新仇旧恨，涌上心头，要立即攻击刘。欣荣却劝父息怒，对自己婚姻却是不急，对于来提亲者一概却之，似乎胸有成竹。

刘有成在镇上办了一家土建公司，自任经理，人员多是昔日镇上混混，皆以酒肉相结。开始，确实获利不俗，便气焰嚣张，傲睨邻里。村人尽刮目相看，曰："狗屎一堆，也上席面了。"然而究竟是乌合之众，没有章法，随口断事。以至于见利则如蝇趋腥，哄然而上，遇害则互相推诿，无人认领。而内部又分配不均，处处猜忌。开始吵吵闹闹，后来就互相倾轧，拆台指责。最后又是大打出手，渐渐自散。因刘有成好赌，还欠了一身的债。一时困顿无计，想操昔日称霸街头之业，奈何自己又身单力孤，无了号召力。以前的狐朋狗党，已分道扬镳。况年岁增长，良知渐显。而妻女也常于耳边聒噪江湖凶险，阻其闯荡，因而多时在家务农。对所欠赌债，刘开始还抱着虱多不痒、债多不愁的态度，能拖就拖。但现在的债主多是暴力之徒，尤其是赌场放债，伏机深险。债主常以刀剑恐吓，并威胁妻女，因而刘有成多时外出潜躲，延宕债务。

寒腊将至，债主又来相逼。无以了账，刘有成不顾寒风凛冽，唏嘘于外。这日午后，昏日朦胧，冷风骤起，刘有成身上搭着棉袄，正缩脖于街上觅食，形影相吊，甚是狼狈。安于前远远望见之，急唤来几个街头无赖，指使一番，众无赖便直奔刘有成而去，二话不说，将刘有成撂倒在地，就用脚踹。刘有成忙抱头乞怜道："无冤无仇，又不相识，一定错打。"而对方却称："专打你姓刘的。"可怜刘有成被揍得抱头鼠窜，却欲窜无路，欲搏无力，被人踹得在地上乱滚，一时浑身俱伤。忍痛逃出有一射之地，也不晓得因何而打，自思肯定是债主差人所为。及望见安于前的饭铺，更是羞愧得难以抬头。正自喘作一团，几个无赖却又追至，手持棍棒，一阵乱击。刘有成只觉瘦腿已瘸，鸡肋似断，细腰将折，满脸流血，性命不保。急忙跪地磕头，哀号饶命，然而对方并不罢休。正自绝望，忽见一魁梧大汉冲进人群，推几个无赖倒地。众无赖见此大汉气壮如牛，势怯逃去。原来是安于前之子安欣荣将刘有成救下。欣荣将众无赖逐去，扶起刘有成时，刘已是腰弯腿跛，鼻嘴淌血，欣荣将刘有成搀到饭铺后面，忙倒水让洗去脸上血垢。洗毕，刘有成眼青脸肿，额上横起数包，鼻嘴犹在渗血，只好用手捂着，欣荣拿来绵纸，塞鼻止血。刘有成靠坐墙根，浑身颤抖，呻唤不绝，脸色如槁木死灰，早已凝成了一个青瓜。那安于前见冤家一副狼狈样子，甚觉快意，心中舒畅："积年恶气，方才出豁。"却是装作突然看见，揶揄道："哎哟！乡党怎么就成了如此模样？这是谁干的？"假意将刘有成安慰一番。刘有成窥那安于前有幸灾乐祸之相，羞辱难当，只是不断地唏嘘，感谢欣荣："若非来救，我今日只有爬着回去了。"又想起自己漂泊半世，江湖起伏，落得如此下场，不觉老泪纵横，叹息道："我命中只一女，若能有像欣荣这样强壮的儿子，谁还敢这样欺负我！"欣荣又自请将刘有成送回家里，自始至终，甚是谦恭。安于前、刘有成二人对此疑惑不解。

欣荣将刘有成送至家里，刘之妻女，见刘被殴打成如此模样，于心不忍。刘有成只是躺在床上呻唤，曰："差点儿就命入黄泉了。"又不知因何而打，安于前又要满村张扬、看景看笑了。妻子在旁一边照看，一边嘲弄挖苦："偌大年纪，好不自重，还在大街上惹是生非，跟人搬跤，招致此祸。丢人现眼还以为给先人脸上贴金。"至晚饭，刘有成不见女儿刘凤前来问候。问起妻子，方知傍晚送欣荣未归，便大骂女儿不孝。对妻子道："大姑娘家，天都黑了，还不回家，叫人笑话。给我叫回来。"妻子便到外边喊女儿去了。刘有成正呻吟着，见女儿表情欢兴、辗然无哀色地回来，便大骂女儿："送欣荣能送这长时间？从傍晚送到半夜，爸死在床上都不管……"辞色严厉。刘凤道："爸，现在才八点，离半夜还早着。"刘有成大怒："还敢反嘴，一点家教都没有。"寻东西要打，怎奈腿疼不能动。吓得刘凤再不敢言语。那欣荣返回饭铺，也被父亲一顿骂，欣荣不知何因，安于前便向儿子控诉起刘有成欺负自己的桩桩件件，血泪斑斑，最后道："今天好不容易有了报仇的机会，你却将他救了，还送回家！"欣荣道："爸，冤仇宜解不宜结。"安于前道："爸几次都主动找他和解，可他总是欺负咱家。以后，对他再不能心慈手软。"欣荣诺诺不语。

刘有成躺在床上，越想越觉得事有蹊跷。虽伤，但未及筋骨，歇了几天，即跛去镇上，找到昔日一小卒，让小卒略一调查，果然打他的那些人是受了安于前的唆使。又思：安于前儿子救下我，还主动将我送回，肯定不是父子合谋。此后，刘有成整天思谋着如何报复安于前。

却说赵公，是村子颇有德望之老人，常为村民排纷解忧，析家断产，公允无私，调和矛盾，一言九鼎，因而受人敬重，被群众推举为调解员。更喜充当月老，为青年男女牵系红线，当初就给刘凤牵了红绳，但是未成。主因是男方条件高，还有，男方正好是通过安于前来打听刘凤家之情况，安于前就将刘有成之人品向对方如实讲了，多有贬损，因而男方也就有了借口。后来，赵公又给欣荣介绍一对象，那刘有成从中使了离间之计，将婚姻给搅黄了。赵公知道二人积怨颇深。近来，赵公彻底弄清了安于前、刘有成矛盾的因果，思想着应当调解，以和谐村子。赵公先到了安于前家，闲谈间，故意触及刘有成，赵公道："刘有成托我给他女儿介绍上门女婿，我想该找一个两家都能顾上的女婿才好，你看如何？"安于前不知赵公来的意思，端直道："啥瓜扯啥蔓，啥鸡下啥蛋。该找一个和刘有成一样好赌的懒汉，看两个二流子怎么在一个锅里搅勺把！"赵公惊讶，既而笑道："我手上正好有一个懒汉二流子，他爸也是一个混账东西。"离开安家，赵公思忖着，又来到刘有成家，谈叙间，赵公将话题又引到安于前家，道："准备给欣荣介绍对象，欣荣道是想找一个离家近的媳妇。"刘有成也不知赵公来的意思，愤恨道："以安于前的为人，该是叫他儿子打一辈子光棍，断子绝孙才好。"赵公一愣，良久才道："唉，大家都在一条街道上走，这你就过分了。"刘有成道："哪个女子要是嫁到他家，那就是眼窝瞎了，给粪坑里跳。"赵公笑道："我手上正好有一个想跳粪坑的瞎眼女子。这个女子长得奇丑无比，人称丑八怪，连她爸都是一个死狗，被村人耻笑瞧不起。"刘有成高兴道："就把这样女子给欣荣介绍，看他安于前的笑话。"赵公笑道："婚姻嘛，情人眼里出西施，乌龟对王八，对上眼就是缘分，对不上眼也没办法。"赵公知二人说话都带有情绪，很是失望。但矛盾还得化解。

这日，赵公又来刘有成家，对刘道："给刘凤看了一对象，条件和你要求的一样。你们双方家长当见一面，就在我家里。"刘有成诘问男方家庭，赵公道："你二人一见，就知晓了。"于是，刘有成换了一身行头，匆匆来到赵公家。刚进院门，却见安于前正坐在院子中，很是诧异。原来，赵公对安于前之说法和对刘有成之说法一致，叫安于前先在这里等着。刘有成问安于前："你怎么在这里？"安于前道："有事情。"刘有成眉眼悖慢，道："说完事你就走。我在这儿有重要事。"安于前道："我也有重要事。"二人正说，赵公进来了。招呼大家共坐一桌，上茶。赵公对二人狡黠一笑，道："今天，叫你们来，是给你们一个惊喜。"安于前、刘有成头脑懵懵。赵公对里屋喊了声："出来。"只见欣荣、刘凤两个并肩走了出来，对双方父亲低头站着。赵公道："他两个现在就是一对，你们看如何？"安于前、刘有成不由面面相觑，脸面渐渐地红了。两个孩子在各自家长面前表态"自由恋爱，愿嫁愿娶"，赵公让俩孩子先回家去。安于前、刘有成回忆曩日所言，及赵公所许，大窘，颜若猴腚，良久，皆道："赵兄，你要我俩了。这事不妥。"赵公道："有啥不妥？"安于前将赵公叫到僻处，说道："那刘有成做事龌龊，是劣迹斑斑的小人，我家怎能和他家结亲？"赵公道："你家娶的是刘凤，又不是娶刘有成。只要他女儿不劣迹斑斑就好。"安于前犹豫道："那我考虑考虑。"接着，刘有成也将赵公叫到僻处，道："我女儿绝对不能嫁给欣荣，安于前是啥货色，这你也知道。"赵公道："你女儿怎么就不能嫁给欣荣呢？是欣荣将你在镇上救了，还从镇上送了回家。一个助人为乐的好青年，为何不能娶你女儿？至于安于前是啥人，和你一样，都是半斤八两。"赵公又将二人聚到一起，对安于前道："这婚姻也是缘分。当初，我给刘凤介绍对象，你安于前若是将刘凤家美言一番，刘凤或许就成不了你儿媳。"又对刘有成道："那次，我给欣荣介绍对象时，你若不谗言干扰，欣荣也就成不了你女婿。所以我说这都是缘分。"刘有成道："有缘分也不行。"赵公道："行与不行，是孩子们说了算，你说了不算。两个娃娃是竹马之情，纯洁无瑕，谈恋爱好长时间了，你们分不开。"二人默然，既而道："婚姻大事，要仔细考虑，不能草率。"赵公道："今天叫你二人来，主要是借孩子婚姻来化解你二人之矛盾。"二人皆道："我们有什么矛盾？"赵公道："你二人多少年来，互相报复，村人皆知，还说没矛盾？"赵公又道："刘有成，你在工地上叫人对安于前进行殴打陷害，扣其工资，已经犯罪，只是安于前没有上告罢了。还有安于前，你也在镇上唆使一伙人殴打刘有成，若是打出重伤来，也是要坐牢的。"二人惊讶，道："这一切你是怎么知道的？"赵公严肃道："贼不打三年自招。你们两个做的那些事，隐藏不住，村里人都知道了，谁不在背后指笑你们？都是一条街道上走的，低头不见抬头见，却视若仇敌，互相暗中报复，你俩活得累不累？还影响村子团结。"又道："你们互相报复之事，现已扯平，都过去了。从今以后，再不许报复了。"二人羞晕满颊，俯首不语。赵公又道："正因为你二人互相仇恨，你们儿女谈恋爱都不敢告诉你们，知道你们肯定不同意，才来找的我。"原来是欣荣、刘凤恋爱久矣，都到了婚嫁的年龄。但二人都知道：双方父亲之间颇有宿怨，水火不容，肯定是不会同意他们的婚姻。二人商议，只有请调解员赵伯来做媒人，才好说话。因为双方父亲都称和赵伯是莫逆之交。赵公见刘凤、欣荣二人是天生一对，地配一双，应当玉成其事，顺便借儿女婚姻化解安于前、刘有成之矛盾。所以才将二人招在一起。

赵公又严肃道："前者我到你们各自家里，意欲从中做媒，没想到你们二人都是想看对方笑话，将大人之间的恩怨，要报复在孩子身上。你们扪心自问，该不该那样乱吣？"二人听此，羞缩不安。安于前道："赵兄，小弟当时说话也是口不由心。现在细想，大人之间的隔阂，不应该牵扯儿女。"刘有成自掴自脸，道："我这烂嘴，不该咒人。"赵公道："愿你们知错能改。"双方自责，表示改过。赵公又道："欣荣、刘凤都是好孩子，这你们都了解。他们的婚姻我相信你们会支持的。这是契机，从今开始，你二人应当化干戈为玉帛，再不许弄矛盾了。"二人脸红不语，灰溜溜地离开了赵家。

安于前回到家中，这时家中已知欣荣、刘凤缔结婚姻之事。其妻道："刘有成为人很不地道，但咱们不应干涉儿女婚事。"而老母亲却对刘有成心存芥蒂，道："破园子又是带刺瓜蔓，结不出好瓜蛋蛋来。"安于前道："咱是摘花，不是断园。"安于前妻子也道："刘凤也是顺顺和和的女子，手足利落，贤惠淑雅又干活叮当（能干），不类那个二流子父亲。"老母亲也就不再插言了。

那刘凤见父亲回家，脸红避去，其妻却向丈夫称赞欣荣是一个好青年，乐于助人，行事得当，女儿眼力不错。刘有成长叹一声，道："欣荣是好孩子，自幼与刘凤同长同大，我怎么能看不见呢？我没话说。"

正月底，欣荣、刘凤二人在赵公主持下，结为伉俪，两情欢悦，如鱼得水。

两亲家专请赵公，二人对赵公道："回想我们二人数年来所作所为，甚是惭愧，枉为皓首之人。若非赵兄批评教育，我们都没脸在街道上走。"赵公道："你俩迷途知返，关系和谐，对村子对社会都是好事。"刘有成拉着安于前的手，道："思想生平所为，多有得罪贤弟处，敬请谅宥。"安于前也道："过去之事，无须自责。彼此，彼此，小弟也有对不起兄长的地方。现在，我们当收手盘脚，安心乐贫矣。"从此二人和好。

后来，刘有成得到了安家的彩礼，并在欣荣的帮助下还完了欠账，从此专心务农。那刘有成、安于前虽然不记前仇了，但刘有成心中终有一丝内疚，安于前也一直瞧不起刘有成的为人。然而，这都不影响儿女恩爱。

第七卷

常丰举家斗老鼠

常家堡村民常季山，因秋雨连绵，数日未去地里探看庄稼，蜗居窝棚，甚是快闷。这日雨定，来到地里，以畅心怀，又左臂挽一笼，右手牵一羊，顺便做些薅草牧放之事。时久雨停歇，依然天低云暗，但万物清爽，绿荫浓翠，尽管阡陌泥淖，但常季山心中怡悦。将羊缚于堤坡树上。地边绕看，芳草萋萋，万象宁帖；土虫唧唧，自鸣天籁，又见玉米壮实绿黑，秆粗叶宽，长得蓬蓬勃勃。秆叶间夹出的玉米棒子早已出了红缨，顶上天花也倏然而出，且每株多长有两个玉米棒子，玉米地里套种黄豆，长得更是叶肥角大、厚密交叠，眼看丰收有望。常季山胸臆豁爽，不由唱道："天降甘霖岁自丰，英雄不必夸己能。丰歉自有苍天定，任尔东南西北风。"

秋熟，率妻子儿女去地里收获玉米。只见玉米棒子长得如保温瓶胆一般大，剥开来看，颗粒大若指顶，金灿灿，胀鼓鼓，光亮亮，晶莹爽朗，赛若珍珠，煞是可爱喜人。却有鼠啃痕迹，虽然可惜，但鼠窃兔噬，年年皆有，家家不免，也就不甚着意。其妻见偌大个玉米棒子，喜拉拉的玉米粒被老鼠咬去一半，心中不美，老鼠又齿龈龌龊，便唠叨不止。收豆之时，见豆类鼠窃更甚。黄豆虽也长大肥美，每角含豆四五粒，但空秕很多，原以为豆类作为经济作物，可以小丰一把，然而落空也。

待地里收获干净，见有鼠洞数处，有洞口粗若儿臂，或说那可能是蛇洞。其子常丰见了，极是好奇。用镢掘之，至一处，见有数只灰鼠惊慌逃出，贴地乱窜。常丰急用脚踩，也仅将二小鼠腹裂肠拖，余皆散地逃逸。后又见鼠洞形似地道，洞洞通连，继续前掘。至一处，又有数只黑鼠跳窜而出，常丰只顾向前追斩，身后忽地又有数鼠逃出，皆肥硕如小猫，回头追赶不及。再掘，见有枯草絮叶，铺垫堆积，是鼠卧处。过此，有洞口更粗更广，掘开一看，尽是黄豆充实，皆已胀大。边掏边掘，共掏得黄豆两斗有余。父子惊异，鼠洞皆毁之。将黄豆淘淅晾晒，尽粜于当地豆腐坊中，小丰一把也。这是后话。当时常丰掘鼠洞之时，就有许多小儿好奇围观，及见洞洞相通，仓储殷实之时，有许多成人也哗然而至，尽皆吃惊。于是乎，发现自己地里有鼠洞者，也仿而掘之，但也仅见一鼠两鼠，或掏得一掬半把，无甚惊异出现。闲而论之：鼠也有国有王，常丰剿了鼠王之仓储也。

秋收毕，常季山家中老鼠骤然增多，成哄成群地出现。一晚，妻子听楼上有声哧哧，似有人正锯房梁，骇甚，忙摇醒丈夫，季山听了，也大惊失色，夫妻面面相觑，悚不敢言。妻子示意季山上楼去看，季山不敢开灯，蹑手蹑脚，搬过杌子，踩在上面，欲上楼察看，妻子在下扶着，季山双足踮起，手攀足蹬，欲缘柱上，妻子在下促臀，不意杌子不稳，"啪"的一声，季山跌落地上，腰处还被墙钉蹭了一下，却听楼上众鼠哄地四散，瞬间寂然。夫妻始知是鼠，疑而复睡。季山钉蹭处有烧疼感，呼疼不已，抚之，有渗血。梦中哧哧复起，蒙眬间，见有二巨鼠拉着大锯正将自己从腰间解体，大骇，左右挣扎，方醒，原是蹭伤处疼痛，所感而梦。可刚开了灯，鼠们哄地又散。次日上楼细看，也无异常发生，唯有鼠迹纷纭，诉于众人，或说那是鼠磨牙之声。又晚，季山看了一场宫装大戏，由于看得专注，直至戏毕回家，灯熄人寝，耳朵里还是锣声喤喤，嗡嗡不绝，满脑子都是斑衣长袖，坐念唱打。方交睫，忽听屋内有步履声，节奏锵锵，似过队伍，或是阴兵，大惊，伏窥之。时季山半梦半醒，双眼蒙眬，觉一切犹如戏场一般。只见两列鼠兵，手执戟钺，似仪仗，打墙根两边帐幕出，又有文武鼠官，簇拥銮舆，至庭中。一时伏鼠聚散成群，汇集大厅。既而有鼠大王身穿皂灰色蟒龙袍，头戴平天冠，威坐龙椅。有鼠官列伍点卯，升帐议事。鼠王两边，戈矛戟幢，虎贲非凡。鼠官们皆圆顶翅帽，帽上绘弯月，翅长短不一，以示官爵之大小，以服色分作文武两班列站，鼠紫色为武，鼠青色为文，皆如戏场的帝王将相。当值殿官宣白："有事早奏，无事散朝。"有宰相青衣鼠，撩袍提带，高擎笏板，呈本奏曰："现已查明，就是这家之子毁了我们的楼阁宫殿，掏了我们的仓廪府库，害得国祚倾覆，百官逃散，使得我们抛弃社稷宗庙，迁都幽僻。"鼠王遂命令道："此我仇家，着力挞伐。"众鼠官响应。有工部大臣跪前奏称："通往鸡舍之地洞，即将打通，到时大王可品尝鸡子美味，请大王再增加撅子军。"鼠王准奏。有鼠探甲禀报："东屋有香油夹饼数块，荤香难忍。不知可是诱饵？请大王裁决。"鼠王即令敢死队员，前往品验。又有鼠探乙禀报："西屋新到花生一篮，肥大味美，请大王调派力士，火速搬运。"鼠王即令突击队员，连夜抢运。接着，鼠大王颁发令牌：手脚灵巧者，爬锅沿案；尖牙利齿者，啮箱咬柜；身强力壮者，搬运粮秣；机警伶俐者，侦察哨探；年老者，守家护院；年幼者，磨牙练齿；鼠妇们，烧火煮饭，准备犒劳将士。云云。圣谕宣毕，鼠王又在众鼠官簇拥之下，升辇回宫。朝尽鼠散，戏罢幕落，又是万象俱寂，季山才呼呼睡去。次日晏起，妻子抱怨自己炸的油饼怎么不翼而飞，季山忽然醒悟，忙去西屋看，却见自己刚买的一篮子花生，已经所剩无几。从此常季山家就不得安宁也。夜阑，鼠子在楼上咯吱咯吱磨牙，追逐奔跑，如开运动会一般；刚睡定，不是茗碗倾翻，就是瓶罐落地，辄被惊醒，则见众鼠成哄成群，通屋乱窜，弄得一家人难以安眠。其妻早起做饭，则见锅台案板，鼠粪粒粒。就面缸米瓮常也黑粒拉杂，残羹剩饭，稍有外露，则被泼洒，锅案狼藉。老婆本来眼神欠佳，以至于常季山碗中常有鼠粘子（鼠粪）浮现，而又不觉端于街头，他人戏谑为克消药也。家中储粮之包之袋，尽被龇出大洞，老婆及女儿补缀不及；衣服器物，辄被咬坏，又常产子于内，鼠尿鼠粪，污秽不堪。妻女叫苦不绝。就连白天，老鼠也公然在锅案觅食，炕头戏窜，有时还大摇大摆，信步厅中，目中无人极也。家人见之，笤帚扫把、枕头铲勺一齐上，呼打不迭，但鼠辈敏捷迅疾，瞬息逃去，鲜有收获。

有日，女儿见抽屉内脱出灰色毛线一股，随手扯之，却是揪出一鼠，回身就在女儿手上咬了一口，将女儿骇了一大跳。其妻好养鸡，买回几十只小鸡豢养，预计来年春即可产蛋对付油盐，但一夕之间，尽被老鼠咬杀，呼天不应。只能将气给女儿身上撒，怪女儿将鸡舍未关牢靠。常季山对老鼠恨之入骨，买一鼠夹，唤儿子常丰安置于鼠道暗陬，并诱以美饵，数日无鼠上钩。一日，季山匆匆打地里刨食回，伸臂踮足，欲取挂在墙上之绳索，误踩鼠夹，当时夹着脚趾也，疼得嗷嗷直叫。又一日，其妻发现米瓮旁有饼一块，疑而掏之，手刚触饼，"啪"的一声响，着鼠夹也，惨叫一声，手指青肿数日。鼠未夹着，却将人夹伤，夫妻二人将儿子一顿骂。又借一鼠笼，依然了了无效。老婆又买回鼠药，唤儿子常丰依法放置。果然连着几天，发现死鼠零落，收而埋藏，鼠威稍煞。但不足二月，鼠复蕃盛，势过当初，而鼠药罔效也。依他人所教，或拌以美饵，或滴上香油，或夹以肉片，确有蠢鼠，贪饵丧生，但收获甚微。

一夕，常季山睡正酣，闻妻耳语，哓哓不休，正塞耳休听，妻却以锥刺耳。忽醒，才发现鼠竟将耳龀穿也，血殷枕上，羞愤无比。恨不得立即将鼠碎尸万段。但偶见一二，全家噪击，外加脚踩，常季山恶狠狠地，竟然抢了镢头，还是扑打不上。真是空有拳脚，难以用武，气得常季山整天抓耳挠腮。又晚，蒙眬中听见鼠在楼上追逐厮打，思想如何灭之，不觉大呼曰："我就不信，我这大个人还制服不了那个小鼠！"却见楼上那鼠也尖嘴努目，对季山叽叽笑道："我也不信，想我这个小鼠还制服不了你个蠢汉！来！来！"猛地跳起，向常季山击来，只听"噗"的一声，常季山脸颊顿遭腾击。"想跟我斗，你还嫩点。"叽叽奸笑而去。原来是两鼠在楼上厮咬，一只掉了下来，正砸在常季山的脸颊上，鼠爪抠掐，脸颊顿时火辣辣地生疼。唤醒睡妻，只见脸上几绺血痕。复睡，蒙眬中又听众鼠叽嘈不休，季山大怒："什么东西，怎敢在我面前耀武扬威？"便赤着膀子来到鼠洞口，向鼠宣战："老子不怕你，有本事你出来，斗上三百合。老子若是斗不死你，就不姓常。"只见从洞内冲出一只硕肥大母鼠来，也狞目跳骂："何方歹徒，胆敢在我邸前撒野！老娘还怕你不成？"扑了过来，季山揎拳直上，与母鼠撕扭一起，下肢踢蹬。忽醒，却见自己正与妻子四臂扭住，滚作一团，妻子也醒，二人见状，不由惊骇，急忙撒手。季山讲起方才之梦，妻子听了，也错愕不禁，原来是与丈夫做了同样之梦。天明起床，常季山刚蹬上裤子，忽然目定口张，妻子惊愕，原来是裆内有物将大腿根生咬一口，季山一声惨叫，是一大鼠，在大腿内侧乱窜。季山急忙一手在外按住，另一手欲伸入裆内去捉，鼠急无所逃，吱吱哀鸣，在大腿根处抠抓挣扎，又咬住敏感部位，毫不放松，如针戳一般刺痛。季山手稍一松，鼠又在裤内乱窜，待鼠窜至一宽松处，常季山从外一把握住，然后褪却裤子，才将老鼠提了出来，鼠犹乱蹬乱叫，扭身噬咬，常季山当即将其摔死地上，犹不解恨，脚踩稀烂，方才罢休。鼠身足有一拃，两根钩齿寸半有奇，早已啮穿囊皮，鲜血滴滴，大腿内侧，抠出数道血痕。季山更加羞怒：鼠辈焉敢如此？非要斗个你死我活不可。赶快又买鼠药，却依旧微效。于是，狠心掏大价买一母猫，拴于屋内。嘱妻精心饲养，防止误食毒鼠。但此猫对鼠不感兴趣，终日盘卧炕头，嗜睡不醒。尽管如此，只要猫一出声，鼠即颤抖，身如筛糠，再不猖獗，常季山方可安眠。然而不足三月，母猫却春情暴发，不能忍受，便啮断绳索，趁夜色掩护，越墙与郎猫私奔去也，到处寻找不见。有人戏谑常季山曰："你家母猫和郎猫私奔到南方打工去了，过几年就给你带一窝猫崽回来。"

　　常季山复又陷入与鼠兵鼠将的拉锯战中，似无休止。那鼠兵鼠将似是掌握了《孙子兵法》中"朝气锐，暮气惰"的原则，专在夜暮降临、敌人倦睡之时，轮番攻击。待常季山擎旗讨伐时，鼠兵却又化整为零，消失得无影无踪，常季山只好鸣金卸甲。可刚刚偃息就寝，四周却是锣号鼙鼓，一齐发作，季山骤被惊醒，只好裹甲再战，然而却是一切乌有。那鼠辈之游兵散勇藏匿于暗处，常季山在明处，简直防不胜防。彻夜斗鼠，招数用尽，还是败下阵来，黔驴技穷。斗鼠不过，又人疲马乏，只好挂牌免战，而鼠们却是不睬，意要继续鏖战，定要杀个刺刀见红，有个分晓。常季山本是庄稼汉，白天出力劳累，现在晚上不能安寝，身心俱怠，意欲俯首称臣，签城下之盟：自己先撒粮于墙角鼠洞，揖让鼠兄鼠弟恣意咀嚼，只是哀求不毁坏器物就行。偃息假寐，以伺其变。时明月满屋，却见有伶俐虫从洞内隐隐探头，片刻即出，虽然鼠目寸光，还是喙抖首点，四周察探，但对洞口粮食却是视而不见。发现敌已休眠，伶俐虫将信旗一挥，只见鼠兵鼠将，排成一队，鱼贯而出，从撒粮上面疾窜而过。然后攀壁沿杌，直奔粮袋，四爪紧抱，一齐开咬，喳喳有声。须臾每只粮袋爬有六七只大鼠也。竟然不吃贿赂，季山大怒："欺人太甚！"暗中打得木枕一只，瞅准时机，狠命摔去，只听"当"，响亮的一声，一个祖传溺壶顿成碎片。而鼠兵鼠将倏地消杳，瞬间又虚室静寂，丝息可闻。季山复又假寐凝注，伏鼠又悄然而出，季山将一帚骤然抛出，鼠们又哄然而去。以后，季山或"咄"的一声，或将墙一击，鼠们散去，才能安眠片刻！久之，常季山还是总结出一套治鼠之经验。但久战疲怠，对家中弄鼠也就习以为常了。任其繁衍一段时间，再去设法剿灭，仅抑制个潮头。只是吩咐家人坚壁清野，管好器物。农村鼠多，是由于生态失衡，天敌锐减，又人们性急浮躁，只知用毒药除鼠，速度颇快，岂不知连鼠之天敌猫头鹰及蛇等一并灭也。而鼠又繁衍奇快，以至于成了祸害。

有媒婆给常丰提亲，是邻村窦家屯窦义的女儿，叫窦妍，身段苗条，腰肢秀曼，锅案裁剪，样样能行，人人夸赞。八字也暗合，同属鼠相，常丰是正月鼠，而女方是腊月鼠，皆娩于辰时，即太阳初升、鼠类歇息之时，乃有福之时辰也。女方家境殷实，也一儿一女，十分门当户对。双方经过一番明察暗访，俱非常满意，便择日定亲。常季山爱好，早就准备了花红彩礼。又狗头安角——装了一回羊（洋），专在城里给亲家订了一个大蛋糕，锦红包装，黄绸提带。定亲是日，款待丰隆，酒席宴后，已是日晡，常季山先将新亲宾客揖送出门，又专意吩咐常丰用自行车将窦妍送回岳家。那窦妍坐在新婚自行车上，一手提着那个锦红蛋糕，一手扶着女婿的腰，心有所属，满脸幸福。窦义见新婿送来一个偌大的蛋糕，尤其是那锦红圆盒子，精致漂亮，甚是稀奇。晚上专请老娘及叔伯共来享用，并称这是亲家的一番盛意，并将媒人窦五专意请来，共品美味。这媒人窦五因眼睛高度近视而有绰号：瞎子窦五。关于瞎子窦五自有一番故事：年轻时就是近视，一次回家，不慎踩着自家黑狗尾巴，那狗回头就在他腿上咬了一口。窦五卧床数天，怒欲除之。一日，锄地回家，却见黑狗正在柴絮中盘卧，以为时机已至，便高举锄头，悄悄靠近，狠狠地砸了下去，只听"嗵"的一声响，一口铁锅立成碎片。原来是他妈正在院子刮锅煤，刚一离开就被儿子砸成碎片，被他妈一顿骂。又日，见墙上伏有一蚊，用手拍之，正拍在钉子上，鲜血淋漓，疼得跳脚。最为可笑的是，给丈母娘拜年。丈母娘早就将搪瓷盘子放在炕褥中间，盘上碗碟丰盛，丈母娘站在门口扑尘迎接，热情招呼新婿炕上坐。窦五却将搪瓷盘子看成是褥子中间绣有大圆花环，中间牡丹花朵，煞是好看，就一屁股坐了上去，可想而知。还有人讽其分不清媳妇与小姨子，动辄将小姨子就给炕上拉，吓得小姨子都不敢来看姐了。后来，配了眼镜，视物才清楚了。一个爱说爱笑的热心人，十分矍铄。平常戴着眼镜，每吃饭时就卸下，当饭菜蒸腾时，只能看见前方一片白雾，豁开白雾，才能略见饭菜。今日白天陪着娘家人吃了一天的酒席，喝得醉癫癫的，这时还是醺醺昏昏，对着蛋糕，不断地叨叨着："亲家席丰履厚，家储殷实，又父母善良！还送来这大一个蛋糕。就这蛋糕，有些乡下人一辈子都没见过。"说得唾星四溅，众人附和着，都说这是一段好姻缘。窦五越发得意，眉飞色舞，又道："我把窦妍婚事一直搁在心里，都二十几了，还挑来拣去的。把我腿都能跑断，才遇上了这个好人家、好女婿。"这时人都到齐了，窦义吩咐："开盒。"窦五早已摩拳擦掌了，撕掉封皮，搬开锦红盖子，众人一看，眼睛都瞪得如牛铃般大，惊讶不已。那瞎子窦五醉眼蒙眬，灯光又昏暗，本来就视物不清，看到那蛋糕当中有奶油浇铸的几块花朵，污红色，招呼众人动箸。自己先用箸夹了一朵花，就给嘴里送，却被窦义一下子打落，窦五未在意，又要用筷子夹起。窦妍她婆却大声道："眼窝真个是瞎实了，也不看看是啥东西就给嘴里吃。"窦五忙捉灯细审，哪是什么奶油小花朵！原来是几只出生不久的老鼠伢子，红皮无毛，咕涌咕涌地蠕动着，连眼睛都未睁开，正溺陷黏窝，伸颈拱嘴，吃力爬抓。鼠毛、鼠粪、杂屑，沾染一起，一派狼藉，令人作呕。窦五也不由瞪目："这……这怎么？"窦义在一旁气愤道："你不是说里边是'子孙满堂'几个大红喜字么，怎么就是几只小老鼠？"窦五窘得无法回答，转而笑道："这……这就是子孙满堂。两个娃娃都属鼠，春节结婚，生个儿子也属鼠，这不就子孙满堂了？"众人都笑而点头。窦义非常扫兴，气得将那蛋糕并盒子一起撂到猪圈去了。众人本是图个新鲜来吃蛋糕的，没承想弄了一团晦气，俱兴趣索然，窦妍她妈忙以点心茶酒招待。窦妍他伯道："这家人也不看什么事情，就这么粗心马虎！把窦妍交给他家，我都不放心。"窦义也愤愤道："不放心就算了。"但窦妍他婆却在一旁反对，道："咱是图人呢。切不可因小失大，误了孩子。就那一盒蛋糕，能有多大事情？婚姻才是娃娃们的终身大事，哪能说不行就不行了？"窦义妻子也道："对方能有这心就是好事，又不是故意的。谁家没有几窝老鼠？上个月老鼠还把我一罐子鸡蛋都咬烂了。"那窦五也道："明日叫女婿重送一盒过来。总不能因为今日没吃成蛋糕就坏了儿女的婚姻，被人笑谑。"窦义气愤道："明日再送一百盒来，还有啥意思？"众人劝窦义息怒，都说："婚姻才是大事，不能一怒之下就拆散一桩姻缘。"窦义其实也清楚：女儿窦妍的心已经被常丰这小伙给占了，自己只是当时难以下台，说些气话罢了。

窦妍早就盯上了女婿给她送的那包衣服，烧得捂都捂不住，嘴笑不拢。待送走了女婿，便迫不及待地解开包袱，就要试穿。来了两个女伴，一个穿红，一个穿绿，刚才戏要了一阵子新女婿，现在又来赏看新衣服，边说边笑，将新婿品头论足，红衣女道："好一个帅气的如意郎君，挎臂行街上，倾倒一大片也。"绿衣女道："婆家真大方，衣服高档又时尚。"窦妍见常丰确实长得阳刚伟岸，仪表不俗，喜惬洋溢脸上。这时她嫂子也进来了，翻看着衣服，说道：

"他常丰长得出脱，我家小姑子也是俊俏，正好相配，不辱没他常丰。"四个女子，年龄相差无几，又逢着喜事儿，便在窦妍闺房里说笑取乐，好不热闹。她嫂子矮个乌发，体丰善笑，颊有酒窝，一笑多迷。又狡黠快口，能将黑道白，说道："你们遇上多好的女婿，订婚都是女婿用自行车送回来的，还搂了女婿的腰。显得那么亲热，那么幸福！叫人羡慕。"绿衣女问："你那时难道就没让女婿送？"嫂子道："还送呢！当年给嫂子一句话都没有的。人都没见个影儿，长个啥模样都不知道。""你们就没见过面？"红衣女问。嫂子道："见过面。当时是背见，咱那时羞臊得红着个脸，头都不敢抬，只远远地瞅了几眼。你哥那厚脸皮却把我看了个美。看完了，你哥却给媒人说我嘴大，个子低，后来又说长得黑。媒人将你哥骂了一顿：'个子低才走路麻利。嫌人家长得黑，看看你自己，真是老鸹爬墙笑话猪黑。'接着你哥又说我嘴唇上长个黑魇痣，媒人又道：'嘴唇上长魇痣，是吃水魇痣，有福的表现。'你哥才笑了。"红衣女惊讶道："看得那么仔细！"绿衣女道："那你的态度是什么？"嫂子道："我还有什么态度？看上看不上都是父母做主。那个时候，天下都一样，父母将女子给到哪儿就是哪儿。大人有眼光，看得远，说好就是好。你想，十七八的姑娘，门都很少出，啥也不知道，找女婿只能看个模样。要了解底细品性，还得靠父母，父母看得远。"窦妍问道："只要你不同意，别人还能强迫你？"嫂子道："咱把你哥人都见了，那是大个子，也不是歪瓜裂枣。父母将礼钱都收了，咱怎能不同意？"嫂子又神秘地说："你们猜，我和你哥见第一面，我想啥？"红衣女急不可耐地问："想啥呢？"嫂子道："我是想那个大个子要是打咱，咱可给哪儿跑呀？"红衣女笑道："怎么光给打架上想。"嫂子道："你不知道，嫂子我小时候就爱和男孩子打架，所以才给那儿想。"嫂子又道："我是说将来就跟这大个子男人在一个锅吃饭……"嫂子未说完，绿衣女抢说道："将来还在一个炕上睡觉呢！"嫂子笑道："看你还是个姑娘家，就知道跟女婿睡觉，真是开放了！"嫂子继续道："我是想将来就跟那个大个子在一个锅吃饭，难免磕碰，那大个子要是打咱，咱可给哪儿跑？"红衣女悄声对绿衣女道："这跟俩猪在一个槽里抢吃食一样，吃着吃着就咬开了。"二女大笑。嫂子却未听清，继续道："还好，结婚这十年了，你哥还没打过咱。咱天生就是你哥的人。"窦妍道："可能我哥天生就是你的人。看你把我哥管得又严又紧，我哥打又舍不得打，说又说不过你。"嫂子急了笑道："看你这个小姑子，还揭挑开大人来了。待明日我给常家儿郎打个招呼，叫赶快扎个花轿抬走算了，省得在娘家跟我拌嘴。"红衣女道："我就不信，你就没坐过女婿的自行车？"嫂子道："结婚前只坐过一次，那次是去县城买衣裳，你哥用自行车驮着我。坐在女婿自行车上，心里美滋滋的，脸上却羞臊得不敢抬头。只是那个时候，不像现在你们坐女婿的自行车，靠得紧紧的，还搂着女婿的腰。咱那个时候连你哥脊背都没敢挨。那天嫂子也没神，刚美了一会儿，出了村子就想尿，也不好意思跟你哥说，拉你哥衣服是想给递个信号，你哥跟石人一样，拉了几遍都没反应。只好在上坡的时候自己就跳下车钻进苞谷地里尿去了，一出来就不见你哥人了。嫂子就红着脸坐在桥上等，一会儿你哥就骑车子折回来了。你看你哥那人，把媳妇丢了都不知道。还成了一段笑话。"

四个女子调弄取乐，喧笑盈室。窦妍开始试穿新衣服，两个姐妹在旁边又是将襟拽袖，又是提腰撅裤，都道是好衣料。窦妍穿了新衣服，来到镜子前，支颐扭颈，顾影弄姿，先自阅览。喜悦自豪，洋溢脸上。嫂子在面前拍手道："穿上新衣，就是俏。再给脸上擦些儿粉，胸前戴一朵花，就能上轿了。常家那是个独苗，他妈早就想抱孙子了，今年穿人家衣裳，明年就上人家炕了。"那嫂子边赏边说。而窦妍不觉羞赧，娇声道："嫂子说得多了。"她嫂子急忙回话道："哎哟，是嫂子没眼色，说走了口，却忘了我家小姑子还害羞，脸皮薄得跟纸一般。嫂子这脸皮如今都跟城墙一般厚了。别人说啥话，都听不出来。"那两个姐妹道："和我们还没耍够，就不准上轿。"嫂子道："你们几个一样，都是三两年的客。到时成了媳妇，上面有了公公婆婆，怎能像在亲父母屋里，大大咧咧，随随便便，睡懒觉到吃早饭都不起来。怀里再夹拉一个娃娃，就再甭想偷懒了。"嫂子又叹气道："咱们做女人的就是这样，像你们几个是自幼耍大的，到时就耍不成了，要嫁到一个陌生的地方去，和一些陌生人过日子。离娘家近了还好，能常回娘家看看，若是远了，想找个人说句知心话儿都没有的！"嫂子边说边赏看窦妍的衣服。一会儿说："这衣服这儿还有一个带。"一会儿又说："这衣衫胸前多了一个褶。""这个领子适样，还打了一个结。"窦妍试裙，嫂子又抻腰促胯，道："这个裙子就是时髦。腰上怎么还有一个洞？"窦妍正在自我陶醉，忽觉嫂子手指似乎触到自己臀部肌肤，本能地用手拨开。嫂子正在惊讶，窦妍自己用手一摸，发现那儿似乎真的有个洞，心中疑惑，急忙脱下，就灯审顾。不但有洞，好几处边缘都有了毛絮，形如锯齿，参差不齐，分明是老鼠咬的。赶快把所有衣服都抱来细察，果然多件衣服都有鼠啮的毛絮、布屑。窦妍顿时有种被羞辱的感觉，她嫂子也惊诧道："这家人怎么如此粗心？也不看察一遍就买了回来？"那两个姐妹本来就对窦妍的新婚和衣服产生了嫉妒，这时却有一种幸灾乐祸的快感。红衣女道："新新的一件事，却送来一堆破烂衣裳，不知谁穿过没有？"绿衣女道："常丰长得也人模狗样的，原来是个花花枕头，中看不中用。"嫂子却道："这不能怪女婿……"忽听婴儿骤然紧啼，忙道："小冤家睡醒了，肚饥也。"急忙奔出给孩子喂奶去了。窦妍见那两个姐妹有讥讽、嘲笑之意，越发羞愤，气得骂道："要这干啥？要笑人来了！这事不成了。"气得用手狠劲撕扯，又推弃地上，用脚就踩，并骂道："谁稀罕这些破烂货？"那两个姐妹在一旁心满意足得不知所措。这时她妈闻声进来了，问道："刚才还高高兴兴的，怎么一时就变了脸、耍了脾气？"拾起地上的衣服，拍打上面的土，问起原因。那两个姐妹道："这堆衣服肯定是商店处理的，都叫老鼠咬了。"窦妍妈训斥道："你怎么知道是处理的？别毛尖嘴长地乱说。"那两个女子互相使了个眼色，携手而去。她妈便认真地翻看这些衣服。窦妍见在姐妹面前出了丑，而且这两个姐妹是最爱笑话人的，便伏床大恸，如牛吼一般地号啕起来。她妈百般劝解。她嫂子奶着娃也进来了："今日大喜的日子却哭？有那么好个女婿在，比啥都好。不过几件衣服，咱是奔着常丰那人去的，不是奔几件衣服去的。明日嫂子专门去常家堡走一趟，将常丰那厮狠狠地骂上一顿，叫他重新买。"那窦妍犹在哭，头也不抬。她妈从她嫂子怀里接过婴儿，放于炕上道："小郎子，看你姑姑哭呢，叫你姑姑别哭了。"那小孩不到两岁，就趴在窦妍的耳旁道："姑姑别哭了！姑姑别哭了！"却回头对他婆道："还哭呢。""再叫姑姑别哭了。"那小孩又趴在窦妍的耳边大声喊："姑姑别哭了！姑姑别哭了！""再叫你姑姑笑。"那小孩又道："姑姑笑，姑姑笑嘛。""看你姑姑都笑了。"孩子就掰窦妍的手，看脸是否在笑。那孩子双睛荧荧，一脸认真，不由得窦妍不笑，发出了半哭半笑的声音。嫂子又过来，看着窦妍的脸，逗道："笑也，笑也。"窦妍又侧脸于另一臂号啕。嫂子过去又对脸道："笑也，笑也。"窦妍又要转头，嫂子在她两肋一挠，窦妍身子一抖，马上破涕为笑。用手巾擦了脸，问她嫂子道：

"这事怎么办呀？""完了！完了！"嫂子说。窦妍急忙说："谁说完了？"嫂子道："他把我小姑子都气哭了，还能跟他不完？咱还待字闺中，明日重新搭棚抛彩，另招快婿。""谁哭来？谁哭来？"窦妍马上说。

就这样，一桩美满的姻缘，差点儿就毁在几只小老鼠身上。那瞎子窦五在一旁不断地埋怨常季山，又添油加醋地说自己力挽狂澜，蹲尻子伤脸地赔了许多不是。常季山懊悔不迭，直怪家人粗心，指着那堆衣服，将妻子女儿一顿骂："眼瞎了？这么大的洞都没看见。"命人火速置办衣料，重树形象，再造家风，并安排常丰去亲家家里当面低头认错："抹下脸面，只能接受批评，不许任何辩解，为了媳妇，唾脸不擦。"

全家对鼠之愤恨不可言喻，可鼠又是左邻右舍地乱窜，无可奈何。适常季山当选为村长，便召开村民大会，曰："目前，全国鼠势猖獗，政府号召开展春季剿鼠运动，剿鼠是当前头等任务。""本村规定每人每天灭鼠一只，以交鼠尾为凭，完不成任务者不记工分。"于是，许多村民手提镢头，以掏洞搜鼠为业，连学校学生也是每天手提灭鼠药具，到处扒鼠。街道若见一鼠，全村沸腾，扑打之声，昼夜喧嚣。尽管村民全力执行，但还是难以完成任务。无奈，许多村民将灰色毛线捻作鼠尾，以糨糊粘之，交差塞责。唯常季山家最为经心，常季山专门召开家庭剿鼠会议，命令曰："咱家要在全村起模范带头作用，给全体村民做出榜样，要有与鼠不共戴天的阶级感情，要打'有我无鼠、有鼠无我'的硬仗。现在，在咱们家中，开展掘室剿鼠运动。规定家庭成员每人每天灭鼠两只，以交鼠尾为凭。完成任务者奖励，完不成任务者不许吃饭。"于是，举家皆兵，掘室求鼠，老婆女儿齐上阵，楼上地下，屋内屋外，移箱挪瓮，倒墙掏穴。为求一鼠，揭椽掀瓦，掘地三尺，恨不得将屋子犁上一遍，确实捣毁鼠巢数处，歼鼠数十，颇有成效。但还是不能完成任务，妻子女儿也干脆模仿他人，将灰色毛线捻作鼠尾，用糨糊粘之，以取奖赏。邻居笑道："就是你将房子拆了也灭不完老鼠。"众所周知，鼠类繁衍疯快，转眼之间，又是成哄成群地出现。

因剿鼠，举家不宁，季山妻因此怨怅不已。一夕，梦见自己被村中巫者导引，来到一处城郭，见城内走着游着、买者卖者尽皆鼠辈，季山妻甚是惊讶。回头再看巫者，也是削腮尖喙，脸道狭长，元宝耳，黑豆眼，愤张须。巫者道："此乃鼠城也。左边米市，右边面市，后边油市。"季山妻一看，果然如此，更加骇愕，怔忡不敢前。巫者又导其来到一处宫殿，宫殿中间坐有鼠大王，龙衮冕旒，一身鼠灰，两边秉钺立旄，气氛森严。台下站有数鼠，也皂袍乌纱不等。与自己丈夫先前梦见的鼠大王服色气派颇为一致。大惊，急悚息辟易。巫者却摇身一变，立即蟒袍纱帽，手执象简，鬣毛森森，趋前对鼠大王跪拜，曰："臣将主犯家母带到。"季山妻回头再看，只见两旁鼠剑，手执利刃，凛凛森森，心中惶恐，急忙跪下，道："大王在上，不知小民所犯何罪？"鼠大王指而骂道："只因你儿子一时之兴，将我们的金宫银殿尽皆毁夷，致使我们国祚板荡，宗庙播迁，宫眷颠沛流离，无处安身，不得温饱。现在，你男人竟然在村子开展剿鼠运动，屈死了我们多少无辜族类，你尚言不知何罪。刀斧手，给我推下砍了！"有二鼠剑立即将季山妻拧臂踩背，按于地上，只听众鼠喊道："为我族类报仇！"争向季山妻扑来，季山妻恐惧躲避，双手推拒，豁然醒寤，早已一身冷汗矣。没想到连丈夫一起给推醒了，思想方才所梦，只觉不寒而栗，难道这老鼠变精变怪不成？这人怎么能斗过精怪呢？惴惴不安，将方才所梦诉于丈夫，常季山笑而不信，妻子又训斥丈夫："赶快停了你那剿鼠运动，现在老鼠和咱家都过不去了，要大报仇呢。"而群众也怨怼道："鼠吃饱了，他事不做，专行偷窃。咱们人吃饱饭，还有一大堆尘事要做，哪有将剿鼠当作主业的？""人哪能整天去捉鼠？捉鼠那是猫的天职。""人逮鸡都不容易，何况逮那么小一个老鼠，又窜窿墙缝到处乱窜，人哪能捉住？"季山觉得鼠威已杀，遂在村子宣布："春季剿鼠运动已获特大胜利。目前旱象严重，从冬至春，滴雨未下，现在工作重心是小麦春灌。"季山妻反过来又责怪儿子："当初不该好奇，掏那鼠洞，触犯鼠威，惹得老鼠要向咱家报仇呢。鼠在暗处，咱在明处，将如何是好！"终日忧愁。有巫汉神婆来教之曰："你家得罪鼠神也！赶快将鼠神供奉，或可求得平安。"季山妻虽然昏聩，但敬鼠之说从来未闻，心中踌躇。又有相宅者教之曰："你家宅基，狐神鼠圣，飞扬跋扈，猖獗横行，故而不敬不行。"见季山妻还在疑惑犹豫，又道："敬鼠求安，不足为怪。"季山妻将敬鼠之事告于丈夫，季山怒道："纯属无稽之谈，分明是人人喊打之物，却要敬作神灵。岂不让别人笑咱家助纣为虐。干脆买鼠药灭之，难道咱就真的斗不过那小老鼠了？"其妻道："鼠哪能不是神灵？属相当中鼠还是第一。你也不是属鼠么？以后再不敢提'灭鼠'二字了。"季山道："这是两码事儿！"妻又道："你把手段都用遍了，仅跟鼠打个平手，而且鼠越灭越多。敬鼠也不费什么事，宁可信其有，不可信其无。"常季山一时回答不上来，口里道："难道这鼠辈都有灵性了？"于是，妻子便在家中安排拜鼠求安之事。先去市上求画工临摹了一只硕腹大鼠，头戴平天冠，身穿蟒龙袍，尖嘴獠牙，长尾上翘，一副悠然自得的样子。挂于墙上，两边对联曰：鼠爷爷大肚能容，容小民一家平安。下面支一方桌，点燃香蜡，放置干鲜果品，供奉鼠神。季山妻与一帮老妪，表情肃穆，虔诚地在下面跪拜。季山妻还强迫丈夫同儿子一齐跪拜，季山死活不愿意，老妪们却说："仅是低一下头而已，有益无害。"季山拗不过，思想曰："人不与神斗。为家庭和顺着想，拜了，自己也少不了什么。"也就低头了。再找儿子时，早没了踪影。于是鼠乐响起，夫妻二人双双跪拜于鼠神下面。围观者纷纷匿笑，季山妻向鼠神忏悔道："大仁大义的鼠爷爷，小民儿子实是无知，将鼠爷爷的宫殿捣为墟土，实属罪过。小民一家今已知罪悔改，再不敢消灭鼠辈也。鼠爷爷是宽宏大量的君子，望鼠爷爷饶恕小民无知之过，放小民一把，保佑小民一家平安。"那常丰早已买回了一只猫，这时正蹲在桌下墙根处，瞄着鼠洞，突然眼睛一亮，扑向墙角，只听"吱"的一声惨叫，只见猫尾耷拉，"呜呜"走出，口啮一鼠，污血下滴，尾犹蜿蜒。猫正对人显耀，而季山妻却举帚撵打，猫"哧"的一声窜去，到僻静处享用美餐去也。季山妻忙又严肃跪拜道："罪过，罪过！鼠爷爷呀！这可不能怪小民我呀。"身后围观者不由哄然大笑。季山妻见围观者亵渎神灵，冲了自己神圣之事，怒甚，将众人尽皆轰了出去，关上门，又虔诚地忏悔起来。此法之灵验否自不必说。但猫还得精心喂养。

事实上，老鼠本不可畏，天敌颇多，只要我们不破坏生态，蛇、猫及猫头鹰即可将其制之，焉能成灾？

后来，常丰和窦妍并结伉俪，小两口如胶似漆，燕尔欢情。但常家依旧多鼠，窦妍在娘家多有抱怨。她嫂子道："当然富家多鼠。你家公公婆婆属鼠，你小两口也属鼠，明年底再生个儿子还是属鼠，本来就是一窝鼠。焉能不多！

第八卷

死里逃生丁香花开

　　小白菜歌：小白菜呀，地里黄呀。三两岁呀，没了娘呀。跟着爹爹，好好过呀。就怕爹爹，娶后娘呀。娶了后娘，一年半呀。生个弟弟，比我强呀。弟弟吃面，我喝汤呀。端起碗来，泪汪汪呀。我想亲娘，在梦中呀。亲娘想我，一阵风呀。

上

　　长安下酆有张赤绳，其母杨氏先育一子一女，不幸早夭，至赤绳时，杨氏珍爱过分，恨不整日噙于口中。至周岁时，将子"锁"在庙里的神佛前，使鬼怪不能将儿子小命勾去。庙里有老尼将一红丝绳拴于小儿脖上，因属相为狗，戏称为拴狗绳也。红绳鲜艳夺目，因而取名张赤绳。那年，张赤绳上小学二年级，春季开学，要母亲陪自己去秦镇购买铅笔本子。其母曰："勿缠我，你外婆今日来给你宁灯，妈今日大忙。明日再去？"赤绳曰："明日即开学上课，没有铅笔本子，教师不让报名。"其母无奈，曰："妈领你到村口，看村中谁去镇上，你可随其一起去，然后再跟着回来。"家居村子十字路口，杨氏领儿子于路口候问。以往去秦镇赶集之人，多于此处论嚷之，或结伴而行，或捎买东西。今日街道殊岑寂，偶有行人，问之，无去镇上者，母子失望。而赤绳却是拗着要独自去，曰："我一人能去，买了铅笔本子就回来，能知道路。"杨氏曰："我儿幼稚，走丢了或者被人偷走了怎么办？岂不疼烂妈的心肝？"赤绳道："我都八岁了！妈妈放心，秦镇又不远，仅五里地耳。"犹豫间，打北边走来一妇人，脚步轻快，腰姿似风飘杨柳，携一丫角幼女，边走边言，神色匆匆，似去秦镇者。杨氏上前打问，妇人自道是小酆人，名字华如意，其女今年始上学，也是去秦镇为女购买铅笔本子之类。杨氏便让妇人将儿子赤绳一并捎带，妇人应诺。杨氏于赤绳兜里掖了钱，让呼妇人为阿姨，又叮嘱一番，赤绳便随阿姨去了秦镇。路上，妇人将赤绳家境问了短长，赤绳一一应答。那丫角少女双眸含娇，龆齿嫣然，活泼可爱，只是在后面抿嘴笑。那少女名叫丁香，少赤绳两岁，妇人让将赤绳呼为哥，孩子不认生，一路上，两个在妇人前后跑来跑去地追逐玩耍，似乎早就熟识。

　　秦镇不甚大，以秦镇米面凉皮享誉海内，平素就热闹非凡。今日乃正月十一，灯节将至，更是人多，街道两旁尽被灯笼挤占。人头攒动，向前涌走。妇人怕两个孩子走丢，便左手拉赤绳，右手牵丁香，或一个拉一个后襟随人群向前涌动。妇人先去了商店，扯了几尺花布说是给丁香做春衣，又买了一截布面说是回去做鞋面，都叫丁香背了。三人才涌进文具店购买铅笔本子。因周围学校都在同日开学，那文具店里人特别多，挤都挤不进去；及挤进去却又挤不出来，及挤出来了，浑身热汗，两耳嗡嗡，却是东南西北都分不清了。买了文具，三人涌出正街，欲向回走。忽然前方围了一大圈人，如蚁聚蜂拥，又"喤、喤、喤"的一阵锣响，赤绳一下子来了兴趣，随即钻入人群，看热闹去了，那妇人拽也拽不住。妇人便让丁香于树下等候，自己挤进人群寻找赤绳。可哪能看见赤绳！丁香在树下，听人群里面传出阵阵喝彩之声，受不住诱惑，也挤进去看。原来里面在耍马戏，节目花样繁多，围了一个圆场子，有一猴子正在抢花棍，还有三只猴子在脑门顶砖，驯者将鞭子抽得啪啪响。那赤绳在人群里钻进钻出地寻找看点，妇人如何寻得？满场喧聩，喊名字也听不见。忽然一大群戴红神标的青年扑进场子，前来砸场，如排山倒海一般，赶逐人群，势不可挡。原来是市场管理人员不许在此处耍马戏，驱赶勿怠。耍马戏者赶紧收拾行头，夺路奔逃。看客大乱，哄地四散。那赤绳、丁香被裹在人群中间涌来涌去，耳中只闻诸多喊子之声，三人失散也。赤绳被人裹挟出了城门，便在城门口等那丁香母女，久等不见，心中焦灼。这时方信母亲"容易走丢"的话。当时在人群中拥得头上直冒热汗，及出了城门，冷风飕飕，不由浑身哆嗦，方才红扑扑的脸蛋也冻得发青，头发乱竖着。

正在苦等，却见本村一汉子，正挑灯出城门，赤绳呼为叔，彼见赤绳缩在城门口打战，如冻猴一般，便呼而问曰："是否等你妈？"赤绳摇头，将所经说了梗概。彼笑道："现在都是半下午了，市散人稀，那母女可能早都回去了。你还傻等！"赤绳抬头看看日头，西边暗云遮日，冷风呜呜。叔呼曰："快跟叔回！小心你妈在家里操心。"于是，赤绳替叔挑了灯笼，快快而回。果然远远望见母亲与外婆蹀躞村口，焦急等待。见赤绳回家颇晚，杨氏佯怒曰："以为将你走丢也，这时才回来！"外婆却将赤绳搂了。赤绳对母亲一再解释，那个叔也在旁边道："娃小，不懂事，还在城门楼下面干等，我才叫了回来。"杨氏又道："你外婆要到你姨家去，说是非要等你回来，要看一看你长高了没有，然后再走。"母子二人送走了外婆。但杨氏还是操心那母女可回家否。

时正月，孩子们吃完晚饭，即在街道上打灯笼玩耍。那天晚上，星月迷离，街道昏暗，孩子们打着灯笼，聚集一起，唱道："灯笼会，灯笼会！灯笼灭了回家睡。""灯笼会，灯笼会！灯笼灭了不回家睡。"那赤绳灯笼蜡烛燃尽，回去让母亲给自己换蜡烛，却见门口大碌碡上坐有一妇人。大碌碡靠着院门前的大椿树，那妇人靠着椿树似乎睡着了。赤绳回家告诉母亲，母亲却对赤绳道："明日要上学报到，不要再出去耍灯了，快睡觉去。"赤绳即爬到炕上，脱衣睡觉不提。杨氏来到门前，果然见大碌碡上坐一妇人，乱发蓬松，半遮颜面，唤而不应，问而不答，朦胧的夜色中仅能看清轮廓，似非村中之人。街道上有二三媪妪伴孙子耍灯笼，呼来共诘。那妇人却低头不醒，灯笼映照其面，都不认识，又问不出语言。几人围观，叽叽咕咕议论着，就是认不出。眼见街静人稀，灯笼已散，街道传出阖门睡觉之声，却是无人寻找，众人将此妇扶进杨氏屋里，唤其坐于热炕上，杨氏便于灶下温饭。妇人似乎微醒，大概是由于炕热，妇人来了精神，便站了起来，于炕头唱道："十三学种田，十四缝衣裳，十七纳底绱鞋帮，整整十八做了新娘，二十岁生产做满月……"声音细亮，并伴随动作。众人惊讶如此好唱功，却又笑之。杨氏将饭端上，妇人接过，也不推让，吃毕，还是自言自语。众媪问其居里，彼糊里糊涂，所答非所问也。赤绳家油灯微光，众人见妇人目光僵滞，面容瘦损，俱言是一神经病患者。时夜已深，还是无人来找，众媪对杨氏道："你家就是你母子二人，今晚可让她与你一同睡。安顿一夜，也是行善。"杨氏取来被褥，叮嘱妇人早息，妇人也不脱衣，伏枕而鼾，促之也不醒转。

薄晓，忽闻门外嗫嗫有声。杨氏开门打问，时子赤绳已上学去。却见众媪引一丫角少女至，曰："一大早便在村口抹泪呜咽，问了清楚，才道她妈昨日赶集，竟然未回，便啼哭来寻妈。被我们引来认母也。"杨氏见女如小家碧玉，正以袖抹泪，抽咽不止，便上前抚其头，曰："看，这得是你妈？"妇人梦中听女啼泣，一个激灵，翻身而起。但见环境陌生，女儿于炕下掩袖抹泪，不由惊诧四顾，众媪俱笑。杨氏一下子就认出这正是昨日引儿子赤绳一道去秦镇的母女。那丫角女见母亲，紧紧依偎，拉手不放，双泪殷殷。那母亲见女，如梦初醒。众人才知：母女乃小鄠人。那妇人不知自己何以至此，向众人解释道："昨日引了她家小郎子去秦镇买本子，镇上人多，她家小郎子极其贪耍，要看耍马戏，钻到人堆里，我拽不及，至人散，都没有寻到。连我家丁香也寻不见了。镇子外耍社火，我又到场子去寻找，还是不见二人。我一想把我家女子丢了倒不打紧，他家儿子可是宝贝疙瘩，丢不得的。心一急，就急糊涂了。不知怎么就来到了这里，她家小郎子可回来否？"旁边一媪故意吓唬道："还没有回来，现在叫你给人家赔娃呢。看得是你将人家娃卖了。"妇人听了，顿时脸色如土。杨氏忙笑道："早就回来了。甭操心。"旁边又有人道："还没回来呢。要将你女子给人家当娃呢。"妇人笑道："那也好！等我女长大了，给她家儿郎做媳妇儿。"妇人回头见女泪花蓬蓬，撮颐揩之，曰："一晚上没见我，就哭成这样子，将来给了人家做媳妇，可又如何？"众人视女，清瘦水灵。有媪问女："你妈将你给了昨日那个小哥子，你愿意否？"女低头脸红，牵娘衣偎于膝下。众人道："羞也，羞也！"女扭脸回避，腆然不语。杨氏笑道："将来事将来说。现在定了，倒显得两个孩子生分了。先给我儿当个干妹子，等长大了，再定不迟。"妇人道："诺！那就先结为兄妹。"众媪又絮叨昨晚事，妇人失笑道："才三十几岁，怎么就如此昏聩也！"杨氏道："我也一样，未老，眼睛先花了，一到晚上，就视物不清，医生说是夜盲病。昨晚油灯光暗，你头发散乱，就没有认出！"这时，赤绳从学校回，杨氏拉儿子道："昨日在镇上乱跑，阿姨以为将你跑丢也。今日特来寻你了。"赤绳笑。丁香母也抚赤绳道："可不敢在人多的地方乱跑。"妇人谢了杨氏及众媪，告别欲回。杨氏让吃了早饭再走，妇人道："她舅说是今日来送灯，得赶紧回去准备了。"杨氏问妇人娘家是哪里，妇人道："娘家在鄠邑张王镇（口音之故，将召王镇说成是张王镇），娘家只有一个她舅。"杨氏道："你娘家路尚远！吃了早饭回家也能跟上。"妇人坚辞之，道："还要回家给她爸做饭。"有媪对赤绳道："你妈选那女子给你做媳妇呢。快送媳妇去。"赤绳笑，女孩回头视之，四目对视，女孩脸更红也。至此，赤绳心中结念。杨氏携赤绳与众媪将那母女送出村外，告别而回。以后，那母女若去秦镇或打赤绳家门口过，与赤绳母子辄互相问候，而丁香与赤绳日渐熟识，多不避忌。

赤绳有大姑嫁于中鄠，大姑颇知书达礼，受人敬重。却患头痛，村医久治难愈。赤绳父从城里捎回药来。时值暑假，杨氏便让赤绳为姑送药去。又有隔壁婶子知道赤绳欲往中鄠，即取来两双新纳布鞋交于赤绳，曰："路过小鄠时，顺道将这两双鞋捎于我娘家。烦告我妈，说我近日有事，不能亲来相送，过八月夏忙会时再来相聚。"又叮嘱赤绳道："我娘家居村西头南排第四户，门口有一棵大柿子树者即是。"又告了姓名，笑道："热了，还能讨一口水喝。"本来去中鄠是一直路，小鄠正好在路东一里处。时酷暑，又是午后，太阳最毒，夹道玉米，高与人等，密不透风。赤绳行草径上，天燠热，如处蒸笼，满头汗珠。时人们都在歇晌，地里毫无人迹，四周是发怵般的寂静。将近小鄠，天忽阴晦，一朵靛云，突出终南山坳，横空翻滚扑来，其势凶恶。赤绳急忙向小鄠奔去。忽然头顶一声闷雷，如钱币般之雨点"啪啪"砸下，接着电闪雷鸣。幸好前方菜地中间有一庵棚，棚前搭有瓜架，赤绳急忙奔去躲雨，门却关着，赤绳就站在檐下躲雨。庵棚里面却传出妇人连连喘吼之声，似乎正发生着什么严重事情，声音急迫，十分恐怖。赤绳惊惧，见不远处还有一庵棚，便冒雨奔去。庵内有一堆柴草，赤绳便伏于后面。一时，暴雨扑至，天地黑暝，伸手不见五指。外面霹雳震响，电光扑闪，瞬间天地耀明，大雨如雾；须臾，雨中又夹杂冰雹，倾泻而下。赤绳浑身发冷，又心中惊怕。忽然，电光连续扑闪，猛见那个庵棚前面有两妇人撕扯，皆披头散发，面目狰狞，其中长发女人手攀着棚前的柳树，一个短发妇人揪着长发妇人的头发，将那个长发妇人推入井中，既而掠发四顾，得意而去。落井者将对方脸皮抓出血来，裙带也扯断了。惊得赤绳魂魄飞散！似不信目。然而电光过后，眼前又一片漆黑。忽而，又电光扑闪，却是万象俱灭，一切乌有，唯瓜架青葱。赤绳吃了一惊，以为遇了妖魅，方才庵棚里那声音就是鬼叫声，因为几步外就有坟堆。赤绳心中害怕而又无能为也，继续伏身草堆后，瑟瑟发抖。庵棚中依样黑瞑，但不管睁眼闭眼，头脑中总是一短发妇人将一长发妇人推入井中那一幕，那长发妇人双手攀树不放，此景历历不灭。约一时许，黑云趋过，天气放晴，但雨还淋漓，赤绳拭目以望前方井边，还是一棚瓜架青翠，绿蔓垂吊，挂满黄花，井边柳树还在滴着雨水，毫无人影。赤绳不由竭目细寻，似乎那俩妇人又在井边撕扯，皆长发掩面，形如鬼魅。赤绳头脑“嗡”的一声，如丢魂一般，急忙蹚过积水，不顾泥泞，跑到大路上。前方树木参天，恍睹村落，奔而往。至村口，见村碑上写有：小酆，赤绳方才醒悟。阳光羞怯，晒照西墙，满是金辉，有鸟雀翔集树梢，跳跃叽喳。村口有人疏渠排水，见了赤绳，问曰：“谁家孩子，如何从雨中逃了出来，弄得满腿都是泥？”赤绳道是为人送物，就有人将赤绳直引到那家去了，赤绳按叮嘱将布鞋交于人家，主人惊问：“淋雨否？”赤绳道是自己在庵棚避雨，现在还要去中酆。主人笑曰：“痴郎子，太阳行将落山，道路又泥滑，天黑都到不了中酆。不如将你送回，明日再去中酆不迟，省得你妈在家着急。”赤绳抬头西眺，只见漫天烂彩，如丹霞万片，红光迸射。主人让其喝了热水，又取饼以飨之，但赤绳未吃，主人将赤绳送上去下酆的大路，叮嘱而回。天昏黑时，赤绳返回自己村中，果然见母亲在村口等待，急如热锅上蚂蚁。晚上，赤绳将雨中所见告诉了母亲，母亲以为是遇了魅幻，心中不安，只是要赤绳再勿想此事。收假后，老师要学生写暑假见闻，赤绳便将所经事体记入作文之中，道是两个女鬼在雨中厮打，一个女鬼将另一女鬼打入井中，却被老师当堂批为梦幻之事，而赤绳却一再辩称自己亲眼所见，老师更是课堂批评：“你妈信神信鬼，搞封建迷信，你也学了你妈？”被同学讪笑。但从此，那个恶狠狠女人之形象就印在脑中。

下酆乃小村落，小学只办到三年级。明年，赤绳去中酆上学。中酆乃大村，是公社政府所在地，四周村落的孩子多在中酆读书，中午不回家。一大早，孩子们带上午饭，来到学校，至下午课完，才能回家，学校中午供应开水。赤绳学习好，成绩优异，被选为班长。一日中午，赤绳拿杯子接水喝，见大门口路侧坐着一个小女生，双手支颐，垂头纳闷，貌颇熟，不觉细顾，女也凝眄。赤绳忽悟，此女即丁香也，忙上前问候。丁香颦蹙不语，再问之，应答淡淡，说是上四年级，赤绳自报上五年级。女表情漠漠，不甚答睬，赤绳殊觉怅惘，没趣离开。后又发现丁香每到中午即在学校门口悒悒孤坐，似乎没有吃饭。一日，细雨潇潇，女又默坐，赤绳上前问其饭否，女侧颐他顾，问得紧了，女不由双泪盈眦，泫然悲哽。赤绳追问，才知女中午没有吃饭。赤绳即将自己的饭分于丁香，丁香推辞一阵才接过。二人来到学校外边，丁香略道情由："父亲听后妈话，叫我不要上学了，回去给她照看孩子，我不愿意，他们就不给我中午饭吃。"女泣不自胜。赤绳劝之，问道："那你亲妈呢？"女道："失踪有两年了！""如何就失踪了？"女呜咽道："妈一直糊涂，一受气，一心急，就糊涂，游走而不自知。往往睡上一夜，就明白了。那天在你家过夜，就是急糊涂了。别人都说是神经有问题，医生说是抑郁症。父亲厌弃之。前年夏天，天下暴雨，我妈就失踪了。到处寻找，许多亲戚都到百十里外的地方去寻找，还是杳无音信。都说肯定是死在了外边。后来，父亲就娶了后妈，生了小弟弟。"赤绳不觉悲然："那么善良个阿姨！牵着我的手，给我买糖吃。怎么就失踪了？"心中悲伤。晚上回家，将丁香事告诉母亲，杨氏回想起丁香依恋她妈的绵绵之情，叹息半天。只道："可怜！可怜！一个最恋母的女子却失去了亲娘。唉！没娘的孩子门墩坐，有娘的孩子怀里闹。"杨氏又道："母亲早就有心愿，就是这辈子能有一儿一女。可妈只有一个你，妈一直想拾一个女儿来与你做伴，也有人与你玩耍。如果她爸真的不要了，那丁香就没人管了，妈就给你引回来做妹子。"赤绳喜，将此话告于丁香，丁香冷笑道："不可能，仅是说一说耳。"赤绳道："非是说一说，当年我们已经结为兄妹了。"以后赤绳每上学，杨氏则多做一份饭，让儿子拿去给丁香吃。

下学期报到时，丁香未至，老师诘问本村同学，原来是不再上学了。老师遂带赤绳等学生干部来到丁香家，给丁香父母做思想工作。那丁香后母曹宝匣听说教师为丁香上学事而来，并未理会，直接抱儿子串门去了。教师自去说服丁香之父丁载祥。同学们来找丁香耍，丁香身着褴褛，菜色黯然，见了同学，自觉愧怍，形神戚戚，低头悲怆。丁香小屋，潮湿昏暗，炕下面有一木柜，柜盖上面散放着丁香的书本。炕对面的墙上有几幅画，已经发黄，其一是一女子武旦装扮，身披斗篷，跨骊驹，操戈矛，于塞外风雪山石上屹立，煞是英武，下面注明是，穆桂英大战洪州。还有一幅是一红衣女子于波涛汹涌的水中舒腕击鼓，浪花高卷，前方有许多兵将在船上喊杀厮斗，下面注明是梁红玉。还有一幅画面上狂风搅雪，胡人牵马，有一女子狐裘红氅，怀抱琵琶，掩面迎风，身后却是鸿雁嘹唳，下面注明是昭君出塞。最后一幅是童子拜观音，观音端坐于莲花台上，四周云绕，有五个白胖裹兜童子在下面叩首。丁香炕头摞着一对枣红箱子，一只箱子上面绘有鸳鸯戏水，水波荡漾，一对鸳鸯于水中交颈嬉戏，另一只箱子上面绘有喜鹊鸣春，两只喜鹊绕树枝翻飞对唱，树枝上面梅花朵朵。墙上镜框，镶有照片，其中最大的一幅是一家三口的黑白合影，小小丁香如花朵一般，坐在父母中间，一幅融融之乐的合家欢。还有一幅是丁香母亲身披戏装之照片：头戴花冠，发插雉尾，手横花枪，面带微笑，一副巾帼女杰的气派。赤绳想："丁香母亲不仅是一个可善可亲的阿姨，没想到年轻时如此英武风流。怎么就失踪了呢？"真是：影留人间，妙绝尘世。在其教师劝导之下，丁载祥始同意让丁香继续上学。临行，丁香以袖掩泪送同学出，老师不断呵拍爱护之。赤绳出了村口，回头望去，见丁香犹倚门啜泣，继而被其后母脑揪而去，赤绳自是一惊。赤绳回忆那次在去秦镇路上，那时丁香虽然清瘦，却也慧黠活泼，和自己追来追去地玩耍，现在却是整天酸眉愁结，郁郁寡欢，赤绳自觉悲惨。

那丁香后母曹宝匣产有一子，取名丁子成，伶俐聪敏，丁载祥爱如心肝。那丁载祥本来就对丁香不甚爱顾，现在有了儿子，越发冷落丁香了。丁香似乎成了多余的孩子，后母曹宝匣更是将丁香视作眼中钉、肉中刺，不许丁香上学。小丁香伶仃如孤雁，整天惶恐惴栗，侍奉谨慎，以免凌责。在一片督促与谴责声中，丁载祥夫妻才允许丁香去上学。一大早，丁香背了书包，带一块馍去学校。勉强上了半年，就彻底不上了，在家照看弟弟。那弟弟淘气，丁香又瘦小，常顾敛不住。弟弟稍有哭闹，其母闻之，将丁香轻则拧耳，重则拳脚，并不许吃饭。因而丁香噤若寒蝉，整天以泪洗面，每见弟弟蹙眉哭时，就赶忙抱于怀中摇抖不令啼。一日，抱弟弟坐于门墩，弟弟手执一红苕吃。邻居有黑犬，觊觎孩子手中红苕，趁其不注意，猛地从小孩手中叼走。其弟惊而大啼。曹宝匣正在锅灶做饭，闻爱子哭，手提一烧火棍冲出，不由分说就向丁香脸上打来，丁香额头顿时烙出一串泡，其中一大泡留下痕迹也。曹宝匣又不让丁香吃饭。丁香昏饿惊吓，卧于阴暗潮湿冰冷的炕上，无人问津。次日是二月初二，龙抬头日，村中家家户户都在爆米花炒豆子焙香饼以庆祝。那曹宝匣也烙得芝麻饼熟，那香饼本是孩子吃物，但只给自己儿子吃，却不许丁香吃。丁香看着弟弟手中饼，香气扑鼻，肠痒涎流，不能自已，猛地从弟弟手中夺来就吃，那小孩大哭追要，丁香却在前面跑。曹宝匣正在厨中切菜，忽闻儿子啼，急从厨房奔出来看，见丁香夺了她儿子手中饼，大怒，揪着丁香耳朵，来到厨房，怒曰："反天也！"丁香哀求道："再不敢了。"妇人直接将丁香右手食指按于案板上，手举菜刀，立剁之。恨恨道："还敢抢我娃香饼不？"殷血溢冒，丁香呼疼惨号，昏厥也。妇人见满地是血，也心中惊骇，忙用线绳紧勒其指，血犹如注。知道隐瞒不了，便狞目恐吓丁香："别人问起，则说是自己切饼时不小心将手指切了。倘若说出我来，小心我掐死你。下次再抢我娃吃货，连手剁了。"并不许丁香哭，丁香恐惧，强忍疼痛，只能抽咽。适隔壁有丁香伯父丁载吉，正在后院修剪树枝，忽听丁香一声惨号，十分惊疑，赶快来看。见了情况，大惊，后母言是丁香自己切饼时将手指切了。丁载吉不由分说，即将丁香抱到医疗所让医生包扎。其父丁载祥也闻讯至，见丁香因血液流损而脸色惨白，惊甚！大家问丁香，丁香不敢说真话，只是掩袖呜泣，很是伤心。

丁香一个人躺在昏暗的房子里面，四面凄冷，右手食指断了一截，钻心地疼，她只有哭，而且不敢哭出声，不住地抽噎。她心里呼唤着母亲，她想念母亲。当时后母狞目举起菜刀时，她以为后母是要杀她，头脑"嗡"的一声，昏厥了。觉得母亲引着她来到天上。母亲将她紧紧搂在怀里，攥着她的指头，哭道："苦哉！痛哉！妈的心肝！"眼泪唰唰地流着。她也紧紧地抱着母亲的脖颈不放，道："妈，我再也不离开你了。"而母亲只有流泪，道："苦难的女儿，要记住：你一定要听你父亲的话。只有这样，你才能长大。妈的眼睛永远盯着你。"将丁香给推了下去，丁香醒了过来，情景历历。自从母亲失踪，她就盼着母亲回家。别人都说母亲死了，可她总是不信。天下起了雪，冷风飕飕地吹着，她的棉袄出了絮，她说："等我妈回来给我补棉袄。"她的小手冻出了疮，她说："等我妈回来也给我做个棉套袖，我手就不冻了。"风吹散了她的辫子，别人给她梳，她说："我妈回来给我梳头，我妈扎的辫子好看。"夏天，她的衣服脏了，她说："我自己会洗，妈妈回来了，让妈妈先休息，这小事我能做。"从冬至春，从夏到秋，一年又一年，窗外的草儿绿了又枯，树上的叶子青了又黄，小鸟从窝里一串一串地飞了出去，还是未见妈妈回来，小丁香双眼望穿，犹在等待。母亲究竟去了哪儿？难道母亲真的死了吗？这时，她孤独地躺在冰冷的土炕上，捂着受伤的指头，眼睛凝视着墙上的照片，又凝视着炕头的红箱子，母亲讲过，这箱子是她结婚时外婆给她的陪房，里面原来放有母亲的许多好衣裳，自从后母来到她家，箱子里面的东西就不见了，只剩下一个大红包袱，和一些散碎布片，还有母亲的一双丝线绣鞋，母亲说过，那是她结婚时穿的一双鞋……丁香看着想着。她又想起了舅家，母亲是不是去了舅家？因为她随母亲去过舅家，舅舅待她非常亲切。她只知道舅家就在南边，村子是张王镇。丁香透过窗棂望着青黑色的南山，山上白云缭绕，她忽然看见母亲坐在白云上面，双眼看着她，她也看着母亲，母亲随白云落了对面的草坡上，那正是舅家住的那面坡。原来是她迷离梦中，将墙上的观世音菩萨画像看成了自己母亲。一梦醒来，情景逼真。她又向南边望去，那草坡似乎就在对面。她想："母亲就在舅家。"至此，她几乎每天都梦见母亲站在那坡上注视她。那坡上开满花朵，阳光洒照，母亲与外婆、舅舅坐在花朵旁边说话。她想："母亲一定在那里，我要去舅家寻找我的母亲。"丁香下定决心，要去寻找母亲，永远离开这里。她打开了母亲的箱子，将母亲的一双鞋及一些其他东西用红包袱包了，她要将这些交给母亲。这时，丁香的伤口愈合了，但不能见风，还是用棉套护着。

　　一个早上，丁香悄悄地起来，提了包袱，包袱里装了两个馒头，开了后门，向南走去。恰巧那天，街道清静，无人知晓。丁香只选向南的大路走。她走过了下鄠，走过了秦镇，她吃完了身上的两个馒头，依旧向南走。飕飕的冷风吹得她的断指钻心地疼。她将那个断指放在自己嘴里，呵气护疼。临天黑，走到了一个叫草堂镇的地方，她实在走不动了。她想：明天，可能就到了舅家，见到了自己的母亲。丁香在镇子一家饭馆门前坐了下来，左手托腮，闻着饭馆里诱人的香气，喉咙生唾，肚子咕噜咕噜地叫着，但丁香年幼，不知跟人要饭吃。天黑，饭馆主人要关门了，却发现有个小女孩蜷缩在门前拐角的柴絮上，睡着了，以灯照之，女孩怀里紧紧抱着一个红包袱，右手用厚厚的棉布包裹着，放在衣襟里，像是讨饭孩子，便将孩子唤醒，叫入店内，问了女孩来此干什么，丁香回答是去舅家寻找母亲。众人问："你舅家是哪个村子？"丁香道是张王镇，众人觉得奇怪，因为方圆十里没有这个村名。又问女孩是哪里人，丁香道是小鄠人，母亲失踪三年了，可能去了舅家，舅家就在张王镇。众人更不知小鄠在什么地方，俱感戚悯，给丁香取了饭吃。饭后，便将丁香送至镇子派出所。恰有一刘姓警察是中鄠人，当晚值班，也以为丁香要找的是张王镇，可当地根本没有此村镇。刘警知道小鄠，见这样小的女子，一副含愁含冤的样子，便查看了女孩的包袱，都是些不值钱的妇人物件。详细问了丁香家里一切，知道这是无娘之女，又受晚娘虐待，刘警自是一阵叹息。又见孩子将右手护套食指处，时而放在嘴里呵气，便问之，丁香道是手指被刀子切了。那刘警是经过场面的，觉得其中必有什么隐情，便解开丁香手上的护套，见孩子手掌紫色肿胀，那根断指精红精红的，正在结痂好转，惊问丁香："手指怎么断了？"见问此，丁香不由哭泣流涕，哽咽得缓不过气来。觉得情况严重，肯定有大的冤屈，刘警便将小丁香抱在怀里，不断地安慰着孩子，又激孩子道："别怕，给叔叔说实话，叔叔是人民警察，不怕坏人。"那丁香才边哭边说出了事情的真相，刘警做了详细记录。小丁香又说道："我不怕，再过一年，这个指头还能长上来。"听此，刘警也不由落泪，恨恨不休："为一块饼就将孩子指头剁了，难道没娘的孩子真正成了一根草，任你宰割？看明天如何收拾这蛇蝎妇人！"刘警又将丁香领到镇子医院，医生护士听了刘警介绍丁香情况，也是落泪，给丁香洗了澡，还清洗了伤处，安排丁香在医院住一晚。又将孩子衣服及手上护套洗干净，在炉子上烘干，那护套内部全是血痂血垢，令人寒心。次日早饭后，刘警便骑自行车将丁香送去小鄠辖地派出所。路上，丁香不断哀求那警察叔叔不要告诉别人自己手指的真相，否则后母要连手一起剁，还要掐死自己。说道："是我错了，我不该吃那块饼。""好歹毒的妇人，将孩子吓成这样！"刘警更加恻怛："孩子，你没有错。"到了丁香辖区派出所，刘警将残害丁香的案件通报一番，并要求从重处理。当地派出所非常痛恨这后母虐待孩子事，立即派人前去缉捕。

丁香伯父丁载吉，自从丁香母亲失踪后，尤其是发生了那剁指事件后，就处处留心着侄女丁香，怕其后母再摧残孩子。这天，未见侄女出来，问丁载祥，说是在家养伤。丁载吉疑而来看侄女，发现侄女不在家里。丁载祥也觉诧异，问之周围，无人知晓丁香去了哪里。由于丁香母亲早已失踪，村人觉得其中似有蹊跷，现在丁香也失踪了，更是怀疑丁香被害了。一时村中流言四起，沸沸扬扬。丁载祥夫妻满腹狐疑，心中发虚，也失慌失措地在村子乱找。次日中午，村人在街头吃饭，正议论着丁香失踪之事，一辆警车鸣着警笛，闯进村子，直奔丁载祥家门。丁香被人抱了下来，手里提着一个红包袱。接着，又跳下来几个全副武装的警察，冲进屋里。丁载祥夫妻正欲问候，警察直接掏出铐子，将曹宝匣背铐了，就给警车上拉。丁载祥急忙上前阻挡，村人都前来围观。那曹宝匣心怀鬼胎，脸色煞白，低着头，豆大汗珠滚了下来。警察责问曹宝匣："丁香手指是如何断了？"曹宝匣方长吁一口气，战战兢兢地道："是她自己不小心拿刀切了。"警察怒道："说实话。"曹宝匣才交代是自己切的，道："我在案板上只顾切饼，她溜到我身后，小手却从背后伸来，在刀子底下掏取，我也没看见，才将她手指误切了。"公安怒道："到底是你将孩子手指按住故意剁了，还是误切了？从实交代。不然，有你说实话的地方。"妇人只得从实讲了经过，但还是有所遮掩。警察向丁载祥等人宣布道："是这个妇人，毒比蛇蝎。龙抬头那日，因为丁香抢了她儿子手里一块饼，就拧着丁香耳朵，从前门拉到厨房，不顾丁香苦苦哀求，硬是将孩子手指压在案板上，用菜刀给剁了，还吓唬孩子要连手一起剁。"众人听了，都毛骨悚然。丁载祥听此，上前就扇曹宝匣，警察责备丁载祥没善待孩子，将曹宝匣塞进了警车，呜呜地开走了。事情一下子在村中风传开了，满村子的人都骂曹宝匣，又责备丁载祥不该虐待孩子。丁载祥低头不语，只是搂着丁香，泪流满面。人们问丁香为啥出走，还拿着包袱，丁香说是寻母亲去了，她看见母亲就在舅家的草坡上。伯父丁载吉告诉她那是梦幻，小丁香半信半疑。伯父又道："你舅家在召王镇，不是张王镇。你舅三年前就去世了，你舅家没有人了。"众人听了，尽皆凄然，多有伤感流泪者。有人要将丁香领养，丁载祥却是不愿意，道："若是如此，叫全村人都能将我笑臭。"丁载吉也道："丁香可以帮助她爸照看孩子。"丁载吉夫妻要求丁载祥不要迁怒丁香："丁香是多么可怜的娃呀！"那丁载祥也愤恨曹宝匣对女儿忒是歹毒，感到女儿可怜。但同样是心怀鬼胎，数夜不眠，忐忑不安，生怕曹宝匣在公安审问时说了什么，那自己在村中的名声就彻底完了。

却说那曹宝匣被押到派出所，其父兄立即搬人说情，保证以后不再犯。派出所将曹宝匣拘押半月，并严厉警告："后若再虐待孩子，数罪并罚，严惩不贷。"曹宝匣父兄将其领回，怒骂之，其兄以拳警告曰："看丁香娃还不可怜！此是伤害致残罪，本该是要判徒刑的，费了多少周折才得宥免。若再如此，连我们也不会饶你。"其母也婉意劝谏："要改了恶性子，积德行善。就此事，我们都没脸在街上走了。"自此，曹宝匣对丁香仅怒之以目，而不敢假之于手。但丁香每见后母，不由颜色惨慄，畏缩一团。村人都十分可怜这没娘的丁香，因而村中多人都在暗中护佑，就是曹宝匣之父母也对丁香处处关照。

　　隔年，秋天下午，丁香与一群女孩去地里铲野菜，弟弟丁子成要跟去玩耍，曹宝匣不准去，丁子成却是哭着闹着要去。曹宝匣就令丁香引弟弟去地里玩耍。那丁子成才四岁，到了地里，只是玩耍。地头有氨水窖，乃是生产队储存氨水的水泥窖。上面只留一个仅容人身粗细的窖口，平时那盖子也没人盖。氨水虽已抽完，但下面氨气犹浓，刺眼刺鼻，令人窒息，人站立在窖口边，那氨气喷得人眼酸掉泪。那顽皮的丁子成对那黑黢黢的洞口来了兴趣，即向窖内扔土块，又站在洞口向下撒尿。时雨后不久，洞口泥滑，丁子成却不慎滑入窖中。那丁香只顾埋头铲野菜，待回过头来看弟弟时，早没了踪影，猜是掉入氨水窖内，吓得大声哭喊。村人闻声跑来，用镢头掀开盖板，下到窖里，可丁子成早已熏死于窖内也。悲哉！丁香噤得呆瘫于旁，瑟缩不会动，别的孩子早吓跑也。丁载祥和妻子曹宝匣闻喧奔至，丁载祥见了情况，不问青红，一巴掌就扇于丁香耳鬓，丁香"嘤"的一声惨叫，嘴鼻淌血，当时跌倒地上不动了。其后母见她的心肝宝贝死了，恶狠狠地扑向丁香，用脚就踩，被几个妇人拉开了。有妇人抱起丁香欲救时，发现丁香已经四肢软瘫，头颅低垂，明显是魂魄离舍了，也就放地上，默默离去。丁香伯父丁载吉后至，探丁香时，丁香早已面色青灰，奄然气绝，只是跺脚悔恨自己来迟也。对丁载祥愤恨，但彼此时正瘫坐在姐弟二人遇难的地方，默默流泪，丁载吉也不便发作，只是含泪呼宗族人来处理后事。到了晚上，丁载祥还在那里孤坐流泪，丁载吉便安排了几个宗亲劝住丁载祥，防其寻短。却说宗族人将二子尸首抱了回来，放于后院，当晚就刨坑埋葬。意欲同穴安葬，意是姐弟同路，不致孤单。而那曹宝匣却如失崽母狼一般披发狂嚎，胡撞乱碰，死活要去抱自己的孩子。在极度丧失理智的过程中扑向丁香尸体，恨不得噬了丁香，为其姊妹拉开。曹宝匣多时哭得一口气回不上来，其姊妹不断抚捺劝阻。曹宝匣恨丁香恨得面目扭曲，道："是丁香害死了我儿子，不许将丁香与我儿子同葬。将丁香拉出去喂狗！"姊妹们点头虚应着，妇人却是催促道："快去，把丁香拉了喂狗。"其兄即去安排。果然当葬埋人员来取俩孩子尸体时，却不见了丁香尸体，葬埋人员只将丁子成尸体装在木盒子里拉去葬埋，将给丁香准备的盒子装上丁香衣服埋葬了。众人不知那妇人之虎狼兄弟将丁香尸体弃葬何处，只能心里愤怒。因那悍妇在失子之后，已是极度癫狂，其兄弟姐妹也为失去爱甥而愤怒狂躁，故而无人敢上前追诘丁香尸体之下落。又当地有俗：早殇的孩子，都在夜深无人时将其瘗埋，并不能留墓，更不能告诉殇者父母，以防止殇者父母去瘗处痛不欲生。那丁载祥这时十分后悔：和曹宝匣结婚本来就遭到了许多乡亲的唾弃，现在死了儿子，又亲手打死了女儿，而前妻的失踪之事又被村人揭开议论，丁载祥心里不知有多少懊悔："一儿一女，转瞬间就与自己阴阳两隔，尤其是儿子丁子成，满村人都说长得好，现在一下子就没了。"心都能疼烂，在地里坐了一晚，被丁载古劝回，后悔得将头往墙上撞。丁载祥整天悲哀，自觉在村子灰溜溜的，再不和任何人说话。

下

却说张赤绳中学毕业，回乡务农，到了二十岁时，其父却不幸辞世。这时，村中有同龄者与幼时女伴订婚约，周围村人羡慕之。其母杨氏因丈夫去世，也张罗着为赤绳定婚姻。那赤绳因幼时曾与丁香有童稚之交，至今虔结在念，幻想成痴，数夕梦见一女子，盈盈而笑，向他走来。问其姓名，女子曰："我丁香也！"因母亲要赤绳外婆在当地为赤绳择一婚姻，赤绳便告诉母亲自己私恋丁香。杨氏问丁香是何里人氏，赤绳述之，但岁月骛驰，杨氏早已忘却，赤绳再三提醒，母亲才悟，道："原来是那对母女。"继而笑曰："那是一时戏言，焉能当真？"赤绳又告诉母亲自己常常梦见丁香。杨氏道："也好，儿既有意，妈即安排媒妁牵此红绳。只是十多年未有音信，不知人家现在情况如何。"杨氏即托媒婆前去小酆，意欲纳采行聘。隔日，媒婆回报曰："事不谐也。丁香一家已经绝门了。"杨氏惊问之，媒婆略述梗概："十几年前，丁香母亲无故失踪，到处寻找，无有下落。其父又续弦了邻村一小婆娘。那小婆娘生了儿子后，即对丁香苛刻残忍，恨不得将丁香给掐死。没承想小婆娘的儿子掉进氨水窖里给熏死了，却是归罪于丁香。他爸一怒之下，一耳光扇在丁香的鬓角上，丁香嘤然一声，七窍流血而死。由于两个孩子瞬间都没了，屋里一下子就冷清了许多，那夫妻多时也不和睦，冰冷无言。不久，丁香父也暴病而亡。现在，那妇人给自己招了一个汉子在家过活。"杨氏听了，连连感悼："当时只听说那村子出了这一档子大事，却不知是应在丁香身上。可怜哟！早知如此，当时就该将丁香引了回来，也是救人一命，可惜！可惜！"又叹息道："多么娇俏利索的一个女人，怎么就失踪了呢！"赤绳听此，怅然若失，似不信双耳，便背着母亲，来到了丁香村子小鄠，找到了丁香家门。有妇人出问，赤绳道："来找丁香。"妇人即颜色大变，呵逐赤绳曰："出去！出去！早都死了。"不容分说，将赤绳推出门外。赤绳惊恐。但当时与妇人四目相对时，赤绳即觉与妇人似乎有旧，却一下子回想不起在哪里见过，懵懵回返。途中，邂逅同学，赤绳问及丁香之事，同学哀叹几声，痛诉了丁香的悲惨遭际，与那媒婆所言一般。赤绳听着听着，不由泪花泫然，泣不成声。痴痴回到家中，思念丁香，整天闷坐怆怀。杨氏一再劝解，但儿子还是言语少寡。杨氏知是儿子私下寻找丁香所致，便心生后悔，又催促赤绳外婆及舅急速与赤绳觅美貌姑娘，以稳其心。

　　赤绳外婆家在杜门，相隔五十里。外婆将赤绳婚事一直操挂心头，早已为赤绳在附近相中一女，模样人品，方圆十里，堪称绝色。赤绳才心有所托。及正月初七，杨氏携赤绳去娘家拜年，欲定其婚事。舅却报称："那女子在城中务工，春节未归。"杨氏心中不快。暗忖曰："许多农村好女子，一进城里，就心高眼大，易受诱惑，或随人私奔，或反悔婚姻，而父母又不能钳制。此婚事多不谐和矣。"赤绳听此，神志乖丧。舅舅劝道："周围好女子有的是，舅与你婆再给你挑选。"赤绳戚戚不语。舅又道："十步之泽，必有芳草，不要一叶障目。"赤绳母子欲要返回，外婆却阻止道："既然来了，就多住几天。明日是初九，石佛庵里来一女尼，宣播经文，光大佛威，除人病痛，教人积德行善。看的人多，可是大热闹。"赤绳本不去，其舅促之曰："可去散心，以解烦恼，开阔眼界。石佛庵在春节前翻修一新，非常壮观。"母亲也强赤绳去，赤绳便随母亲去散心。石佛庵距外婆村子有三里地，庵内平时香火旺盛。近日，传说有号称观世音菩萨者要来庵里传经布道，光大佛法，周围村子看的人多。果然号称观世音菩萨者在众老尼的陪同下，高坐莲花台上，有一群一群的妪媪在莲花台下叩拜，祈福禳灾，赤绳感到新奇。但赤绳是现代青年，对拜佛之事不感兴趣，来庙里只是为了陪伴母亲游览景观。在这里拜佛的多半是妪媪，纷纷纭纭，赤绳是阳光青年，眉目清朗，身材俣俣，颇为显眼。

　　却说众老尼中间有一小尼，年可二十左右，平日见佛龛前烧香叩拜者皆是黄脸媪妪，个个槁木死灰，久视无睹，便整日惺眼蒙眬，意懒眉疏。今日突然来了一翩翩少年，双目英锐，炯炯有神，便不觉眸子亮悦，杏脸生春。赤绳母亲拜毕，强要赤绳亦趋前跪拜，而赤绳下拜之时，眼睛向上一瞟，见有青年女尼，水灵灵地依偎在众老尼中间，丹唇黛眉，容颜清秀，映霓泛辉。众老尼颜色晦暗，静穆周围，小尼脱颖而显。赤绳目注神驰，忽然发现小尼也对自己注目不舍。一时四目相对，赤绳心情摇动，不由脸泛潮红，忙羞得低下了头，不敢仰视。

却说那小尼旁边有一老尼，见小尼对赤绳穷睛盼注，忘却顾忌，心中大不快，暗中牵拉小尼衣，而小尼犹不觉。及赤绳与母亲三拜而去，小尼还目送其出了庙门。老尼皆看在眼中。自此，小尼常常手托杏腮，遥望远方，往往所答非所问，面皮时红时白。老尼猜想是那日见了少年男子，致使意念紊乱，萌春思凡。便对小尼道："你自从那日见了少年以后，就魂不守舍，做事也常常心猿意马，明显是动了风月念头。早者，我就知你凡心未泯。你今年已二十有余，到我这里将有十个年头了。现在你情愫萌发，不可抑制。我劝你还是快快回去，见了你父母，向其认错，毕竟时过境迁，他们也会原谅你的。即使关系不融洽，他们也会给你寻个婆家，嫁了出去，生儿育女。送汝一个好的归宿，乃我一直之心愿。"小尼双腮泛红，道："师父所说，弟子不敢违拗。自从那日见了少年郎之后，就不由时时地心血来潮，茶饭无味，夜不安寐。我也不知为何如此。"师父道："此是情魔所致，人力不可却也。你还是回去，过一个正常女人的生活去。"小尼道："只是弟子不愿离开师父，也不会过正常人的生活。"师父道："正常人之生活也没个模子可仿，只要不出大样就行。儿女情仇，恩怨是非，哭笑打闹，以及功名利禄，都是红尘中正常之事。汝尚年轻，正是经历世事的年龄。把这些事都经一经，也就知道什么是人世间的酸甜苦辣，岂能陪伴我们这些老朽死守清规，终老庵棚？"师父又道："现在就开始蓄发，三四个月后就可下山。"果然三个月后，那小尼头发长成，乌鬓油黑，师父给装扮一番，成了一个美丽的大姑娘，择吉就道，下山寻亲。

其时是小麦扬花季节，午后，太阳高照，旷野静寂。小酆村有妇人在小麦地里揪燕麦（除草），时天气毒热，妇人头戴草帽，汗水蜇得双眼蒙眬，猛然间，一素衣女子闪至身边，仙姿映貌。妇人正自惊讶，女子却打问丁载祥家里消息。妇人回答道："绝门也。"女惊问："如何就绝门了？"回道："丁载祥家宅不吉，前妻死后，续了后妻。后妻进门四五年，他的女儿丁香、儿子丁子成也死了。不久，自己也脑出血而死。现在后妻招夫在家，换了大旗也。"闻此，女不由大悲，掩袂呜咽。妇人突然将女愣盯，问：“你是何人，却来询问丁载祥？”女泣曰：“我，丁载祥亲女丁香也！”妇人错愕道：“鬼！鬼！”惊慌逃去。丁香也惊：“怎么将我当成鬼怪？”左思右想，父亲去世，后娘难容，我还有伯父家可以投奔，但村人却将我认作鬼怪，我若进村，岂不惊煞了人。遂又回到庵中。其师诘之，回道：“父亲已死，村人早就知道我离开人世。我刚说出姓名，村人就以为是鬼魂显灵，惊遽逃去。我再也不想回去了！”师父道：“原来如此，且歇息几天。”又问：“你家还有何亲戚可投？”丁香道：“弟子早已说过，我舅家绝门后，我就毫无亲戚了。”老尼又问：“你妈在日，可曾将你许配于人？”女始回忆道：“我妈殁时，我才十岁左右。确实无有。”老尼道：“再仔细思之。如果没有，我就着人在此处给你寻一个婆家，就近嫁人，也是一件美事。”女搜索枯肠，道：“在我上小学那年，母亲曾将我许于邻村张赤绳。他家在下鄠，当时他母亲说我小，先以兄妹称呼，以后还见过几面。在乡里念书时，他经常给我带饭。张赤绳还到我家来过。”老尼道：“缘即在此，你可迅速投奔下鄠张赤绳去。迟了，小心别的女子捷足先登。”女道：“多谢师父提醒。可那是孩提之言，怎能当真？”师道：“无妨！快去，勿要迟延，迟则生变。”教丁香立即出发，投奔下鄠张赤绳。其师送至车站，一路上教女如何应对，大胆勿要怕羞等。

原来丁香当时并没有死，只是假死耳。当时其父丁载祥愤怒之中，一掌扇去，本来手重，此时带着怒气，越发手重，丁香只觉得耳鬓“呜”的一声，一股暴风将自己刮到了天空！她在天空飘呀飘呀，忽然看见了母亲，母亲引了她的手，抚摸着她的头发，她紧紧地拉住母亲的手，不愿再离去，道：“娘，你留下我，这回我再也不离开你了。”娘说：“可怜的女儿呀，你的事还没有做完，还要回去。”她紧紧地搂着娘的脖子，哭而不舍。娘又说：“娘永远在你身边。你不回去，娘就生气。”果然娘一生气，脸色发青，面目狰狞。丁香忙道：“娘，我回去，我听娘的话。”但她还紧紧拉着娘的手，母亲却硬是掰开了她的手，一把将她推了下去。丁香只觉一步踩空，脑内一声响亮，她醒了过来。原来是空中“咔嚓”一声霹雳，将丁香震醒了。她翻身坐起，这时风雨交加，却听见后母在屋里大声哭号“将丁香拉出去喂狗”，她一下回到现实：原来是自己与小弟躺在地上，而身边小弟早已死亡，她抚摸着活泼可爱的小弟，小弟脸颊已经冰凉，她心中恐惧。知道后母非要将自己打死不可，眼前又是一片白雾。她仿佛听见母亲的声音："可怜的女儿呀，赶快逃命。"原来丁香左耳因父掌击而暂聋，耳内嗡嗡，又思亲娘，却似乎听到了母亲的声音。她急忙站起来，走出后院，走出村子。她只知道走得越远越好。她不顾一切地向前奔走，不管歧途，无论坑洼。路途昏暝，脚下泥滑，跌倒了爬起再走。天上不断地电闪雷鸣，大雨如瓢泼一般，丁香淋成了落汤鸡，为了活命，她继续向前走，毫无目的地向前走。不知走了多长时间，雨停了，天蒙蒙亮了，忽见前面有一高大房子，门闾宏阔。丁香实在走不动了，她挣扎过去，坐于门墩上，又饿又困，竟然昏死了过去。当她一觉醒来，却发现自己正躺在热炕上，周围站着一群尼姑，个个慈眉善目。

原来这就是杜门附近的石佛庵，庵里有常住老尼单氏。这日一大早开门时，见一少女躺在门口，浑身湿泥，脸上尚有血垢，血是从左耳淌出来的。老尼甚是吃惊，抚之尚有气息，环顾四周无人，便将女孩抱入庵内，灌以热汤，涤以面目，孩子竟然呼呼大睡也。下午睡醒，老尼问丁香，丁香左耳火辣辣地生疼，只是抽噎，就连梦中也抽噎不止。老尼又听到孩子在梦里喊她娘，给娘说自己的耳朵疼。数天一直如此。而周围村子并无失女之传闻。老尼再三安慰，丁香才止泣忍啼，道自己是长安小鄠人，并倾诉出逃之事由。老尼听了，也不由落泪，更是吃惊：一个瘦小女子，半宿之间，为逃命狂奔五十里，来到杜门，不也奇哉！后来，老尼专门寻到丁香村子，问及丁香事，村人争述其苦难："被后母折磨虐待，被生父毒打而死。"老尼知丁香所言没有舛误。回到庵中，又问了丁香一切，知丁香确实无枝可栖，又不忍送回，遂将丁香抚养，收为弟子，在庵内烧火扫地。丁香就此住下了。开始，丁香不断自责是自己没有照顾好弟弟，才导致死亡，母亲、弟弟都是自己的亲人，现在都没有了，整天抽噎不止，老尼劝解之。后来，便日日在佛前为母亲、弟弟烧香还愿，忏悔过失，以减轻罪孽。日久便生了虔心向佛之志，没想到张赤绳的到来，却激起了丁香关关雎鸠之天性。

早时，老尼已经想到，先在这里将可怜的丁香养育几年，等到其父母怒消，再送回去。时过境迁，那父母或许改恶从善，不计前嫌。即使他们再折磨丁香，这时丁香也已成人，找一婆家，嫁了出去，女身有了托付，也算是自己一场功果。现在闻知丁香曾与下鄠张赤绳有一段故事，便催促丁香早日下山，婚成其事。

　　却说那丁香在尼姑身边长了十年，心灵纯洁，一提起张赤绳，顿时回想起那天真烂漫的玩耍情态。丁香憧憬着见到张赤绳时的兴奋，但又害羞地想象着见面后如何开口。寻至张赤绳家，则是双扉虚掩；推扉入，见屋门上锁，空院寂静，只有枝头鸟鸣。丁香似有感触：已十几年了，不知赤绳哥现在情况如何，五味杂陈，芳心怔忡，踌躇不安。久等不见人回，又街道空荡，无人可问，且奔波乏累，便坐门墩上。时有村妇打街上过，见一陌生女子默坐赤绳家门口，疑而问之，女子低头道自己是赤绳家老亲戚，特来看望姨氏。村妇知晓赤绳家似乎无有这般老亲戚，心中疑惑，道："我寻主家去。"忙去寻赤绳母亲。妇人见了赤绳母亲，将丁香如此这般向杨氏一描述，杨氏满腹狐疑，道："祖上三辈，何来这样老亲？"匆匆回还。果然见一大姑娘在院子树下，含羞徘徊，杨氏将女子上下仔细打量，女子仪容清雅，芳姿端正，问之："你是谁家女子，却自称我家亲戚？"女低声赪颜，曰："我乃丁香，寻哥哥张赤绳来了。"杨氏闻丁香名字颇熟，但年高健忘，惘不记忆，及见女子词致婉约，便延至屋内，追诘之："我家赤绳确实未有妹子，你到底是谁家女子？"女告曰："阿姨忘却也，十几年前正月的一个晚上，我母亲在你家住了一晚，次日早晨，有一女子到你家寻找。言谈之中，那母亲便将女子许于你儿子张赤绳也。当时你道是先以兄妹相称呼，不然二人就显得生分了。"杨氏回忆良久，道："噢，确有其事。"女道："我就是那个女子丁香！今日看赤绳哥来了。"杨氏惊愕半晌，道："你是丁香？你到底是人是鬼？"丁香见问，满目惘然，道："阿姨如何这般相问？"杨氏道："传言你母女早已不在人世了，你为何却在此处？"此时赤绳回家，见家中有女子，悱恻动人，不由仔细端详，丁香亦将赤绳凝睇。二人对眸谛视，良久，赤绳才道："卿丁香也。如何还在人世？"丁香只见赤绳目光锐利，炯炯有神，和自己那日在庙里见到的那个阳光少年一模一样，甚是惊讶。杨氏也将丁香审视，确实是一个大活人站在面前。杨氏疑惑，问道："这几年你在哪里安身？"丁香道："一言难尽。"便略述自己逃难经过，说到苦处，丁香唏嘘不胜，道："我以为今生再也见不到赤绳哥了。"杨氏激动道："我女儿回来了！我女儿回来了！本高兴才是。"把手拭泪，令丁香歇息，自己忙备庖厨，丁香也来入灶帮厨。杨氏不由眉开眼笑，极意温恤，兼述赤绳一片相思痴情。丁香听说赤绳哥对自己一直眷恋，心中欣慰，低头羞怯，道："今日我就是为婚姻来的。"杨氏更加高兴，又问丁香："你是在哪个石佛庵里住的？"丁香道："是在杜门石佛庵，住有十年。"杨氏连忙道："今年正月初九日，我携赤绳去了石佛庵里，拜了观世音菩萨。"丁香惊讶道："真是观世音菩萨护佑我们在一起也。怪不得那天我就感觉面孔熟悉，原来是赤绳哥那日到了庵中。"杨氏道："此乃天意。"膳间，杨氏见二人推箸让杯，两情浃洽，是天生的一对，可许婚姻。但杨氏对丁香的一面之词也有三分疑惑，毕竟是婚姻大事，不能草率。先安排丁香住下，又暗中安排人员火速去自己娘家，让赤绳舅尽快将丁香在石佛庵里之情况进行查访，防止其中有谲诈之事，并查明后立即回话，切勿耽延。隔日下午，赤绳舅即来回话，道是确实有一个叫丁香的长安女子，因后母不容，在石佛庵住有十年，并述了丁香在庙里的作为：性格淑静，柔弱善良，节俭勤劳。杨氏听了，当即拍板："此女可为儿妇。"即着宗族内长者为赤绳张办婚事。

长者曰："嫁娶乃光明正大之事！丁香虽然在外躲难十年，但也是有根有底的女子。既然没了亲父母，其伯尚在，按宗法来讲，身主就是伯父丁载吉。现在婚约已定，出嫁事应由伯父主理。"也有人对杨氏道："丁香既然没了父母，是一个拾来的媳妇，何必再与她娘家人啰唆，结婚就完了，然后安安生生地过日子，也少些来来往往的杂事。"杨氏思想道："此不妥也！既然丁香做我家的媳妇，该让她有的就得让她有。女人有了娘家就有了回身之处，多一个亲戚就是多一条路，将来他们生了孩子，孩子也就有了舅家姨家，孩子不但有了更多去处，还能得到更多人的关怀。"杨氏又道："更重要者，不能让别人议论，我家儿子是在野地里拾了一个媳妇。"众人都称赞杨氏道："言之有理。"杨氏立即着人寻到小酆丁载吉家。丁载吉不知何事，拗而不出。其人曰："去下酆，即有一大惊喜。"丁载吉一头雾水，懵懵而至，刚入赤绳家，即见一姑娘口称伯父，跪拜于脚下，放声大哭。丁载吉茫然，把臂而起，细审良久，只觉面善，却是不识。丁香伸出那截断指，自报姓名曰："我乃侄女丁香也。"丁载吉似不信己耳——十年过去了，那丁香原来是一个小小少女，清素娇弱，现在发育成了一个身态丰满的大姑娘，何能认识？错愕良久，才惊问其何以未死，丁香略述经过。伯父侄女相抱而泣。大家听了丁香涵述逃命经过，不由泪落斑斑。其时丁香伯母不知夫出何因，满腹狐疑，也寻至赤绳家。当丈夫告诉她面前这个姑娘是丁香时，伯母将丁香熟视良久，惊愕道："原来丁香尚在人世。和她妈长得一个模样，且喜华如意妹子有后人也！”将丁香搂在怀里，喜极而泣。丁香自歉道：“月前侄女从石佛庵出来，本想回家。在麦地里打问家里情况，才知父亲已经亡故，村人却将我当成鬼怪，见我即逃。侄女本当回伯父家，又怕惊了伯父，故而不敢进村。这次才寻到张赤绳家。”伯母道：“怪道有村人说是你娘回来显灵也，原来如此。”杨氏告了赤绳与丁香的婚事，伯父母俱道：“好事！好事！丁香既然无了亲父母，我们即是亲父母也，于情于理，本当如此。其嫁妆绝要上乘。今天我女子回来了，就要在村中炫耀一番，显示其光光明明地活在人世上。”当即将丁香引了回去，拜见尊长，满村张扬。丁香问父亲是如何死的，伯父沉吟道：“有近十年了，是你离开那年冬天的事情！其实我也不清楚，听说是吃了午饭，即唤肚子疼，众人急送医院，到半路上，就死了。太快了！不到一顿饭工夫。医生说是脑出血。”伯母劝丁香暂勿记挂此事，只是催督儿女沽酒炖肉，庆祝丁香回来。又安排儿女为丁香辟闺房、置衣履等。家中一片喜庆忙碌。

却说丁香回到了自己家乡小鄠，轰动全村，大家都认为丁香死有十几年了，早已化成了一堆白骨，几乎完全淡忘，未承想今天却活生生地回到村子，而且出脱成了一个美丽漂亮的大姑娘，音容形貌，神情韵致，和她妈初来村子时一模一样。她妈当时容颜清瘦，身体消薄，丁香只是比她妈略胖一些，面相富态。村中长辈同辈多来看望。丁香待人腼腆，言语温软。村人多有问询丁香这十几年之经历，丁香便倾诉逃命经过，词旨悲恻，众人听了，不由流泪，都说丁香命大，必有后福。丁香给父亲上了坟。那曹宝匣月前听村人说是丁香母亲的魂灵在村子周围出现，吓得整天转眉转色。及闻知丁香未死，尚在人间，以为丁香回来将要复仇，更是瑟缩不敢出门。又思曰：“是她父亲将她打死，与我何干？怕的什么？”丁载吉从大局出发，将丁香婚事告诉了曹宝匣，可曹宝匣道：“是她，将我儿子害死了。我还能见她？”因而始终不见丁香。

丁载吉为侄女置办嫁妆，甚是华盛。村中他人听了丁香女与下鄠张赤绳联结婚姻的来龙去脉，多有祝贺。大家怜丁香女无有父母，孤苦坎坷，都主动出资为丁香购买妆奁，曰：“一定要让丁香风风光光地出嫁。”丁载吉又邀石佛庵单老尼来参加婚礼。单老尼本不来，说道：“出家人，甚不方便。”请者曰：“观世音菩萨来了，焉能不吉利？”老尼才庄容而至。是日，妆女出阁，丁香被装扮得雍容华贵、风致雅逸，村人都来观赏，相送出门。丁载吉按当地风俗，大操大办，一样不落。赤绳家也按迎娶仪式，抬着花轿，吹着唢呐，整体热闹隆重，气氛排场。一切都是怜丁香女苦难二十载也。伯父伯母亲自将丁香送至婆家，临别，伯母含泪叮嘱杨氏："丁香是一个苦命的孩子，你要抬爱善待。"伯母又执丁香手道："以后，如果婆婆、女婿有欺负你的事，你就告诉我们，我们来给你撑腰。"杨氏也执丁香手道："此是我家女儿，自幼就许于我儿子，我焉能让她受亏？"有这么多的人爱着丁香，此时，丁香感到特别幸福，满眶热泪。婚后回盘，也回到丁载吉家。

回盘那天，伯父专门安排丁香夫妻回一次丁香原来之家，原因是丁香的户口还在那个门下，那里还有丁香父亲之灵位。但丁香不愿意回，总觉得对后母有一种负罪感，道："我有罪孽，因为我没有照顾好弟弟子成。"伯父曰："那事你没有责任，当时你也是个孩子。"又道："无论你父生前如何，父恩不能忘。"见丁香逡巡门前，伯父道："孩子，这是你家。伯父在你身后站着，大胆莫怕。"丁香始入。回到自己当年家中，触景生情，回忆童时一家子快乐的日子，而今已物是人非，彻底地易了旗帜，不由难过。她向父亲灵位叩拜，思忆父恩，不由大声号哭。曹宝匣出见丁香。丁香本性懦弱，总是认为小弟丁子成的死亡是自己不经心造成的，心存咎戾，不能自恕，一直愧疚。先前对后母就有馁怯之感，现在见了后母曹宝匣，殊切惮惧，不敢抬头。伯母觑了丁香形态，暗暗叮嘱道："不要怕她。有这么多人给你撑腰。"伯父更是大声道："丁香，抬起头来，勇敢点，伯父在你身后。"丁香抬起了头。曹宝匣开始见丁香胆怯畏缩，不由脸显得意，更加气势凌人。及丁香昂首，四目一对，曹宝匣只觉一道寒光从眼前掠过，不由打了一个冷战，虚汗直出，顿感不祥。这个丁香不但容颜和她妈一模一样，而且行止神态也酷似她妈，那曹宝匣不由浑身发凉。诸位：按说这曹宝匣从未见过丁香母亲，为何今天却有此感？留下以后再述。却说张赤绳见了曹宝匣那得意脸色，自是一惊，只觉此种表情在哪里见过，却是一时回忆不起，便满目狐疑地凝视那曹宝匣。那曹宝匣不敢与丁香敌目，忽又见丁香女婿那雄狮一般的目光，正在冷冷逼视自己，满是杀气，又是一道寒光从眼前掠过，顿时凉到骨缝，浑身打战，忙回避而去。作恶太多，自是气短。

回家路上，赤绳一直搜索枯肠，对丁香道："似乎在什么地方见过这个女人。去年我到你家寻你时，见了此人，就有这种感觉。现在又有这种感觉。"愁眉不展，一路嗟悼。丁香追问之，赤绳道："确实在什么地方见过，却又想不起来。"二人正说着话，忽然，空中一声霹雳，雨点顿时"啪、啪"落下，赤绳急携丁香跑到一个小庵棚避雨，那正是赤绳当年避雨的庵棚，已是颓垣败堵，不远处有一棵柳树，赤绳忽觉自己似曾来过这里。这时，黑云扑至，电闪雷鸣，一时天昏地暗，暴雨冰雹，倾泻而下。丁香胆小，拉着赤绳手不放。电光扑闪闪，前方一片耀明。忽然，电光耀明间，赤绳眼前出现一个菜棚，有两个披头散发的妇人在菜棚前面的井边撕扯，其中一个短发妇人将一个长发妇人推入井中，既而恶狠狠地掠发四顾，脸显得意，落井者身形瘦削，手攀柳树不放，落井瞬间将对方裙带都扯断了。推人者面目有些熟悉，赤绳努力回忆着。一时，黑云趋过，天气放晴，赤绳猛然醒悟道："对！就是她！就是她！"丁香问道："你说什么？就是谁呀？"赤绳大声道："就是这个姓曹的，害了你母亲。我说苍天有眼，该为阿姨报仇了！"丁香惊讶地盯着赤绳，赤绳道："你再给我讲讲你妈当时失踪的情况。"丁香说道："我已经给你讲过数遍了。那是一个大热天的下午，特别闷热，我妈出门去了，忽然下起了大暴雨，从那时起，我再也没见到我妈。"赤绳道："就是那个下午，就是在这里，是这个曹宝匣将阿姨推到井里。是我亲眼所见，当时天下着大暴雨。"丁香急道："你仔细说。"赤绳又讲了一遍自己当年所见的过程。丁香惊道："如此说来，我妈就是在那天被曹宝匣害了。"赤绳道："确实不是幻觉，我看得清清楚楚。落井者将对方裤带都扯断了。方才避雨时，电光闪耀间，我又恍惚看到那一幕。"丁香回忆道："那里原来有一口井，井边有一棵柳树，还有一个小菜棚子，是我家的菜棚子。这些我都知道，小时候常在那里玩耍。那次大雨过后不久，父亲将井给填平了，棚子也拆了。到了年底，那个女人就来到了我家。"联系到种种迹象，张赤绳认为丁香母亲就是被这个曹宝匣推到井里屈死了。丁香失声痛哭，彻夜不眠。又想起父亲暴死，或许都与这个曹宝匣有关。赤绳道："阿姨性格温婉，和蔼可亲。那次在秦镇时，前前后后地照顾我，却落了这样下场，我要为阿姨报仇申冤。"但丁香由于长期压抑，性格和她妈一样，也荏弱善良，不愿惹事，说道："一切都过去了，咱平静地过日子就是了，还结那仇怨干啥。"赤绳道："你不要胆怯。明天，跟我去报案就是了。"

　　次日，丁香与赤绳来到公安局报案。公安早就知道华如意之案，且知华如意是在十几年前失踪的，寻找无果，该案已成悬案。现在，听了张赤绳之回忆，公安还是难以确定：毕竟十几年时间了，那时赤绳还是一个小毛孩，而且赤绳对事件发生年代也说不准确，就是丁香对自己母亲具体是哪年失踪的也不能记忆，只知道是一个闷热的夏天，还知道那块地是她家的菜地，有一个菜棚子，棚子前面有一水井。公安又怕是丁香对后母心怀怨念，报仇心切，而滥造枝末。赤绳见公安对自己有狐疑之色，似乎不信。赤绳便绞尽脑汁回忆那一段时间自己的作为，突然又想起了什么，急忙奔回家里，从楼上一堆旧书本中翻捡出自己当年记录此事的作文本子，呈于公安，公安看了写作年月及事体经过，又见老师批语曰：胡编乱诌，荒诞不经。又见批曰：你妈信神信鬼，你也学你妈搞封建迷信。公安将赤绳再三询问："是否看清了对方的脸？这是人命关天之事！"赤绳道："那个短发女人将头发时将头扬了起来，十分得意，我看清了她的脸，确实是曹宝匣。那是我终生难忘的一张脸。而落井者头发遮面，没有看清。"公安做了详细笔录。公安先在村子将曹宝匣暗中进行一番调查。村干部回忆道："先前那块地分给了丁载祥，丁载祥在地里务菜，地中间是有一井，用来抽水浇菜，井旁边盖了一个菜棚子，井边还有一棵柳树。后来，不务菜了，丁载祥将井填了，菜棚子也拆了，树还在。丁载祥已经死有十年了，土地也几次周转，现在那块地在别人名下。但从未见曹宝匣去过那块地。"依此，可见张赤绳所言不虚。公安又复查旧案。原来在丁香母亲华如意失踪及那二人结婚后，村中就有人暗中议论：丁香母亲可能遇害。群众中有不平者将二人之奸情告于公安。因为华如意失踪之前那二人就通奸，多人皆知。公安也曾经怀疑华如意是因丈夫奸情遇害的，及传唤丁载祥，彼却是痛哭流涕，百口不承，似乎对妻子感情很深；又因华如意患有游走无常的神经病；更苦于无有遇害之线索，也就认为群众是妄听妄传，以人口失踪挂案不问。及丁香姐弟死，更有仗义者向公安检举揭发丁载祥虐待并打死女儿丁香。公安即传唤丁载祥，丁载祥却说丁香是死于惊吓，并说先前村医就诊断丁香患有心脏病。公安令其回去找村医证明。没想到次日却传出丁载祥突然死亡的消息，公安十分惊诧，但医院却出据是死于高血压导致的脑出血。一连几案，公安虽有疑惑，却无确凿证据，更者，丁载祥之子死于氨气窒息，这已经确定无疑；即使丁香是被打死，而人犯也已经死亡，何以追究？也就不了了之。现在丁香回还，说明丁载祥当初并未打死女儿。而却有人证明丁香母亲是被曹宝匣推入井中致死，而且年代日期和华如意失踪时间吻合不爽，而丁载祥也是死得蹊跷。

　　公安再三论证，遂决定立案，立即传唤曹宝匣。却说曹宝匣自从那日见了丁香夫妇，就一直心惊肉跳，思想着将对自己有何不利，尤其是想起丁香女婿那深邃如刀的目光，分明是在解剖自己，就不由满身戆悚。忽见公安跨入家中，曹宝匣惊问何事，公安直接将她带到那块地边，问："此地中间原有一井，你还记得否？"曹宝匣心中"咯噔"一下，不由向原先有井的地方张了一眼，那柳树还在，地里苞谷秆密密麻麻的，高过头顶，忽然苞谷秆中间侧立一妇人，妇人蓬头劈面，满脸是血，定在那里，毫不动弹，曹宝匣一愣。又见那妇人缓缓地转过头来，只见头如髑髅，牙齿森森，形恶如鬼，披发沥血，而那恶鬼正对自己嘿嘿冷笑。曹宝匣顿时魂飞魄散，软瘫地上，公安将其扶起。曹宝匣喘息稍定，再次给那地方瞧了一眼，全是齐刷刷的苞谷，哪有什么髑髅。这也是曹宝匣合当命尽，事实上那里只有苞谷，深秋的苞谷叶子斑驳多色，绛红散乱的苞谷缨子披在苞谷棒子上面，随风摇曳翻动，有些苞谷因鼠啮而致苞米外露，形如人齿，是曹宝匣心虚，看走了眼，产生了幻觉而已。公安指着那棵柳树喝问道："十几年前有一个大暴雨的下午，你在树下井边做过什么事？"妇人听了，顿时面色如土，浑身发抖。她明白了，公安或许听到什么风声，将她诳到此处，进行试探。便装作镇静，但犹遮掩不住慌恐的面孔，良久，才神色坦然，道："年代久远，不能记忆。"公安道："不能记忆？此事我们已经掌握。十三年前八月的某个下午，当时下着大暴雨，你和哪个男子在菜棚里通奸？如实讲来！"妇人脸上青一阵红一阵，低头道："没有的事情，那是别人埋汰我。"公安又问："当时裙带为何而丢？裙子为何被人撕破？脸上为何有血迹？"妇人犹装痴作傻，道："时间太久，不能回忆！可能是当时天下暴雨，路滑跌倒所致。"公安又质问："不要绕弯子！奸情事小，人命事大。当时是否在这里将人推入井中？"妇人更是惊讶，知道欺瞒不过，才坐在地上，哭道："当时我年轻不懂事，那丁载祥用甜言蜜语将我骗奸。其妻却自找我事，说我勾引她丈夫，其实错不在我。那个下午，天下暴雨，是丁载祥又将我骗到菜棚子里。他妻子却暗中跟来捉奸，要与我同归于尽，拉我的裙带一同跳井。我抓住树干不放，她自己却滑落井中，还将我的裙子扯破了。""谁可作证？""无人可证！""当时其夫在何处？"妇人道："自在棚子里低头后悔，不理我二人撕扯，才发生了严重后果。"次日，公安即令人掘井探尸，果然掘一具女骨出，右手犹抓带子一条。当时围观的群众里三层外三层的，都在叹息这样一个俏丽妇人，言语柔蜜，欣欣易处，却落得这般悲惨下场，村人无不垂涕，许多妇人当场痛哭失声，都对那曹宝匣恨之入骨，村人联名要求严惩曹宝匣。公安再三审问曹宝匣："当时有一双天眼照见：是你将华如意故意推入井中，如何解释？勿要抵赖！"妇人大呼："冤枉！冤枉！"咬死不认。证据不足，不能定谳。公安又审问其夫死因，妇如前言道："突发脑出血而死。医院早有定论。"公安开棺验尸，却是中毒而死。遂将恶妇曹宝匣羁押，严厉审问。曹宝匣只得招出害死丁香父亲母亲的全盘经过。

原来丁香母亲华如意，乃鄠邑召王镇人，其父陈子厚是外地人。当年，陈子厚在陕西一带给人做木工。小伙子确实心灵手巧，做出的家具有奇巧之处，颇有美传。时召王镇有华姓老夫妻，只育有一女，一心想给女儿招一个上门女婿，来传承门户，有人将陈子厚介绍于其家，陈子厚自称是从河南逃难过来的，自述："家乡连年水灾，已经绝门也，再不想回原籍了。"华家老夫妻将陈子厚考察后，便招其做了上门女婿，改姓华。后来，陈子厚夫妻生有一子一女，就是华如心、华如意兄妹，活泼可爱。华家老夫妻有时引着孙子孙女看戏，那华如意就模仿戏台上花旦的一举一动，而且惟妙惟肖，又歌喉甜美，颇得周围赞赏。华如意上中学时，有剧团来学校招生，经老师推荐，剧团人员便对华如意进行考核，见华如意声如百灵，又柳腰轻盈，天与娇姿，就立即选中了华如意。华如意在剧团以练习花旦为主。几年后，华如意即随剧团下乡演出。那华如意每出现台上，则神采飞扬，满身风流，如果再披上戏装，那简直佳妙如仙。作为青春少女，华如意心中自有潇洒郎君。可正当花前月下时，郎君却意外死亡。华如意受了刺激。郎君家将死因推于华如意，并无端恶毒诽谤。华如意不能忍受，几次寻死觅活，被人劝住。因而一遇紧张，就大脑空白，神情恍惚，自言自语，患失忆症也。因此离开了剧团。

华如意从剧团回来，这时父亲已亡，母亲领着她到处治病，还求神拜佛，但收效甚微。只是随着时间的推移，华如意病情有所好转，渐渐稳定，但年龄却被耽误大了，周围人知晓她的情况，再难嫁人。后来，经媒人介绍才嫁于几十里外小鄠的丁载祥，生有一女丁香。那丁载祥因为家中贫穷，在本地娶不到妻子，才娶了离家乡较远的华如意，媒人当时隐瞒了华如意有失忆症这一节。那丁载祥在村子也算是能工巧匠，务有瓜果，按说应该日子和美，一家三口，欢忻无极。但邻村有妇人曹宝匣，因为性格凶悍而恶名远扬，离婚后，一直没有婆家。曹宝匣家里也种有瓜果，与丁载祥菜地接畔，二人遂在菜棚勾搭成奸。曹宝匣逼丁载祥离婚娶自己，丁载祥犹豫不决。丁香母亲发觉二人奸情以后，便求神保佑家庭和睦，除此不知如何处置，弱而无助，日夜焦虑，由于生气，抑郁病更加严重了。就在赤绳给他姑送药的那个下午，暴雨昏黑，奸夫淫妇以为野地无有人至，便在菜棚恣意宣淫，曹宝匣更是放胆淫叫。赤绳欲在棚内避雨，却听到棚内传出妇人浪叫声，极其恐怖，以为鬼声，吓得奔入另一庵棚内避雨。丁香母亲却突然破门入，来找恶妇厮闹，与曹宝匣揪扯一起。丁载祥自知理亏，不知偏袒谁，只能捆脸自责。当时是暴雨倾盆又霹雳连连，一时天地晦暝，恶妇见此，顿生歹心，欺丁香母亲削薄无力，便趁机将其拖至井边，推了下去。丁香母亲欲抓树保命，但树滑脱手，临死只抓了恶妇一条裤带。以此：这曹宝匣是见过丁香母亲的。丁香成人后，出脱得和她母亲容颜一模一样，所以那天丁香和张赤绳被丁载吉夫妻引着回家时，曹宝匣一见丁香眼神，就想起了丁香母亲的眼神，当时就心悸汗出，也是自然。当时，曹宝匣将华如意推入井中，以为无人知晓，得意而去。但这一段经过却被在废庵内避雨的张赤绳借着电光闪耀看得清清楚楚，并记下了曹宝匣掠发四顾、颇显得意的面孔。这就是一双天眼，只是赤绳当时年幼，以为两个妖怪在打架。恶妇将丁香母亲推入井中，返回棚子，向丁载祥说是华如意自己跳井了。丁载祥慌遽间，急忙向井下看，但暴雨昏暝，井下黑暗，毫无动静。丁载祥知发妻已死，喀然自失，暴拳怒向恶妇，恶妇忙跪地求宥。丁载祥心软少主张，也怕丑事张扬，心中忐忑，踱来踱去，悔心如烧。恶妇却自是镇静，阻止报案，见丁载祥窝囊没了主意，而天又是瓢泼大雨，便不许丁载祥掏尸，教丁载祥如此这般，可以掩饰丑行，更可遮盖弥天大罪。丁载祥思事已至此，又无人知晓，只能这样了。也就昧心将发妻华如意尸骨屈于井中，并装作在方圆百里寻找一阵子，还痛哭流涕，哀诉夫妻情深，难以割舍。多数人知道其妻患有神经方面疾病，游走不自知，也就相信是自己走失。渐渐地，就没有人怀疑了。可怜锦绣佳人，就这样衔冤而死。那曹宝匣自从害了丁香母亲，便夜夜梦见丁香母亲青面狞目，前来逼命，及见了丁香回家，更是噩梦连连。

半年后，丁载祥与曹宝匣结婚，生了儿子。曹宝匣凶态暴露，虐待丁香，夫妻因而多有抵牾，一切皆不如当初那么称心也。及至丁香姐弟"死亡"，丁载祥后悔不迭，不由思念发妻华如意，并疑其不是跳井身亡，而是被曹宝匣推入井中，因为发妻身体削薄，且那天彼是手揪妻子头发而出。丁载祥质问曹宝匣，曹避而不答。却被公安传唤，追究打死女儿丁香一事。丁载祥道是女儿有心脏病，是受惊而死。公安又问发妻下落。丁载祥后悔，思想数年之遭际，抱头痛哭。公安让其次日拿来丁香心脏病之证明，再行交代。恶妇曹宝匣听到公安问及丁香母亲失踪之事，怕丁载祥供出真相，当时就在丁载祥的饭里下了毒鼠强。丁载祥食后刚躺下，就腹如油烹，五内火焚，便催促曹宝匣快去叫医生。曹宝匣却佯装着急，只是耽延时间，以待其死，当村医到达时，人已经不行了，在送医院的路上，就肠断魂消。可怜一个能工巧匠就这样不明不白地呜呼哀哉，也是由于丁载祥一念之差，致使夫妻皆丧于一人之手，悲哉。曹宝匣毒死了丁载祥，却对外假哭道："丁载祥他自己打死丁香，怕公安追究坐牢，焦躁不安，本来血压就高，没想到暴发脑出血死了。"此话倒也欺骗了一些人，但最终难逃法网。丁香终于弄清了父母死因，在村人帮助下，将父母安葬在一起。

　　这才是恶有恶报，善有善报；不是不报，时候未到。引狼入室夫妻遇害，历尽劫难丁香花开。

第九卷

——————

孙寅生打工失妻

上

井阳县有学生孙寅生，家居孙家堡村，中学期间，学分一直名列三甲，奖状掩墙，同窗多有欣羡，意其前程不可限量，考名牌大学无疑也。寅生也心高望远，奋志云霄，更加研思砥砺，绝不懈慢，一心想考上大学，光宗耀祖，受人仰慕。同学更是以此为模榜也。然而首年高考，却是铩羽，惶愧不安。师与寅生检讨败因："经验不足、怯场、身体不适。"寅生青云之志不堕，温习益苦。次年高考，又落第也。虽心中懊丧，预感不祥，但激励不辍。第三年更是名落孙山，心遂灰之，潜地回家。落魄之人，无颜对众。寅生本来就性格迂讷，现在整天沉默无言，神气萧缩，将自己静穆屋中，羞于出门，不与外通。其父孙学仁还是有一些文化的，起初认为儿子出息毕至，将光耀门庭，现在早已没了奢望。见儿子整天凝眸呆坐，僵板若痴，怕其回豁不开，自折其戟，常慰劝之："回来，跟爸好好种庄稼过日子，种庄稼是天下最稳妥的事情。""儿勿烦恼，农村也生活着天下一层人。门户要紧，咱家中仅汝一子，正要汝回来传承门户。""就是考上大学，做一个城里人，不出三代，就不知自己根子在什么地方了。城里人没个亲戚，似孤魂野鬼一般，都失去了生活的滋味。哪有农村人意思深长。""城里人过得跟催命鬼一般，说什么时间就是金钱，时间就是时间，怎么就成了金钱，时间是自己的，人活的就是时间，金钱还不知是谁的。"母亲也整天絮絮，道："念书有啥好处。书都将我娃念瘦了。这些害娃的书，谁写的，不是好人。"又道："城里世事虽然花里胡哨的，但处处有陷窝，时时得小心，哪有农村安宁。城里人住在一起都不知道叫啥名字，也不串门，孤独独来，孤独独去，连个在一起说话的人都没有的，门还整天关着，怎比得农村生活畅快自在。"又道："回来顶门立户。生产队刚给咱家分了几亩土地，好好种几年庄稼，娶个媳妇，生个娃，全家在一起热热火火地过日子，多好的事。就是在外边工作，全家人一年能见上几回面？有啥意思。""村西头周家，儿子孙子都在外国，就是名声好听，过年也不回来，老两口孤独独地在家冷清过年，看到别人一家团圆，说笑热闹，老两口就哭了起来。"父母亲絮聒不休，磨耳生茧，讲的都正确。寅生思事已至此，应安心想出路才是，也偶尔随父亲出去干活。

但寅生梦中还是幻想着城里超前的、文明的生活。城市有许多大工厂，有先进的科学技术，有高大亮丽的楼房，有医院，有大商场、大书店、大饭店。城里人有钱，是商品粮户口，从不愁吃穿，显得精神，走路也昂首挺胸。城里是年轻人的天下，知识大有作为。城里更有穿着短裙子的美丽姑娘，一群一群的，艳如花朵，活泼漂亮……一旦梦醒，身边依旧是腰背伛偻的老父，不断地咳嗽，虽然行动蹇缓，走路扑扑踏踏，却也整天手足不闲。而母亲还是衣着布衲，整日蹀躞锅台。电灯还是那么昏暗，到处是一片死气沉沉。现在商品粮是吃不上了，认为时乖命蹇。理想中的蓝天白云、花朵般的少女、富丽堂皇的居室、高精尖的事业、数不完的钞票，一概成为泡影。理想泯灭，万念俱灰，前途黑洞洞的，茂盛树木也感枯萎凋谢，绿草鲜花也觉得憔悴无色，先前清脆的鸟声现在也成了一片聒噪，以前爱听的流行歌曲也厌倦烦恼，连阳光也不如以前明亮。一切恍如一场梦寐，一切有趣的事情都感到无聊，一切美好的东西似乎离自己越来越远。晚上，躺在土炕上，四壁依旧静悄悄的，几乎能听到老鼠的呼吸声。每天早晨，都是母亲喊上数遍才起来吃饭，吃饭依然端着老碗，一切还是粗茶淡饭。环视周围，麻蝇哄哄，家里仅有一台十二寸黑白电视静穆在那里，里面有一圆脸女星正手持话筒，在台上微笑挑逗演唱，他感到那离自己太远了，将来只有在电视里才能看到这样活泼靓丽的姑娘了，心中惘然。农村一切毫无激情，毫无生气，生活索寞无味。村中之人深居简出，缓慢淡泊而自我满足。这些人以谈论外边奇趣异闻为乐，男人抽着旱烟，女人们还在缲鞋底纳鞋帮，沿袭着数千年来的农耕布衲生活。他想：难道终生都要穿着城里人换掉的过时衣服吗？

　　寅生偶尔也与村子人闲谝，然而，这些人谈及国际问题还是什么苏联的核武器、美国的巡航导弹，谈起文学也不过是武松李逵鲁智深、刘备曹操五虎将，外加一个孙悟空，连曹雪芹男女也分不清，对数理化一概不知。寅生迷惘着。由于他生性倔强，又有文化，很是自负，极不满目前之现状，因而父母让干活，他总是带有一股怒气。寅生常常在晚上出去，一个人静静地坐在离村不远的河堰上，想着自己的出路。经过数月的沉闷，埋在心底的火花时而闪现，甚至越燃越烈，他要重振雄心，理想一定能实现。一连数天，下着绵绵霖雨，街道潴水横溢，泥淖没脚，不能出去。这日，他妈周氏让去饲猪，寅生本来就憋闷烦躁，后院更是泥泞拉杂，鞋袜已经溅了泥污。那猪正在稀泥浓秽里犁地般地拱得兴欢，见寅生将食至，立即抢将过来。寅生将食正搅拌，猪却急吞急食，将一个肥硕大耳的头脑左右摇甩，甩了寅生一脸的污秽。那寅生本来就心中怄气："我这么有知识的文化人，却要伺候你这个大蠢物。"顿感羞臊，怒从心起，顺手操起一木棍，对那牲畜脊梁上就狠击一下，那畜生疼得"吱儿"的一声惨叫，在圈里奔跑。惊动其母，其母厉声呵斥，寅生才停了手，周氏又把儿子一顿数落。回到屋里，仍唠叨不休："你没考上大学，家里没有埋怨你。自打你从学校回家，干啥都带有不满，总是看不惯我和你爸，看不惯农村。看不惯也得看，不想干也要干，要不就将嘴封了。今日却将气往猪身上使，就这喂一年猪也挣几百块钱呢，供你上学。而你回来啥也不做，还有啥脸耍脾气？"母亲此言，正触所讳，又值逆反年龄，寅生一时恼羞成怒，顺手操起案板上一只碗，狠摔地上，出门而去，其母呼之，头也不回。其母生气，在后指着脊背道："你走！你出去，今辈子就甭回家！"周氏也是一时愤言。其丈夫回家，未见儿子，问了情况，却是埋怨老婆道："孩子正受病于此，你不该揭其伤疤。没考上大学，心气不顺，最忌讳别人提此事。你触其痛处，那小脸上如何受住？"媪道："就其落榜者，天下也是一层，有几个记挂于心。若都像他这样，国家就甭开大学了。"又道："你看村子，补习几年，没有考上大学的娃娃多得是，都回到了家里，还整天在街头耍着，笑着，闹着，有啥丢人的。而他却是整天想不开。"父也叹息道："上学一帆风顺，心气高扬，一旦有什么绊磕，就不能受。今后如何在人世上行？人生路长磨难多，受一下挫辱也好，不然永远也长不大。"话虽如此，但老两口心中一直忐忑不安。事发在早饭时，那寅生就没有吃早饭，至午饭还是不见回。老两口心内暗暗着急，而嘴里却佯装镇静，道："休管！饿去。饿够了，就回家了。"又互相安慰："到晚上就回来了。"午饭毕，媪心里更是焦灼，如热锅上的蚂蚁，坐立不安，便到村口打问儿子去处。人云："出村北而去。拉个长脸，都不敢问。"又有人曰："见其手托腮帮坐于井边树下，抑郁不乐，时而趑趄井侧，问之不答，后整个上午不见踪影也。"媪顿感不妙，急向村北井边望去，但见秋风萧索，孤树独立，昏鸦缩首。哪有一个人影？心内猛地一惊：莫非孩子寻短乎？因为关于落榜生寻短之事，周围时有传出。其母失惊，仓惶回家，越思越怕，不由大声号啕。丈夫问之，周氏略述经过，丈夫也骇愕失色，但只是劝慰妻子。一时，叔侄妇男，围集问候，知事出有因，急拿了绳索，奔到井侧，欲打捞尸体。

却说那寅生本来心中压抑，又蜗居茅舍，久雨忧闷，适因饲畜事一齐暴发，便负气出村，北行里许，见井侧有柳，因雨，柳叶穿金披绿，煞是可爱。柳下有巨石，被雨打得白净洁爽，石旁有几束绿草鲜花，正在绽放，感觉甚美，便据石而坐。时雨后天晴，蓝天如洗，层霞绚丽，方才还是一片怆怀，这时已心情豁朗，想道："年轻人前途光明，人生的道路有千条万条，难道非要一棵树上吊死不成？这是校长一再嘱咐的语言。"一时心胸通畅。时大路上鲜有行人，寅生正展腰欠伸，忽然路上有女声唱陕北民歌："三岁的娃娃亲，十五结了婚。你亲亲我爱爱，咱俩不分开……"回首望之，是一女郎，肩挎一包，姗姗而来。及近，才看清是昔日之同窗叫曹阿慧者，秋风微拂，薄裙轻扬，如细柳生姿；朝霞高升，万种流韵，映照脸颊，美丽非凡。阿慧是曹王庄人，与寅生是邻村，比寅生低两级，和寅生共同复读了一年，也是落榜者，二人意气相投。寅生心情振奋，挥手招呼，阿慧见是寅生，回眸一笑，眉弯秋月，羞晕朝霞，那寅生顿时心花怒放，万种怫郁，顿入云霄。真是：男儿未遂平生志，美人一笑万恼消。阿慧踮足踩泥，寅生接手扶至身边。女问寅生何以在此，寅生道："连下几天雨，心情烦闷，今日天晴，风和日丽，故出来散心。"又问女何作，阿慧道："姨夫染病，妈让我去姨家省视。"路上偶有行人，见有少年男女在一起，便投以怪目。女曰："坐前面河渠，那里无人影扰，省得七言八语的造谣。"二人遂踩泥至河渠边，足下泥滑，二人手手接引，见渠底有一大石，遂坐大石上。河渠丛草丰美，因下了几天雨，河草疯长有半人高，足可没身，草下积水，形成小溪，潺湲有声。天上浮云染霞，河渠堤草铺茵，佳人少年，临水对影。旷野无人，气象静谧，二人隐藏此处，快乐难喻。只蝴蝶蜜蜂，见了阳光，便来了精神，在细草碎花上面飞舞，萦绕二人身边。有一只翠鸟飞来，落在草枝上，随草枝荡来荡去，看着二人，二人略一抬头，小鸟惊飞去了。二人坐卧草中，对着一碧如洗之蓝天，让太阳晒在脸上，心情爽悦，不由得追忆学校，说些壮志难酬的话。寅生道："我以为再也听不到我们在学校时那青春爽朗的欢笑声了，当今天听到你的歌唱时，我又精神一振。"女问："乐乎？"寅生曰："此时忘掉一切，焉能不乐。"阿慧见寅生似乎心中有事，便追问之，那寅生却是言辞闪烁，口唇嗫嚅，女便笑而追诘之。寅生倾吐生平难遂之志："想不到当初我学习那么优秀，今日却如此落魄！"宣泄冤悒，尽诉曲衷，至伤心处，竟然挥泪洒涕矣。而阿慧也不禁泣诉心声。道其从学校回到农村，习性难近，终日被母亲呵斥。少年心性，一时情投意合。二人追述往事，毫无隐讳，时哭时笑，不觉从早至午，俱忘饥渴。二人都没有考上大学，同落寞，同感前程黯淡，同感天涯沦落，面对瑟瑟流水，都在迷惘着。女问寅生有何打算，寅生道："父母整天嫌我睡觉不干活。我也不知道干啥为好。"女也道："我妈听我姨话，整天嚷嚷着叫我出去打工，我想我还没有耍够，我就不去。"寅生道："我看你这几个月长胖了许多。"女道："我妈说我在学校不好好学习，给蹲胖了。事实上是我从学校回来这几个月整天睡到吃早饭才起来，啥也不做，是睡胖了。"寅生道："我妈说我在学校劳神瘦了，回来这几个月我也胖多了。"二人说着，寅生肚子传出咕咕叫声，女问曰："饿乎？"道："不饿也。"女笑曰："勿骗我，已经听出肚子呼饿声也。想今日去姨家已成泡影，何不将礼物取出咱二人吃了。"便取出点心，二人共食之。吃毕，又晒着太阳，书生意气，心心相印，言之不尽。

忽听远处路上，有妇人呼天抢地"儿呀！儿呀！"地奔向井边，有人扶劝之。身后有青年，手提绳索也奔向井边，一时聚集颇多，妇人号嘶不断。寅生骇疑，从草丛中探头窥眺，似乎号者乃自己母亲也，跌绊不已，被人强劝扶回。寅生吃惊，女欲去井边观看，道："好像是谁跳井了，众人将要打捞？"寅生脸红曰："好像是我妈。"忽然醒悟，曰："以为是我跳井了，我得出去。你也回家去吧，防多舌者加盐添醋，乱捏黑白。"女曰："看见又如何，别人爱说让说去。"寅生道："你刚才还害怕别人造谣。"女道："刚才是刚才，现在是现在。"女整衣欲去。寅生叹曰："今日一别，不知什么时候再有如此无忧无虑之会面。"女回头见寅生似乎依依不舍，忽妩媚一笑，对寅生曰："后日黄昏，我们再于井边树下相会也。"寅生受宠若惊，道："我们要经常在此处见面。"女顺着渠底匆匆走去。

原来村人以为寅生投井，前来打捞。已经有青年缒绳井下，忽见寅生自渠底冉冉冒出，背后一艳衣女子却反向而去，众人瞠目错愕，以为显魂，吃惊非常。及走近，确是寅生，才知是虚惊一场，众疑始止。俱埋怨曰："快回去，叫你把你妈能吓死。却钻到河堤下面干什么？"有人戏谑道："娃娃们谈恋爱亲嘴呢，不坐在僻静处，难道坐到十字路口人堆堆里亲嘴？"寅生脸红解释道："没有的事，没有的事。"有人曰："快回去见你妈去，你妈还以为你跳井也。"寅生红脸回走，回忆阿慧那临别一笑，眼窝嘴唇，灿如花朵。寅生甜在心坎，如没事人一般，面带笑容回到村中，村人皆泄气，曰："把你妈能吓死，你还在笑。"早有人告此事于寅生父母："你儿与一女子藏在草窝窝里谈恋爱，谁言其跳井也。"母正不信，而寅生已经跨入门中，母搂寅生哭曰："真个把娘能给吓死。"寅生千般解释，母才破涕为笑，又问："女子何人？"曰："同学耳，与舅家同村子。"

却说那个曹阿慧因未完成母亲交代的任务，心内踌躇，回到村口，已是半下午了。却远远看见母亲一脸怒气，逡巡门口，神情急慌慌的，两个妹子亚慧、小慧却是探头出门看她，神情怪异，却为母亲推进屋里。阿慧心中怔忪，忙规整步态，且行且注，走进院子。母亲见女回，怒情趋缓，还是一脸严肃，问曰："汝姨夫病愈否？"阿慧回答道："姨夫症轻也。"母又问："汝姨在家做什么？"曰："在家纺线，姨还问了你，我说你在家织布。"母又问："你姨给你吃啥饭？"阿慧从容回答："姨要给我做米饭，我止住了，姨只给我下了一碗拌面耳。"女又道："姨家院子柿子树上柿子全熟软了，姨叫我给你捎，我没有捎。"又道："我姨将我送过了小石桥，才回去的。"两个小妹子却从厦屋透眸，掩口匿笑。阿慧心中疑惑，却见母亲提了扫帚，怒道："我看你还如何向下编？"举手就打。姨忽地从厦屋内闪出，阻挡道："甭打她。去哪儿耍了一天，快给你妈说。"阿慧顿时矮了三分，神情惊悚，赧颜彻颈，母又喝问道："说假话还面不改色，怎么现在脸红了？"姨在旁又劝之："给你妈说实话，到哪里去了？还学会哄你妈了。"阿慧才半吞半吐曰："遇见孙家堡村的同学寅生，因彼三年都没有考上大学，在井边郁闷，我怕他跳井寻短，便相劝之。"母亲道："黄毛都没褪净，在学校白蹲了几年，也没考上大学，还有脸劝人？也会劝人？人家孩子在学校都学瘦了，你却在学校蹲膘，蹲得白胖白胖的。"阿慧反驳道："都是你整天叫我做家务，我才没考上大学。"阿慧母亲道："村里有孩子一放学就帮他妈家里地里干活，照样考上大学。你没考上就没考上，还赖开我了。咱人不行就是人不行，甭怪路不平。人家孩子没考上大学，还知道个羞耻，你看看你自己，知道啥叫个羞耻？"阿慧道："人要是都知道羞耻，就没有社会了。再者天下没有考上大学的人多得是，有人想不开，我就能想开。我就怕他想不开，同窗数载，焉能见死不救？"其姨道："你就劝那么长时间？"阿慧眼珠一转道："我本来想要离开，可又想：我一离开，他又要跳井怎么办，我就好人做到底，就陪他说话了。"母亲问："那你把礼呢？"阿慧道："我俩给吃完了。"母亲道："你把礼都吃完了！这值两块钱呢。"举棍欲打，又为阿慧姨所阻。母又问："你有多少话，就说了一天。撂下正事却不做。"女道："救人一命，胜你整天在庙里磕头烧香。我和他说话，又没把丢人事给你做下，为啥把我问来问去？"母道："又反嘴，顶得我心疼。"举扫帚又要打，又为姨阻挡。姨训道："少与你妈拌嘴。"又对阿慧之母道："见别人痛苦能知道关心，乃是大善，好兆头也。"母亲道："一点儿家教都没有的，将来怎么给人做媳妇？我管不了，还是给个歪婆子叫好好整一整。""小心我整她着。"阿慧道。其母说："那就寻个歪女婿叫打去。""小心我打他着。"她妈道："看这嘴厉害的，就是不饶人。"姨道："都是你一手惯的。"母姨二人自是嗔花怨芳，将阿慧教育一番。但阿慧却另有心思，口服心反。原来，阿慧看姨夫是提前相约，过午未至，其姨便寻了来，阿慧母亲也不知其女携了礼物跑到何方去了，正在懊急，阿慧却是回来了。之后，阿慧却是训斥妹子亚慧道："明知妈妈是考验我，你们也不给我通风报信，你们以后都给我小心点。"亚慧辩解道："妈妈挡住我们，不许我们告诉你。"

此后，寅生、阿慧经常月明夜来小水渠边，二人或并坐草丛，或散步堤畔，花前树下，会心会意，情愫娓娓。二人正值花龄，幻想美好，畅谈未来。时政府鼓励青年人创业致富，社会上各种媒介鼓励青年自学。寅生从其他同学处找来许多《致富经》之类的书看，一时来了兴趣，觉得凭自己之智慧可学精任意一门手艺，还可以实现以前的理想。年轻人善幻想，有憧憬，看着，看着，仿佛自己一下子就成了养殖专业户，顷刻间牛羊满圈，鸡鸭成群；一会儿又是满树蓓蕾，花朵绽放，苹果挂满枝头；一会儿又成了民营企业家，西装领带，皮鞋锃亮，车来车往，一派豪势……再幻想其次，做裁缝，做大厨，做美发师不也人生一快？实在不行，在城里开个黑摩托，也能糊口。但想象归想象，无论学什么手艺都需要资金，商于父母，父母却是瞻前跋后，总以手艺为小，屡屡阻止之。关于学养殖，父母曰："光是好听，瘟疫一来，鸡猪死亡一大片，叫你哭都没眼泪。你贷款种果树，可果树刚一挂果，有眼红你的人，一夜之间就把树给砍了精光，周围这样事情可发生多了。银行追讨贷款，你只能东躲西藏，砍树的一时逮不着，先把你给逮了。到时你呼天不应。"关于学裁缝，父母道："谁家男人做衣服，那要女人干啥？你学了裁缝，将衣服裁大了裁小了，你给人家赔不赔？"关于学厨师，父母道："男人整天上锅上灶，那将女人都敬上堂也。"对于理发，其父母更是道："那是啥活儿，如何光想着伺候人的事，如此没有出息，难道咱家上辈子欠了人家的不成？"其父曰："学什么都可以，只是周围没有引进。"寅生道："待有了引进，那就晚了。"其父道："学艺千家万家，挣钱的也就一家半家，大多是混饭吃罢了。"父母只是督促寅生随村人干建筑，学泥瓦手艺，磨砺其性子。泥瓦工在农村是最常见的一门手艺，绝大多数青年都是边干边学。寅生觉得泥瓦匠太土，无动于衷。

　　父母思想给找一对象，或许能改变犟牛性子。况且儿子年已二十，到找对象的时候了，儿子再执拗不听话，但对象还是要找的，不孝有三，无后为大。况且村子一些同龄者已经订婚。想到儿子上次与那个女子谋面之后，稳顺了数日，父母便有此谋。母亲便亲诣娘家，道出来由，寅生之舅沉吟良久曰："此女名叫曹阿慧，上面有两个哥，下面有两个妹，大哥结婚有一年了。他爸三年前死了，家事由她妈做主。此女才思慧敏，容姿轻妙，手脚伶俐，就是嘴快，常与她妈翻辩，而她妈还辩不过。只是她妈吝啬，恐其索彩礼高。再者一旦过门，恐你受此女之气耳。"又道："咱寅生尚幼，我看不急于定亲。"周氏便将寅生如何如何告之，舅点头道："年轻人都是这样逆反。"寅生母亲道："我仅此一子，勿拂其意。只要他们高兴愿意，定了，或许能改变脾气，我日子也能安宁一点儿。"其舅认可，欲联此姻。

阿慧母亲马氏知来求婚是曩日私会者，乃悟道："怪不得那日没去她姨家，原来是私订终身去了。"又悟道："即使私订，也要防止这个傻女子因一时之性给深沟里跳。"便托人打问了寅生情况，和以前女儿告诉自己的一样：诚笃温润，为人本分，在学习上敬业用功，只是运气不佳，才没有考上大学。马氏便向媒人回道："女儿之事，该是女儿做主。只是孩子们眼光短浅，嘴上没毛，说话不牢，家长还要做参谋。"那媒人又来问阿慧主意，阿慧毫不羞涩，当即表示同意。时马氏就躲在窗外偷听，当听到阿慧不假思索地表示同意时，就心中不喜，待媒婆刚走，马氏就扑了进来道："媒人刚给你介绍了大概，你就立即表示同意，也显得自己太不值钱，太轻贱了，你本该拿拿架子，也考问一下对方家境，或者说自己年龄小，先缓一段时间，也显得自己老成稳重，更能抬高自己的身价。怎么能一口就定了。你这样，将来进了人家门，人家都下瞧你了，把你踩在脚底下。"阿慧道："妈妈想得太多，我和寅生是相互了解的，情投意合，绕那些弯子有啥意义。"其母道："自古婚姻大事，有礼有仪，该绕弯子还是要绕的，人在社会上走，就要按社会规矩来。哪像畜生，啥礼仪都没有的，就生了后代。"马氏知女儿心思已经落在了寅生身上，才许之，只是索高彩礼。至此，寅生和阿慧依当地流俗，正式确定了婚姻关系，典正身份也。二人心里高兴，晚间更加频繁约会，水边月下，畅谈着人生美好的未来，畅谈着昔日同学的去向，常至深夜，不忍辞别。

阿慧母亲见女儿常常黄昏而出，夜阑方归，料其与婿约会，屡屡戒之，阿慧却是阳奉阴违。母呵斥之，彼又不听，又不能绳缚柱上。母亲常道："也不嫌累，晚上不睡觉，早上不起来。"阿慧之姨颇是见过世面，又有文化，知道阿慧芳年含春，情窦初开，长辈难以拘管。便向其母曰："怕久之如此，致女心荡，流言蜚语，倒也小事。就怕两个青年火性，一时忍不住，或是好奇而导致出丑，那时就不好收拾了。还是想着如何处置。"又道："女孩一旦掉进情网，就傻得香臭不分，一点儿辨别能力都没有了。父母说啥都不顶用。"阿慧母亲更加着急，阻止不了，只能屡屡警告阿慧道："你乐与女婿在一起，自做自任，但要把握分寸，做到泾渭分明。绝不许给我留下笑柄。"二人幽会还是未减少矣。

适阿慧姨家村中有人在城中开饭馆，欲招人去做杂工，其姨便让阿慧去。阿慧也感到新鲜，兴奋异常，便同意了。母对女叮咛道："你在外面好好干几年，挣一份嫁妆。也是给你两个妹子标一个榜样。咱家穷，我无钱给你好嫁妆，将你养大已是不易了。恩未报，就成了人家人，亏老本矣。"那晚，二人相约于村外。阿慧曰："我将去城里一家饭馆做活，要挣一份嫁妆回来。"寅生道："城里阔气有钱的青年多，诱惑的事情也多，骗子也多。不要上当。"阿慧道："我不是那么好骗的，谁想骗我，我还想骗他呢。"二人相约岁末相会。临行前，其姨也来告诉阿慧，道："你去了城里，城里人弯弯拐拐心肠多，甜言蜜语多，你一定要保持头脑清醒，不准胡奔乱跑。"

阿慧每月将自己的工钱存了起来（那时，一个月的工资也不过四五十元），岁末，阿慧回家。母亲索要工钱。阿慧恐母亲拿去挪作他用，曰："母亲有言在先，此我嫁妆钱，我要积攒。"母亲道："汝小人家，心性不稳。我来给你抬着（代为保管）。"女不得已，悉交于母。母却用在次子结婚上。阿慧心中不乐，其母道："到你结婚时，你哥还要给你陪。"

次年腊月，阿慧从城里回家，却听村中有同龄者结婚，阿慧非常羡慕，也想要结婚。时寅生父母也欲为子婚婆，寅生却雅称太早，自己年幼，反为人笑。及与阿慧相见，阿慧告诉寅生有同学都结婚了，寅生却是嗤笑嘲讽，阿慧怅然惆怅，满脸悒郁。

阿慧本意是想结婚，而婆家却不提及，自己又不便直告媒婆，整个春节，使气弄性，面容不舒展，看这也不顺眼，看那也不顺眼，情结烦躁，在家里时哭时笑，而且晚上还说胡话。母亲究之，却是不答。其母非常疑惑，忖量揣摩，不知何事逆其意。将情况告诉阿慧之姨，那阿慧之姨听了，道："此花痴也。大姑娘多有此症。看到村子同龄者都结婚了，而自己独处闺中，心中郁结，就有此症，一结婚就好了。"阿慧母亲惊讶道："才多大呀，就想结婚。"姨道："今日之娃娃，都成熟得早，和咱们那时不一样。"阿慧娘又道："我还要她给我挣几年钱呢。"其姨道："你光知道挣钱，把娃娃给耽搁大了，一旦再耽搁病了，那就得不偿失了。女大不中留，趁早打发出门，你也少操那份心。"又道："现在女娃的心思，往往都不让父母知道。还是媒人经验大，先叫媒人来私下里问一问，看是想啥呢。"于是，马氏便请来媒人，道："从城里打工回家，和女婿见了一面，就成了这个样子。"媒人经多见广，思想这女子肯定是想结婚了。来到阿慧屋里，私问道："是否女婿欺负你来？给婆说，婆寻他去。"女摇首。媒婆又问："是否嫌女婿不乖？或者彼心中另有他人？"女又摇头。"是否和兄嫂怄气？"女还摇头。媒婆悄声问曰："给婆说，没人听见。是不是看到别人结婚，也想结婚也？"阿慧始脖颈羞红，点首应之。媒婆当即笑曰："好，婆给我娃联络。你只要如此如此，这般这般，从中配合即可。"阿慧始解颐为笑。媒人反过来对阿慧之母亲道："阿慧一切都好好的。娃在外做两年活，你把娃挣的钱全部拿去了，娃手上没有钱使唤。婆婆家今年给买的衣裳不时兴，娃想自己买，手头却是没有钱，就不高兴了。"媒人又道："我劝说道'你公公婆婆就是抠搐人，俭省下来全是你们的。别人又拿不去。你在外边挣的钱，你妈给你攒着。'娃才明白了。"马氏也似乎醒悟了，便给阿慧了零用钱。

媒婆又来至寅生家。寅生父母这几天不断地做儿子的思想工作，叫儿子早早结婚，但寅生还是忸怩着。媒婆进门就训寅生父母道："女方今年二十二岁，该过门了，你们怎么连一句话都没有的，难道非要让女方提出来？那就成倒茬子了。"寅生父亲赶快命人沽酒炖肉，高规待承。寅生母连赔不是，道："近几天一直跟儿子商议此事，那犟牛却是嫌早，怕人耻笑。"媒婆道："嫌早，都不是心里话。就说是娃娃不懂，难道你们大人也不懂吗？"坐定，媒婆道："女方家去年给二儿子结婚了。屋子就那么小，一家人难以转磨得开，二媳妇又不是省油的灯。她妈怕姑嫂之间起矛盾，意思早点将女子起发出门。一直等你家开口，你家却是悄没声音的，难道要让人家将女子送到你屋里吗？"寅生父母只是道歉。媒婆走后，寅生父亲却是督促儿子道："女方家嫌迟了，都寻来了，埋怨咱家不开口。"母亲也说儿子道："今年结婚已经晚了，人家还嫌把女子耽搁大了。这次，是人家女方提出来的，成了倒茬子，叫人笑话呢。"又道："这应该是咱家提出的事，咱家不提，叫媒人又将我和你爸数落了一顿，还说咱家不知礼节。"至此，寅生自是惭愧。

媒婆从寅生家出来，径至阿慧家。阿慧娘急忙又是煎鸡蛋又是蒜薹炒粉条，媒婆诳阿慧母曰："昨日，男方家把我叫去了，说他儿子年龄不小了，今年要人呢。"阿慧母惊讶曰："为何这般早？太突然了。他子比我女仅长一岁。"阿慧在窗外道："不是大一岁，是大两岁。"阿慧母亲对窗外佯怒曰："大人说话，休要插嘴。"阿慧小声道："说我的事，为啥不许我插嘴？"适阿慧之姨在旁边，说道："早点儿抬走算了，也省得你操心。"媒妁也道："人家儿子可是个独苗，你女子迟早是人家一口人。尽早抬走，你也少操心。"阿慧之姨又道："今日社会开放了，娃娃世面见多了，都成熟得早，外面社会引诱又多。娃娃稍有闪失，出了麻烦，你也丢不起那人。"媒婆也道："她姨说得对。大姑娘不敢在家里搁，人大心大，小心砸在手里撂不出去了。"马氏思忖良久，曰："也得给我时间准备。"姨道："少准备点儿，时代不同了，现在的孩子也看不上你给准备的那些陪嫁。就是咱们这辈子人结婚时，娘家陪的东西，到现在都没有用完，就是不搁烂也叫老鼠咬烂了。"阿慧母亲道："你说的也对。娘的心总是在儿女身上，就是怕女儿出门受苦，被婆家瞧不起，才多给陪嫁。"阿慧姨道："再者就是你陪再好再多，现在娃娃也不稀罕，也看不上，更不会报恩，把你还累死累活的，反倒惯得娃娃们不知道去挣了。儿孙自有儿孙福，莫为儿孙做马牛。一切都给他们准备好了，那他们将来干什么？反倒惯得他们大手大脚，不知节俭。"阿慧母道："待我再与女儿商议。"媒婆道："还有啥商议的，姑娘大了，放在家里都是危险事情。嫁出去了，你也不用操心。"

这阿慧见媒婆来了，又听到连她姨都支持自己结婚，非常高兴，一想到结婚的妙处：穿好的，吃好的，学城里人穿雪白婚纱，被多少人看，被别人羡慕。整天和心上人在一起，一同出，一同进，亲口口，拉手手，有说不完的话，太有意思了。过两年还能生一个小娃娃，就如七仙女唱的那样：娇儿生下地，两眼笑眯眯。自己整天抱着耍，亲呀吻呀的，那是多么妙不可言，就像自己现在整天抱着哥哥的孩子一样，看那眼睛，看那嘴唇，多么天真，多么无邪，真是高兴死人了。阿慧想象着，憧憬着，兴奋得难以入眠。

但阿慧母亲越思越想越觉得吃亏，待媒婆走后，便将阿慧叫到身边，道："你婆家今年要娶你。我总觉得你还小，结婚早了对你没有好处。等你再长两年。"阿慧听到妈妈反悔了，还要自己当牛做马地在城里给她打两年工，这是多么地恐怖！兴奋的心情一下子又跌到了冰窟窿中。阿慧反嘴道："不小了，属猴的，不是二十一，都整二十二了。"母亲道："你说话也不害臊。你是个猴尾巴，还想给头上翘。"阿慧又道："什么害臊，我要过我的日子，你在这年龄早都有了哥。"母又佯怒曰："那是啥社会嘛，现在是啥社会。你要今年过门，我啥都不陪。"阿慧道："不陪我也要结婚。把我挣的钱给我，我拿我钱结婚。"亚慧、小慧不由得在窗外笑之。母亲又道："还说你的我的，连你人都是我生的。你急着结婚，也不怕别人笑。你两个妹子可是在外边听着呢。"阿慧道："人生在世谁不被人笑几回。不被人笑，不被人看，那就不成社会了。"果然，亚慧在窗外笑出了声。阿慧母道："汝为长女，该做出个榜样来。你听，两个妹子都在窗外笑你。不怕将来她俩学你的样子。"阿慧道："她们还小，不懂事。我姨都说让我结婚，只有你不同意！""你听你姨话，你又不是你姨要下的。那是你姨害怕你出事。"母亲唤那两个道："听到没，将来可不能学你姐。"俩女跑出来道："偏学！"母亲怒道："你们这三个，一个个都不听我话。"阿慧母又道："怪不得腊月正月都一直哭丧着脸，不喜悦，原来是想结婚。真是女大不中留，留来留去反成仇。好，你既然要结婚，妈也就不留了，那就准备采办陪嫁。"女颜始喜。就这样，经媒婆两边相诳，两家人坐了下来，定在五月一日结婚。其母道："现在开始多吃多睡，在家养膘，结婚也能肥胖好看。"阿慧道："我才不呢！"

但阿慧母亲吝啬。阿慧见母亲给自己之妆奁单薄，坐在母亲身边，又掐指算账：自己挣了多少，能买多少，价钱多少。母亲辄怒，却又无奈。只好置办，彩电洗衣机自行车等俱全，女始破涕为喜。阿慧母笑曰："小冤家，还未过门，就知道给自己掳敛。"回头对另俩女道："你们可不能学你姐，将娘给空里掳。跟饿狼一样。"二女笑道："比大姐掳得还要狠。"阿慧母亲道："真是一群狼。"阿慧对亚慧道："我没有从家里掳。我的陪嫁都是我挣的，你们也给自己挣陪嫁去。"其母亲道："你挣的也是家里的。这里的一切都是家里的。"母亲刚出门，阿慧对亚慧妹道："妈以前总说我唠叨，夸你俩好。我小时候，妈还经常打我，所以我掳之。妈对你俩好，你们可不必气咱妈。"亚慧道："妈也打过我们。"阿慧道："妈打你们少，打我多。"阿慧母亲却突然返了回来，气得跺脚道："手心手背都是肉，哪个舍得打？打你都是教育你。还打出仇来了，记恨在心。都走，走得越远越好，走了都甭回来。"三女俱笑道："还回来。还回来。"母女闲闹，欢乐无常。阿慧母亲常道："这个阿慧，既狡黠，又可爱，整天反嘴，打又舍不得打。一天听不见在身边饶舌，还不习惯。阿慧一旦结婚了，却到哪儿听去？"

及婚后，小夫妻如胶似漆，亲爱綦笃，浃恰欢愉。阿慧姿容仅中，但颇有心计，善解人意，好于调笑，二人又是少年夫妻，女又曲意取媚，夫妻畅惬，非常恩爱。开始家里也较为和睦，但阿慧之性格是舌尖唇利，嘴不吃亏。公公孙学仁又是一个长年在田地中劳作的老实农民，只要有一碗饭吃也就是了。婆婆也是实诚厚道，却是常常和一帮妯娌在一起，婆子们在一起多有议论媳妇之事，那阿慧在众妯娌的嘴上也是评语褒嫚。但公公婆婆见小夫妻两情欢悦，自是不计这些。

下

　　其时，农村非常贫穷，除非节庆，长年不见荤腥。孙学仁为寅生结婚，从亲戚处借了钱，学仁只能每年用桊粮食及养猪的钱来还账。因之家境颇是寒酸，经济捉襟见肘。时政府鼓励人们致富，阿慧夫妻也养鸡养猪，也种植果树，颇有效益，村人多有赞誉，并羡慕之。婚三年，育一女，取名巧巧，三代五口，欢乐无极，光景蒸蒸日上。但务果和养殖却是费心劳神，随着众人一哄而上，利润突降。政府又适时鼓励青年去南方打工，于是中国千万农村青壮丢下犁锄，去了南方打工。寅生的村子也兴起了去男方打工的热潮，确实有人因为在南方打工，盖了楼房，家境一新，风传甚广。这时，村中同龄者促寅生一同去做建筑工，父母也催促寅生去打工，在外边闯一闯，长长见识。寅生也想去看看外面的世界。阿慧不愿让丈夫离开，但恩爱换不来钱财，恩爱不能当饭吃。寅生与妻子一番商议，阿慧也同意寅生去南方打工。那天，阿慧一直将寅生送到了火车站，两情依依，缠绵悱恻，难以分别，阿慧凝眸含涕，嘱咐一番，夫妻洒泪分别。谁知这一分别，竟成永诀。

　　和绝大多数民工一样，寅生做的就是建筑工。打工打工，大多数是青壮汉子在外出力卖苦，和妻子孩子分离，有些可怜的新婚妻子被窝尚未暖热，就要和丈夫分离。丈夫不在妻子身边，媳妇们眼见自己春色凋零，韶华退却，只能悻悻怨恚。惆怅人间世事违，两心同结万里隔。遥天空度寂寞宵，谁让鸳鸯不同栖。夫妻长久分离，有痴心苦等的，当然也有"开小差"的，因而妻离子散之事颇多，这倒是给市场小报提供了素材。农村剩下的多是老人妇女孩子：老叟把犁锄，弱妇打麦谷。留守儿童悲，谁来擦眼泪。

　　寅生去了南方，阿慧携阿巧在家中与公婆过活。那阿慧因为寅生不在身边，也是十分寂寞。每每在街道上看见别人家夫妻欢笑之时，便不由得起万种忧愁，闷坐怆怀，很是无聊，多时唉声叹气。好在阿慧还有女儿整天萦绕膝下，减却了许多烦恼。晚上搂着女儿睡，也就懒惰起来，时有起迟，也不能按时做饭。先前有丈夫在身边的时候，精神非常饱满，态度活泼；现在丈夫不在身边，心里空落落的，百无聊赖，整天惺眼沉迷，似睡不醒，唯有看到如花朵般的漂亮女儿，心中才能迸出火花。先前也懒惰，但公婆知道小两口睡早起迟都很正常，只是在农忙时偶尔向儿子发一阵子脾气，催促一下儿子早起干活；现在儿子不在身边，媳妇就搂着孙女，一直睡到春日射窗，花影映榻，方才慵懒而起，婆子心里就不高兴，有时阿巧都起来到她婆这边玩耍了，而媳妇还赖在炕上，便不禁在外边嘟嘟囔囔，芥蒂生焉。而阿慧也因丈夫不在身边而心情烦躁，悒悒不乐，人也恹恹瘦损，故而不甚招呼公婆，还时不时地发火。翁妪也明显地看到，阿慧为人狡黠，不是一个孝顺媳妇，久之，渐有眉眼。

　　阿慧携女儿阿巧回到了娘家，娘家母亲听了女儿所述婆媳情况，心里甚是忧虑，但还是不断地督促阿慧孝敬姑嫜。其时，马铺子镇有人开砖瓦窑，娘家母亲教女儿道："你在家中多时也是闲着，最好到窑场打工去，村中妇女去窑场打工者也是不少，一月还能挣几十块钱，工资也不算低。再者你与公婆待在一起，天长日久，难免碗碟磕碰，惹起冲突，也不好看。"阿慧早有逃离公婆视线思想，遂回到家中，告诉了公婆，翁妪自是高兴。原来这翁妪也是希望媳妇出去打工，不但能挣个零花钱回来，还能少些妇姑勃谿之丑。于是阿慧将阿巧留给公婆照看，自己去了马铺子镇窑场打工。窑场距村子有十里远近，开始阿慧每天骑自行车来回，但有时刮风下雨，乡路泥泞，不能回家，阿慧就住在工友处。几天见不到女儿，便独自无聊，心如猫抓。时马铺子镇有女学生办了一个幼儿园，女工当中有人将孩子从家里接来，放入幼儿园里。阿慧也怕孩子在老人面前受到娇惯，又怕学不到知识。干了几个月后，便租一小间房，将女儿接了过来，自己白天上班时，将孩子送到幼儿园托管，晚上则将孩子接了回来。后来窑场分为三班轮换，阿慧若是上晚班，不能及时接孩子，则出租房的主人刘老太便将孩子接回阿慧之寓所，并管饭和哄其睡觉，或者和其他女工互相接送孩子。当然窑场管理者尽量安排有孩子的女工上白班。因而阿慧打工还是顺畅的，工资除去母女食耗住宿托管费等，略有剩余。这里许多女工都如此这般生活。当时一切费用都很低廉。

原来马铺子镇很早就开有窑场，主要烧制砖瓦。因管理不善，濒临倒闭，无人问津。后来，镇上有能人王海浪经过考察，发现周围县市乡镇都在大搞基建，对砖的需求量很大，便将窑场承包。王海浪从银行申请资金，购买设备，组织人马，加强管理，窑场运转起来了，生意十分红火。当时政府开窑场，其主旨是为群众解决经济问题，因而用工全是周围村民。虽然劳动强度大，但工资诱人，所以周围村民争相进入。后来，窑场实行三班轮转制，招大量女工来搬砖卸砖运砖坯，用男工来装窑出窑。曹阿慧本是漂亮活泼的女子，一进入窑场，颇是引人注目。和其他女工一样，也是搬砖卸砖运砖坯，八小时无休，中间管一顿饭。日日挥汗如雨，风吹日晒，将一个白里透红的细腻脸蛋，渐渐地变成了粗糙的砖红色。阿慧开始嫌其活累，不想在那里打工，但贪其工资高，思自己多挣些钱，丈夫在外边就少打一天工；再者，自己如果不打工，与家里公婆也易生龃龉；还有，在外边与一群姐妹干活说说笑笑，也能岔开许多烦恼，想此，浑身就来了筋力。干完一天的活，接回女儿，回至寓所，心里畅快，做饭都是带着歌声。夜晚待女儿睡后，阿慧便思念寅生，有时写信于寅生，诉自己的酸甜苦辣，将女儿的甜态憨态诉于丈夫。可寅生在外连一个固定的通信地址都没有，信很难寄出。寅生在南方干的是建筑活，虽有一肚子数理化知识，可在工地还是挥锨拉砖拧钢筋搭架子，泯然众人也，当然是比妻子更累，但挣的钱也多。寅生看到这里有许多有钱人，便暗恨自己无能，害得如花似玉的妻子也去搬砖受苦，于心不忍。

这窑场主人王海浪有表弟叫金自来，自从高中毕业，整天待在家里，好吃懒做，还和父母弄矛盾。好不容易被他妈赶到城里建筑工地干活去了，只干了一月，嫌累，就回家再不去了。人都说是一个二流子，因而在周围无有婚约。父母不能管束，便将其塞入王海浪的窑场来打工，本不指望其在窑场为家中挣钱，只是托王海浪在窑场能约束一下儿子。王海浪早知这个表弟金自来念书不行，还懒惰惹父母生气，遂安排在窑场督工计数，兼做安全保卫巡逻工作，反正不能闲着。此人见众多姑娘少妇由自己驱使，高兴得不知所措。在窑场干活的除男工外，多是四十左右的农村妇女，也有二十、三十的大姑娘小媳妇。这金自来的眼睛光给青年女子那里瞟，哎哟，风景这边独好。金自来之母知儿子在窑场安稳，心中一块石头才始落地。又托王海浪在女工当中给儿子瞅拾一个对象，王海浪慨然应诺。王海浪问金自来在窑场工作数月，可看上哪个女子了，此人便端直道：

"相上了曹阿慧。"常言：漂亮女子招苍蝇，果如是也。那金自来见阿慧生得身姿苗条，与众不同，就以为曹阿慧是一个青春少女，便主动找阿慧搭话。阿慧见金自来有意无意地找自己搭话，心里或许知晓金自来的意思，故而不甚搭理，但那个金自来还是锲而不舍。王海浪便将阿慧进行了解，才知阿慧的女儿都三岁了，其丈夫去了南方打工。王海浪直笑金自来没有眼力，金自来甚是尴尬。王海浪又问金自来除阿慧外，还看上哪个姑娘，彼却道："除阿慧外，对别的女子并未在意。"以后，金自来每每见到阿慧，还是心中痒痒。真是：酒不醉人人自醉，色不迷人人自迷。

燠秋的一日早晨，阿慧寓所的主人刘氏起来，却是看到阿慧的房子门已上锁，心中疑怪：这个曹阿慧，平素若是不上班，就要睡到午饭时间才起来，今日怎么起得比我还早，还将门锁了。又想，或许昨晚没有回来，刘氏本有房子的钥匙，便自己打开房门，却是连孩子都没有了。刘氏想：或许是家中有急事，被家人连夜叫回去了。刘氏心中虽然快快，但也没有告诉任何人，因为房客中就有这样的事发生。到了下午，有女工来唤阿慧一同去上工，刘氏道自己大清早都没见人。于是众人皆认为是阿慧家中有急事，被人连夜叫回去了。那窑场规定工人干一天活，给记一天工，允许请假，若无故旷工，立即辞退，因为后边多少人都等着进来。因给的工资高，众人还是非常珍惜这份工作的，也就不轻易旷工。数日后，有人返回窑场，道："阿慧未回婆家。"众人认为那就是回了娘家，而娘家村子的人说，阿慧根本未在娘家。于是大家都认为：这曹阿慧是失踪了。有和阿慧关系好的姐妹立即告诉了阿慧家里，公婆赶快到阿慧娘家来，却是未见人，双方家里人又来到窑场证此事，窑场管理人员根本不知阿慧失踪之事，只是说道："曹阿慧已经有两周没有上班了。是不辞自退。"家里人一方面紧急报了公安，另一方面赶快打电报叫寅生回家。

于是，公安便调查和曹阿慧在一起干活的女工，虽然事过两周，众人多多少少还能回忆起来。众人向公安道："那天特别闷热，阿慧上夜班，是在凌晨两点换班的。离开窑场时阿慧就走在后面，进村口时没注意到阿慧。""因为大家又累又饿，行走在田间小道上，其时苞谷高深，大家只顾急匆匆地往回赶，也就无人注意了。""在路途中间时，还见到阿慧跟在后面，后来再未见到。"明显的是：阿慧在半路上失踪了。窑主王海浪知了此事，惊慌失措，甚是着急，专门号召众人在沿途苞谷地里寻找，各村打问，却是毫无消息。公安又调查是否有什么男人对曹阿慧有意，调查过程中，见王海浪言语嗫嚅，公安深究之，王海浪便告诉公安："窑场安全员金自来对阿慧曾有骚扰之事，并试图与阿慧进行恋爱，还让我为其说合，只是事没成。"公安问："金自来现在何处？"王海浪道："和曹阿慧同时失踪。"又道："窑场招女工干活，本意是解决其家庭经济问题，可是有些女工朴实却不修边幅，干活期间常常就剥脱了外衣，招风惹火的，青年人往往把持不住自己。"公安赶快找金自来，然而金自来早就没了人影。又查出勤记录，果然金自来离开的日子，正是曹阿慧失踪的日子。又深入调查，有与金自来同宿舍者说道："金自来在阿慧失踪的那天，深夜才回到宿舍，整晚局促，反复不眠，天不亮就走了，再未回来。"又有人反映道："金自来经常跟踪阿慧，欲行不轨。多人知晓。"去了金自来家，金自来父母也不知儿子去向。公安猜想：两个人同时失踪，不是巧合，定有关联。于是，全体出动，到处寻找。找了足有半月，才在城里他原先干活的建筑工地上找到了。当时，金自来正在给砖浇水，公安一拥而入，拷了，金自来一脸的错愕。公安见金自来也是仪度翩翩之青年，不像一个作奸犯科之人，疑而审问："知道为什么抓你？"金自来道："不知道。"又问："你和曹阿慧是什么关系？"金自来便供述和曹阿慧的关系。原来，事情确实一如王海浪所言，金自来心中羡慕曹阿慧姿容。金自来道："我在窑场打工，本想在窑场找一对象。从众多的女子当中，瞄上了曹阿慧是事实，但经过了解，我才知道她孩子都三岁了，此事也就完了。"公安问："难道你没有勾引过她？"金自来回答道："根本没有。我想和她说话，但她对我连个笑容都没有的。"公安追问之："你为什么要离开窑场？离开窑场的那个晚上，你干了什么？"金自来道："那晚，我在窑场门口夜巡，看见阿慧在回宿舍的路上，远远地落在人群后面，似乎身体不爽，我便盯了一阵子，丝毫没有非分之想。后来又看见阿慧钻进玉米地里，我感到奇怪，也跟着钻了进去，想看个究竟，我看见阿慧在地里解手。但阿慧似乎发现了动静，就急急地起身离开了，临走还回头看了我两眼。我怕她认出了我，回到宿舍，一晚不眠。事实上我啥也没看见。心里怕阿慧将此事宣扬，父母一旦知道了，又要骂我。想了一夜，反正我也不在窑场干了，这里干活烦琐时间长，难以休息，工资也低。次日天不明，我就离开了窑场，到我原先打工的地方去了。"公安从建筑工地管理人员那里证实了金自来的口供。又问："阿慧现在人在哪里？"金自来听了，一头雾水。公安又问了一遍，金自来更加懵然，道："她不是在窑场干活吗？"公安冷笑道："她若是在窑场干活，我们就不寻你来了。快讲，你把她弄到什么地方去了？"金自来一脸的惊讶，反问道："她不见了？"公安道："你还装不知道？"金自来道："我就是不知道。"怎么问，金自来还是交代这些，并不断喊冤，似乎确实不知道阿慧之失踪。审问毫无进展，公安又问："你是否知晓其他人看上阿慧并进行勾引？"金自来又交代了是有几个工友对阿慧有非分之想。公安去核实调查，但那只是卑俗之徒嘴上对女性的诨谑。在窑场，许多卑趣下流男子都有口诨癖好。公安判断：金自来与阿慧失踪毫无关联，只好将金自来放了。至此，金自来才知道曹阿慧母女失踪了。

却说那寅生远离桑梓，在南方打工，忽然家中来电报，道是妻子女儿在一夜间不知去向。寅生顿时如万丈高楼一步踩空，火速奔回。一路上心如刀割，五内俱焚，直是懊悔自己出来挣钱，导致妻离子散。步步追恨，一步一悔。一路怊怅，回到家里，发现自家和岳家都冷清无言，只有哀叹。寅生立即去公安那里了解情况，其时事情已经过去两周多了，公安道："正在寻找线索。"又让家人在亲朋处寻找。双方家人在各处亲朋那里打问数遍，毫无端绪。公安也回话："已按失踪人口登记在案。若有结果立即通知你们。"并让两家人也随时查找，若有线索，即来告知。

寅生慌悚，妻子本来性格嬲欢，不耐寂寞，尽管有孩子在身边，难免……寅生心中忐忑，五味杂陈，神气落寞。妻子究竟在哪里？为什么连孩子都失踪了？寅生百思不得其解，独卧床上，眼睛不离墙上那张合家欢大镜框，妻子如盛开之花朵，十分娇艳，而女儿也粉白娇嫩，一家三口其乐融融，现在只剩自己一人。事发在收秋前，现在都是冬腊了，有些村人就议论着阿慧可能随人跑了，父母也随了村人思想：儿媳可能是随别人跑了，娶媳妇的钱算是白花了。而丈母娘家及共同干活的人却不信有此事。寅生本来就性格内向，又逢此不幸之事，总是感觉村人在背后指点嘲笑，行在街上，甚觉不安，更是羞于出门，连地里农活都懒得去干。

挨到春节，还是绝无毫息。寅生父母便要儿子鸾续，而寅生却是执拗等待。父母着寅生之舅来劝解教育，舅道："春节都不回家，那就肯定死心塌地随了人也。"寅生道："她是一个顾家的人，还有孩子，难道她就忍心让自己孩子没有父亲？"舅道："或许是怕吃苦又爱钱，跟哪个有钱人跑了。小报你也看过，多少女人，由于丈夫不在家，寂寞难耐，若是被有钱的花嘴男人一勾引，就跟着跑了。"寅生道是自己想查找阿慧之下落，舅道："公安局是专门找人的，都找不见。你知道多大的世事，整天窝在家里，哪能找到。这又不是逮鸡，你把鸡拘在屋子里，门窗堵严实了，就能逮住。这人在社会上行走，社会大得没边没际，你去哪里找？世上有天天做贼的，哪有个天天逮贼的。周围有媳妇跑了的，家人也不是天天去找，公安局也是调查一阵子就不管了。咱是农民，还要种庄稼吃饭过日子呢，不能为一个女人弄得日子都过不成了。寻人那是公安局的事情。""还是从长计议，重新娶一个女人，再生娃，给你妈你爸一个交代。打几年工，再回来好好地过自己小日子。吃一堑长一智，不要找太嫽欢的女子，咱是土里刨食的人，折腾不起。"寅生道："公安局根本就没有找。"其舅道："公安局没有寻找是有原因的。这是道德问题，管不过来。你往周围看，有不少女人都是莫名其妙地失踪了，几年后，又莫名其妙地回来了，一回来就是离婚，让他人看笑话。"舅有言外之意，说得寅生更加神情索然。连阿慧之母亲也觉得女儿的失踪很是有些蹊跷，开始还不断地坚持，道是："阿慧是我自幼看大的，断不会做出任何伤风败俗事情。等到最后有了结果再说。"可随着时间的推移，阿慧母亲也满腹狐疑："即使随外人跑了，怎么还抱着孩子？究竟跑到了什么地方？都有半年多了，生不见人，死不见尸的。有些女人随外人跑了，暗中还给娘家透个消息，怎么阿慧连丝毫消息都没有的？"而又人言可畏，就连阿慧姨也对阿慧有这样看法，道："我当时就反对叫阿慧去窑场做活，那些地方男人嘴里都没有好话。看见漂亮女人就一个比一个骚，听说那个窑场主人王海浪就是一肚子的花花肠子，不知跟多少个女人有暧昧关系。凡是看上的漂亮女子，都逃不出他的手。最早那是一个造瓦窑，人们私底下叫成造娃窑了，可见是多么乱。"又道："阿慧是自由恋爱的。自由恋爱的女娃管住就好，若是管不住，就容易喜新厌旧，见异思迁。如果丈夫长年不在身边，女娃家正孤独寂寞着，倘若遇见一个比丈夫好的，又有钱又会甜言蜜语的男子，就不安分守己了，就出大事呀。"说得阿慧一家人都感到尴尬，在大街上走路都觉得不自在，在外边说话都没底气，总是觉得别人在背后道黑论白。

　　又一年后，还是无丝毫端兆，在周围人不断的劝说下，寅生渐次耳软，心灰望绝，终于决定重新续一婆娘。父母便求亲戚们为儿子重新物色。适邻村有妇人，未曾生子，丈夫就因车祸而亡，此妇现置娘家，茕独无依。经人介绍，寅生与此妇结成夫妻。寅生发现，此妇细眉安贞，性格绵软淑静，做事说话妥帖稳当，与前妻曹阿慧性格迥然不同。前妻曹阿慧活泼如鸟雀，到处叽叽喳喳，是一个千烦人。此妇和寅生是半路夫妻，因而非常珍惜此婚姻，十分孝敬公婆，和前妻大相径庭。日久，颇得村人赞誉。但寅生心中还是有阿慧。两年后，妻子生下一子，孙家日子又走上正轨。

　　重组家庭后，父母妻子再不许寅生远出打工。十数年间，夫妻二人只在周围打零工，以养家糊口。距村三十里有人种有大片果树，主人经常雇寅生等人在果园里或除草剪枝，或给果子套袋，或摘果装箱。这年秋天，寅生夫妻去果园给苹果套袋。苹果套袋，防药防鸟防虫害，表面光洁又向卖（好卖）。在果园里，遇见一少女，年十六七，俏妙夺目，犹如春苞初露。也是随其母出来给苹果套袋者。休息间，少女爱好，正坐在小溪旁边，对影栉拢头发。其母也在身旁，但母却奇丑，尖颏宽额，两颧薄削，首如飞蓬，四十多岁的样子。想不到如此丑怪的妇人却生了一个花朵般的水嫩女儿。但自古都是子不嫌母丑，母女依依，非常亲密。

　　女子脸上有树枝刮痕。寅生看着看着，忽然感到此女之脸庞相貌，有几分阿慧之轮廓。猛然想起自己也有一女，应是这般年龄了，不知现在何方。回到住地，思绪万千，心有所思，夜有所梦。当晚梦中，只见自己女儿渐渐长大了，出脱成那个给苹果套袋的姑娘。梦醒，越发思虑，莫非此女就是自己的女儿不成？为什么和当年的阿慧那么相像？如果真是自己女儿，那么女儿有了，前妻阿慧也就有了下落。寅生便起了一个心眼。次日，又和那少女在一起给苹果套袋，以便观察询问。少女容止腼腆，不善言语。寅生问其母，才知女名薛春娇，是高岭县马大油坊人，在家无事，便随其母出来打零工挣钱。问为何不念书，女脉脉俯首，微笑不答。其母亲道："念不懂书。"妇人又笑说："还不到十七岁，我出来做活，硬要跟着。说是给自己挣嫁妆来了。"听此，少女满脸羞红，两颊顿如桃花。寅生直感少女命运悲惨，和自己前妻阿慧一样，连嫁妆都得要自己下苦力去挣。寅生忽然感应到什么，嘴里不由说道："阿巧，阿巧，还不回家？"阿巧小时，寅生就是这样在街上唤女儿的。这女孩立即回过头来，淡淡一笑，笑意中，瞬间闪出之神情韵致，绝似自己失踪的女儿阿巧。寅生更加将少女暗中细审，那眼角眉梢，那脸颊笑窝，总有三分像是阿慧。寅生忽然注意到：女子左眼额头上有一道痕，而女儿阿巧左眼额头上也有一道痕，那是阿巧小时在锅沿上磕的，有指甲长。寅生心中惊讶，就悄悄记下了女子的姓名地址。

打工结束，寅生直奔井阳县公安局，道那个女子薛春娇可能是自己的女儿孙巧巧，并说了头上的记痕。公安查阅了先前的案子，时全国正在严厉打击拐卖妇女儿童案件，于是公安立即派员前往高岭县马大油坊村调查，果然这个薛春娇不是这个薛家亲生的，是从三十里外的张店村买回来的，中间人就是张店村的一个妇女邹氏。审问邹氏时，邹氏开始不断遮掩隐瞒，公安穷追不舍，邹氏只好交代：这个女子是她从二十里外的杏李村王氏处抱回来的。公安又找到杏李村的王氏，王氏却是不承认，再三做思想工作，王氏才道：确有其事，但此女是他弟的私生女。追问她弟是谁，王氏道她弟是井阳县马铺子镇的王海浪。公安惊喜：案件又回到了源头。立即调查王海浪，这王海浪正是本县马铺子镇人，当年贷款承包了镇上砖瓦窑，当了十几年马铺子镇窑场场长。后来，政府再不许取土烧砖，窑场就关停了，现在一家人在县城居住。公安立即将王海浪拘了起来，王海浪一脸惊恐，当公安质问王海浪是否有一个十六七岁的私生女时，王海浪更是一头雾水，坚决否认。公安将王海浪他姐押来对证时，那王海浪立即颜色惨淡，汗珠滚落，却还是百般推赖。公安苦致穷诘，王海浪抵抗不过，才承认此女是自己私生子。公安追问："既是私生子，那她母亲是谁？"王海浪不能指出。这时公安已经从血液检测中得知，那个女子的血液正和寅生的血液匹配，而和王海浪的血液不相匹配，这就证明那个女孩就是寅生的女儿，而不是王海浪的女儿。公安又将曹阿慧失踪之案卷复审，阿慧母女就是在马铺子镇窑场失踪的，那时王海浪正是窑场场长。当时调查曹阿慧失踪案件时，王海浪还帮助公安寻找线索，现在的证据却是王海浪将阿慧女儿说成是自己的私生女，并让他姐给卖了。依此，王海浪与曹阿慧的失踪难脱干系。但王海浪矢口不认。公安将王海浪审了几天，王海浪不能熬，才交代了十几年前事情的经过。

这王海浪本是一个人形兽心的家伙。在窑场干活的村民多半是三四十岁的妇女，有男工和一些妇女熟悉，便和她们嘻嘻哈哈，甚至于插科打诨，言语轻佻。

因而窑厂是很热闹的地方。王海浪知道那些妇女的丈夫长年在外打工不回家，那些妇女在镇上租房住着，王海浪常到一些风骚漂亮的半老徐娘租房里去，个别妇女风月心性，丈夫又长年不在身边，花开无人赏，愁苦无处诉，一见这王海浪来关心自己，同情自己，有些妇女对王海浪流泪诉苦，久而久之，产生感情，又见这王海浪仪态轩豁，钱财势力样样齐全，便和王海浪有了暧昧之事，当然王海浪给这些妇女也大有照顾。窑场中还有一些未婚少女，也有长得十分水色的，但王海浪只是看一看，王海浪认为打少女的主意是遭天谴的，对不起自己的良心，因为自己也有一个女儿。

开始，王海浪以为阿慧也是一个青春大姑娘，一者是阿慧显得年龄小，再者阿慧到窑场时间短，和班组的这些妇人不熟悉，因而她干活期间很少玩笑，偶尔听到妇人们这些诨话时，和那些未婚女子一样，就不禁脸红颈赤，只是默默低头干活，显得羞涩可爱，十分诱人。因而被王海浪的表弟金自来垂意，想与之成为对象，并让王海浪为其牵线。这时，王海浪才专意将阿慧审视，发现这阿慧果然是：颜如桃花含笑，眉如柳叶新剪，且体态飘逸。想不到这地方竟有这样姿色的佳人，却和这些村姑粗妇混在一起。真是赞叹金自来有如此眼力。但经过了解，这曹阿慧孩子都三岁了，其丈夫在外打工。王海浪反过来将表弟调谑一番："眼窝在尻子上长着，娃都三岁了，还看不出来。成了笑话。"弄得金自来十分尴尬。王海浪为阿慧惋惜：娇花细柳，却在这里出力流汗。将阿慧与自己先前相好的一一比较，那些人根本不足挂齿。便心生异想，对阿慧起了淫邪之心。借故关怀，常去阿慧寓所，进行挑逗。

这阿慧在窑场干活，妇人之间早就传播着这王海浪对女人怀有不轨之心，因而每当这王海浪来她这里关心生活时，这阿慧都和王海浪保持距离，有所防范。阿慧将王海浪敬呼为叔。王海浪渐渐发现：此女敏捷聪颖，总是有意无意地岔开一些敏感话题，使得自己无从着手。但阿慧每每妩媚一笑，则生辉生姿，王海浪越觉可爱，又见如此纯洁，越发神魂缭乱。每每思考，人身不过一把灰土，人世不过一段浮云，灰土浮云，一个过程，实为虚诞，若是能与这个女人有肌肤之亲，也算这身皮囊没有白来人世一场，死了也不后悔。然而这个阿慧却是狡黠，善于周旋，自己巧取不成，王海浪哀之叹之。

这金自来是从学校出来不久的学生，在窑场干的是督工计数、安全保卫巡逻等杂活，见在这里干活的有些男女满嘴秽亵，毫无忌惮，毫不羞臊，很是恶心。他就看中了腼腆的阿慧，因为阿慧已经有了孩子，而不能与其恋爱，叹惋了一阵，但心中一直暗恋着。金自来经常夜巡，时见阿慧下夜班，意欲搭话，但阿慧不甚理睬，他只能远远看着。金自来自讨没趣，很是失落。这晚，阿慧下夜班回家，由于腹痛如厕，出来较晚，落在人群后面。正好金自来在窑场夜巡，见阿慧孤身一人，金自来上前问候，阿慧随便答应了一声。阿慧走出窑场不远，因内急，觑其左右无人时，进入玉米地里解手。金自来见阿慧钻入玉米地里，自是诧异，急忙走了过去，或许是一时好奇，想要发现什么，也钻进玉米地里，隐在暗陬，企图看个究竟，原来是阿慧在地里解手。当时地里的苞谷正是甩天花的时候，密密匝匝的，金自来的行动弄出了响声。阿慧因为天黑害怕，听身后庄稼似有响动，心生恐怖，便草草地系裙而去，临去，还向后边睃了几眼。金自来吃了一惊，以为阿慧看清了自己，惴惴惶恐，回到宿舍，瑟缩不安，难以入眠，想道：“一旦这阿慧将此事张扬出去，自己又将受辱。还是赶快离开为好，反正也不想在此处干了。”于是，次日一大早，金自来悄然遁去。

阿慧之寓所在马铺子镇最外边，当晚因腹泻，落在众工友后边。回到寓所，早已没了力气，看女儿已经睡了，饭都懒得吃，就脱了衣服，略略地用凉水擦洗了身体，对镜拢了几篦头发，就躺在床上，灭灯就寝焉。没想到那个晚上，这个王海浪也因燠热而不能入眠，正在村外孤坐乘凉，却见阿慧的房子亮了灯光，便想到是阿慧下夜班回家了，不由突发淫心，见周围没有人，便悄悄地蹩到窗外，窗外蒿草有齐胸之深，密密麻麻，正好藏人。王海浪伏草丛中，透窗纱向内望去。见那阿慧仅穿内衣站在镜前，对镜梳栉。那阿慧体态丰韵，由于累乏，更显柔媚，王海浪在外看得眼馋，直是动火。因盛暑溽热，为了能吹到凉爽的夜风，这阿慧早就将床靠窗户放了。阿慧擦洗了身体，拿了灭蚊药对床周围喷，当喷到窗纱时，王海浪怕阿慧看见自己，急忙蹲伏草丛下面。直到灭灯，阿慧都想不到有人伏在窗外偷窥。那晚天气又是十分闷热，阿慧浑身虚汗，大躺床上，只腹部裹一巾焉，一翻身，巾也脱身也。一时，屋里没有了动静，只有阿慧轻微的鼾声。王海浪知道阿慧已经睡着了，便从草丛中站了起来。这阿慧为了凉爽吹风，竟然连窗帘都敞开着，只隔一层防蚊的窗纱，窗外的王海浪看得清清楚楚：明明的月光正照着阿慧丰满的胴体，煞是诱人。王海浪恍惚神夺，本来就是好色之徒，这时就如一只发情的骚狗，不能自控，便试着推了门，门已反锁。但此房却是门窗相连，淫心蛊惑，王海浪用随身小刀割开窗纱，将手从窗外伸入，拉开了门闩。阿慧因为天热劳累，竟然睡若死猪，对这动静毫无知晓。王海浪悄悄溜进屋子，俯身察看，月光明照，只见玉人横卧，诱惑无限。王海浪欲罢不能，便对阿慧身体进行抚摸猥亵。阿慧梦中只是以手拨去，又翻转侧身而眠，突然从睡梦中惊醒，猛的翻身坐起，见身边有高大男人，顿时惊慌觳觫，浑身软瘫。王海浪一下子将阿慧狎抱怀里，强行接吻，阿慧只是胡乱推拒，终因劳累一天，没有吃饭，又腹泻无力，又怕此人杀了她，而被王海浪玷污。王海浪曾以此法玷污过许多女子，开始也有哭闹挣扎的，但事后，大多数女子经王海浪一番温言软语，或者许诺给予照顾，便都默默接受了。今天事后，王海浪急忙屈膝乞宥，道是因酒闯祸，望其饶恕，愿意给予恩惠。而阿慧一脸的惊恐，软瘫在床，只是遮幛身体，不知所之。王海浪便对阿慧进行心理抚慰。一会儿，阿慧从惊诧中清醒，竟然号哭了起来。王海浪一下急了：一旦别人听到哭号声而闯了进来，问清事因，那自己的大脸今后给哪儿搁！瞬间，王海浪想到自己曾因这样的事被处理打击过，倘若此事再张扬出去，以后还有何面目在台上挥手讲话，受群众爱戴？越思越想越感到恐怖，而阿慧又不答应自己的条件，便面目狰狞道："今天事已至此，那就有我没你了。"将阿慧按倒在床，掐脖致死，将尸体用床单裹扎，扛于村外，抛于枯井中，这个枯井距阿慧住处也就百米之遥。整个过程中，阿慧的孩子一直沉睡不醒。事发在深夜，死沉沉的镇子，人们都睡得死沉沉的，根本没人知道。王海浪又思想，阿慧还有一孩子在屋中，便想到做一个阿慧与人私奔的假象，又返回屋里，将屋里面值钱的东西全部搜走，从床上抱起熟睡中的孩子，然后将门锁了，离开了此屋，其时月光静悄悄的，街道也毫无人迹。王海浪将孩子裹在怀里，骑了摩托，来到村外，思想着如何处理，害了？于心不忍。思来想去，连夜奔往五十里外高岭县杏李村他姐家。天明，到了姐家，谎称这个女孩是自己的私生女儿，现在女方不要了，只好自己养，但又不敢抱回家。央求其姐给这个女儿寻个人家，远远地送出去，再不往来。其姐早就知晓这个弟弟在外边有许多寻花问柳的风流艳事，将其骂了一顿。王海浪涕堕潸潸，求姐将孩子给得越远越好，千万不能让家里人知道，否则妻子就要和自己离婚，自己在村人面前将威信扫地，抬不起头，更无颜面在大街上走。其姐答应了，次日，便将这个孩子卖了人家，而不是送了人家。后来，王海浪又将那个抛尸的枯井用土填了。事实上，王海浪扛尸之事并非无人知晓，那晚就有一个老汉也因天热而在村外乘凉，见王海浪扛了一麻袋向村外走去，慌慌张张的，以为是扛了一袋粮食，心中疑惑，事后还向别人讲了。当王海浪填那枯井时也有人疑惑：这个王海浪从不下地干活，怎么今日天不亮就扛了锄头从地里干活回来了？但这些事情都未引起人们重视。那镇子虽然贴有阿慧的寻人启事，因为阿慧非本镇之人，也就无人将阿慧失踪事件与王海浪的异常举动相联系，因而错过了最佳破案时间。公安得知了此事的经过，便叫人起开当年抛尸的土井，果然找到了阿慧的尸体，早已成了一具锈骨，淤在泥沙当中。可怜悲惨，当初一个活泼爱笑、嘴尖舌利的俏佳人，犹如尚未开足的花朵，就被人拦腰掐断，红颜含恨离去，而且还背了十几年的坏名声。至此，村中人才弄清了阿慧的下落，闻者唏嘘，多有流涕。那个金自来知道当初公安抓自己，是王海浪故意评告引导，意在转移公安侦破方向，对王海浪也是十分气愤。

当年佳人已白骨，香消玉殒有谁怜。阿慧母亲哭道："怪不得我每天晚上都梦见我阿慧在水里挣扎，我只知我娃在大难之中，而不知我女儿被人害到井里了，是我娃给我托梦呢。当时没有人相信我的话。""我娃以前说过，人活世上就是叫人笑来了。果然，我娃被人笑了。可怜我娃呀，被人笑了。"寅生之父母也是怆然泪流。寅生已是不惑之年：当年活泼韶华子，而今皤白臃肿翁。寅生将前妻阿慧简单地下葬了，没有哭泣，一个活力四射的青年经了此事，已经麻木不仁了。生活就是这样，可怜无情三尺土，埋了青春妙丽人。寅生欲将自己的女儿阿巧接回来，可那养母却是寻死觅活，号哭不让接，寅生只好将阿巧继续留于那妇人抚养。至此，几家人之生活无大的翻覆，又平静地继续了，只是王海浪得到了应有的惩罚。但只要寅生在静默时，阿慧那活泼慧黠机敏爱笑的形象就闪耀在他的脑海，那是寅生永远的思念，永远的悲伤。

第十卷

郑玉庆夫妻团圆

郑铭砚，眉坞县医院医生，因故谪至横渠镇卫生院行医，其妻刘氏任乡村小学教师。生有一子名玉庆，方六岁，才入小学开蒙。寒假，母亲携玉庆至横渠探夫，一家融融之乐也仅在寒暑两假中。时冬腊将尽，乡村年气浓郁。村镇人家多于此农闲之时，为儿女操办嫁娶事。有妇人至玉庆家，揖庆母曰："明日嫁女，新妇需要男童压轿。我外地人，寓居此镇，亲族人寡。昨日你家小郎子在树下玩耍，较他子温雅慧秀，新妇见了，甚是喜爱，欲请陪伴。"见庆母懵然，妇人又说了一遍，曰："又知你乃积善人家，载恩载德，还是商品粮者，家底殷厚，实欲图个吉利。"又问玉庆曰："明日坐新妇花车、吃酒席，愿意否？"玉庆依母，微笑不答，再问再笑。庆母道："恐小孩淘气。"妇人曰："此热闹事，正要孩童淘气。"庆母遂答应之。妇人又道："本欲再烦你去送新妇，图你是文墨之人，说话能条条在道，受人敬仰，不知可行否？"庆母辞谢曰："实不晓婚礼规矩，对乡约民俗，不知所云。"妇人道："诺。明日让小郎子早起，随车而去。因彼村中有几户人家，皆选明日为吉日娶妇，都争第一进村，说是先进村者为大，虽是鄙俗，也只能入乡随流了。"妇人去。

睡前，母亲为玉庆备好新衣。鸡鸣头遍，母亲将玉庆摇醒，又为玉庆束带系帽，通身绵软一新，引至新妇家。时月色污暗，街道静寂，唯新妇家门前灯光明耀，人声喁喁。迎亲之婚车已到，婚车四面红帏，辕头画烛双挑，画烛上绘有鸳鸯卧水。车前有迎娶新妇之女婿胸戴红花，花下缀有红带，上写：同心同德。新婿正被几青年女子戏耍，此也俗也。昨日那个妇人呼曰："压轿的童子来了。"

有人揭开帏帘，驾车人将玉庆抱于车上，车上已坐有新妇和一女童，并几妪媪，皆为送女傧和娶女傧，人人盛装。新妇更是大红衮边棉袄，也胸佩大红花，花下缀有红带，上写：百年好合。新妇怀中抱有大红包袱。一切都是红色，就连赶车人的鞭梢子上也特意缚了红缨子。玉庆母亲一再叮嘱女傧后，方才离去。女傧给玉庆及女童糖果，二孩童即碰糖果纸作耍，遂熟欢也。新妇母亲对新妇一阵谆谆叮嘱，母女始洒泪告别，新婿牵马，花车缓缓而行。花车后面，又有几男子跟随，名为保车，也流俗也。马蹄锵锵，花车戛戛，玉庆一路摇晃，觉得新奇。至新郎村落，晓色朦胧，却听街道人声喧哗，皆言："看新妇也。"玉庆揭帘而视，眼前门楼红灯高挂，人群纷集，将婚车围裹，多是村姑村妇，争睹新人之风采耳。一时红铧浇醋，爆竹开花，皆绕婚车三匝，才有人端机扶新妇下车，哗声更繁。新妇光艳明媚，被妪媪簇拥中间，至堂前，一对新人对拜，新人两旁皆伴有童男童女，个个艳如花朵，拜毕，众人又簇拥新妇入洞房。窗外、门口犹闻叽喳，时而揭帘将新妇审视，品头论足，多赞其美。俄尔，捧枥侍盥者、掇篌进盒者、挂帘隔风者，皆童男童女，向新妇笑要赏钱。玉庆随那女童，各抱一袱，随女傧们坐床上，床帏自是红罗斗帐，香囊四垂，床上铺有大红龙凤被褥及鸳鸯绣枕，红色浓烈。女傧们因早起，又新房暖和，说了一会儿话，就身子慵倦，要展腰躺卧。见二童甚不自在，便促其下去玩耍。外面天色昏黄，阴云浓密，二童玩至堂前，见桌子上面供奉三代祖宗牌位，烛火煌煌，香雾弥漫。二童站于前面，模仿新人揖拜，自呼曰："一拜天地，二拜高堂，夫妻对拜。"边呼边拜，又携手跑跳而去。旁有观者曰："青梅竹马，两小无猜也。"互相讨问姓名，才知女名叫杨春絮，玉庆也自报名姓曰："郑玉庆。"

早饭毕，听窗外霰声飒飒，人声哓哓，商量欲搭棚苫酒席桌事。屋内，几媪论长道短。见玉庆眼睛瞌闪，眯蒙欲眠，新妇曰："小郎子，丢盹也。"遂并卧炕上。须臾，入梦乡也。那玉庆本来就憋尿，在新地方，因害羞，不随处溺。甫一躺下，便急而如厕，哗哗而爽。忽然梦醒，裤已濡湿，羞愧不堪。女傧摸而问之，才讷言羞告。遂唤人卸裤烘烤。主人家闻之，哗报以喜，曰："新妇床上男童尿，来年抱个小郎子。贵比千金也。"却见玉庆，童颜羞怯，越发可爱也。那春絮见尿于床上者喜，也故溺于床。主人又笑曰："后年再抱一千金耳。真是龙凤临门。"而玉庆与春絮却赤尻炕上，童心无忌，一时，互相踢蹬于被内。至下午，筵席毕，裤也干，又坐车返回。一路雪花，纷纷扬扬，车至横渠镇，却见庆母刘氏正站村口，于雪中候望。有媪告玉庆濡裤之事，相互失笑。

越二年，政府解决玉庆父母分居事，将刘氏安排于横渠镇学校教书。暑假考试毕，玉庆领通知书回，见一少妇立檐下，怀乳一婴，摇而止啼。旁边站一少女，对玉庆注目而视。玉庆俯首趋过，那少妇却招手呼曰："前面小郎子，可是玉庆？"玉庆回身道："正是。"少妇道："不认识大姐姐也？"玉庆凝注良久，摇头曰："不认识。"少妇又问："可认识这位靓妹否？"玉庆转视之，却见少女俯首弄带，满脸羞怯。实是面善，却不忆何处曾有相遇。见玉庆搔头懵懵，妇对少女道："怕羞臊耳。扬起头来，让小哥哥看漂亮否？"少女方才抬头，韶颜着笑，龅齿嫣然。庆觉其可爱，但还是不认识。妇见玉庆注目茫然，又笑之。玉庆怏怏而去，但几回头，瞻望少女，实为其秀美所动也。那少妇只笑玉庆痴。

放下书包，玉庆拿皮球去操场耍，而那少妇也在操场扶子学步，少女在前，手摇玩具，引诱婴儿走路。见玉庆来，少女又是羞晕上颊。那少妇对玉庆笑道："痴郎子，真个不记得也？"见玉庆笑，妇人才道："此乃春絮，我家小姑子，正在换牙，故而笑不露齿。就不认得也！"见玉庆依旧懵懵，又道："不记得前年冬天坐花车送新媳妇事？给我尿了一炕。"玉庆才忆起与春絮赤尻坐炕互相蹬腿事，不觉酡颜，道："你是春絮，考试完否？"春絮腼腆道："考试完也。嫂子回娘家省母，哥让我来接嫂子回家，路上帮助嫂子抱娃。"少妇又问："现在认识我否？"玉庆道："你即当年红袄新妇也。只是胖了许多。"少妇笑，抱子乳毕，交于春絮，叮嘱而去。春絮问："家居何处？"玉庆曰："镇子卫生院里。"春絮又问："父母何作？"玉庆道："父亲乃医生，母亲是本校教师。"春絮甚是羡慕，道："我小学毕业，也将在横渠上初中也。"婴儿身着红裹肚，看见皮球，便伸手挣着要耍皮球，春絮将婴儿站于地上，二人遂与婴儿掷皮球作耍。婴儿才跬步行走，蹒跚而追，一追三跌，追不及，干脆爬着追。婴儿也知是别人和他玩耍，追得非常兴奋，口水直流。至午饭时，妇人又来乳子，继而招呼春絮回家吃饭。妇人抱了婴儿，并摇婴儿小手与玉庆作别，道："若是还想与我家小姑子作耍，可到我村子来，不愁吃住。"玉庆道："我妈不许我走远。"春絮道："下午将回我村也。"玉庆问："还来否？"少女道："每十天半月，嫂子就回娘家一次，我帮嫂子抱娃也。"玉庆道："你来时到我家玩耍。"春絮应诺之。童心相爱，玉庆目送春絮背影消失，犹驻足痴立也。果然，以后春絮每来横渠，即找玉庆作耍。

玉庆父在横渠行医，颇受群众赞誉，政府欲招其回县城医院，官复原职。刘氏为子能上县城中学，也催丈夫回县城。而铭砚却辞曰："坐地行医十几年也，人情尚熟，并置有家业。此地风水也宜。今已心安性稳，恬淡生活，才是本愿。心与闹市无缘也！"那铭砚本乡绅出身，心性雅逸，于院子开有菜园一片，育有葱韭，蹊畔缀以花卉。小院幽静，一派祥润，花叶扶疏，绿翠依依。铭砚手捧岐黄，与古贤请教，解之会之。读书之余，耕耘园中，一享归农之乐，也是人生一快。过着一种深居简出、与世无争的神仙日子，修身养性，逍遥自在，因而不愿回县城。刘氏晓其不可拗回，便只将玉庆转回县城读中学，食宿就在舅父刘唯金家。寒假，玉庆回横渠看父母，母欲核其学业，庆即背若芒刺，忸怩不拿出。母自搜出试卷，看毕，惊曰："何如此低劣！"示之夫，铭砚也怒，训斥之。盖校风不正，玉庆贪玩，而舅父刘唯金又忙于商贾，每日只供玉庆三餐，未能督促玉庆学习，故而学业慌于嬉也。刘氏泣泪流焉："若如此，将来如何能考上高等学府，光宗耀祖？"玉庆知错，低头不敢语。刘氏忧虑之，只催丈夫回县城，但铭砚却峻辞不回。无奈，刘氏只好自回县城老家，亲自陪督子学，故玉庆成绩又升也。

而玉庆更长于歌台表演。适值国庆，县内所有中学挑选歌舞出众的少男少女，在县城第一中学举行歌舞演出，以庆祝祖国生日。台子就搭在一中操场，操场四周全是白杨，树上缚有旗帜，微风轻拂，旌旗猎猎，树叶又哗哗作响。学生按部就位观赏，民众观者颇多。玉庆代表学校唱《歌唱二小放牛郎》。那玉庆圆脸粉红，前发齐眉，双眸灵动，胸飘红巾，白短袖衫扎于蓝短裤中，手持话筒，台中而立，飘逸潇洒，满身朝气。有教师操琴伴奏，玉庆歌声亮悦，声如百灵，聆者如身处涧谷。唱毕，观众鼓掌相谢。轮下一学校表演。玉庆至后台，见有一队少女演员，个个上身雪白短袖，腰扎红裙过膝，双辫撇于后，脸擦胭脂，唇涂朱粉，眉敷翠黛，翩翩若画，正倚侧幕，鱼贯而列。有教师于前面指导。玉庆仔细浏览，教师旁边有一少女，更是脸蛋粉红，颜若朝霞，双眸水灵，正侧耳聆听教师指导。时阳光映照，天大热，女脸颊汗淌，粉质流溢，其师在旁以帕沾额上汗，又敷粉浓眉，叮之嘱之。玉庆似曾相识，不觉注目于女，女见玉庆对自己审视不转，心怪其慢。忽有一少年出现，直呼道："郑玉庆，快归队。"女即回头看玉庆。而台上却报幕曰："下一个节目，由横渠中学杨春絮同学演唱《绣金匾》。"玉庆才醒悟，此女乃春絮也。春絮上台前，故向玉庆回眸一笑，玉庆心跳怦然，不忍离去，犹匿于幕后觇之聆之。春絮模仿民族大歌手郭兰英演唱《绣金匾》："正月里弄元宵，金匾绣开了，金匾上面绣的是领袖毛泽东……"一曲出喉，百噪皆息。唱至"二绣周总理，人民的好总理……"时，声态哀婉，广场上竟有百姓禁不住而唏嘘。曲终声止，观众竟不知矣，只觉余音袅袅，耳边回荡，不啻绕梁。及众悟其早已唱毕，顿时掌声如雷。春絮躬谢欲下，观者呼其再唱一首。有老师来到台子中央，让春絮再唱一首《南泥湾》，并招呼女同学上台伴舞。春絮又唱起了《南泥湾》，声音洪亮，热情奔放，舞台中间更有一排妙龄少女，红飞翠舞，旋如花朵，又赢来一片喝彩。唱毕，至幕后，众师生哗迎之。春絮回首见玉庆犹旁睐未去，似甚爱好。而少女围集，给春絮递巾拭汗，或捉杯促饮，皆称赞春絮歌声清脆悦耳。师也赞其情感饱满，却催促众少女列队，每少女手执鲜花一束，排队出演大合唱。春絮故滞于后，对玉庆小摇手以示再见。玉庆顿时神驰意往。师来寻玉庆，促其归伍，庆且行且盼而去。玉庆站于校队当中，目寻台上春絮，只见众少女依高矮次第站四排，每人手举鲜花一簇，合唱着《让我们荡起双桨》，裙姿随歌声左倾或右倾，形如红花波浪。众少女皆浓妆艳抹，粲如花朵；歌声随节拍或高或低，抑扬齐律。那玉庆在众花朵中专注春絮。那春絮就在前排中间，侧身对观众作节拍领唱，姿容佳妙，颇有风标。及唱毕，观众掌声喝彩，春絮转身点头相谢。

　　玉庆之校队旁于横渠校队，玉庆故缀队尾以待春絮归。果然春絮也缀队尾遥注玉庆，二人目不转睛，却是不敢十分靠近，玉庆向春絮示意离队相会。而众少女牵春絮衣欢笑不去，春絮目寻玉庆。见玉庆早已离去，春絮也就挤出人群，来到玉庆身旁。二人注目澄澄，上下睐之，只觉对方美，两相喜悦。那春絮汗水一蜇，双眼眯缝，笑弯秋月，更显妩媚。正是：豆蔻年华十四三，人间春色最少年。二人若欲有言，欲言而又无从言起，只是凝睇神驰，双目灼灼。庆见春絮粉汗津津，掏帕拭之，问："还渴否？"春絮笑靥曰："不渴也。"春絮问："认出我否？"玉庆道："一时未认出。"忽有观众指曰："此即方才唱《绣金匾》

的女子。"于是众人又将二人围裹中间，相激让春絮再唱《绣金匾》，春絮推不过，随即唱起，玉音传播，声盖操场，众人聆之，立即围集过来。庆母刘氏也来围观，见玉庆在中间，诘之，庆曰："此女子乃春絮耳，幼时在横渠曾与之同学。"春絮见庆母，低头羞涩。刘氏心中喜欢，曰："已出脱成一个大姑娘了，可唤来咱家玩耍。"庆正婉恋不舍，忽有教师满脸油汗来寻春絮，曰："你中大奖也，快去上台领奖。此大县城，勿乱跑，小心丢也。"春絮如飞跑去。一时颁奖结束。各校皆忙于整伍而归，广场上又彩帜飘飘，校旗纷纷。再寻春絮时，其校旗已渺。玉庆怅然，痴痴呆立。

以后，刘氏每督玉庆功课时，玉庆笔下蓦然出现"杨春絮"三字，或吃饭时，玉庆也凝思神往，不言自笑。母又听见玉庆梦中唤春絮之名。刘氏知子情窦初开，故而多从侧旁规其行止。又告于丈夫，铭砚回家严训儿子不可三心二意。玉庆课业繁重，久之思念渐疏，潜心功课焉。及高考，玉庆以高分考取省城医学院，全家欢喜。忽有人自横渠来报凶讯：铭砚因心疾猝发，殂丧也。母子震惊，刘氏忙携玉庆至横渠，铭砚尸已被同事殡殓毕，灵堂搭在卫生院里。老先生为群众爱戴，故而奠念者不绝。丈夫溘然去世，刘氏方寸已乱，只知悲哀，儿子玉庆年轻，尚未经丧事，一切托于舅父唯金掌办。刘氏殡葬完丈夫，将房子里一些物品运回城中，房屋让兄长唯金暂作商用。那唯金对妹及甥异常顾恤。及玉庆学业完毕，即回县城医院工作也。

一年腊尽岁末，尊母叮嘱，玉庆去给父亲上坟。时天气阴晦，见一青年女子也挥涕坟侧，时天将黑，女犹恸泣不去。玉庆痴想：此女怕是要寻短见。不觉动了恻隐之心，上前劝之。女才拭泪止泣，及乌发一拢，乃春絮也。把臂扶起，惊问曰："何悲伤如此？"春絮哽咽道："中秋时母亲去世，托兄长善待于我。兄嫂性贪，欲卖我为商人续弦。此商人行止龌龊，逼死其妻，兄嫂要我续弦，我实是不愿。兄嫂却是巧言令色，屡屡相逼。现在举目无援，故而伏母坟上恸诉耳。"反诘玉庆，庆道："父亲去世五载也。"庆又道："去我家。"春絮问："家有何人？"玉庆道："母亲叮嘱我为父亲上坟，并将在横渠的房子涤扫，贴春联门神等，以增过年气氛。"春絮问："房子还有谁在住？"玉庆曰："平常是舅舅住。舅舅已回县城，不在此处过春节。房中就我一个。"春絮应诺。至横渠房子，庆拨火烧汤，态度殷勤。春絮心神不畅，食甚少。春絮曰："我视你为知心人，故吐实情，切勿以不幸见笑。"玉庆正视道："若此言，则见外也。"女又掩袖呜泣。玉庆本是多情之人，见春絮抽噎不止，赶忙递帕拭泪，安慰道："勿哭，勿哭。何不唱一首《兰花花》，以诉怨苦？"春絮惨笑道："吾宁为梁秋燕，不做兰花花。"于是，春絮将高中毕业后之家事身志，倾心相诉，诉至极处，涕堕如缕。见春絮芳容蹙蹙，抹泪零涕，玉庆于心不忍，又回忆起那个对自己回眸一笑的少女来，思道："春絮如此姣花芳草，其兄却要送于那个粗汉蹂躏？真是：娇花遭冰雹，芳草遇严霜。甚是惋惜。"也不由泪眼婆娑，二人互相拭泪，依偎一起。见玉庆这般怜悯同情自己，春絮很是激动，思想道："我杨春絮有这样的知心朋友，一生足矣。"至夜深，玉庆送春絮回。至此，春节间，玉庆多时来到横渠与春絮幽会耳，两情缠绵，盟誓一生。

　　母催玉庆曰："你今已袭父职，再配一妇，育了儿女，娘有孙携养，也人生一乐。到时，娘闭了眼，至泉下见你父时，也有所交代。"并托玉庆之舅父，在城中遍觅佳偶。而玉庆却赧颜嗫嚅，似甚不安。刘氏疑而追诘，庆才涵述曾与春絮有盟在先。刘氏听了，便鄙其编氓，不屑缔婚，瞋目曰："此你终身大事，何不与娘商议，就轻许之。此女之身份门第何及于你？你父乃一代名儒，你又受过高等教育，纳一愚氓村妇主内，于庭堂有何光彩？"庆又讷言实告："曾与有染，弃之良心不忍。"庆母拍案更怒曰："孽子，无一角红书，就有此丑行，玷污清门，与禽兽何异？而此女在无媒保时，竟敢对尔一呈身，何如此之低贱！况易得之物，绝非上品。"庆曰："彼非愚盲，母亲曾经见过，也是聪慧俊秀之女，只是家境困顿，失去学习机会。难道母亲以我一生之幸福欲换一虚无缥缈之前程？儿实不愿也。"刘氏更怒曰："男子汉不为扬名显祖，却痴情于一村妇，有何出息哉？"一时将玉庆痛骂一通，玉庆不敢仰视。刘氏将此事诉于兄长唯金，唯金先安抚之，曰："今之世道与以往不同也，此儿女情事，无须宽管也。颐养天年，才是正理。"又劝玉庆道："你凭一时之书生意气，拯救一落难女，此情可嘉。若要附为婚姻，就要全面考虑，慎重才是。婚姻乃百年大事，以一夕之欢，一念之间，一时之义，来定百年大事，实不可取。以一夕之欢，一念之间，一时之义，定婚姻者，乃是电影书本上的事情，现实生活，焉能如此！况义气用事，乃不成熟之举。你少年发誓，纯是儿戏，不可被其羁绊，该怎样还怎样。"又道："你尚年幼，稚气未脱，还未进入社会，做事欠深思熟虑，只知按书本上行。当你而立时，方晓长辈之意思深长矣。"玉庆也思自己做事孟浪，愧赧惭怍，进退维谷。

时有县长千金叫锦平者，姿容妖冶，举止佻脱，在县城大街小巷色夺魂魄，留有艳名，因而人称"满县红"。倚父权势，安排在县商贸局工作，任副局长。锦平有一叔长期在中亚做生意，锦平之兄也在其叔身边做事，锦平之所以任商贸局副局长，实是为其家族谋利益。由于工作常走南闯北，见识颇广，因而心高目空。一日，因小恙就医，见坐诊揆腕者乃一翩翩青年，姿质轩俊，气度非凡，真乃阳光美质。遂问其姓名，欲挑逗之。玉庆报了名姓，女闻名惊喜，曰："数年不见，今已挂听诊器也。难怪方才一面，似曾相识。"玉庆反诘之，女曰："我乃锦平，曾在县城中学与你同学，未曾想在此邂逅耳。"庆回思良久，才悟，即与叙谈。女色喜，转盼生姿，问曰："有家室否？"庆回曰："尚无。"女道："好帅哥，难道身后无靓妹追也？"庆犹豫道："母亲管束严格，不许乱交女友。"女更喜，顿时春情洋溢，频传秋波。因有病人来，玉庆又要去诊病，女才恋恋不舍而去。回家路上，细雨霏霏，寒风凄凄，玉庆正缩脖而行，忽然头顶一把红伞，回头看之，只见锦平眸若秋水，笑容灿烂，玉庆心中彷徨。

先是县长见女儿锦平天生娇姿，刻意装扮，常袒露胸背于歌台舞榭，搔首弄姿，哗众炫俏，自己屡屡不能阻止，知其春心已动。县城中有不良青年，到处招蜂引蝶，县长怕女儿误入歧途，为歹人骗奸。便着人为女儿量察东床，然而所选者不是酒囊饭袋，就是花嘴绔绔，多是社会闲杂，个个风流成性又毫无志趣，不但自己看不惯，女儿更是低昂不就。及女儿遇了玉庆，便恍惚神夺，日有凝思，并以同学谊，邀至家中做客。谈笑间，女殷勤臻至，屡投芳波。县长见女有意于玉庆，便将其窥察："此生清秀异众，处事沉稳。确实不凡于众。"又怕其为糠秕枕头，华而不实，便与之谈，以试头角，及见玉庆满口辞藻，含英咀华，县长甚是惊讶，立时遣人查访。回曰："郑玉庆，郑铭砚之子，清族世德，源远流长，门风书香。现秉大学文凭，在本县医院供职。"县长始点头曰："原来贵胄耳，其父满腹书卷，一身礼仪。此子也谈吐文雅，举止有度。颇有其祖之流风遗韵。"又思："我县地域偏狭，人才乏匮，难得如此城府青年，令人仰慕。精金美玉，前途不可限量，将来必成大器。"当即定夺：东床非此子莫属。又责令其女，多习书礼，以匹配玉庆。那锦平自是贪爱玉庆倜傥不群，心中欢喜。

　　原来县长与玉庆舅父刘唯金先前曾有生意往来，一朝登高官，耻与奸商为伍，断了交情。今为儿女事，才唤来了旧友唯金。唯金窃喜，思曰："吾甥仕途单寒，无人扶持。此千载难逢之良机，正可攀附。事成，不光吾甥前景光明，吾也可日进斗金也。"反过来又思曰："若事不成，则吾辈在县城中将无立锥之地也。"不由一身冷汗。将玉庆与春絮事隐匿不报，先对县长将甥美言一番，谄媚曰："此婚绝佳，竭力玉成。"又告玉庆母亲："此诚美事，祖上积德也。"刘氏思虑道："其父在日，曾告诉我，庆儿将来要娶书礼之妇。若配此女，难免有贪权爱势之嫌。"庆舅道："图的就是其父为一县之主，庆儿将来之升迁全在彼两唇之间。"刘氏又观锦平之玉照，曰："此女穿戴媚气，性格外向，眉宇间隐隐含有凶焰，庆儿可能降服不住。又是金枝玉叶，骄矜成性，恐怕还会仗父威拿捏庆儿。"唯金道："庆儿虽然锦心绣口，但秉性绵软，正需一个刚强立柱之中馈。娶此女，正可以振纲纪，挺门户。不然则受人欺负。"刘氏让询诸玉庆，庆思念春絮，心中不忍抛弃。唯金见外甥俯首不语，便唬道："攀龙附凤，乃多少人梦寐之事。此婚县长亲自来求，若不见纳，则为全县人耻笑，那颜面给哪儿搁？暗中稍一施黑，你将终生无抬头之日也。事成，何愁高官不坐，骏马不骑？一旦权势在握，不仅可以呼风唤雨，随心所欲，就是金山银山也可搬回家中。"又催玉庆曰："此女之兄还在国外做生意。家中要权有权，要金有金。过此村无此店也。不可迟疑，迟则生变。一旦他人捷足，后悔莫及。"玉庆不能自缄，折节负义，遂应诺之。月后，则洞房花烛。

　　那春絮一片痴心，萦念颇苦，至五一节，思曰："庆郎必来与我相会。"遂每日逡巡于庆郎横渠之家门。久等不至，怔忡疑怪。斗胆推门入，正遇庆舅唯金，蒙羞询问。唯金诘毕，叱春絮曰："庆儿已有家室，将来还要在人前头走，以后再勿纠缠。尔当自重，不可教坏庆儿。"春絮知事变也，错愕不晓如何，洒泪回家。幽闭深闺，暗自憭慄，愤悒欲死。嫂暗诘之，得真情，曰："那郑玉庆本是富家子弟，岂能托付终身？"其兄性暴，不能隐忍，冒冒失失，寻至玉庆家，辞色悍怒，擂桌发问。玉庆自知理亏，愧怍不敢语。春絮兄长便要毁物碎器。幸唯金至，问明身份，恐此莽汉谣惑邻舍，先劝其冷静，道："就此事，我们已经对他进行了严厉批评。年轻人一时好奇，做了出轨之事，难道还要追究责任在谁？"春絮兄低头不语。唯金又道："你来吵闹，难道还嫌全县人不知道此事么？对二人有何益处？"春絮兄也想：事已不可挽回，自己此作于事无补，况且对方说得有理：一旦传了出去，于己无益，于妹更辱。遂咳叹一声，丧气而回，将妹子一顿骂。春絮懊悔不迭，本是自己身许之事，兄长却要强行溷入，将屎（事）搅臭也。兄长恼怒，与妻商议："何不趁此时将其嫁于商人？"遂强夺其志，要春絮嫁给富商做填房。春絮思前想后，无路可走，也昧心而许。真是：一朵鲜花，却被猪给嚼了。唯金深诫玉庆道："所幸此事锦平父女不知，不然，你又要低头受辱。你今已有贵眷，切不可心猿意马，藕断丝连。心要放硬，少年感情，当一刀两断。"玉庆唯唯。

医院领导本就以为玉庆可堪大用，现又见苞升贵人，越对玉庆逢月有赏，见年升迁，以求阿附。又有那佞谀之徒，寻至玉庆家，对锦平广行贿赂，以求通达。玉庆谨讷不敢受，而锦平却是受而再索。只两年工夫，纳贿数十万，礼积如山。礼物多付于庆舅售之。而县长委决诸事，悉以贿赂定向，蝇营狗苟，道路侧目。锦平终日挥霍享乐。庆母看不惯，厌其行。而玉庆已拔擢僭升为副院长，常被宠邀台上。一时朱紫奕彩，众人仰慕。锦平道："无我，你能有今日？"辄将玉庆摈使之，令其扫榻铺床，端水濯足。玉庆在家形同奴仆，心乖气结。刘氏本是清静无为之人，现在每闻儿子受屈，则是肉颤眉蹙，又见门前恭进揖出，纳贿旋踵，更是心悸不宁，竟成疾也。告于兄长唯金，曰："此非善行，积祸也。"唯金却道："汝乃旧观念，尚须改变。"刘氏愕然。唯金又道："少管此事。只要自己身心宽泰，颐养天年就好。"刘氏只嘱玉庆严拒贿赂，庆曰："此乃锦平事，我不知焉。"庆母道："锦平教养本差，又少庭训。现为你妻，你不指教，反而纵其行丧德事。况且妻若有罪，夫焉能逃脱，全家不安也！"言辞恳切。玉庆乃劝锦平退了贿赂，以防不测。锦平却是嗤之以鼻，道："必是你母耳旁聒噪。吾父却又升迁，我也由副职升为正职也。谁敢动我？我锦平绝非平地卧者！"刘氏叹曰："如此大祸不远亦。"只教玉庆避嚣戒浮，悟涵精业，锐身而退，以防事变。刘氏又道："若其父在世，断断不许玉庆走此婚也。也是我未能阻止，枉对其父也。"后悔不提。

无何，政府打击贪污事，锦平父被收，又追查贿赂，而许多是通过女儿锦平所敛。锦平见事初露端倪，知道一旦深查，自己难免囹圄，便携了巨款，胁迫玉庆出逃。原来锦平兄长知晓父妹有难，便联系蛇头，要锦平夫妻通过蛇头潜出国境，去他那里，又道："那边医生极其稀贵。"因而锦平撺掇玉庆由新疆伊市潜出国境。玉庆踌躇曰："此非久计，只有投案自首才是最好，向政府说明情况，才得宽宥。"锦平曰："投案自首也是身败名裂，携款去国外，我经商，你行医。待案子冷寝，择一风水宝地，过神仙日子，才是正确。"玉庆一时不能把握，思想道："待商于母。"锦平急怒曰："大丈夫处世，何决一昏聩老妪耳？"遂挟玉庆逃，玉庆只好吞声就道。二人风餐露宿，来到伊市，而其兄联系之蛇头也一时不能至，只是急催打款。边境城市法严警密，怕被查验，二人如惊弓之鸟，惴惴不安，夕挪数窝，并日而餐。所过之处草木皆兵，真是度日如年。那玉庆本是堂供瓶养之"物"，从小至大，未历风霜，如何受得这般苦楚？又不惯水土，还被妇人淘虚了身子，便泻痢不止，跌了大膘，羸顿不能行，越思娘亲，对锦平埋怨不止，要其回家。锦平或呵拍劝慰，或怒目训斥。这日，玉庆又思家想娘，便坐路隅，对锦平怨怼不断，要其回返，道自己再不想过这样的日子了。锦平呵拍不灵，便在一旁裂眦相逼，曰："眼见大功告成。神仙生活，就在眼前。大丈夫怎能流泪？如此没有出息！"庆弥望旷野，满目怅惘，垂头不语，却见有二人走了过来，绝似其舅氏父子，玉庆却怪其舅父何以至此？心中不信。及走近，果然是舅氏父子。舅将玉庆熟视良久，问曰："莫非庆儿？"玉庆呼舅及表弟，道："正是不孝甥玉庆耳。"双方似乎不相信能偶遇于万里之外。真是峰回路转，玉庆喜其有援也。

　　舅见外甥神色疲惫，容颜黯败，又这般不乐，惊问道："庆儿为何漂泊此处？又如此形销骨立？"玉庆不觉流泪道："一言难尽。"那锦平站于旁边，神色不安。唯金知玉庆受了委屈，便猜想其中必有故事。忙将二人请至馆舍，玉庆悉述其来龙去脉。舅父叹息不止。玉庆又问舅如何来此地，表弟道："于此地收购药材耳。"舅父叹息道："悔不听你母亲之言，致有今日。"舅深劝锦平曰："犯法是你父之事，与你无有关涉。你回去向政府说明情况，才有出路，你父亲也能得到宽大处理，这也是你父所期望的。再者错不在你二人，你们回去继续你们的工作，别人也不能将你们如何。除此绝无二途。即使你们逃出境外，那里环境陌生，又乏人情，孤零零地生活，哪有什么乐趣！"玉庆赞同，而锦平却是默而不语，显厌烦之色，心里嘀咕道："眼见出境，不受辖制，平地里却冒出此物，横相干涉。"庆舅料那锦平不从己意，乃私对玉庆道："不管锦平怎么做，你要拿定主意。你已错行一步，不能再错下去。又放下家中老娘，于心何忍？"
玉庆道："身不由己。"舅曰："此家庭大事，你当轴处中，该独断专行，何听命于一无知妇人！当断不断，久必生乱。明日速与锦平回，不容她謷。她是你婆娘，就是绑也要绑回。男子汉大丈夫，万事由了婆娘做主，如何掌家？难道真的被女人降住了？你要刚起来。"舅又道："你读了那么多的书，应该是腑脏明澈，站得高，望得远，没想到书却将大脑读浑了。被一个妇人支来搡去的，成何体统。"锦平见二人背己私语，观其神色，以为有谋己之意，便暗中窃听。又见那玉庆表弟身粗气壮，愣目怒视，似要监住自己一般，忐忑不安。深夜又传出三人寻绳索之声，锦平大恐，连夜携款逃也。次日早，玉庆寻锦平不着，直到下午才确定彼单独携款逃也。舅劝玉庆曰："事已至此，不如且回。昨日我费了唇舌，讲那么多道理，她却一言不发，可见早就铁了心肠。"又道："此事与你本无干系，你也不必引火烧身。回去，照样行医。"遂乘车回。唯金一路宽慰外甥，而愈近眉坞，庆愈畏惧。唯金察觉之，路过哑柏，遂将玉庆安顿在哑柏一友人家里，友人开有染布厂，玉庆在里边暂做染工以隐身。

玉庆烦闷无比，一场功名，恍如梦寐；瞬息之间，沦为逃犯；有家不能归，有母不能孝；含一肚子知识，却在此处给人烧水浆布，便不由思念春絮。真是噬脐莫及，懊悔不已。哑柏乃一小镇，隶属周至，以刺绣印染为主业，多有此类贸易。适镇上有幼儿园，贺六一演节目，庆去散心，以抵烦恼。只见台上一个水粉幼女舞唱歌曲《小螺号》，那幼女红衣蓝裤，短小打扮，梳两小髻辫，对着"大海"，时而抹眼前眺，时而努嘴远呼，时而跳空腾跃，时而弯腰旋转，小步轻盈，若飞若扬，将切盼亲人从大海归来之心态演得淋漓尽致。台下一片掌声，看此，玉庆更是思念亲人。演毕，却见那幼女走入人群，扑进一妇人怀里。玉庆不由一惊，那妇人神情焄杰，酷似春絮。心犹不信，便凝眸细眺之，非春絮而谁也？而春絮却目未瞩己。演出毕，妇人引幼女手持红花而去，庆不由尾缀其后。只见那妇人进入镇东头一矮房当中，回头忽见有人睄其后，便踞门问曰："谁家无赖，暗中跟人？"玉庆呼春絮名。良久，妇人曰："我不认识你。"庆欲再言，妇人砰然关门，门口拴有小黄狗，即对玉庆龇牙狂狀。妇人隔窗而呼曰："勿骚扰，快走开！我夫性暴，一旦回家，小心走不脱。"玉庆只好悔恨而去。玉庆来到镇外山上一处高崖，拊膺思曰："我所爱者本春絮耳，却为了一场虚名，不能与之团聚，又有老娘不能奉养，还寄食于他人处。唉！有何面目立于人间，不如一死。"蹀躞四顾，举目皆空。一时想不开，便欲跳断崖耳。原来那妇人正是春絮，早已蹑迹其后，见玉庆欲寻短见，急忙大呼曰："庆郎且慢！"却是迟也。玉庆早已纵身悬崖。其时正是村镇人家晚炊时间，夕烟四罩，春絮下视茫茫，心口不由紧缩。急忙跑转崖下，寻其尸身。至天黑才得尸于涧底。春絮抚尸大哭，却见胸口温热，气息尚存，忙找来当地百姓，送至医院。原来玉庆只是昏迷，被医生救醒，却见春絮在身旁，把袖呜泣曰："是我对不起你，再也无颜见你了。"春絮抚其颊，泣道："痴哉庆郎，何至于此？"玉庆道："本负心之人，今又落魄，死有余辜。卿何相救？"春絮曰："郎为我来，我岂不知？黑瘦如此，春絮焉能不心疼？"二人执手泪流。所幸玉庆所跳乃是土崖，因而未伤及筋骨。医生将皮外伤包扎之，给了药物，令回家调养。春絮曰："回我处。实相告，我并无丈夫，昨日乃考验你。"玉庆只觉翳去明来，心中豁朗。至春絮处，春絮令卧于床，为玉庆煎药熬粥，浣濯衣裳。玉庆犹如流浪汉回到温柔乡一般，动容泣曰："卿之恩情实是无颜承受。"企图挣扎而起。春絮令勿动，忻然展笑曰："大丈夫何做儿女之态？"庆曰："我已走投无路，生不如死，你还如此不记前冤。"春絮曰："你之事，县城遍传，人皆知晓。错不在你，为何溷而逃之？"玉庆哀叹道："一言难尽矣。"春絮曰："我知你性格懦弱，为人所迫。"言此，玉庆委屈大哭，春絮为其拭泪，呵拍令勿哭，道："勿哭泣，大丈夫焉能如此？你且歇息，我当接女儿回。"春絮出，携那跳舞幼女回，对玉庆道："此君之骨肉耳。今已四岁，吾取名庆絮，正上幼儿园。君何能忍心自己骨肉伶仃于人世也？"玉庆道："原来我也有女。"将庆絮搂于怀中。春絮泣述流离之苦，曰："当初，兄嫂强夺我志，逼我嫁于富商。那商人一肚子污泥坏水，胸无点墨，满口亵语，除了有钱，别无他趣。只三天，就不能忍受，连夜逃到此处做刺绣工。半年后，产下此女，实是君之骨肉也。多亏众姊妹相助，帮我渡过难关。今在此处专养吾女矣。"春絮又泣曰："心中酸苦有谁知晓，似你薄情人那样待我，我就不该救你回，喂了野狼野狗才是。但虑到女儿不能无父，才不顾被人耻笑救你回来。"玉庆也为其拭泪，泣曰："吾之过也。昔日亭亭花下人，今日也瘦得有了眉骨。"这时的春絮乌鬓如染，颧骨分明，姽婳美丽，显得沉静成熟。玉庆数日即愈，遂复燕尔。庆曰："能与春絮复居，实是梦寐。"春絮曰：“还想公主否？”玉庆曰：“五年之中，日日都在想我春絮耳。现在永不分离矣。”春絮曰：“浪子回头金不换。”玉庆一家三口团圆也，几天后，玉庆即脱却皴皮，容光焕然。

一日，有妇人至，见春絮床上寝一汉子，笑对春絮道：“几天未至，何就偷一汉子在家快活。”春絮道：“何曾偷汉，此我故夫。曾做几年驸马，类陈世美。今日落难，流离失所。是我从沟渎中救了出来，不然早为狗啃也。”妇人又问：“此物即前日跳崖者？”春絮应诺：“然也。所幸未有大碍。”妇人又曰：“似此辈陈世美者，倒不如喂了虎狼，倒快人心。”春絮曰：“救人一命，胜造七级浮屠。”妇人又笑曰：“更可用来解饥渴耳。”春絮道：“饥渴可解，吾女有亲父矣。”二人相视而笑，玉庆早醒，伪寐若不知觉。春絮附耳唤曰：“已去矣。速起床。”及玉庆洗漱毕，馔盘已举案齐眉也。女工哗至，皆一睹浪子回头之风采，谐语相嘲，揶揄不绝：“好个口甜男子，看着也生得英俊，只怕口不从心。”“还有什么英俊，当年锦绣玉人，而今面无精华，黑瘦如药渣，想是被公主将膏髓吸尽也。”众女大笑。有女子故意劝春絮道：“昔日如花苞初放都被抛弃，今日花瓣凋谢也，此物还可靠否？”又有女子曰：“谁言花瓣凋谢也，才不足三十，正是香浓花艳之时。”众妇人又曰：“吾等今日本要棒打薄情郎，只是见其瘦，权且寄下。以后再做陈世美时，定打不饶。”玉庆赤颜唯唯。

他日，唯金寻甥至，云是庆母病危，要玉庆速回。原来，刘氏自打儿子离开后，就身患沉疴，绵惙不起。刘氏本不佞佛，至此也日日在佛龛前烧香叩拜。及兄长唯金回，传了儿子消息，始放下心来，病势大减。唯金又返哑柏，劝玉庆及春絮一并回。春絮辞不可，曰：“身份不明，难有称呼。”玉庆请携女归，春絮诺。至家中，刘氏见子领孙女回，亲爱无比。刘氏心一喜，病即痊愈也，对儿子道：“你舅已将路铺平，医院领导请你回去行医。”庆舅也在一旁道·“医院领导说此事本不株连于你，只是你性格绵软，才被人挟持也。只要能回来，院领导非常欢迎。”舅又道：“现在医院人才奇缺，你回去没人敢小觑于你。”玉庆曰：“我再也无颜回医院供职耳。”母亲曰：“大丈夫能屈能伸，况此事你也是受害者。你又有技在身，不是靠人吃饭。何惧之有？”玉庆曰：“宁愿与春絮处一起。”舅思考曰：“你可回横渠卫生院供职耳，横渠卫生院也是由县上医院管理，老先生在那里行医二十年，于当地百姓广施恩德，颇有交情，人们至今都在思念老先生。深仁厚德，当馨后裔。"玉庆应诺。庆母道："明日我请春絮回家。"隔日，刘氏亲来请春絮回，自责曰："恨老身当时没有声明一言，致使贤媳、孙女委屈数载，实是老身之过也。今日来，望贤媳速回家中团聚，娱我晚暮。"婆媳相抱而泣，春絮始答应认家门。唯金即在镇上开宴款谢春絮之工友，以报答当初帮助春絮母女渡难关之谊。众工友知庆絮母女一家团圆，也洒泪祝贺。

后来，玉庆携春絮回到横渠镇，玉庆在横渠卫生院做医生。镇上人听说老先生之子回来坐堂应诊，多来一睹其俊逸风采，皆曰："当年耍蛐蛐、玩皮球的庆娃回来了。还和幼时一样腼腆。"郑铭砚生前有老同事，多与庆父交好，也来置酒庆贺，赞玉庆子承父业，又教玉庆秉父遗德，救死扶伤。庆母刘氏也携孙女来横渠居住。瑕不掩瑜，玉庆又成了镇上名医也。后来，春絮又生一子，一家三代五口，融融之乐，不可言喻。

第十一卷

因中秋秀廷结良缘

沣水河畔丽人多，踏草撷花遍堤坡。

长安有孟秀廷，师范毕业后，回乡教书。学校由桥头镇和葛岭村合办，两村一衣带水，村民多有往来。校舍靠近桥头镇，左邻沣水堤畔，教师宿校者寥。秀廷家远，故而住校焉。遥夜迢迢，无以娱乐。只墙外风涛长空，漫夜飒飒，更感孤清无比。常闲步堤岸，朗诵诗书，爽心明志，以抵凄凉。河堤两边杨柳成林，花馥卉芳，秀廷只觉神清气爽，腑脏空明，颇有收益。

中秋前日，斜阳西坠。孟秀廷前往桥头镇，欲买月饼水果，准备中秋回家团圆。见大桥鲜果铺旁，有几妙龄女郎，个个秀裙轻扬，体格爽朗，正叽叽喳喳，也在买月饼梨枣，称是贺其数年一会之雅事。秀廷注目之。既而，群美摆裙下桥，似风飘春柳，趋小径，分花拂叶而去。

秀廷买了月饼水果，匆匆回还。晚饭后，又手捧书本，踏沙堤岸。时夕照如金，半片残阳落入水中，烁沙闪闪，水波滟滟。秀廷下了堤坡，来到蕻草中一树下，树下荫翳静谧，有青石一块，秀廷平素最喜坐在此处，默吟诗词。孟秀廷正在聚精会神，忽听芦苇另一边有笑声爽朗。秀廷抬眼望去，只见下午所遇群美正转过一丛矮树，至芦苇深处，芦苇高与人等，下面草径数分，众佳丽渐没芦苇丛中，丽影消渺，不知从何而去。凝想间，却见女郎们已步出芦苇丛，边说边笑，走向水边。秀廷屏息不敢动，只觑其将有何作。既而，群美来到水边，围坐沙滩，如莲花数朵，中间放置月饼梨枣，席地野餐，煞是风雅。女郎们所言，多思忆昔日韶华岁月、豆蔻时代。秀廷欣羡，心中澎湃。

　　既而，余晖渐收，熏风温煦，宵虫鸣欢，月光之下，河水如练。却听一女云："忆我们昔日同学时，常来沣水之滨，嬉戏玩耍，着实有趣。"又一女道："中学一别，难得相逢，今日佳节，我们不期而遇，岂不天意？胡不再寻童时之欢？"又一女道："今夜月光澄明，照如白昼，堤上芳草，流香溢蕙，夜风拂至，令人陶醉。此良辰美景，莫要辜负。"又一女道："我们几个姐妹难得相聚，人生如白驹过隙，下次聚首，不知何时，所以我们今晚当尽情欢乐。"众女欢应道："好！良辰美景，莫要辜负。今晚一欢，下次相聚不知又是猴年马月，难免不拖儿带女也。"继而，有女子站起走向水边，跷足探水，曰："河水深不及膝，今日晒了一天，温凉可人，正好沐浴。"便耸肩褪裙裾，忽一女惊道："小玲勿狂，快过来。刚说此处清静无人扰，那不是两人走了过来！"众女郎惊悚望去，果然见两条黑影并行而来，正沮丧间，忽听一人唱道："春花秋月何时了？往事知多少。小楼昨夜又东风，故国不堪回首月明中……"小玲喊道："勿怕，是胖墩嫂和秋云姐。"众人立即欢迎上去，道："原来嫂子也有此兴致，我们刚才还提到你。"胖墩嫂道："背地不言人，你们提到我什么？"有女子道："我们说，若你胖墩嫂来了，我们兴致更浓。"众女道："胖墩嫂和秋云姐来，我们更胆壮了。"嫂子道："你们要来河边玩耍欢乐，何不唤我一声？"一女道："知道嫂子有孩子牵挂，特别忙。不知孩子可曾瞌睡？"回道："喂饱乳，睡却也。"秋云道："今晚有缘来相会，明日各自奔东西，机遇难再。我们也童心未泯，特来与众妹妹们一乐。"众女道："嫂子来，我们今晚更要有恃无恐，尽情一玩。"那前者探水姑娘小玲，已泳装立于水中，撩水将臂膊摩挲几遍，道："勿多言，下水也。"便向水中走去。众女郎卸衣褪裙，皆泳装入水中。

　　女郎们先在水中扑腾一阵，继而或互相击水为戏，或在水中追逐奔跑，笑声水花，混成一片。玩耍一阵，嫂子先自坐沙滩上喘了起来，有女子还要拉嫂子下水玩耍，嫂子道："红颜易老，青春不再！自打生了孩子，变得肥胖起来，连走路都笨腾腾的，在水里扑腾不起来了。你们现在正是豆蔻年华，无牵无挂，无忧无虑，所以当速抓紧时光，快去玩耍。"众女见嫂子不下水了，便都集在嫂子周围，或坐或躺。时月辉遍洒，河风轻拂，舒柔无比。那个叫小玲的女子，立于沙滩上，足尖着地，轻舒细臂，自舞起来，姿态婀娜，如行云流水，嫂子击掌作拍，曰："女大十八变，现在个个貌若桃花。看那小玲妹子，玉腰纤纤，好个娇美身段，为何公主太平也？"小玲道："似嫂子这等身体，丰韵饱满，何不站起来做个维纳斯，让我们看看？"众女都道："请嫂子做个维纳斯，让我们来看。"胖墩嫂道："我试之。"嫂子站了起来，自支肢体，做了维纳斯造型，只是比维纳斯更腰肢粗壮、肚轮隆起。众女在旁，为嫂子扶臂正颐，拍手以笑道："珠圆玉润，真是巧匠难雕，连真正的维纳斯也羞惭也。"小玲手忽触到嫂子肋骨痒处，嫂子骤然一跳，坐倒地上，既而追打小玲，却又追不上，一挥手，道："妹妹们，上！"众人道："把我们维纳斯推倒也，该打！"皆奔追过来。小玲便在前面踩着水花，边笑边跑，众女在后面笑着追着，更是水花四溅，追了几个圈子，众人停追。小玲又在前面招手逗之，众人又追。三逗三追，小玲笑得不能跑也，始追及。众人笑而围之，吓得小玲弯腰挥臂推拒。众女将小玲按倒于沙滩上，小玲忙俯身而躺，有女子道："上学时，小妮子最怕人搔她胳肢窝。现在大家也搔她胳肢窝，看她还猖狂不。"众女围着小玲，乱搔肋骨、胳肢窝。稍触之，小玲则笑不可耐，忙以臂夹之。夹左而搔右，夹右而搔左，夹双臂而搔脖窝，痒得小玲缩身打滚，笑泪齐出，只好叫姐叫妹地讨饶。众少女道："叫姑叫姨都不顶用，你方才就是这样对嫂子的。"小玲只好在沙滩上滚来滚去，又逃进水里躲避，众不放过。群芳追逐玩耍，狂态毕露。小玲忽指河岸道："岸上有人窥看！"众女惊恐望去，只见河岸树影，月辉凄迷，黑黢黢的一片，什么也无。小玲见众女慌悚失色，遂又咯咯而笑。嫂子道："休听妮子说。"又将按而搔之。小玲忽指曰："那不是？"众女只顾扭颈望去，小玲趁机锐身而逃。一女道："贼女子，小刁钻，转话题耳。"大家转身又追，小玲见众呵指欲伸，早已笑得浑身瘫软，难以移步。众又追到按下，小玲却又镇定指曰："岸上确实有火光闪烁。我不骗你们。"众女郎道："休听这小刁钻牧童喊狼。"河滩水边，水花乱溅，笑声如铃。忽然岸上呼哨飞烈，风景顿煞，众女屏声望去，果见堰上有几条黑影，在点火抽烟，来回游弋。女郎们顿时惊愣一片，慌得三少女赶忙跑到嫂子身边，伏身喘气，其他女子犹站于沙滩上，仰首傻望。胖墩嫂镇定道："休怕！那是夜行人，继续玩。"

那孟秀廷正"看戏"中，忽闻岸上有吼叫之声，伏草丛中听之，原来是桥头镇几轻薄青年，晚上热骚难以安眠，由寇世炎镇长之子寇得贵领着，在此游荡。听沙滩上有少女笑声，以为情人幽会，遂打呼哨以惊扰之。却吓得众花容月貌蹙伏水中。胖墩嫂犹站于水边，道："小子爱看，让小子看去。老身有啥好看？反正啥也看不见。莫怕他，由他去。休被他败了兴致。"水中女子道："嫂子不怕，我们却怕。"胖墩嫂又笑对小玲道："小玲，何不招手让过来。"小玲故意站起，遥对堰上招手，虚声道："来，来！胖墩嫂要你们过来，和她一块耍。"胖墩嫂即扑打小玲，二人纵身扑入水中，一时大家都伏在水中，偃声息影，遥看岸上几抽烟怪少，犹在踟蹰。忽然，远处传来男子一声断喝："干啥！"只听寇得贵道："我爸巡堰来了，赶快离开。"众怪少遂无声而去。恐怖消失，众女心意松驰，身体倦惰，道："玩得累了。"都横躺沙滩上，四肢展开。仰望天上，只见圆月当空，玉宇无尘。河面柔风徐徐，轻拂身躯，大家俱感体泰舒惬，道："畅快，今个中秋没白过也。"一女道："数年间不曾有此大快乐。我们顺便一洗，准备回家。"于是，众女子又入水中，片刻浴毕，个个走出水面，在沙滩上寻衣穿，其时月光明亮如水，稍远处，水沙不分，迷离一片。女郎们在沙滩上连寻三圈，却是不见衣服。共忆之，分明脱衣于咫尺间，如何就不翼而飞也！众惊疑，猛然悟到什么，尽皆奔入水中藏匿身子，噤声颤抖，似乎歹徒就在身边。那小玲正慵懒浅沙，娇惰不起，忽听众姐妹惊慌乱嚷："衣服不见也。"也尽快钻入水中。有几胆小女子紧紧依偎于胖墩嫂两侧，语颤身抖道："怎么办？怎么办？"就是方才活泼的小玲也面带惊恐之色，牙齿打战地连问："啥事？啥事？"胖墩嫂安慰大家道："休怕！休怕！"惊魂稍定，举目四顾，毫无人影，心中疑惑。月光之下，两岸昧色弥蒙，或许有歹人莽伏草丛，也未可知。胖墩嫂遂虚着胆子喊道："何处大胆儿，敢偷老娘衣？赶快送了出来！"环顾一遭，哪有反应？胆又稍壮，意更恃，干脆呈着胖身，叉于滩上，毫无顾忌，发起泼悍，跳骂道："下流货，无耻东西，将老娘衣物赶快送来。难道拿回去与你娘穿？"孟秀廷愕然，原以为玉颜必有淑性，至此方信：河东狮也存桃花面，下山虎更敷胭脂粉。胖墩嫂吼毕，也钻入水中。众女子见胖墩嫂如此泼悍，完全可以依赖，便都麇集在胖墩嫂周围，抱胸蹲伏。时银河高耿，清辉遍洒，四周静籁；唯水流汩汩，时有小波哗响，微显涟漪，偶有小鱼翻跳水面；而堤岸还是一片黑黢黢的苍茫恐怖。骤然一股凉风袭来，堤上树叶随之摇曳，飒飒作响，众女胆怯，道："难免那黑处不是歹徒之渊薮。"鸡皮起焉。有二女子悔而哭泣："若是有歹徒来，我们这等光景，却又怎么逃脱？猖狂过度也！"小玲却嘘气为大家壮胆道：

"休怕，即使有个把歹徒来，也不能把我们怎样。只要我们遇事不慌就行。"一个女子道："这黑里旷野，谁不心慌。"又一女道："都说不慌，到时强人一来，面目恶煞，谁不害怕，尽皆腿软。谁还有胆量站出来搏斗！"有那大胆者如秋云、春梅却安慰道："不要乱说，现在是清平世界，朗朗乾坤。我们也人多势众。只要能齐心团结，何怕之有？"又道："你们两个是在城里待得久了，电视看得多了，才有此说。咱们这周围全是千年的古村古镇，民风淳朴，哪有这般坏事！只不过是个别乖戾之徒耍一个花嘴罢了。"恐怖渐释。胖墩嫂道："妹子们放心，嫂子自幼爱打架，上中学时，在全校运动会上得过摔跤冠军，将全校男同学打遍了。这张老脸有的是拳脚，即使有个把坏种过来，老身自挡之。绝不让他们伤妹妹们一根毫毛。"春梅小声对大家道："嫂子会扫堂腿，上一回在街道上，一个扫堂腿就把她女婿扫了一跤。"秋云附和着："还有一回，嫂子一个螳螂拳把她女婿脸都抠烂了。""啊，嫂子膘厚得很，还会打拳？"几个女子惊讶。小玲道："嫂子打遍天下无敌手，谁要是敢骚扰咱们，就凭嫂子这一身膘，塌都能把他塌死，我们怕的什么。"众人不由哄笑起来。胖墩嫂不知笑因，又道："到时还不见衣服，嫂子就这样回去取衣服，绝不让妹子们难堪受辱。"并呈着红色泳装，在沙滩上摆臂行军："一二一，一二一，你们看嫂子像不像出操运动员？"连行三圈。众女子见胖墩嫂摇摆那五短身材，不由笑出声来，竟有几个笑得前仰后合，支撑不住。女郎们又集伏胖墩嫂周围，道："反正有嫂子保护着，我们不怕了。"秋云曰："草丛中或有歹徒潜伏，也未可知。嫂子试向草丛扔一把沙子，惊他一惊。"女郎们都盯着胖墩嫂，期盼着。胖墩嫂环顾左右曰："我也不敢向黑处走。"众人见其向后缩，笑道："你不敢向黑处走，谁还敢。刚才你还说多么勇敢，保护我们。"众人将胖墩嫂推出水面，胖墩嫂还想返身回，众女挡拒不让下水。胖墩嫂只好道："我试之。"遂俯身抓起一把沙子，向前方草丛走有十数步，扭着肥腰，狠劲抛之。原来蒿草中伏有宿鸟，为沙一击，扑棱棱地乱飞。众女郎立时吓得魂飞魄散，嫂子"妈呀"一声，遽逃入水中，脸青气促，惊抖不休："吓煞也！吓煞也！"春梅道："休怕。必无歹徒藏伏。若有藏伏，必无宿鸟。"众始信。而胖墩嫂却是吓得口中哕哕欲呕，众女逗之："如何也，就这样回家去取衣服来。"胖墩嫂还道："吓煞也！吓煞也！"小玲拍胖墩嫂之突腹，笑曰："莫非又是行酸害喜？你看这小腹隆隆，不知里面是否又装有猫娃狗娃也。"嫂子道："你一个乳臭未干的黄毛丫头，冰清玉洁的，懂得什么是行酸害喜。嫂子是骤然受惊，心中紧张，就有此作，你还取笑。"旁有秋云道："我看小玲细腰细腿的，跑起来飞快，还是让她回去给我们取衣服吧。"众女又将小玲推出水面，小玲道："我若是这样回，我爸那火暴脾气加封建脑袋，能把我打死。"春梅却道："看你把嫂子气的。你给嫂子舞一段，以代其罚。"小玲便在沙滩上玉臂舒卷，双足浅跳，腰肢似银色水蛇般自如旋转。众人看得如醉如痴，一时都忘了惮怕。反倒只有胖墩嫂，因为要给婴儿哺乳，惦记着回家，道："光顾看，也不想着如何回家。"众女道："有你这老身在，我们怕什么。""你方才许的愿，别想食言，若是食言，我们今后就不跟你耍。"胖墩嫂道："方才我也是逞一时之勇，现在也后悔了。"众人道："你食言，我们将如何？难道就在水中蹲上一宿，等人来救不成？"嫂子道："嫂子穿成这样回，走在街道，被人撞见，岂不笑死。"又郑重道："要我回去也可以，你们众人去那边将羽子叶儿摘一些儿过来，嫂子缚在腰上，装一个原始人，就能回去了。"众人面面相觑，谁敢去那昏黑一片的堤边去掐羽子叶儿。秋云道："我们就这样走回去，怕得什么，游泳运动员不也是这样的。"小玲却边舞边道："大家勿怕，我来给大家变衣服。"边舞边说道："衣服出来了，衣服出来了。"随手一指，众人望去，果然见不远处，皎月之下，一堆碎锦，静静堆在那里。大家抢了过去，纷纷道："方才眼瞽也，只向前走几步，就有了。白让我们受了一次惊怕。"秋云道："我想起来了，咱这衣裙颜色多是轻色白色，和沙子月光混色，所以看不见了，这是老师讲的。"众女郎道："有理。"众女蹬裤套裙、束胸结带。穿毕，又叽叽喳喳，皆云："好个中秋夜晚，数年未有此乐，终生难忘矣。"匆匆而去。

　　那孟秀廷无意中撞见众女郎沙滩嬉戏，心中终觉惭愧。当时寇得贵与众怪少离去，秀廷也欲离去，但岸上时有行人，一旦被人发现，传了出去，岂不有辱斯文，倘若传到校长耳朵，校长肯定批评自己佻荡轻浮，遂又伏了下来。当胖墩嫂靠近草丛时，自己生怕被其发现，又想逃窜，而头顶月光明明，自己一条黑影，突然从草莽窜出，那孟浪之态岂不吓煞了众天真烂漫？自己将罪莫大焉。遂又伏下。直至群芳离去，周围安静下来，才从蒿莱中走出，长出一口气，幸亏未被发现。徘徊周围，似乎余香未散，笑声在耳，姿影犹存。忽然雨声飒飒，秀廷一个冷战，怅惘而回。一宿冥想，翻覆难眠。次日晨，雀声聒噪，蒙眬而醒，忽忆昨晚所携诗书，遗忘草丛，急忙寻找。及至，诗书封面已湿，自是遗憾惆怅。忽然又是朝雨空蒙，悒悒返回学校。却见兄长已在门口等候，曰："佳节喜庆，妈促你早早回家。"遂与兄长回家团圆。

　　自那中秋节后，孟秀廷每至堤岸散步时，常常驻足痴望。但随着春光秋影，岁月流泻，念也渐疏。究竟是少年贪玩心性，孟秀廷特好耍蛐蛐。某日，有葛岭村学生葛小利邀孟秀廷至自家废院内搬砖揭石，寻虫斗草，道是他家后院蛐蛐体大又声音洪亮。孟秀廷欣然前往。从学生家中穿堂过，却见有一红衣女子正坐闺房内，艳射帘外，秀廷心中惊奇。那女子见一行孩子提着蛐蛐瓶罐去后院，其中一大孩子穿戴整洁，与众小厮明显不同，也感奇怪，便趋出帘外，对孟秀廷背影只鄙夷一瞥，不待秀廷回头，即反身入帏。却说师生在后院捉了一阵蛐蛐，然后聚集相斗，孟秀廷养有常胜将军，称为蛐蛐王，与王斗者悉败之。正心意殊得，那虫子忽地蹦出圈外，秀廷屏气欲捉。旁有健鸡，见虫蹦腾，骤扑来啄。秀廷大惊，此虫乃自己毂中之掌门也，斯须间即入鸡滕。怒甚！顿失师道风范：手提一竿，将鸡追打。鸡咯咯乱窜，一时院内鸡犬腾喧。忽然"嚯"的一声，那红衣女子搴帘冲出，手提扫帚疙瘩，劈头呵曰："叫汝念书不念书，整天搬砖掏蛐蛐！"蛾眉剑竖，举手欲挞时，几乎与一青年撞满怀。青年衣着笔整，脸红气促，双眼满是怒火，正翻过墙来追鸡，鞋也丢了一只。少女知骂错，顿时羞晕满颊，慌恐回避，无以自容。那孟秀廷狼狈颇殆，忽仰首见有少女冲己呵斥，窘甚，惶无以对。忙寻鞋穿，忽一学生跟着从墙头翻过，手提一鞋，道："孟老师，给鞋。"秀廷慌忙趿鞋。学生告曰："小玲姐，这是我们孟老师。方才鸡啄了孟教师的蛐蛐元帅。"小玲怒令道："快做作业去！"学生去。秀廷不由发愣："小玲！好熟悉的名字！"却见少女冶容秀骨，风姿袅袅，一脸娇嗔，将自己上下浏览。秀廷猛然回忆起去年中秋夜浴之事，不由张口错愕。而小玲也知自己方才诮呵者乃新来之教师孟秀廷耳，顿时颈项酡赤。见秀廷眉目清朗，对自己狂注不舍，更加尴尬，羞笑道："噢！原来是孟秀廷老师。人传才艺非凡，未曾想人也长得倜傥帅气。就连翻墙姿势都比别人好看。身上土也不沾。"那秀廷见小玲脸带嘲讽，知道自己此时大失风范，窘得耳根彻红，急忙拍土饰谎，道："这个嘛，噢，捉蛐蛐是给学生上生物课，当然要不辞劳苦。"小玲益嘲秀廷自圆其谎，道："噢，耍蛐蛐也是上课？难怪学生娃都爱翻墙挖洞掏蛐蛐，原来是跟老师学的。"秀廷极力解释道："这是生物课嘛，不是耍蛐蛐。你听我讲，这个蛐蛐嘛它属于昆虫科，学名叫蟋蟀，也叫促织。我们要让学生了解蛐蛐的结构、生理、作用价值等等。"见小玲羞笑不信，秀廷又道："不信，我来考你。"倾出一只蛐蛐来，红头红翼，翼上有花纹，翼下有红点，问小玲道："仔细看！公耶？母耶？"小玲凑近，不假思索，抢道："母耶！"喜视秀廷，双目灼灼，以显己知。秀廷却道："错！"小玲迷惑道："长有双尾，红翅有花纹，还有小红点，此即母也。何能有错？"秀廷又问："何为公耶？"小玲抢答道："长有三尾，翅上无花纹者，便是公蛐蛐。"秀廷又道："错！"小玲更加迷蒙，道："你乃老师，何装懵懂？万物一理，哪个男人爱穿红花衣裳？就那小红点，就如女人衣服上的花朵一般。"秀廷笑道："翼上花纹，就是花花衣裳？将蛐蛐和人比较，小儿见识。大错特错。"只几个回合，秀廷就知此女性格明爽，颖悟非常。便对小玲有爱而不舍之意。小玲邀秀廷屋中坐，秀廷问曰："父母何不在家？"小玲道："都去了桥头镇门楼外的小商店中。"秀廷道："原来那个保堂小商店是你家所开。"小玲又虓曰："我父是葛保堂，嘱我在家看守门户，禁止顽童在后院搬砖揭墙。今日却要告我爸，说孟老师带头将后院墙搬了豁口。"秀廷吃惊道："勿说，勿说。"忽听门前有脚步声沉重，女笑曰："父回也。我告去。"秀廷慌急，撤身欲从后门去。葛保堂忽入，见家内有陌生男儿，惊问谁何，小玲上前告曰："是新来教师孟秀廷。今来家访，辅小利功课。"转瞬对秀廷狡黠一笑。葛保堂听毕，极力赞扬，即拱手让坐，十分承迎。对小玲道："既是孟老师，何不奉茶？"小玲笑而去。秀廷冷汗方出，欲离身去。而葛保堂坚止之，曰："正要询问小利功课，何言遽去。"意态良殷，秀廷又坐。小玲母也回，听贵客在家，辅劣子功课，又见秀廷仪度不俗，颇有表率，悟曰："此即是每天早晨在河堰上读书的孟老师吧，贵客，贵客。"即唤小玲一并入厨，小玲不去，斜倚廊柱窃听之。夫妻高兴，以为秀廷来督子功课耳。葛保堂慷慨道："我虽庄稼汉，没有文化。但生平所敬者，乃有才学之人也。孟老师乃饱学之士，今日能来寒舍，顿令蓬荜生辉。能亲聆孟老师一言半语，心也豁朗。"秀廷谦道："不敢当！我年轻，才二十出头，见识尚浅，无甚才学。"葛保堂又道："吾女葛小玲，活泼开朗，伶俐善笑，就是口快，学未成而早辍焉。

吾欲致力于儿子葛小利，将来考上大学，出人头地，也可光耀门楣。"秀廷激励道："小利还要努力。"小玲在旁边道："凭小利能考上大学？大脑混沌，还不如我。别的孩子书越念越明白，小利却是越念越糊涂。光知道吃，吃饱就耍蛐蛐。"小玲母亲道："那小利就要上初中了，还整天提着蛐蛐罐子耍，连饭都顾不上吃。你要多管教。"秀廷道："肯定要管教。家长更要督促完成学校布置的作业。"方呷茶，忽兜内蛐蛐"矍矍"鸣急，秀廷心中慌恐，羞缩不安，脸色紫红，便假装惊悟他事，即起告别，撤身仓皇。坚留不住，夫妻疑惑。而小玲送至门外，小声道："明日来，赔你一只大蛐蛐。"

秀廷喜，回到寓所，思想小玲慧黠可爱，善解人意，就神魂颠倒，不言自笑。但想到昨日翻墙事，又忐忑不安。次日，那小玲早站于门口等候，见秀廷踌躇而至，即招手示其入，道："何来迟焉，叫人苦等？"秀廷诡秘道："看见你爸出门，我才敢来。"问起昨日之事，小玲道："我爸见后院墙砖脱落，将我一顿诤骂。又见弟与一帮小厮，脏得如土猢狲一般，即行撵出，不与饭吃。"秀廷急问道："可曾招出我来？"小玲道："我告了父亲，父亲才悟道：'怪不得他言语唐突，身上还有蛐蛐叫声。'又疑惑道：'人道孟老师温文尔雅，谈吐确实不俗，就是贪耍。可能是一个花花枕头，满肚子糠秕。'母亲接话道：'还一表人才呢！坐没坐相，站没站相，一副猴不志一的样子，已为人师，当不苟言笑，却教小孩翻墙耍虫子。如何为人表率？明日我问他校长去。'"秀廷当时就吓得六神无主，道："糟也！糟也！校长又要批我。"小玲又笑道："放心莫怕，是我打了圆场，我向她们解释道：'那是上生物课。'见爸妈疑惑，我也考他们什么是公蛐蛐，什么是母蛐蛐。他们和我一样无知。我只好给他们讲解了一番，他们似乎不信。后来我又道：'最基本的道理是：雄性动物好斗，雌性动物不好斗。'他们才略有相信。而母亲还是疑惑，道：'男人宽宏大量，女人才好斗。'父亲在旁边说道：'孟老师讲得没错，斗鸡斗牛斗狗就全是公的。'母亲更是疑惑地问：'这老师不教学生认字，却教学生认公母？这对不对？明日我一定要问校长，防止这毛头小子教坏了娃娃。'"唬得秀廷又是脸色如土，道："完了！完了！这校长脑子跟兵马俑一样封建，非要严厉批评我不可。"见秀廷认了真，小玲忍不住"咯咯"笑出声来。秀廷顿悟道："撒谎！诳人！"小玲一笑，娇波流转，酒靥迷人，见秀廷识破谎言，才道："莫怕！莫怕！父母没有问。即使问了，对你这秀才也没有什么微词。"又招秀廷道："过来看，我家母鸡昨日吃了你的蛐蛐，今日我赔你几只大的。"遂至房檐下，小玲抱出一土罐，揭开盖子，秀廷伸头去看，里面果然有许多蛐蛐，却是油葫芦。个个长眉长尾，只身子足有两寸，大圆脑袋，亮晶晶的。见揭了盖子，透了光明，个个精神抖擞，贴罐底乱窜。秀廷笑曰："错也。此乃油葫芦。不会咬仗！"小玲惊愕道："一样的蛐蛐，就是大。"秀廷拿出自己的进行比较，道："是这样的，形体稍小，敏捷灵活。"小玲对比一番，才知是错，本来是用此表功，没想到自己不懂，心中懊丧，便将那些虫子全部喂了鸡。临行，小玲忽问："似你这样领学生耍蛐蛐，在课堂上唬得住学生？他们服你不？"秀廷道："课堂归课堂，焉能不服！"小玲暗笑：不知这个大孩子如何给那群小孩子严肃上课。小玲又道："你明日再来，保证赔你好蛐蛐。"睇波送娇，令人神驰。秀廷知心已属己，顿时癫之狂之。

秀廷又是激动得一夜难眠，次日如约而至，小玲急不可耐地表功道："这回捉了几只蛐蛐，声特大，肯定咬仗厉害。"急忙取出，秀廷一看，又失望道："又错也！这是火蛐蛐。"小玲愕然道："如何又错？分明对的，只是体形小。"秀廷曰："喔喔声急，特洪亮，体稍小，俗称火蛐蛐，实不会咬仗耳。"又对比正常的蛐蛐，小玲细视良久，道："我才明白了，为什么人称那些个子小、声音大、性格急躁的人火蛐蛐。但怎么能不会咬仗呢？"秀廷放几只进入土罐中，丝篾逗之，毫不反应，辄逃避，终无进攻。又试之真蛐蛐，丝篾稍逗，则个个机灵活现，寻仇而攻，见同类如见仇敌，张开血钳，拍响双翅，勇往直前，义无反顾。撕咬一通，难分难解，直至一方被摔了背翻，才挟尾而逃。战胜者欲凯歌高奏，乘胜追击，却被对方诱敌深入，一个回马枪，给咆一蹄子，追者登时人仰马翻。被追者反败为胜，振翼喔喔，欢庆胜利。败者即被秀廷掬于掌内，摇抖再四，复倾入土罐。那蛐蛐被摇得昏懵，见物即攻，更不分辨，就与对方撕拼一起；杀红了眼，不分皂白，连丝篾也张钳狂噬，疯癫也。见此，喜得小玲拍手称快道："妙哉！妙哉！如此痛快！怪不得孟老师爱逮蛐蛐玩耍，原来这样精彩。明日我也加入其中。"那小玲一喜，灿烂如花，嘴角眉梢，满是妩媚，秀廷只觉甜蜜。忽然前门有响动，小玲惊道："我爸回来了。"秀廷又要撤身离去，却见小利一手拿着蛐蛐罐子，一手抹着眼泪，哭啼而回。小玲劈头道："我告诉你，耍蛐蛐输了不准哭。"秀廷赶忙将自己的虫子给了小利，道："输了若哭，不是男子汉。"小玲道："快拿出去耍。"那孩子高兴地去了。二人再续甜蜜，那小玲也贪爱秀廷倜傥不群，时邀秀廷来她家玩耍，二人感情渐深。

冬夜，父母令小玲至镇子守店，小玲殊不愿，噘嘴而去。店中冷清，灯光如豆，手触处，冰凉如水。小玲孤对四壁，殊觉寂寞。长夜漫漫，将如何熬过！忽见前方学校有一窗灯火，知是秀廷所居。兴顿起，趸至学校，憩息窗下，听秀廷正在喁喁哦诗，心中好笑："一个孩子王，还假装深沉，着我吓他一吓。"便叩指弹窗。秀廷惊问之，小玲故意作鬼声凄厉："孟秀廷，还我命来。"秀廷惊悚不敢动。小玲听屋内声息俱冥，不由咯咯而笑。秀廷听出声音，心才放松，忙邀小玲至屋内。原来那秀廷在学校，一到晚上，也只影茕茕，枯寂难熬，唯有哦诗吟词，聊以自慰。小玲翩然笑入，秀廷喜极欲狂，忙捧上热茶，让小玲暖身，又拔炉生火。二人相会，秀廷喜溢眉宇，问之，小玲曰："父亲近日与寇镇长有来往，着我守店。店子冷清，一个人待着，无聊太甚。见你处灯亮，特来耍一会儿。"墙上有条幅，小玲念道："宁静到远，陶冶情操。你还会写大字？"秀廷纠正道："念错也，是宁静致远，陶冶情操。"小玲笑道："不懂，咱文化不行。"回眸见桌上有一副跳棋，曰："下跳棋我保证赢你。"二人遂坐床上弈棋，以度寂寞。秀廷所居屋，虽微而雅，生有火炉，又捂得严实，尽管外面天寒地冻，里面却盎然如春。小玲自感温渥，就赖着不想出去。但夜深，又不能不出，孟秀廷便送小玲回店中，日久情深。

秀廷有一习惯，每出门前，都要对镜自览，以理妆容，晚上也是这般，小玲问之，秀廷曰："为人师表，要有仪有容。倘若邋遢臃弊，学生难以尊重。"这晚，秀廷又要送小玲回，先对镜整衣冠，又以梳栉发，雍容文雅，一脸帅气，忽见小玲在背后对镜努嘴做吻状，秀廷一回身，羞得小玲颈颜皆赤，忙双手捂脸。秀廷一时不能忍，随即双手捧小玲颊，在其俏唇上响吻一下，那小玲顿时愣怔，急忙躲避，憨痴伫立，腮显红晕，抚其吻痕。羞在脸上，却甜在心坎，回思其意，佯装不解。既而却伸颈仰首，娇唇相向，意欲再享。秀廷立晓其情，随即双手捧颊，二人热吻不放，拥在一起，正是郎情妾意。小玲道："我如此殷勤，就是希望与你能在一起。"秀廷道："告诉你，课程中没有教学生耍蛐蛐这一项。"小玲道："我早就知道那是你在诳人。"

一夕，小玲匆匆至，哀告秀廷曰："父欲将我许于寇世炎镇长之子寇得贵。"秀廷听毕，不由手足失措，脸色骤变。小玲道："我一提寇得贵，你怎么如此胆怯？"秀廷道："那家伙长得如鲁智深一般，彪眼一睁，着实令人害怕。"小玲道："我家的店铺就是通过寇镇长才租下的，按理我家非桥头镇居民，是不能租那店铺的。寇镇长和我爸是同学，又是好友，才租下了。"秀廷道："那咱们怎么办？"小玲道："我今日将此事告诉于你，就是想与你一起赶紧想个办法。"孟秀廷道："我立即去你家求婚。"

原来这寇得贵自幼就以格斗出名，且性格乖张，曾因打架被人打折一条腿，是周围有名的半吊子，仗着自己人高马大，整日在镇上寻衅滋事。其父管束不了，思给其配上一妇，或可缚其身心于闺阁之中。便问儿子对谁有意，而那竖子却是垂青于葛小玲。寇世炎知道那葛小玲是葛保堂之女，自己和葛保堂还同过学，颇有交情，便托媒来找葛保堂求婚。保堂也晓寇得贵做事豪横，声名狼藉。虽然鄙其为人，但又贪寇家富厚，而自己的店铺更是通过人家才租下的，不敢却，那媒人又巧言令色，故而保堂醉酒之下便同意了。小玲听后，即暴跳道："寇得贵无德无才，性情暴戾，满身匪气，仗父威横行乡里，全乡的人谁不知道？"又道："那家伙翻开书本是一个文盲，见了美女是一个流氓。难道父亲就看不出？我可不愿意。"小玲母亲也道："那寇得贵从小自大都是跟头趔趄的，劣迹斑斑，极不稳当。"保堂道："嫁谁都一样，幼时捣蛋，长大了或许有出息。说不定将来你跟他还享福耳。"小玲道："跟那人还能享福？不守寡都算好。迟早都是坐监狱的料。"保堂又道："一言既出，驷马难追。为父哪能出尔反尔？"小玲道："要我跟他结婚，除非太阳打西边出。"辞色坚峻，就是不同意。其母也觉不妥。保堂方才后悔。小玲又告曰："自己所爱者乃孟秀廷耳。"父母俱曰："不可乱抛彩球也。那孟秀廷是远近有名的青年教师，你能高攀得上？""多少比你强的女子都追过，没有成，不怕将你抛闪了？"小玲曰："那是向我保证了的。"父母无言。而秀廷又备礼来求婚，保堂夫妻见秀廷姿态文雅，风范不俗，且与女儿真诚相爱，遂夸小玲眼力不错。夫妻商议还是辞掉寇家婚姻。

葛保堂便来知会寇世炎，辞曰："当初未征得女儿同意，就轻许了婚事，而女儿却是不愿意。"镇长一惊，问其为何，葛保堂惭愧道："女儿说是没有缘分。"镇长沉吟道："啥叫个缘分，尘世婚姻，谁跟谁有缘分？说辞罢了。"葛保堂又道："当时酒席桌上，代女儿许了婚事，也是一时醉语。为弟行事草莽，酒昏乱诺，万望兄长见谅。"镇长道："还能挽回否？"彪眼圆睁，盯着保堂，保堂惊怕，将原先准备的话儿咽了回去，道："难！我们再劝一劝。"那寇得贵察知是孟秀廷抢了自己所爱，擂桌怒吼："岂敢虎口拔牙？"立率扈从，直冲学校，兴师问罪。校长上前劝阻，寇得贵怒不可遏，道："少啰唆，速将孟秀廷交出，不然今天就砸了学校。"众教师见寇得贵汹汹而来，即将秀廷藏匿。寇得贵寻仇不见，恼羞成怒，将秀廷宿舍砸毁一空。有曾为寇得贵授课的教师，和寇镇长相欢者，欲平此事，老着面孔去劝自己弟子，道："婚姻自主，不可强求。周围好女儿多得是，何必要在一棵树上吊死？"而寇得贵却是狰狞面目，指自己老师道："倘若再言，连你一齐打。"那老师自掴自脸，尴尬而去。寇得贵临离开学校，扬言曰："迟早要卸孟秀廷一条腿。"悻悻而去。秀廷出，校长诘之，秀廷道："我二人追求爱情，彼欲鸠占鹊巢耳。"校长曰："彼本无赖，又桀骜不驯，岂肯善罢甘休，还会寻你来弄事，你要多多留意。"事情传至孟秀廷家里，兄长火速将其叫回，曰："小玲者，空有一貌，胸无片纸。此女性格外向，行止明颖，颇为惹眼，将来难免是非。娶了，恐误弟之锦绣前程也。"母亲也如是劝："此女我曾听说处事轻浮，何况其父早许于寇得贵也。寇得贵做事蛮不讲理，咱不可与之争锋。"校长也劝曰："从古到今，美女者，素志向，纷意念。你要自爱，慎之慎之！"又曰："现在二选一，一是割断情丝，投身事业，我相信你一定前途光明，会有如花美眷；二是为爱情抛弃事业，远走他乡，避其锋锐。"秀廷道："鱼和熊掌我皆要之，此不矛盾。"校长低头沉思，道："那不可能。对方势大，你惹不起。"秀廷道："那我就要所爱。惹不起，我就躲开。况那小玲者，吾取其慧，非取其美。"校长摇头而去。秀廷执迷不悟，家人学校皆无奈之。

那寇得贵恨愤不平，常隔三岔五地率领几恶少，前来学校踢天弄井，搅扰得课不能开。秀廷忧惶，去见小玲，彼却态度娴雅，毫无忧容，曰："吾正欲观两只蛐蛐为求偶相斗耳。"秀廷促其严肃，小玲依旧坦然自若，反笑秀廷道："是你的，就是你的！别人谁也拿不去。"秀廷道："我在学校，寇得贵常来捣乱，难以教学。我想离开学校，咱俩去南方找工作，听说南边薪资高，你看如何？"小玲颇感新鲜，道："我正想去南边耍一耍。"秀廷道："不是耍，是打工。我们离开此地，寇得贵就不再痴心妄想了。"小玲道："好，让他彻底死心。"秀廷道："你出去之事，还得和你爸商量。"小玲道："你就甭商量，我爸封建脑袋，肯定不同意。"秀廷道："不同意也要商量。"小玲道："世人事业皆为假，儿女情爱才是真。宁死也要做一个并蒂莲。我爸若是不同意，我就学卓文君，和你私奔！"秀廷道："咱们讲清道理，现在去南方打工的人可多了，你爸肯定会同意。"小玲道："你把我爸看高了。"秀廷便将去南方打工一事告诉葛保堂，葛保堂听了，先是一愣，对孟秀廷道："之所以许你婚姻，乃是看重你的才识正适合教学。小玲随你可得幸福安饱，今你抛弃事业，要寄人篱下，过居无定所之生活，你又手无缚鸡之力，能养家糊口不？"又道："你当教师，受人尊重，还是一个稳当有前途之职业。"秀廷道："我在此教学，寇得贵常来捣乱，我不但不能开课，还受人身威胁，影响整个学校的教学。我当教师，工资也低，还不如卖菜的。教师是受人尊重，却没有实惠。"保堂道："若是你出去打工，你就是一个游散的民工，我就不同意小玲嫁给你。"断然不许。小玲也告诉父母自己要和秀廷出去打工，父亲道："你去，看我把腿砸断着。"她妈道："好出门不如瞎在家，在外头困难可多着。"小玲道："有困难我也要去。"她妈怒道："你去，就永远甭回来。"小玲也道："不回来就不回来。"保堂训斥道："还跟你妈反开嘴了。"绝不允许。保堂又对小玲道："秀廷性格懦弱，缺少力气，若出去打工，还不如一个农民工，能成啥大事？那你不如嫁给寇得贵，还能图得安宁。"小玲道："嫁给他只能提心吊胆，还能安宁？要嫁你嫁去，我不嫁。"次日，二人不辞而别，去了南方。事已至此，葛保堂不得不接受现实，又来找校长为其婿将来谋划。校长曰："离职之事，秀廷和我商量过，也是无奈之举。一者避风头，二者是让其在南方碰碰钉子，钱不是好挣的。"保堂再三感谢。校长又道："彼已办了停薪留职，到时肯定回来。此事我惦记在心。"又祝贺曰："郎才女貌，燕侣一双。"葛保堂心中却是五味杂陈，非常忧虑。校长曰："待事稍寝，即可告其回，长久流寓在外，易疏其学业，堕其大志。尤其是沿海一带，商贾云集，脂粉遍地，年轻人易受诱惑。"保堂同意。

与寇家婚姻彻底不成，得赶快告诉寇家，让人家另择花枝，不要再有妄想。葛保堂意欲保留其商铺，便设宴劝镇长父子，道："女大不由父，与人私奔去矣，今日已断父女情。特来负荆请罪耳。往日之交情，概不可因此而蹉跎。"镇长唯唯。而其子寇得贵却怒道："迟早要取孟秀廷性命。"却为其父喝退。后来，葛保堂为婿谋职之事泄于寇镇长，镇长怒其阳奉阴违，立刻收回店铺，将葛保堂逐出市廛。

原来这孟秀廷为人迂讷，又有小秀才心理，平素谨口羞言，对于沿海地带生疏，又自视高雅，耻于趋势，故而或不被用，或大材小用，而其妻小玲却如鱼得水，在市场中略一出手，即被聘为销售。那小玲能言善笑，又口齿伶俐，应酬乖巧，因而老板时常加薪。二人租住民房，生火自食，时小玲腹已娠。由于孟秀廷怀才不遇，常耽耽待售，故而意志消沉。小玲慧而多情又善解人意，知秀廷傲气，心中不乐，为让其开心，即使妊娠反应再重，每回寓所，都是笑态嫣然，秀廷见了，顿觉满室生辉，心中亮堂，烦恼亦消。因而陋室之中，常传欢笑。但还是经济拮据，囊中羞涩。小玲无怨无悔，依然漾笑无忧容。小玲腹渐隆，让秀廷贴耳听胎跳，二人赌枚猜男女。岁末，小玲产一女。二人更是窸窸窣窣，烟熏火燎，为呱呱者揩屎擦尿，整天焦头烂额。孟秀廷秉性高傲，却常寄人篱下，就思想当年的悠闲时光、散步堤岸之情。小玲见孟秀廷整日愁眉酸结，以为嫌己未生儿子，笑劝道："勿怕，来年再生一男耳。保叫咱们儿女双全。"至来年，果生一男，女取名孟媛，子取名孟寅。儿夜嗷嗷，女夜哑哑，晨夕号啼，疲累不堪。稍长，二子则爬抓嬉笑于膝前，二人欣慰无比。时小玲已经辞了工作，在家养子。秀廷在外奔波，工资微薄。二人思念父母，常曰："父母若见二孙如此娇美，不知如何乐笑。"二人总想回家乡，又不知家乡情况如何。一日，小玲在街上偶遇乡人，悉问家乡故事。临别，小玲让乡人回去如此这般告知父亲。那乡人回家，果然如此这般遍告邻里，道是见到了葛岭村的葛小玲。

自小玲走后，葛保堂夫妻日夜思念，多方打听，皆无音信，悲之叹之。三年后，一日，忽传有人在沿海地带见了女儿葛小玲。葛保堂与校长忙去打问。那人告曰："小玲在一小工厂里打工，却被克扣工钱，因而当街哭诉，无人理会。"校长问曰："那孟秀廷呢？"乡人不屑一顾，道："早就被一个野女人勾跑了。"二人惊愕。那人解释道："那些地方有钱人多，确实繁华，那孟秀廷本来就有才有貌，一到那地方，经不住诱惑，瞬间就被一个野女人勾跑了。早丢下小玲不管了。"校长道："可惜一个好苗子，前途葬送也。"保堂急问："那小玲怎么不回来呢？"乡人道："缺少路费！"听此，葛保堂忧心如焚，又详细问确了地址。回家转告了妻子，妻子也满腹狐疑，道："赶快给我把小玲接回来。"按图索骥，葛保堂立即南下寻访。

那小玲见父亲风尘仆仆寻至，笑而迎进寓所。寓所一派寒酸，烟熏儿溺，杂气弥漫。唯有一双儿女，如花朵一般，生机勃勃，又被小玲打扮得光艳明媚，扮靓陋室，见有客人至，载欣载奔，爬抓而来。小玲让呼爷，保堂喜极，双双搂于怀中，赏之不尽，曰："真是吾一双儿女之翻版也。"时孟嫚两岁，孟寅不到一岁，孟寅身无寸缕，皆不认生，萦绕保堂，沿膝爬背，抓糖要果。父识破小玲诡计，小玲笑曰："不如此说，父亲焉能来？"父佯怒曰："浪迹在外，信也不通，真是父母心在儿女上，儿女心在石头上。白眼狼一双。"小玲曰："焉能不想父母！就是怕寇得贵骚扰家里。"父笑曰："此事吾早悔之。你母也想你也。"小玲曰："女也想娘，让娘搬来，正好与我照看儿女，我也能出去打工。"秀廷回，保堂训道："就算小玲不懂道理，不给家里通信，你怎么也不给家里通信？校长都问你几回了。"秀廷着笑无以回答。小玲忙解释道："他工作都是有今日没明日的，没挣下钱，连自己都养活不过，哪好意思通信？"保堂又训女儿道："他不通信，难道你连信都不会写？叫我跟你妈担心。"孟秀廷道："错都在我，与小玲无关。"葛保堂喜告曰："现在寇世炎父子皆因黑社会罪被政府铐进牢狱也。校长催汝回去教学。"小玲拍手称快，二人遂决定回家。当晚，秀廷沽酒炖肉，招待岳父。

春节，孟秀廷在家中设宴补办婚礼并祝全家团圆。小玲父母为孙子孙女准备穿戴玩具一整车。当时的沙滩八姐妹皆各携子，也不期而至，当年芳菲，依然姱容修态。只是当年呼胖墩嫂者，越发气饱肤盈，腰身圆滚，另加了满脸横肉，泛着红光。孟秀廷见之，想起当年其在沙滩上之狂态，不由抿嘴偷笑。众女疑之，曰："素昧平生，何以笑嘲？"小玲道："那年中秋夜晚，我们在河滩玩耍时，彼伏在暗中窥看。"众女跺脚道："尽被他看了。""还偷了我们的衣服，害得我们差点儿在水里蹲了一夜。"孟秀廷道："没有偷衣服，是你们自己眼花没看见。我想看看嫂子是怎样走回去给大家取衣服。"胖墩嫂道："该打！"于是众姐妹将孟秀廷追打取笑，孟秀廷边跑边笑，道："谁叫你们放浪形骸？"众女不饶，孟秀廷抱头鼠窜道："其实，我啥也没看见。"众女曰："看见了还了得。""看见了更该打。"继续追打。老校长也携聘书前来贺忱，招孟秀廷回校任教耳。全家一时乐极。小玲则手拍串铃，蹈足旋裙，率子女歌之舞之。歌曰："中秋佳节月正圆，沣水女儿戏水边。我儿堤边折杨柳，挽个圈儿套春风。"孩子们随后也歌之舞之，母亲们拍手相和。两亲家见一双儿女粉雕玉琢、仪度丰美，皆抢着养育。

后来，孟秀廷依旧教书。至老校长退休，孟秀廷即被任命为校长。小玲在家抚育儿女，一家其乐融融。孟秀廷常率妻子缓步于沣河堤岸，遥忆当年众女郎戏水之处，感叹时乖命蹇多年，却换来如花美眷、一双儿女。虽事业无大成，但绝世姻缘，人人羡慕，沦为乡邻美谈，也人生一快耳！

第十二卷

董省明莫辨孪生妻

董省明，上初中时，其姐董佩英在一个叫阎家堡的村子做下乡知青。暑假，于城内无着，有纨绔子弟勾之，父母怕子染不良习气，便要佩英将其带到乡村去吃苦学农，于广阔天地中增长见识。但省明却是不愿去。佩英便诱惑之："姐住的小屋有一燕子窝，窝内有四只雏燕，整天张着大嘴，吱吱地叫着，向燕妈妈讨吃的。门外树上还有一个大乌鸦窝，窝里有许多乌鸦。"那省明眼睛顿时一亮，便立即要和姐一同去乡村。临行，还专门拿了弹弓，姐又让带上暑假作业。及至乡村，一如姐姐所言，省明见了那个燕子窝，就搭在侧墙上，窝内有四只雏燕，围了一圈。大燕子个个红颐红喙，在街道院子翻飞，自如敏捷。一旦飞回窝里，雏燕就张开大嘴，吱吱乱叫，向燕妈妈要吃的，大燕就给雏燕嘴里吐食物。省明被吸引住了。其姐严令："只许看，不许动。"佩英带弟来的主要目的并非为了看燕子，而是为了疏远纨绔子弟，防止误入歧途。省明目不转睛地将燕子看了几天，那手脚早就不自在了。因其姐碍着，故而不敢动手。一日，其姐不在家，便端来凳子，取出雏燕，抚弄玩耍，并于屋外草丛，捉来小虫子，掰开雏燕黄喙，自作主张地给嘴里塞食，折磨得雏燕哀鸣不断，而大燕回窝，更是叽叽喳喳乱叫，以示抗议。直到其姐回来，才制止了省明的荒唐行为。然而，隔了一天，那窝燕子就不知搬家到什么地方去了。佩英后悔了好几天。一日早起，佩英对弟道："姐昨晚做了一个梦，梦见了燕子，便问燕子为啥要搬家，燕子说：'你弟弟不善待我类。'"省明却满不在乎，道："我没有伤害它们，还给它们喂虫子吃。不知那燕子搬到什么地方去了，我再将它们搬回来。"佩英道："再不要打扰它们了。常言说，穷家麻雀富家燕。燕子是吉祥的鸟类，与人和谐相处，能带来欢乐。切不可打扰它们。"至于门外树上那窝乌鸦，被省明打了几弹弓，害得乌鸦整天叮絮修葺，喳喳乱叫。省明被佩英呵止，只好用弹弓打麻雀，也没有打出啥成果来，弹弓被他姐回收了。

姐领弟去田禾之中，辨别菽麦，讲解从种到收、后又成粉的过程。姐又领弟种谷采棉，去农妇家中见识纺线织布。省明只觉万事新鲜奇妙，饶有趣味。但对农人辛苦劳作之事却不甚在乎。只是因为在土地中奔来跑去，食量大增也。姐道："不可藐视农作之事，农民才是我们真正之衣食父母。水泥、塑料可少，飞机、汽车可无，唯有粮食绝不能缺。一顿不吃饿得慌。"姐欲伐其肌体，将弟饿上三天，体验腹中无食之苦。但才饿了一天，省明就告姐腹灼不能耐："已知粮食之重要性也。"佩英见弟乖巧可怜，也不忍心让其再饿下去。次日，给锄头一把，令随己在骄阳底下锄禾，以身试之。只半日，就呼苦不迭。曰："臂酸痛，手起泡，不能端碗也。"姐促其勿停息，道："农民天天如此，耕云播雨，霜收雪藏，无暇停歇，手上起茧，向谁喊苦？你须坚持，好好锻炼。"省明只好忍痛挥锄。姐又道："吃些苦，也晓种田人之艰难，粮食不可浪费，天物不可暴殄。"省明渐晓一针一线、一餐一粥来之不易。怪不得古人言：锄禾日当午，汗滴禾下土。谁知盘中餐，粒粒皆辛苦。确实如此也。然而究竟年少贪玩，佩英仅是戒束其性，不十分缚其翅。苍穹之下，也就信马由缰，任其恣意玩乐。

时是秋天，省明见田畴之中，禾苗开花结果，万紫千红，各有姿态；蝴蝶飞蛾，千形百色，妙趣横生，很是迷恋，故而常在地中赏花捉虫。但省明最爱看的还是犁地耕牛，这牛也是大型动物，庞然修躯，比动物园里的老虎豹子大许多，而且目如鸡卵，角如利锥，却被人用鞭子抽打着犁地，甚至被一个三岁婴儿棍逐而不敢反抗，奇哉怪哉，省明不解。因而农人犁地，省明常跟在后面观看，农人有时给省明鞭子，省明也挥鞭抽牛，那牛就立即加快脚步。每每上工，省明就抢着牵牛，牛就跟他走，省明真害怕身后那个庞然大物冲撞他，然而那牛却是避他让他。省明高兴，一时兴至，一个人将牛赶来逐去地玩耍，而牛毫无反抗之心。问于农人，农人笑答曰："牛的眼睛有放大作用，将人看得比一座房子还大，将举起的鞭子看成一条在空中张牙舞爪的巨龙，焉能不怕？"省明半信半疑。问于姐，佩英解释道："牛是被人驯养了几千年的动物，温顺善良，它们一直将人类视为主人，当然要听人指挥了。鲁迅的'俯首甘为孺子牛'，就是这个意思。"

但秋旱，又浇灌庄稼，村内之浅水井干涸无水，村民做饭要在村外深机井挑水。适阴雨连绵，省明见他人挑水，忽闪摇摆，自如有趣，便要代姐挑水。姐嘱弟谨慎不可莽撞。省明穿了胶鞋，担了空桶，尽管路滑难行，却很是自信。井边泥淖横溢，有一红衣少女正开泵接水，及见旁边水桶，省明思其如此孱弱细肩，何能承两桶水耳？又好奇，伸头朝井下细看，见那深井窟窿黑暗无底，只一瓢清水，隐约闪亮。及见井深，不由股肱战栗。对少女道："快接，井水将尽矣！"女嗤笑蔑之，却止省明道："甭向下看，小心跌入井也。"才见少女含睇楚楚，清秀可爱。那少女赤足站于泥淖中，接满一桶水，但泥深难以提出，省明忙接递而出，将桶水放于路侧。两桶水接完，彼又示意省明递水桶，省明递之，彼代灌满，省明又接递而出，女才拔脚出泥，濯足着履，关了水泵。又去田中摘大绿叶，每桶各放几片。省明问此有何意。女曰："防水外溢。"二人遂挑之。省明问："你谁家女子，为何无大人来挑？似你这等骨瘦体小，也能担水，不怕跌跤？"女笑道："未曾见自己一步三滑五跌地左右换肩，倒为他人操心？"省明赧颜道："我确实不惯此事。"踉跄摇摆。至村口，姐已在路侧接之，而桶水仅剩其半。又肩膀疼痛，虚汗濡湿，解衣视之，双肩已红肿不堪矣。次日，姐问其还去挑水否，笑而不去。问姐："眼见井下水仅有瓢许，为何抽而不竭？"姐解释道："犹如在人身上扎一针孔，并非只流针孔处的血，而是流全身之血。地下水脉相连，犹如人身上血脉相通一般，抽出来的水是周围地下的水。"省明又问："血能流尽，水能流尽否？"姐笑道："痴郎子，地那么大，焉能抽尽也？何况抽出来的水还是通过沟壑、地窖、河渠、地表等又渗到地下去，经土层过滤，又被使用，如此反复循环矣。"省明似懂非懂，懵懵焉。

久雨天晴，万物蒸腾，气象轻扬，天空澄澈明爽，有红嘴燕子在空中自如翻飞，掠虫啄泥。见了燕子，省明就思想姐房子的那窝燕子，不知那燕子搬到什么地方去了！这日，省明来到田野中，见蓝天清净，草木如洗，绿翠欲滴，各色花儿一夜绽开，斑斓炫艳，蝴蝶蜜蜂，缤纷腾跃。省明顿时来了兴致，捕捉蜂蝶，玩耍之。却见那挑水少女在牧羊薅草。省明遂也拔草逗羊，抚爱无比。羊突然转颈抵触，省明觳觫躲闪。女即近前呵护之。省明惶恐未定，自道："我不怕！不怕！"女讽笑其惶懅之态，问曰："你是谁家亲戚，寓居我村这长时间？”省明回道："我姐佩英在你村做下乡知青，姐引我来玩耍。"遂也帮女薅草也。空气中芬芳弥漫，省明讨问各色花草之名称，二人追蝶采花，神情专注。省明又自报姓名、年级，女也报之。女叫阎慧平，和省明同级，渐熟欢也。

村边有河，一日省明随姐去河边洗衣，看见许多和自己一样大小的男孩在河里赤身玩耍，很是羡慕，也要加入其中，姐辞色严厉，绝不许下河，省明只能干看。另一日下午，省明偷着来到河边，见那河水清亮，浅可见沙，脉脉波波，静静流淌。省明从小到大，很少出城，是第一次见到这么大的河流，兴奋了得。童子无知，不预危险，便立即脱了衣服，下到河里，水温可人，特别舒畅。河里有鱼，长约指许，悬在水中互相对视，看那鱼吻，一张一翕，唼喋水中，影印沙上，清晰明了。省明逼视良久，以为伸手可得，可手刚一着水，小鱼即四散逃去。省明开始是在河边浅水处捉鱼，渐至中间深处，但也深不过膝。然而水下沙子看着平缓，却是有坑。那董省明只顾找鱼，突然一步踩坑，闪了下去，坑内却是水深齐腰，不算深，但一旦水中跌倒，流水压身上，双手又无处抓扶，难以站起。董省明顿时肺管呛水，心如油烹，眼冒金星，双手摆扑，胡乱挣扎。却说百米远处有妇人在洗衣，有一个女孩，在草丛中掐花扑蝶，小女孩见有人在河里玩耍，便伏在草丛静静偷窥，仔细看了才发现是董省明。忽见董省明跌倒在水中，挣扎得浪花四起，急忙呼喊母亲。那妇人正在洗衣，忽听女儿呼喊，并向浪花处跑去，知道情况不妙，也赶紧奔了过去，母女二人才将省明拉上沙滩。省明坐在沙滩草丛中，喉咙辛辣，呛得脖颈紫红，眼泪鼻涕随黄水一齐喷出，几乎头颅爆裂，难受自不必说。救董省明者，正是阎慧平母女。待省明缓过气来，穿了衣服，妇人喝叫再不能来河里玩耍。董省明害怕姐姐责难，低着小光头，哭丧着脸，默默地去了。

佩英知晓慧平母女救了弟弟，便领了弟弟前来感谢救命之恩，对弟弟道："阿姨救了你性命，快向阿姨磕头。"省明恭恭敬敬地向阿姨磕头了。阿姨扶起省明，问了年龄，道："河里危险，每年暑假都发生学生溺亡事件，再不许到河里去。以后你就与慧平妹妹在后院玩耍。"妇人问佩英："如何就引你弟来了农村？"佩英道："因为极其淘气，母亲多病，劳神不得，又怕在城里学坏，就引到乡村。"从此省明与慧平多时在阎家后院玩耍。省明见阎慧平写暑假作业，忽然想起自己的暑假作业还未动手，便拿了来，二人或一起写作业，或一起捉蜜蜂捉蝴蝶，或一起挖洞掏蛐蛐。后院有桑树，结有桑葚，炎秋，桑葚黑紫，软甜诱人，二人常爬树上，摘下桑葚，互相递喂。日久情生，不愿分离。假期将满，省明要离开时，二人竟然恋恋不舍。

以后连着几个寒暑假，省明都要带上作业，随姐来到乡下，和慧平一起玩耍写作业等，二人讨论学习经验，耳鬓厮磨，越发难分。直到高中，因为恢复了高考制度，课业遽然繁重。暑假时，学校还要补习提高，父母与姐姐再不许省明去农村玩耍。但省明还是思念少女慧平，思忆农村所见之妙趣。其时知青纷纷返城，父母也不断催促佩英尽快回城，早日参加工作。佩英思忖再三，遂返城工作焉。以后，省明再想去乡村与慧平相会，则无名可托。佩英因为自己青春蹉跎，也在自学自考，要把丢失的时间抢回来，并勖勉弟弟："考上高等学府，掌握先进的科学技术，实现四个现代化。"老师更是不断鞭策督促，因而省明专心倾注，砥砺读书，对孩提之念渐疏。

一日，师让其习作给远方亲朋写信，省明自思伯姑舅姨鲜有来往，偶见之，也乏共同语言，又无远朋。焦思冥想，忽忆曩年暑假认识的小姑娘阎慧平，不但风致娟然，而且冰雪聪明，不由眼前一亮，不知彼现在如何？遂工工整整花笺一封。大意是：那年在农村玩耍，认识了许多花草树木虫子类，还学会了斗蛐蛐，非常有趣。可以说广阔天地，增长了许多见识。但最重要的是我认识了你。我们取水相识，一别两载，至今想起，十分趣味。姐姐经常说，那次我在河里玩耍，还是你母女救了我的性命，我非常感激。昨夜忽梦见抵我之羊羔，不知现在可长大否？又道自己当时年少如是，在姐姐的屋子里，从燕窝里掏出雏燕，给嘴里喂虫子，害得燕子搬了家。此事成了自己一个心结，觉得很对不起燕子，每每想此，就懊悔自责。最后道：我很想我们在一起玩耍的日子，无忧无虑，快活无限，现在姐姐回城了，我也学业紧张，无暇无因去看你们，很是遗憾。写毕，邮票封之，心内惴惴，投寄焉。后又连日向师询问有回信否。半月后，鱼雁回复，也是花笺一封，分明是慧平芳笔。此乃人生第一封来信焉，喜极欲狂，珍爱过甚，匿于书中。至夜静无人时，方洗手拆封。找来剪刀，顺缝裁边，倾出信纸，细心展读。信纸里边还夹有红色剪纸两张。一张是两少年打鼓弄春，大鼓上剪贴一虎头，两少年头裹毛巾，于两边举槌击鼓，两翘角挂有大红灯笼，灯笼上剪有大红双喜，灯下流苏飘舞；另一张是蜡梅花上有喜鹊报春，一喜鹊栖于蜡梅枝头，另一喜鹊在空中翻飞，相对喳喳，栩栩如生。皆用大红油光纸剪成。省明爱不释手，又急急展开信纸。虽然满纸童言，但词义清洒，字字珠玑：期末考试，将公式写在手心上，而得了高分，教师还表扬。又道院子里柿子树上的柿子熟软了，一直等你来摘，你却是不来。到了冬天，却为灰老鸦所食。颇为遗憾！又道：自从你姐离开后，人们十分惋惜，都说你姐是个好女子，都想念她。又说那只小羊已经做了妈妈，下了羊羔，却是不会乳养，每当羊羔跪它胯下舐乳时，它就用犄角顶小羊，顶了几步，小羊又来了，母羊又顶，只好由她来抱着小羊舐乳，几天后，母羊才接纳了小羊。又道那燕子之事，说是在你来村子不久，我家里就来了一窝燕子，一同来的还有几只雏燕，那窝燕子在我母亲与我的呵护之下，都长大飞走了，你不必后悔。又说现在正是春天，牛羊嚼青的季节，地里有许多野花，等你来采而耍之。最后是希望你再来玩耍，我们全家都欢迎你。背面有关于剪纸的附言，云是春节前学母亲所剪，只这两片最好，故而珍藏之，今送于你，区区寸心，无以聊表，请君见纳……词致婉约，意味深长。省明览毕，不觉情绪高涨，喜不自胜。那窝小燕子有了下落，他就放心了。将信和剪纸反复浏览，愈览愈思，愈思愈美。遂将信夹于书中，趁教师讲课时抽出一阅，更觉其辞藻优美，文句婉妙。看着看着，便不由神飞意举，思慕二人在一起的融融之乐，幻想憧憧，香草美人，似在眼前，竟不知教师所云。一日，师又见省明凝眸痴笑，会心有思，遂潜至身后，觇以何作。那省明正在倾心阅览，融情贯注，师却默收其笺。省明顿时如跌深渊，一身冷汗，赧颜埋首。省明讳师当堂张扬，而师却纳于兜中，默而不宣。师乃阅万千笔墨之人，见其字态童童，芳笔朗朗，清词丽句，柔美含情，实是惊奇。初以为省明也仿其他同学传递好奇纸条也，及见之，才知"纸条"传得好远。欲招省明责诘，而省明却是不招自至，先俯首认错，既而哀求老师还己之信。师伪言曰："来迟焉，方才碎之。"省明听后，如炸雷耳旁，惊愕汗流，沮丧顿显脸上，恭谢欲去，反身则珠泪抛焉。师见其委屈，又笑招之曰："返来，适在桌上，可拿去。"省明即破涕为喜，反身取之，夹于书中。师问其所自，何以如此看重？省明白之，师晓其童心昭昭，不欺日月，即赞其行为美，奖慰之。并促其多写书信以练笔，只是不宜在课堂偷阅，妨碍听讲，云云。省明鞠谢，豁朗而去。从此不在课堂上偷阅也！但少年萌情，倾慕异性，羞涩难表。功课奇紧，偶通一信，其言不尽。一日回信至，省明读之，大意是：农村闭塞，难觅学习资料，尤以数理化为艰。个别窗友持有学习资料，心中羡慕……读毕，知慧平有求己之意，仿佛见慧平目眈眈兮望眼欲穿。思之：何不将自己的学习资料再购一份赠送之？也可以续旧日之好。

　　周日清早，雨后天晴，携了学习资料，假以补课事诳语家人，私乘车去慧平村子焉。及下车，但见气象和煦，清新爽朗，天上流丹飘碧，层霞染彩，雯波绚丽，夹道麦苗葱绿，春风吹拂，拔节刺刺。真是阳光雯彩天，春风碧绿地。省明只觉身轻体快、心情豁亮。又见有数艳衣少女行于阡陌当中，时有叽喳。省明上前问了阎家堡村子，有少女指了路径。行数里，才至阎家堡，街静无人，只远远听到几声犬吠，却见慧平家阖门上锁，树澹院幽。料其外出，遂坐阶以待。其时已是正午，村人开始做午饭：户户风箱响，家家青烟流。田野一片静，农人荷锄归。久等不至，便爬窗窥探，却见陋室荡荡，内传鼠斗之声，只窗台就尘土积焉，心生疑窦。却听身后人言："谁家少年郎，爬人家窗台偷窥？"原来是中年妇人。省明急下来，口称阿姨，问慧平家人。答曰："迁徙城里，足有半月。"问何日可回，又有人至，曰："本是寓居此村，或许不回焉。"心中不乐，神情乖丧。对方反诘之，省明腼腆道："从城里来，是给阎慧平送学习资料。"有人回答道："慧平去了城里，已经不缺学习资料也。"又有人问："哪里少年，却是十分面熟？"省明又道："我姐佩英曾在这里下乡。"众知之，喜曰："佩英之弟至矣，不但相貌酷似佩英，性格也如佩英一般温良。"俱相传播，一时，街道多有人出看，并打问佩英近况。众人见省明秀外慧中，蕴藉可爱，又口乖，都邀省明至家用饭。省明年少，不知推让，饭虽粗粝，但味道鲜美。东家正食，西家又请，温情浓郁。农人又促其多食，故而省明早已腹隆肚鼓焉。大家都叹息道："佩英是一个好女子，离开了村庄，大家都舍不得。"省明欲回，众人拿出土特产，让捎给佩英品尝。省明道："此实不能也！此次来这里，姐不知道。姐若知晓，又责我不安心读书了。"众人送至村口，寄语常来。又让捎话其姐，道大家思念之情。

　　村口有房，乃是自己当年与姐旧居处，不觉留恋。却见那院子围墙早已坍塌倒闭，内传牛鸣。窥之，有苍背瘦牛拴于槽旁，正在反刍。一柴瘠老汉正裸身倚颓垣坐，曝阳扪虱，炕头败褥污絮。昔日之帏帐帘钩、姐弟温情之景俱已乌有，不觉心中酸楚，喟然离去。迢迢而来，无果而归，童心不乐，默默无语。行于阡陌，忽肚痛不已，才悔当时食多。一时痛不可忍，便坐于路侧草丛中捂肚呻吟。有华颠老人，伛偻而至，打量之。问曰："有何不适？"省明告其肚痛，老汉道："休怕，前面棚子适有止痛药片。"省明随老汉至棚中，老汉摸出药片，令省明和水咽之。老汉问："家在何处？来此何干？"省明道："给阎家堡一个女子送学习资料，邻居道是她全家搬到城里去了，因而未送成。"老汉令省明静卧榻上。省明奔波一天，疲怠颇甚，身刚着铺，即双眼蒙眬，入眠也。忽醒，却见慧平站在床边，辗然含笑。喜极，拭目细视，实是慧平，头上插了几束鲜红的麦瓶花儿，刚为省明掖被焉，见省明醒，即对门外喊道："爷爷，学生醒也。"省明坐起，汗已痛定，道："今天是给你来送学习资料，村里未找见你，原来却在此处。"说得女子懵懵。省明将书本掏出，给了女子，女子惊讶道："此是送给我的？"省明道："正是。"老汉道："此女非是你要送书的女子，权搁在此。若那女子回，我便代你送之。将你地址姓名留下，以便回话。"省明写了自己和阎慧平的姓名地址，夹于书中。女子翻看了，笑道："爷爷，哥哥说这些学习资料是送给我的。"省明这才凝视女子，此女容颜面貌，绝似阎慧平，其伶俐活泼也不输于阎慧平，便道："这些学习资料就送给你了。"老汉令孙女为省明摘些豌豆角，省明便提了书包，与女子来到麦地摘豌豆角。其时和风丽日，小麦正在拔节出穗，新穗齐刷刷的，嫩绿可爱，就像一排排等待检阅的少年，齐整而又羞涩。麦地里杂种豌豆，豆花紫粲，豆角鼓包朗朗。董省明处麦地当中，如置身绿洋，葱翠爽目，清香弥漫。老汉在地头嘱曰："小心足下，勿踩麦子。这是新品种麦子，叫小偃六号。"省明急忙低头看足下，二人撷有半包豆角，才从田中走了出来。省明尝之，甜脆爽口，又要贪食。老汉止之，道："方才肚痛，不可多食。"又曰："日将晡，可速去，以防乘车不上。"省明西望，只见片片晚霞送落日，行行倦鸟急归林。省明欲去，女子帮省明提了书包，对老汉道："爷爷，我带哥哥走近路去车站。"遂带省明行于田埂小蹊。路上，省明不断暗觑女子，女子正是十五六，妙龄春色，自是可爱。女子见省明凝眄自己，顿时一团红霓起脸颊，更显春颜如画，小声问道："哥哥，你看我做什么？"省明道："我看你确是我要送书的阎慧平。"女子道："看来，你和那个阎慧平的感情很深。"省明道："我姐姐在她村子是下乡知青，我在暑假时，经常来姐姐这里，才认识了。我们常在一起玩耍写作业，她母女还救过我性命。"女子道："我也叫闫慧平，我们同名不同姓，也不在一个村子。"省明似乎明白了：天下叫慧平的女子一大片。女子将省明送上了车，才挥手离去。

至家，姐追问其豆角所自，省明言语闪烁，呜呜遮瞒。佩英穷究不舍，省明实告之。佩英不觉怒曰："你小小年纪，就诳骗家人，去谈女友。似这样心不在焉，如何能考上大学？你对得起父母的一片拳拳之心吗？"姐又痛述自己的亲身经历："姐虚度年华，无一技之长，在工厂里只能吃苦受累，现在悔不堪言。"一时又是泪痕如线。省明将村人对姐之思念告之，佩英听了，即转悲为叹，眼前即现禾黍秋风、古道热肠。又将当地人物问长问短。对省明道："农村人诚笃，但知识少，却是贫穷。"只督促省明努力学习。却窥见书中夹有花笺一封，取出一阅，不觉又是几分叹息。又细问省明道："你是如何与慧平联系的？"省明从习作写信始述之。佩英听了，即赞弟弟珍惜友谊，助人为乐，但要求不误学习。省明又道自己在田地里遇见一女子，此女子容颜相貌，绝似闫慧平，这些豆角正是那女子所摘。佩英对此话并未在意。省明究竟童心不泯，久之，又复信问慧平是否收到学习资料。却又原信退回。背面批有：举家迁徙，新址不详。省明心中怏悒，问于姐。姐道："当时听村人讲，闫慧平父亲本是城里人，不知因何下放回乡。现在肯定是举家回城也。"省明欲在城中找慧平，然而城市之大，何处觅其芳踪？知其不可，终日郁郁寡欢，只将几封信密藏一起，无人时复阅一过，凝神一番。作业繁重，其父母及姐又力促苦读，自己也立志青云，故而思念渐少。翌年，以高分考取名牌大学矣。毕业后，参加工作也。

一日，收到一信，是闫慧平所寄。董省明顿时心花怒放，立即回信，自诉思念之苦。及二人约见，高兴自不必说。省明问慧平家在何处，女道："父母去世。大学毕业后，就在城里工作，家就是单身宿舍。"省明惊问："父母就如何去世了？"闫慧平低头道："今天我们见面，该高兴才是。就不提那些事了。"省明道："想那年我在河里玩耍，阿姨还救过我的性命，此事犹如昨日，阿姨怎么就去世了？我当知之。"女便略述了父母生病去世的经过。省明听了，很是叹息一番。

这时董佩英已经结婚，其丈夫是医生。佩英知闫慧平孤无所依，即对慧平道："你和省明在农村玩耍时，我和你母亲就有意将你们定为婚姻。"慧平狡黠而喜，道："我和省明哥哥也是童稚之交，互相了解，就按妈妈遗言。"后来二人结婚，果然结婚是日，阎慧平只有单位同事作为娘家人参加了婚礼。次年，慧平生有一女，家庭和睦。不久，省明父母相继去世。

然而，天有不测风云，人有旦夕祸福。又一年，阎慧平忽高烧不愈，查之为白血病。姐弟震惊，加紧治疗，但终不见效。阎慧平眼见自己日渐一日衰弱，又见丈夫董省明为救自己消瘦不堪，日夜悲伤，很是心疼。这时董佩英丈夫已是医院领导，阎慧平就住在姐夫之医院。医护人员对阎慧平精心治疗，半年后，奇迹出现了，阎慧平竟然病愈。省明将阎慧平接回家中静养，道："治病数月，你反倒胖了许多。"妻子笑曰："整天躺在医院颐养，你送的饮食也好，所以就肥胖了。"夫妻恩爱，又生一子。

这年清明，阎慧平将董省明带至一墓园，寻到一墓碑，碑上刻有"闫慧平"三字，董省明看了，先是一惊，俄而笑道："中国同名同姓之人多也，不足为奇。"妻子让看生死年月，董省明更加惊讶："此逝者怎么和你生日相同？难道还有这般巧合之事？"妻子将数提纸钱化于碑下，郑重对董省明道："此处正是你的结发妻子闫慧平之墓，也是我双胞胎妹妹之墓。"董省明将妻子谛视良久，惊愣道："我的结发妻子就是你，你好好地站在我面前，怎么还有一个双胞胎妹妹？如何说胡话了！"女严肃认真道："这不是胡话，此处正是我的双胞胎妹子闫慧平之墓。我和妹是同一名字，她姓闫，我姓阎。她冒充我和你结婚生子，你们一起生活三年。她是你的前妻，我是你的后妻。她得白血病去世了。她去世前，写信让我与你结合，因为她知道我们是相爱的，她更知道我和她长相又一模一样，你对我没有怀疑。"女将阎、闫两字写在纸上。这时，董省明再也不认为这是胡话了，结结巴巴道："这如何解释，闫不是阎的简写体吗？"阎慧平道："阎、闫不是同一个字。我才是最初与你一起挑水相遇的阎慧平。那几年暑假时，你来到我村子，我们在一起学习玩耍，我和母亲还将你从河里救了上来。"省明忽然想起了什么，说道："难道她就是和我一起摘豌豆角的那个女子？"妻子道："正是那个女子。"省明道："可我一直和你在一起，怎么就和她生活三年？我和她认识总共只有几个小时，她怎么就去世了？"省明忽然又悟到了什么，不由瞠目结舌道："怪不得她的白血病痊愈得那么快，原来是你替换了她。"妻子点了点头。省明又道："当你从医院回来时，我只是感到你胖了。

女儿说你不是妈妈，不和你睡，我就感到诧异。"妻子道："只有孩子眼睛最尖。"从墓园返回，阎慧平拿出了妹子的信件让省明看了，佩英和丈夫也向省明讲了阎慧平替换闫慧平之事，又道："闫慧平去世前，安排好了一切。她弥留之际，一直喊着你的名字。"省明流着眼泪听着，沉默道："此事对我隐瞒得如此之深，以至于我无丝毫察觉。我确实对不起她。我怎么这样愚蠢！"妻子道："那是她对你之爱，我们尊重死者遗嘱。"

原来，阎慧平是有一个孪生妹妹。当时，母亲产了双胞胎，按当地习俗，要将一个送给别人家，不然双胞胎当中必有一个不能长大。于是，母亲便将小女给了远村一户姓闫的外来人家，将大女留给自己抚养，取名阎慧平。巧合的是：小女儿这户人家也给女儿取名闫慧平。养父母在闫慧平读初中时就死了，闫慧平和她爷过活。那天，董省明去给阎慧平送学习资料，在那小棚子内遇见的正是闫慧平和她爷。闫慧平那时情窦初开。她爷见闫慧平对董省明很是殷勤，还将其送到车站，便对闫慧平道："你看此少年如何？"闫慧平道："一个标致的翩翩少年。"她爷道："你想给他做媳妇不？"闫慧平羞涩道："他是城里人，我怎能配上？"她爷道："只要你好好学习，考上大学，你的愿望就一定能实现。"那闫慧平从此就刻苦学习了。老汉当时的想法很是简单，就是一句玩笑话，用来激励孙女学习，而孙女却认了理，还真的考上了大学，这是后话。那天，省明离开了老汉的棚子后，没过几天，老汉就将那些学习资料拿去了阎家堡，欲交给那个阎慧平，可村里人告诉老汉，阎慧平全家迁到城里了，不会回来了，也不缺此物，老汉便将这些学习资料给孙女了。老汉先前就想着，待孙女长到一定时候，送其回到亲父母身边，让她一家团圆。孙女大学毕业，有了正式工作，老汉觉得自己身体不行了，便去了阎家堡寻找孙女之亲父母，打问了好几次，才得到了孙女亲父母在城里的确切地址，也知道了那个阎慧平是自己孙女的孪生姐姐。老汉临终前，告诉了闫慧平她的身世，并将亲父母的姓名地址以及董省明的姓名地址一并交给了孙女闫慧平，一者是让闫慧平回到亲父母身边，二者是让闫慧平给董省明和阎慧平牵线传情。这时，闫慧平才知道自己有一个孪生姐姐，而且自己和姐姐同名不同姓。以后她的履历填表等都将姓氏写成了阎，算是归宗认祖了。多数人对此也无异议，因为大家都认为，闫是阎的简写体。

听爷爷讲了自己身世，闫慧平想：我家在村子是外来户，我的养父母早就去世了，现在我爷爷也去世了，我在村子就无亲戚了。我当按爷爷交代，去寻找亲父母，一享全家团聚之快乐，同时将董省明的地址交给姐姐，也算是给姐姐的见面礼。但又一想，这董省明和姐姐已有十年未见面了，事随时移，说不定其中一方已成立了家庭，那我就是自作多情了，我得先试探一下董省明。闫慧平也是一时好奇，便以其姐名义试着给董省明写了一封信。那董省明自从和阎慧平失去联系后，一直对其不能忘情，父母见儿子大学毕业，工作稳定，便招呼媒人为儿子觅姻，媒人为儿子介绍了很多，而儿子尽皆辞去。董佩英知道弟弟所想，也劝省明道："阎慧平是和你有感情，可你们已有十年未来往了。而且你连对方地址都不知道，根本无法联系，还是死了这条心。"就在这时，省明收到阎慧平的信件，犹如久旱禾苗逢甘霖，兴奋自不必说，立即回了信，信中热情洋溢，充满了对阎慧平的爱慕思念之情，又写了对诸多美好过去的回忆，全是卿卿我我的语言。那闫慧平住单身宿舍，来去无处，正孤独无聊，渴慕爱情，看了董省明的回信后，觉得爱情极其美妙，极其甜蜜，此正可填补她的爱情空虚。闫慧平甜在心坎，特别兴奋，便昏了头脑，又假其姐之名，给董省明写了信，也诉思念之情。董省明便约其见面。闫慧平想：那次在麦田里，董省明就将我认作姐姐，可见我和姐姐长得很像，而且双胞胎相貌相同，这是公认的，何况我和姐姐名字也一样，我何不代替姐姐与之会面？于是，闫慧平就去与省明见面。二人相见，省明很是激动，道："十几年前，你还是一个黄毛丫头，如小家碧玉，尚未长开，而今已亭亭玉立。"闫慧平开始还羞羞缩缩，怕董省明识破自己，及见董省明对自己毫无猜疑，又见省明浓眉大眼，阳光帅气，便放了胆子。于是，二人堕入情海爱河，以至于闫慧平连亲父母都不想见了：他们将我自幼给了人家，见了还有什么意思，更不能见姐姐了。我和董省明结婚过日子也就是了。当省明问其父母是如何去世的，闫慧平就拿自己养父母去世之经过诳了省明，并流了几滴眼泪。二人结婚后，闫慧平从来不提当年在农村玩耍的情节，董省明每次回忆时，她只是敷衍，或者涉语闪烁，以其他话题岔开。因而董省明对闫慧平从未起疑。

　　未承想结婚三年后，闫慧平却生了白血病。在病床上，闫慧平又思念起亲生父母和亲姐姐来了，想：我是将死之人了。如果亲姐姐还没有结婚，我应当促成亲姐与董省明结合，因为我是盗取了亲姐姐的爱人，我当还于姐姐。便暗中给阎慧平写了一封信，将自己身世等都写在上面。信写完以后，才将自己的一切告诉了董佩英，要董佩英亲自将信送到阎慧平家，并叮嘱董佩英一番。这董佩英非常惊讶，如听天书，简直不敢相信这一切都是真的。她在阎慧平的村子下乡六七年，和阎慧平经常见面，可以说，是看着阎慧平长大的，竟然没有认出这个女子是假冒的阎慧平。弟弟没认出，是因为两个人交往时间短，还有情可原。闫慧平又对佩英道："我抢了亲姐的男朋友，并与之结婚，是有很大的私心。现在我濒临死亡，我要将董省明还于亲姐，只有亲姐能照顾好我的丈夫和孩子。我不能让我丈夫和孩子看到我的死亡。"闫慧平最后对佩英道："我要你和姐丈帮我实现愿望，只有这样，我才能咽下这口气。"董佩英随即将这一切告诉了丈夫，丈夫也感到不可思议，道："闫慧平是一个可怜的孩子，病势已到晚期，难以回天。她有一片爱心，无论如何，不能亏了她，她不让省明知道她的死亡，医院方面能做到，但需要几方面之配合。只是从人道上讲，这也太残忍了。"

却说阎慧平一直痴心地思念着董省明，却未与董省明通信，何也？原来，阎慧平父亲秉性耿直，那年举家要迁居城里，其父收拾行李时，见了董省明和阎慧平的通信，认为女儿是在谈恋爱，便将二人来往之信函全部焚毁，并责之曰："不可早恋，要用功学习先进科学知识，建设四化急需人才。"阎慧平没有了董省明的地址，也就无法与其联络了。十几年间，阎慧平的心里一直装着董省明，尽管有青年试图与她恋爱，可阎慧平从未动心。她一直在等待，寻找。

董佩英按址寻到阎慧平家，自报了姓名，阎慧平家人将董佩英认了半天，才认了出来，毕竟有十几年未见面了，董佩英已经从一个青年女性发福成了一个中年女性。董佩英将闫慧平之情况细致地告诉了阎慧平家人，阎慧平父母听了，很是吃惊，三十年未见面的女儿突然生了这样大病，如何不心焦？心里只觉亏欠女儿。这时，阎慧平才知道自己还有一个孪生妹妹，却处于病中，真是喜祸同降。董佩英将闫慧平的信件给了阎慧平，阎慧平看完信件，更加惊讶，这个孪生妹妹还与自己日夜思念的董省明结婚了。信上说：亲爱的姐姐，我是你的孪生妹子闫慧平，我们同名不同姓，相貌一模一样。当年母亲生下我们姐妹，怕是不能养活，便将我送给人家。在我上初中时，养父母相继去世，我只好与爷爷过活。在你离开农村的那年春天，董省明来给你送学习资料，他没有见到你，却是见到了我，我就偷偷地爱上了他。爷爷鼓励我，只有考上大学，才有机会与他结婚。于是我努力考上了大学，参加了工作。爷爷去世前，才告诉了我的身世，并将你的地址和董省明的地址一并给了我。一者是要我回家认亲，二者是要我给你和董省明牵线。但我不知道你们双方的情况，我就以你的名义试着给董省明写了一封信，没想到我得到了他的回信，信中全是他对爱情的渴望以及对你的思念，这时，我才知道董省明还是一直爱着你。董省明的信热烈而多情，我被迷惑不能自拔，于是我就以你的名义与董省明恋爱了，后来我们二人结婚并有了孩子。我本想与他好好过一辈子。谁料人算不如天算，我却生了大病。我料我将不久于人世，我不愿我的女儿没有亲娘，我不愿我的丈夫因看到我的死亡而处于极端痛苦中。因为我有病，他已经形骸憔悴，弓瘦如虾。如果姐姐还没有结婚，我就肯请姐姐接替我与董省明生活在一起，给董省明一个平静幸福的生活。因为董省明还是一直爱着你。只有这样，我才能闭上双眼。你享母爱三十年，我盗汝夫只三载，这样是公平的。让我静悄悄地离开这个世界吧。阎慧平将信看到此处，双眼泪流，心内五味杂陈。董省明是自己童稚相处、日夜想念的男朋友，却被亲妹子冒充自己占了去，心里不是滋味。可她又是自己从未见过的亲妹妹，一生未享受亲父母之爱，现在又处于生死当中，自己如何能恨得起来？阎慧平自语道："董省明怎么这样愚蠢，竟然没能认出真假。"董佩英道："这你不能怪他。我和你见面时间比省明和你见面时间长，我都没有分出来，何况省明和你交往时间短，又有十几年未见面，还被爱情冲昏了头脑。最重要者，有谁能想到你还有一个相貌姓名和你一模一样的孪生妹妹呢？他焉能分辨出来？"佩英又道："你妹子假冒你与省明恋爱结婚，有很大的私心，她都给我说了。现在她濒临死亡，让我来的目的，一者是想见上父母一面，二者是劝你与省明结合，照顾她的女儿，并向你悔过。同时你妹子还有一层意思，就是不想让省明和孩子知道她的死亡，免得他们悲伤过度，损害身心。我们应当满足她这最后要求。"母亲对阎慧平道："你姊妹二人，都是真心爱着董省明，而董省明心中只爱着你。你和省明才是真正的一对。这几年你妹子冒充你跟省明结婚，省明也将你妹子当成了你。"父也对阎慧平道："我们将你妹子给了人，已经亏欠了她，你和她丈夫结合，抚养她的孩子，也算是弥补父母的亏欠。"阎慧平道："我一时心乱如麻，毕竟有十几年未见面了。妹子要我与董省明结合，我心里自无隔阂，更如我愿；照顾孩子，也义不容辞。我要去看妹子，不能让董省明发觉。就是妹子万一不幸去世，也不能让董省明知道。可要做到这一切，简直比瞒天过海都难。"董佩英道："在你姐妹身形面貌上，我弟肯定看不出破绽。至于你姐妹如何身份置换，我和医院已经商量过了，只要我们配合，医院自有办法。"其父道："现在我们去医院，看是否还有挽救措施。"阎慧平道："按妹妹的意思，我们去看时，要让省明避过。"董佩英道："这个我自有安排。"

阎慧平全家来到闫慧平病床前，一家相见，先是抱头痛哭。妹妹脸色蜡白，哭泣着，对姐姐道歉："妹子怀有私意，冒充姐姐与董省明结婚，该有此报。"姐姐道："妹妹焉能如此说？妹妹与自己所爱之人结婚，有何舛错？姐当祝贺。姐姐决不责怪妹妹，姐姐真心真意地祝愿妹妹早日康复，全家团圆。"妹妹对姐姐道："妹妹死后，姐姐一定要按妹妹遗嘱行事。妹妹才能地下安眠。"姐姐道："妹妹切勿如此说，妹妹的病是能治好的。"一家人见过医生，问还有什么抢救方案，医生道："病已晚期。最佳方案就是骨髓移植，最好是亲属间骨髓移植。但对于晚期病人，痊愈率也是极低的。"阎慧平即向医生建议，自己来给妹子捐献骨髓。医生立即操作，进行配型。阎慧平对父母道："如果妹妹病愈，我们就悄悄离开，让妹妹与董省明继续生活。如果妹妹有个好歹，我们就按妹妹遗言进行。"因为从阎慧平身上抽了骨髓，阎慧平须住院养伤，医院就安排阎慧平代替闫慧平躺进医院一个独立的隔离病房。这时董省明隔着玻璃看到的病床上的人就是阎慧平了。而在另外一个隔离病房，医生对闫慧平进行最后的治疗，但还是回天乏术，珠沉玉碎，闫慧平离开了人世。闫慧平离世时，其父母姐姐还有董佩英等都在现场，闫慧平在父母亲人的爱中安详地走了。父母处理了女儿的后事，又回到自己家中。过了一个月后，董省明"妻子"彻底"痊愈"，董省明领着回家了，过起了正常生活。省明的女儿这时两岁了，晚上阎慧平搂"女儿"睡觉时，"女儿"却是将阎慧平往外掀，说道："你不是妈妈。"阎慧平顿时一个大红脸，很是尴尬，但阎慧平还是将"女儿"搂于怀中，久之"女儿"也就认了。后来，阎慧平将工作调到了一个离董省明家较近的单位，档案一并转了过来，彻底实现了身份转换。这样省明与闫慧平的历史彻底断了关系。

至此，董省明才知道了事情的真相，不禁泪流满面：爱我的人啊，你怎么如此傻，如此狠心，临死也不让我看上一眼？这是天大的遗憾。为了我，还委屈了你姐姐。他在闫慧平的墓前痛哭，久久不起。难道这是一场梦寐？妻子道："这不是梦，一切都是真的。我父母尚在人世。"后来，省明将阎慧平父母接到身边，省明道："闫慧平说二位老人已经过世，我就相信了她，以至于没对救命恩人尽孝。"慧平母亲道："我这个女儿她为了得到你，编了多少谎话来欺骗你啊！"慧平父道："多么有心机的女儿呀，她编谎话都是为了爱你。然而命运对她不公。"两位老人又是落了一阵眼泪。

以后，董省明对闫慧平更加关爱，这是前妻所托，也是心之所向。每年阴冥忌日，夫妻二人都要引上孩子，来到闫慧平的墓前洒扫祭奠。

第十三卷

————

小鞋匠千里寻子

　　姜连喜，利泉姜村人，其父姜进福是一鞋匠，在农暇时支起补鞋机器，给人补鞋，挣个小钱以供家用。家居村边，宅旁有树林一片，林中多鸟，各色各样，平素杜鹃咕咕，黄鹂溜溜，嘤鸣祥和。林中有大桐树，树巅有一喜鹊窝，大如黑铁锅。连喜母亲对子道："喜鹊乃喜虫，要善待之，勿要伤害。"连喜自幼就在树林玩耍，听母亲话，因而非常爱护喜鹊。其母在连喜十五岁时死亡，其父姜进福要连喜继承自己的鞋匠手艺，道："此手艺虽不登大雅之堂，却是实惠。比在生产队挣工分活泛。"那连喜自幼就在父亲身边长大，对父亲用的剪子锥子钉子锤子皮子等运用自如，对此手艺颇是熟悉。又三年，姜进福也不幸去世，连喜就随兄长连兴过活。兄弟谐好，友悌敦笃。尽管连兴不断为弟弟张罗婚姻，但由于家贫，婚姻一直搁着。连喜和其父一样，在农暇或雨雪天，也在周围村镇集市摆个小摊，给人补鞋，收费低廉，人称小鞋匠。小鞋匠一出去就是两月三月的时间，足迹遍布周围集镇县城，流浪远达一二百里。那年，姜连喜到武功镇附近的李村去给人补鞋，晚间歇在村子任戴义的草房内，有时就在任戴义家中用晚餐。任戴义与连喜盘桓几次，对连喜家境略有了解，见小伙聪明活泼，为人乖巧，又有手艺，还能吃苦，觉得此青年善良可靠，便通过媒妁将女儿任芳丽介绍给连喜。任芳丽初始并不愿意此婚姻，父母却一再撺掇："跟着此人，一辈子不受穷，手头有钱花。""补鞋手艺虽不赢人，但却实惠稳便。"任芳丽也觉得连喜心地善良，而且勤快伶俐，便同意了婚事。那姜连喜出去三月，返回家乡时，却引回来了一个媳妇，周围人都惊奇艳羡。至春节，兄长便为连喜办了婚事，从此兄弟二人分灶而过。村人才知，这个媳妇叫任芳丽，姿容娟秀，性情随和自然，与人煦煦易处，欣欣可亲，做衣做饭，不落人后，村中人人称赞，曰："麻利媳妇进厨房，围裙一摆饭停当。"连喜也高兴。婚后二年，那天早上，连喜正在田里锄禾，却被村人叫回，道是其妻生子，连喜赶紧回家，远远就看见一只喜鹊，在自家的柿子树枝上，对着自己喳喳地叫了几声，似在报喜。未进家门，嫂子即来祝贺，连喜才知自己得了儿子。连喜便给孩子取乳名鹊儿，夫妻高兴，自不必说。连喜平时种着庄稼，闲暇时出门挣钱，妻子在家养育儿子，一家三口，安稳幸福。

次年暮春，一日中午，连喜正在炕上午休，恍惚听得窗外有人呼喊道："连喜！连喜！连喜！"声音急迫。连喜急忙跳下炕，出门寻找，无有人影，心中惊诧。声音似乎发自树林，他赶忙向声源处寻去，及近那棵大桐树，呼声骤停，回顾周围，哪有人影？忽听头顶有喜鹊喳喳急叫，抬头见有喜鹊从窝内飞出飞进，又绕着树腰飞跃扑打，似乎窝内沸腾。及见连喜，鸣噪更急，似有所求。忽地一只雏鹊掉到地上，黄喙大张，吱吱哀鸣，在地上撑翅摆扑，却是挣扎不起。连喜正在疑惑，忽见树身上爬有一大黑蛇，粗若拇指，正向鸟窝游去。连喜立悟：这正是喜鹊向我求救也。连喜随手拾起一树枝，向蛇抽打，蛇觉有人至，即吐舌对连喜示威，连喜将蛇从树上抽了下来，举石砸了。喜鹊将雏衔进窝里，呀呀哺之。

隔年，鹊儿两岁，中秋节前，芳丽对连喜道："八月十三是我父亲六十寿诞之日，今年去给父亲贺寿。"于是，夫妻提了礼物，抱了鹊儿去给丈人贺寿。任戴义夫妻见了外孙，自是欢喜。距李村数里外有一庙叫普照庙，八月十四、十五、十六三天，有富豪出资在庙里唱大戏，响动颇大，母亲便要芳丽看完戏再回。由于临近秋忙，田地活多，连喜于中秋节前日先返回利泉家乡，临行叮嘱妻子："早日回家。"

十五那天，任芳丽将鹊儿交于父母看管，自己随着娘家村子一群姐妹前去看戏。在返回路上，任芳丽因去高而深的玉米地里解手，却与村中姐妹走散也。姐妹们走了好长时间，发现不见芳丽，遂返回寻找。大家沿途呼喊名字，并在庙周围寻找，始终不见。大家以为她已经回村了，也踌躇而回。至村口，天已大黑，却见任戴义正抱着鹊儿等着芳丽，众姐妹告诉了情况，任戴义心中忐忑。晚饭后，还是不见女儿回，任戴义赶忙让子侄询问村中其他看戏者，没有结果。次日天未明，即派人告知女婿姜连喜。那连喜得知情况，犹如一桶雪水倾头浇下，冷了半截，连夜奔至李村，陪同丈人来到公安局报案，公安人员问了任芳丽的特征，又问是否有神经方面病症，任戴义一一做了回答。又问是否带有什么贵重值钱物件在身上，任戴义道："芳丽身上带有一块银牌子。"连喜解释道："银牌子如手掌般大，牌子中间錾有米粒大的一个姜字。是父亲让一个银匠打了两块，我们兄弟各一块，"任戴义又道："银牌本来是戴在孩子脖上，那天芳丽见绳子将小孩脖子磨红了，就取下装进自己兜里。"公安做了记录。

连喜在周围村子贴了寻人启事，并许以重诺。公安更是查找数日，却是无有结果，遂以失踪人口定案。任戴义夫妻跺脚后悔不迭。姜连喜只好抱了鹊儿，寞寞回到姜村，本来高高兴兴地去给丈人拜寿，去了三人，回来却是二人，悔心如烧。因此事，连喜对丈人一家颇有怨言，丈母娘本来久病恹恹，现在又丢了女儿，没到春节就去世了，丈人也卧病不起，至此两家绝了来往。

斯须之间，妻子就这样不明不白地失踪，父子二人落寞家里。鹊儿整天哭闹要娘，连喜欲哭无泪。一年后，妻子还是音信全无，兄嫂欲为连喜续弦，但连喜道："芳丽生死未卜，且缓两年。"因此，续弦之事也就蹉跎未果。

谁想屋漏偏逢连阴雨。妻子失踪两年后，其时正是秋收秋种，生产队农活繁多，天又久旱，土壤缺水板结，种下的麦子不能发芽，只好将土壤用水闷湿，才能播种发芽，称为闷地。连喜白天晚上都要下地干活，便将鹊儿托于兄嫂处，至夜晚才抱回。鹊儿小小年纪，已经知道自己失去了母亲，看到父亲一副悲愁的样子，所以非常听话，不惹父亲生气。那晚，连喜待子熟睡，才去田中浇水闷地。连喜刚离开，鹊儿即醒，周围一片漆黑，身边没有父亲，他知道父亲去了地里。鹊儿并未哭泣，他取开门槛，从下边钻了出去，独自去地里寻找父亲。其夜月明如昼，清辉遍洒。鹊儿走出村口，不知父亲在何处，遥望远处有一堆火光，便孤零零地走去。时鹊儿不到四岁，误以为火光处必有父亲。原来这是一户讨饭人家，男子叫尤二，其妻叫爱宝，是林幽县大沟村人，因林幽长年天旱地荒，粮食歉收，夫妻便跋涉此地，于别人收割完毕的田禾中捡拾遗却的玉米棒、豆子等，趁熟就食，多有顺手偷摘之事，夫妻二人就住在弃棚里。当晚尤二夫妻于门口烧了一堆火，坐于门前，对火剥豆。夜已深，忽然，火光对面出现一小孩，有三四岁大小，踯躅瞭望。二人自是一惊，回望四处，无人陪伴。便问是谁家孩子，怎么走这里来了。鹊儿见二人陌生，不是村子人，便心生恐惧，只是说道："寻我爸呢。"男人问道："你是哪个村子的？你爸是谁？"孩子指道："是这村的，我爸叫喜喜。"夫妻二人怀疑是走失的小孩，再看小孩长得白白胖胖，粉团粉面的，简直就是天上掉下的善财童子，喜爱死人了，便突生歹心。尤二对鹊儿道："你勿哭，我们给你寻去。"老婆又于火堆中取出烤红苕给鹊儿吃，鹊儿怯怯而吃，吃毕，又叫鹊儿先躺于铺上，道："我寻你爸去。"鹊儿困倦，睡却也。乞丐夫妻遂定下恶毒计划，尤二对婆娘道："何不将这个孩子背回去卖了，强如你我出来当乞丐，丢人现眼的。"婆娘窃喜道："也是一笔大财富。"于是，夫妻二人急忙收拾铺盖粮食，又将鹊儿抱到架子车上，用被子盖了，趁着月色，拉车就走。土路坑洼，车子颠簸摇晃，那鹊儿反倒睡得实了。怕将鹊儿摇醒，尤二便将架子车交给婆娘拉，自己将鹊儿抱了急走。直到天色大明，鹊儿才醒转，鹊儿初以为自己是在父亲怀里，及看不是父亲，便哭闹着不去。只道："要我爸呢！要我爸呢！"尤二道："正找你爸去。"就这样，尤二将鹊儿或背或抱或放车上，一路哄着，天黑时分，才到了自己家中。家里自是污脏得一塌糊涂。爱宝给鹊儿弄了吃的，又哄鹊儿入眠。那鹊儿哭闹着要父亲，二人哄之不迭。这两口子因为外出乞讨，一儿一女都放在爱宝娘家。这爱宝来到她娘家，接自己儿女回，并告诉娘家妈，说是在路上拾了一个小孩，央求她妈给寻个主儿卖掉。又怕邻里知道这孩子是偷来的，整天将鹊儿拘在屋里，不让出门。后来，通过她妈，以两千元的价格将鹊儿卖给了二十里外的富丰县法道镇一户佘姓人家。

却说那晚夜半，姜连喜回到家中，不见孩子，以为是在嫂子家睡了，并未在意。次日早饭时节，连喜到嫂子家吃饭，才知道鹊儿不在嫂子家中。连喜一下慌了，立即寻找，到处打问。连兴招集村人寻找，就是不见。还到周围各个村子打问，各处沟渎井窖寻找，还是生不见人，死不见尸。又到处询问是否有陌生人出进村子，或将孩子抱走，又查访是否有村人出走远门，或将孩子背出去卖了。只是访得：有林幽县一户讨饭人家近来在村子周围田野捡漏拾遗，甚至偷窃庄稼，于孩子丢失的当晚就消失也。姜连喜到当地派出所报了孩子失踪案，警察立即陪同连喜，来到林幽县公安局报告了情况，林幽公安局问了孩子的特征，连喜道："儿子的左耳垂下边有指甲大小一片紫红色，那是一块胎记。"公安非常重视，立即安排各个派出所寻找，寻找一月，毫无踪迹。但连喜认为孩子就在林幽乡间。

两载之间，妻儿相继失踪，连喜如摧肝肺。一个好端端的三口之家就这样妻离子散了。从此茅舍无烟，哭声频传。村人感叹这么伶俐和气的小鞋匠之命运何以如此多舛，怜悯同情，多有劝慰。或在背后道："也许是其妻潜伏周围，觑连喜外出，暗中回家将儿子带走了。"说得连喜也是半信半疑。但连喜想："我无论如何也要找到儿子。"可天下之大，哪能盲目寻找。姜连喜思想着："自己在村中未曾得罪过人，村子人口几乎没有流动，又是农忙，没有人能对自己孩子起歹意。"又思："林幽县那户讨饭人家本是在此地偷摸些庄稼果实，而且正是拣拾庄稼果实的好时间，为何突然离去？而且就在丢失孩子的夜晚离开，肯定是这对夫妻将孩子偷走了。"他想自己的孩子就在林幽县方圆三百里的范围内，一定能找到，泪花当中，他思考着寻找孩子的方案。

却说那买孩子的佘姓人家，丈夫叫佘昌本，家住富丰县法道镇，年过三旬，没有儿女。这佘昌本先娶本镇女子范小敏为妻，因为不能生孩子，佘昌本父母整天骂范小敏道："看长了那么大的个子，光长了秆，却不结穗！"范小敏本是泼悍妇人，也不甘示弱，反唇道："怪我的啥！问你儿子去。"那父母自去谩骂儿子，嫌儿子整天在外赌博，不顾家眷，连香火宗嗣都不要了。儿子却大叫冤枉："根本就不是那回事，就那片盐碱地，不长苗，再多的种子都是白糟蹋。"范小敏虽嘴上不饶人，心里却是犯嘀咕："为了有个孩子，自己没少下功夫，怎么就是不能怀胎？"吃药打针，求神问卦，又是按娘家妈教的方法做，就是不济事。范小敏屡受公公谯责、婆婆白眼、丈夫毒打，只是哭泣。最后，二人离婚了。佘昌本现在妻子是马珍平，还是不能生孩子，乡里人说："还是一个空秆秆，不结穗穗子。"在县上镇上，求医问药，就是无效。最后医生得出结论：病出在丈夫佘昌本身上。这时佘昌本又得知：前妻范小敏离婚后，与迪张镇一男子结了婚，不到两年就生了儿子，这就更加印证了病是在自己身上。那范小敏也不是省油的灯，将儿子抱到法道镇的娘家，故意在佘昌本家门口炫耀，对着以前的熟识，扬眉吐气，挖苦佘昌本，道："看着也长了两个小核桃，都叫虫蛀了。""腰上白吊了个紫金葫芦，里面没一个好籽，都发霉了。""自己下不了种子，整天埋汰我，说我墒情不好。把我作贱了多少年！"因而背后人们叫佘昌本为紫金葫芦。

佘昌本脸面臊烧，自不必说。膝下无子，佘昌本心中非常绝望。

这佘昌本自幼就是家境殷富的街溜子，平素行为佻达，放荡不羁，经常赌博，为此父母没少怄气，可佘昌本就是不改。两任儿媳都不能生育，病是在自己儿子身上，且久治不愈，老夫妻更加烦恼，不久双双而死。那佘昌本因此在人面前说不起话，抬不起头，而前妻范小敏常在街道戏谑挪揄，讥笑自己，使得自己更加自卑，总是感觉低人一等，常整宿不眠，渐至头脑昏涨疼痛。

佘昌本后妻马珍平秉性柔弱，却颇贤惠，对丈夫体意温情，就是不能怀孕，屡屡陪伴丈夫去大医院治疗，但最终结论是无法医治。马珍平见丈夫整天唉声叹气，便和丈夫商议，既然不能生孩子，何不抱养一个来养老送终。正好马珍平母亲听说有人要卖一个男孩，便撺掇佘昌本以两千元的价钱将孩子买了回来，这个孩子便是姜鹊儿。那鹊儿到了佘家，犹自哭闹，马珍平整天给买好吃的、好玩的哄着，久之渐安。姜鹊儿在佘家被改名佘慧儿。但佘昌本心里终究不乐，无非是嫌这慧儿不是自己骨血，对慧儿从来没有好脸色，更不用说亲过抱过，慧儿也就从来不称呼此人，见面只是避着，非常生分。而马珍平将慧儿以为寄托，当作心肝宝贝看待，悉心呵护，视如己出。原来这马珍平，也是近三十的人了，还没享过带孩子的快乐，见慧儿又白又胖，如银娃娃一般，焉能不喜，恨不得整天噙在嘴里。因此慧儿只恋马珍平，而马珍平自从有了慧儿，便疏远了丈夫。佘昌本极其不快，又由于慧儿不称呼自己为爸，更是声色俱厉，时常训骂，有时连马珍平一块儿训斥，这马珍平对丈夫更加失望了。这佘昌本想着自己祖辈积攒下一个殷实家业，平白无故地就遗给外姓之人，想此又是焦虑烦躁，昏瞀头疼，且越来越重，脾气也就越来越暴躁，经常狂怒。为保护慧儿，马珍平便与慧儿独宿一室。慧儿见这个男人如此粗暴，一见就躲，有啥话只对马珍平说，从不对佘昌本说。慧儿在马珍平呵护下逐渐成长。

大夏天，佘昌本因老舅去世，前往吊唁，殡仪完毕，觉得自己头脑昏晕，便向家里赶。时骄阳当空，佘昌本心急步快，离村里许，有一老槐，足有两搂粗，枝叶茂繁交叠，苦翳周围。佘昌本走得满身是汗，烦燠不堪，便来到树荫下缓歇。树下有柔草，草上旧有农人坐靠痕迹，佘昌本遂背靠树身，解衣拭汗，挥袂扇凉。忽有野风袭来，飕飕飉飉，佘昌本浑身凉爽，干脆躺于树下，敞衣露腹，任那凉风吹拂，昏晕缓解，好不惬意。面前麦茬地里，有农人割完麦子，麦捆尚蹴晒地中，时乃正午，太阳最毒，端端照了下来，晒得麦秆喳喳作响，眼前一片耀白。此时，农人多回家歇晌，四周寂静，地里毫无人迹，农人称是“晌午端，鬼吃烟”的时候。佘昌本忽觉得几捆麦子后面有所动静，蒙眬之间，见一少妇，一身缟素，手提瓦罐，荷饭饷耕。佘昌本思曰：“谁家娘子，却是走向麦捆背后做什么？”佘昌本本来就邪荡不检，便屏住呼吸，凝神注视。既而，妇人见周围无人，便褪襦躲在麦捆后面解溲。由于那大槐树足有两庹粗细，妇人竟然没有看见佘昌本。佘昌本淫心突起，欲行不轨，刚要潜出，妇人觉，遽提裤起，对佘昌本怒之以目，骂道：“无耻下流，暗来窥人。”仓皇逃去。佘昌本起身欲回，忽见一男子手持锄头，奔了过来，后面是方才那个妇人。佘昌本知道是其夫来兴师问罪，吓得紧步就逃。男子举锄砸来，佘昌本魂飞魄散，逃回家中，惊恐一宿。本来就有头疼之疾，经此一吓，更加严重了，而且行为语言也不正常了。一夕，马珍平听丈夫卧处有“啪啪”声响，惊而去看，见丈夫正挥手自打自脸，嘴里也喋喋聒聒，道：“我害人，我该死。”马珍平惊诧不已，过去将丈夫摇醒。更甚者，又一夕，马珍平听到屋内有声窸窣，慑息窥看，昏暗灯光下，却见丈夫颜色灰惨，神情诡异，搬椅子至屋中央，然后站椅上，将头给梁上的绳圈里套，惊得马珍平头发都竖起来了，大声喊叫，丈夫豁然醒寤。千端百态，种种异常，皆不祥之兆。马珍平又陪丈夫去当地医院，诊断是神经错乱，病在大脑，让其用药，依旧罔效。丈夫因昏瞀头疼，不食不睡，日渐羸弱，几成柴瘠。整天还胡言乱语，似乎形神分离，脉不制肉。夫妻又来到城里大医院，经检查是脑内长瘤，压迫神经，导致这些症状。医生私下对马珍平道：“很难痊愈。”马珍平日夜忧愁。

却说那姜连喜因妻与子相继失踪，五内如焚，一个人在家里也待不下去。这时，生产队已经分地到户，他将地里庄稼之事托付于兄嫂，就扛了那补鞋的机器，长年流浪于林幽乡域。每到一村，就在人多之处支起机器，捶皮补鞋，由于收费低廉，人又和气，妇人老人都愿意和他说话。同时，连喜尽力观察着街道上奔跑玩耍的孩子，看是否有鹊儿在内。尽管几年未见，但他坚信他能认出儿子，因为儿子的左耳垂下边有指甲大小一片紫红色胎记。这年，姜连喜估计着儿子到了上学年龄，又将补鞋机器支到学校门口为学生补鞋，他还从批发市场进一些本子铅笔橡皮等，在学校门口贩卖，由于便宜，颇得学生及家长的喜欢。同时，姜连喜观察着，分辨着，寻找着，数年不辍。

　　姜连喜为寻找孩子，朝村暮郭，随处而居。年复一年，不管风雪雨霜，漂泊流浪，四处奔波。虽然毫无端绪，但也毫不气馁。这年秋天，他住在一破庵棚内。一日清早，睡梦之中，忽听一只喜鹊道："连喜，连喜，带上手艺，跟我走吧，去找你的孩子。"连喜问："喜鹊呀，你怎么知道我丢了孩子？"喜鹊道："那天我在街头树梢上，听村人谈论此事，我就知道了。"连喜问："那你为什么要帮我？"喜鹊道："几年前你救了我一家性命，我该当结草衔环，以报大恩。"那喜鹊即向西飞去。连喜一梦而醒，翻身坐起，出棚去看，外边红日初升，天空明亮，碧澄万里，一只喜鹊正在树枝上，对着自己喳喳叫了几声，接着向西飞去。连喜忽然悟到什么，急忙扛了行李，向西追去。路两边蒿草树木，时有喜鹊喳喳，时有莺鸣燕舞，他只向有喜鹊的地方追去。饿了，吃几口干粮，渴了，喝几口溪水，就这样连喜从早上一直追到下午，也不知走了多少路。连喜一路想着：喜鹊当不欺我，这次我一定能找到儿子。因为母亲曾经说过，这喜鹊是一种灵应虫儿。追着追着，一片树林挡住了去路，喜鹊早就飞得没影了。这时，残霞沉落，野烟四合，姜连喜困惫不堪，日暮途穷，悲坐路隅，依树而憩。凉风飕飕，枯枝飒飒，这里前不着村，后不着店。思想着一天的经历，或许是自己太痴心，一时头脑发懵，就追着喜鹊来到这里。天色曛昏，黑幕降临，无人可问途，不知所之。忽然"当"的一声钟响，连喜望去，树林内有几点灯火，赶忙走了过去，见一座闳门竖立面前，借月辉看去，似乎是一座寺庙。正是：暮霭落深树，古刹闻钟声。他乡断肠人，怅然趋微灯。连喜上前叩门，良久，里面才开门，连喜道自己是迷途之人，欲在此借住一宿，寺主见连喜身背补鞋机器，便将连喜延入寺中，供了吃喝，又让连喜宿在大殿中。大殿中央供奉着一尊菩萨，连喜也不知道是什么菩萨，殿堂微灯沉沉，连喜不断地向菩萨祈祷着，让自己一家团圆。临明，夜风吹拂，草木潇潇，淅淅沥沥的雨下了起来，连喜心绪凄断。早起，连喜支起机器，便给僧众们补缀鞋子以报答，僧人们便拿出了许多旧鞋烂鞋让他修补，连喜边补鞋边打问着周围的村镇，又问去林幽的路途。僧人告诉连喜："此是富丰地界，庙旁边有一座集镇叫迪张，是周围十里最大的集镇。再向西二十里才是林幽地界。"下午，雨稍缓，连喜便来到迪张。镇子有一所小学，连喜在学校门口，习惯性地支起了补鞋机器，和往常一样，暗中窥觑进出学校的学生，希望能找到自己的鹊儿。又是半月，毫无结果。

恰在这一天，放学了，有两个小孩边走边推闹，一高个子孩子揪着一个低个子孩子胸前的一件东西，两个孩子撕扯着，从连喜面前过，那东西忽地掉落地上，白灿灿的，连喜拾起一看，原来是一块银牌子，手掌般大，却是十分面善，连喜遽然警惕，正要仔细观瞧，有一个白脸妇人奔了过来，一把抢走了，又打那高个子小孩一巴掌，道："没家教的畜生，为啥揪断我娃的耍货子。"大个子小孩哭了。一个红脸妇人立即横冲过来，指着这白脸妇人，恶狠狠地骂道："就揪断怎样，又不是揪断了你的毛，为何要打我娃？"白脸妇人也指骂道："教你娃回去揪你妈的毛去，一对没家教、不要脸的畜生。"污言秽语，极其难听。旁边有许多接小孩的家长都劝这两个妇人不要护短，并训斥两妇人道："这是学校门口，臭舌粪嘴，熏脏了学生。"但两个泼妇毫不理睬，骂着指着竟然打将起来，众人好不容易才将两个给拉开了。这期间，连喜只注意白脸妇人手中的银牌子，似乎就是自家的那块银牌子。

两人虽然散开了，拿银牌子的妇人已经气得面白如蜡，向众人摆冤道："她娃个子大，整天欺负我娃。给他妈说，他妈不但不管，还怂恿她孩子打我娃。"那红脸妇人也对众人道："娃娃之间都是打打闹闹地玩耍，你大人凭啥上手？"

原来这个白脸妇人正是佘昌本前妻范小敏，因与佘昌本离婚后，就嫁于迪张镇，生了这个儿子叫兔儿，才上一年级。范小敏十分爱自己孩子，将兔儿装扮得如花朵一般，上学接送不辍。昨日孩子他舅家过会，范小敏引孩子去他舅家，便专门给孩子胸前戴了银牌子，今天继续戴着。范小敏本来也是一个厉害的泼妇，若是泼妇有级别的话，范小敏也只能被评定为中级泼妇，但今天没运，却遇上了一个超级泼妇，将其蹂躏一顿，范小敏只能摆扑几下，便败下阵来，气得呼哧呼哧的。连喜叫这妇人坐在自己的凳子上消消气，说道："大嫂，不要生气。你脚上鞋帮子和底子开了缝，我给你轧一下，不收钱。"妇人便脱了鞋让连喜给修，连喜又问："是啥值钱东西，让给扯断了？"妇人道："是一块银牌子，东西倒不值钱。只是她娃个子大，整天欺负我娃，我才打了一下。"说着妇人便将那块银牌子递给了连喜，连喜仔细检看了，惊讶不已：这正是自己妻子失踪时戴的银牌子，怎么传到了这里？看完了，连喜给上面重新系了一条红丝线绳，轻轻地给旁边的兔儿戴上，道："是好银牌子。"妇人道："不值钱，就是稀罕。平时都不戴，昨天他舅家过会，要引他去舅家，才给戴上了。"连喜又问妇人："不知什么地方能买此牌子？我给我孩子也买一块。"那妇人见问起来历，想了一会儿道："这是我家祖传的。哪里能买到！"连喜又问了孩子姓名，上几年级了。妇人走后，连喜立即收拾了机器，径奔武功派出所报案。公安人员翻开以前案卷，果然有关于银牌子之事。公安通过老师将那块银牌子要了来。这时姜连喜也从他哥处取来了另一块，公安将其对比，两块牌子一模一样，都有姜字。这就越发核实了连喜妻子就是在此地失踪。公安便将兔儿妈妈范小敏叫到了公安局，问此牌的来历，范小敏只得说了，是自己和法道镇的佘昌本离婚时，从佘昌本家里顺手袖走的。

公安便将佘昌本传唤审问。这时的佘昌本头疼发作更加频繁。但公安还得审案。这佘昌本也是走过场面的，他承认牌子是范小敏从自己家里带走的，但是却说这是自己在集市以二十块钱买下的，具体时间忘记了。公安又问卖主是谁，何人可以做证，那佘昌本说自己也不认识卖者，提起旁证时，佘昌本净推出一堆死人来做证。尸口无对，公安无从考，不能定案。公安推断：或许这银牌子就是佘昌本从市场上偶然得来的，但可以肯定：当年姜连喜妻子就是在周围失踪的。稍做调查，公安得知：佘昌本不是一个端人，经常在街道集市上逛荡，周围十里没有佘昌本不认识的人，而彼却道不认识卖主，肯定妄语有诈。

公安又去询问佘昌本的前妻范小敏，问她是否知道此银牌之来历，范小敏回忆道："那年中秋节下午，太阳落山时，佘昌本从地里回家，脸上带有伤痕。我急忙问他发生了什么事情，他说是走路不小心，在水泥电线杆上蹭的。我看着也不像，也未多加思索，又见他神情紧张，脸色煞白，像是和别人打架时受的伤，我不便多问，只是劝他去医疗站贴药，可他不愿到医疗站贴药，我一再劝说，他才同意去贴了药。晚上，我给他换衣服时，发现衣服兜里有块银牌子，我问了，他说是在回家的路上，看见电线杆下面有这块银牌子，他弯腰去捡时，将脸在水泥电线杆上蹭破了，并让我不要告诉外人。我看这块银牌子稀罕，也就从来没有告诉过别人。"公安又问："当时佘昌本还有其他表现吗？"范小敏又说："那个晚上，是我陪他去医疗站贴的药。佘昌本从医疗站回来，翻来覆去，几乎一夜没睡。我问他，他说脸上火辣辣地烧疼。又连着几个夜晚都是难以入睡，就患了头晕头疼。"公安又问具体时间，范小敏道："那天好像是月饼节，对了，是普照庙唱戏的那一年。"提起普照庙唱戏，公安立即警觉：任芳丽正是在普照庙唱戏那天失踪的。公安又找给佘昌本贴药的医生，再行证实，医生回忆道："有那回事。当时，我见了伤情，问他怎么成了这样，佘昌本说是自己走路时只顾给一边盯，将脸蹭在水泥电线杆上了。说这话时，我就见他言辞闪烁，目光回惶。因此人一向在外行为不端，我也不便多问，只是给贴了药。但据我看，那伤口不像是蹭的，而是一道一道指甲印子，明显是被人掐抠的。"医生又道："而且次日街头就有人笑论佘昌本的脸又是被哪个女人抠破了。"公安让医生回忆具体日子，医生想了半天才道："好像是几年前的一个中秋节，我一家人正在吃月饼，是他老婆范小敏陪他来贴药的。"公安以此推断：任芳丽是被佘昌本在那个中秋节给害了。公安对佘昌本进行严厉审问，佘昌本只得招供是自己杀害了任芳丽，并将其尸体抛在他家自留地的井里。公安押着佘昌本在地里确定那井的位置，果然掏出了任芳丽的尸骸。自此这个悬了八年多的案子终于告破了。

原来八年前，这佘昌本与妻子范小敏因为不能生子，便找医生看病，医生让其分宿一阵子。八月十五这天晡时，佘昌本一个人给菜地浇完水，在棚子里歇息，几天没与老婆同房，这佘昌本便欲火烧身。正淫心蛊惑、坐卧不宁时，任芳丽却猛然闯到了棚子前面问路，这简直是天降尤物，佘昌本喜出望外。原来是任芳丽看完戏，在返回的路上，因去地里解手，落在后面，为了赶上姐妹们，便抄捷径，意欲从玉米地里小道斜插过去，任芳丽并不熟悉此小道，小道两边苞谷又十分高深，任芳丽便迷失了路径，闯进了佘昌本的菜地里来问路，见佘昌本正坐在菜棚前，便呼佘昌本为大哥，道："大哥，去李村走哪条路近？"佘昌本指了方向。任芳丽又道："大哥，讨碗水喝，刚看完戏，喉咙十分干渴。"佘昌本将任芳丽叫进棚里，任芳丽即拿瓢弯腰从桶里舀水喝。任芳丽本是喜喜拉拉的农家村妇，性情爽朗，行止自然，平素怀里夹拉个娃，大大咧咧地当众哺乳，不甚顾忌，因而本性上对陌生的佘昌本毫无戒备之心，那天又十分燠热，任芳丽穿的又轻又薄，佘昌本从后面见女子身体丰满，肌肤白皙，又边幅不整，胸脖处湿汗津津。佘昌本看得眼睛冒火，又见女子热情开豁，以为这是一个轻贱放浪的妇人，淫心突起，趁任芳丽弯腰舀水的时候，意欲玷污。任芳丽号呼反抗，却见佘昌本凶相毕露，顿时吓瘫在地，没了气力，只是哀求佘昌本放过自己。这时的佘昌本色胆包天，将任芳丽强奸，又怕被人发现，将任芳丽摁倒在地卡住脖子，任芳丽抠抓反抗，仍然被掐死。可怜一个爽爽快快的青春少妇，就这样命丧黄泉。佘昌本见任芳丽兜里有一块银牌子，便装入自己兜里，将尸首拖将起来，丢进井里。一切都是神不知，鬼不觉的。但佘昌本的脸面被任芳丽抠得稀烂。当时佘昌本心情紧张，一点儿都没感觉自己的脸被抠破，当自己血脸走回村庄时，村中人见了问之，自己才知道了，便假称自己是在水泥电线杆上蹭破了脸。村中人知晓佘昌本平素好渔女色，猜测可能又是骚扰哪个妇女时所致，将其指笑了几天。再后来，佘昌本将井用土填实了，给上面种了庄稼，使人看不出那里原来有一井。自此以后，佘昌本满脑子都是任芳丽临死前拚命挣扎的状态，睁眼闭眼，都萦绕不去，遂彻夜不能入睡，头脑昏涨，而且还经常产生幻觉，昏瞀头疼之疾定型也。

佘昌本被投入重刑室羁押。这时的佘昌本已经病入膏肓。那羁押室里潮湿阴冷，佘昌本眠食俱废，垂垂不能起。医生告诉公安，佘昌本患有脑瘤，已到晚期。公安怕其瘐死，难以处理，便令家属将佘昌本拉回家去，公安监督。回家后，佘昌本头疼欲裂，夜夜觉得死者在掐自己脖子，出气不得，没有几天就呜呼哀哉了。公安验了尸，拉去火化不提。姜连喜终于弄清了妻子的死因，而且仇人是在惊恐中死亡，总算是为妻子报了仇，数年的心血没有白费。这事，轰动了整个小镇，人们议论纷纷，都道：恶有恶报，善有善报。天网恢恢，疏而不漏。远在几里外的任芳丽娘家姊妹知道姜连喜给任芳丽报了仇，还专门看望了小鞋匠姜连喜。但这时任芳丽的父亲任戴义也死有一年了。连喜又得到了自家那块银牌子，与任芳丽家人将妻子尸骨运回姜村家乡安葬。夜晚无人时，连喜于妻子坟头痛哭，哭自己妻子温柔大方，贤惠可爱，却是屈死于豺狼之手，心中不甘。大仇虽报，但儿子飘悬何处？求妻子在天之灵保佑儿子平安无事，早日归来。

佘昌本虽死，姜连喜要求法院判佘昌本家给以经济赔偿。马珍平本来以为丈夫死了，母子二人索寞度日，相依为命，安安宁宁也就是了，现在法院却传话要将家产判赔给受害者，说是先由法院刘爽民院长来进行调解，双方坐下来协商，马珍平一时又心慌了。其间，马珍平母亲及大姐马珍花兄长马珍武，常来陪伴马珍平生活，以填补马珍平精神上的空虚，并与之商议如何应对。佘昌本有堂兄弟，在佘昌本犯罪被关押时，无一人去看望，都怕染手，皆不理睬。佘昌本安葬完毕，听说法院要将家产判赔给对方，堂兄弟们便主动来见马珍平，要求保护家产，马珍平以为是好心。没等马珍平发话，这些堂兄弟及其妯娌就一哄而上，竟在屋内的箱子柜子里面胡乱搜腾，接着将贵重物品就往外搬，明显是哄抢起来，如豺狼一样，欺负马珍平孤儿寡母。而这时马珍平家人却未在现场。马珍平上前阻挡，竟然被推倒在地，慧儿看见母亲阻挡这些人搬东西，也站于门楼下面，横着双臂阻挡这些人。其中一男子怒目道："哪来的小杂种，这又不是你家的财产。滚回你家去。"一脚将孩子踢飞到门外！孩子搂着肚子在街道上滚哭，马珍平见儿子如此痛苦，急忙扑出去抱了儿子，坐在门楼下面大声号啕，惹得左右邻舍都来围观。忽然有几大汉奔了过来，彪眼圆睁，喝令将东西统统原样放回。来者躯壳威猛，魁梧雄壮，如金刚一般，佘家人以为是马珍平娘家人，只好放下东西，灰溜溜地走了，为首的气呼呼地留下话道："你娘俩去死，我们再也不管了。"佘家人离开了，这些人却闯了进来。这些人不是别人，而是姜连喜家人，来者不善。

原来，那姜连喜愤怒，怕彼将家中财物藏匿，早已通知了大哥姜连兴，连兴便从村子带来了几个五大三粗的汉子，都非良善之辈，全是睁眼不认人的。他们非常同情姜连喜的遭遇，及听说了任芳丽被害之事，更是怀着极大的愤怒，不仅仅是帮连喜搭腔振威，恐吓对方来的，明里说，就是打抢来的。一大早就开着大卡车来了，等着调解结果，一旦调解失败，那就开抢。正巧，见这佘家人将东西往外转移，便喝令这些人放回原地。马珍平见这后者比前者越发眼凶得紧，莽撞粗悍，举止狂悖，闯了家门，知道是姜连喜家人，真是驱狼进虎。马珍平不由惶恐战栗，哄抢倒是其次，最怕是吓着慧儿，便引慧儿连忙向姜连喜跪下，哭泣着，表示代夫谢罪，愿意夫罪妻还，众人不理。姜连喜却一眼看到了孩子，轮廓颇似自己的儿子鹊儿，简直不敢相信！而鹊儿也一下认出了来者正是自己的父亲，盯着连喜，神情愣怔着。马珍平却是不解，以为是这伙人将儿子吓呆了。这时，马珍平的大姐马珍花进来了，便要将慧儿引走，连喜抢过孩子，翻着耳朵仔细辨认，果然，这孩子左耳垂下边有指头大小一片紫红色，这正是自己的儿子鹊儿，以为梦寐，惊喜尖叫，喊兄长快来认，连兴也觉孩子酷肖鹊儿，也翻看胎记，仔细辨认，确实是鹊儿无疑，兄弟二人都觉不可思议，不由面面相觑。马珍平以为对方要加害孩子，如母虎一样地扑了过去，号叫着从连喜手中夺过孩子，说道："别害我的孩子，你们要杀就杀，我来给你们抵命。"这时围观的群众里三层外三层的，都以为连喜要加害孩子。大姐马珍花也怕这伙人将仇报在孩子身上，怒而吼道："这孩子与赔偿无关。啥都可以赔，绝不能伤孩子一根头发。"围观的人都偏向本地人马珍平，责备连喜道："不准伤害孩子。"在围观者裹胁之下，慧儿被马珍花引走了，带回了自己娘家，交给自己的母亲暂时代管。姜连喜心中疑惑，与兄弟连兴赶忙遣散众人，又来到当地公安局，告诉这个孩子就是自己丢失的孩子姜鹊儿，并说了孩子的胎记，让公安局查证。公安托以别事将孩子验证，果然如姜连喜所说。公安便将马珍平叫到公安局，马珍平以为是调解赔偿之事。公安却问起孩子的来历，马珍平明知买卖孩子属于违法，便坚称这孩子是自己亲生的。但公安稍做调查，就知这孩子是马珍平托自己母亲买回的。公安找到马珍平母亲，珍平母亲承认是从距此二十里路的尤二夫妻手里买的。公安立即前去搜捕尤二夫妻，这尤二正是林幽人，妻子爱宝已死，公安将尤二审问，果然这孩子是一个夜晚从姜连喜的村子抱来的。于是公安初步确认这孩子就是姜连喜的儿子姜鹊儿，便将尤二绳之以法。

　　马珍平怎么也想不到丈夫竟然有命案在身，丈夫被公安局拘后，马珍平心中害怕，噩梦连连，早就没了方寸，幸亏有慧儿身边围绕，以岔烦恼。丈夫死了葬了，也就完了。法院要判赔家产，给了也就是了。只要自己娘儿俩有吃有住，日子就有盼头。可现在姜连喜又说这慧儿也是他的，还要领走，马珍平就如失去灵魂一般。马珍平早已将慧儿看成是自己的心肝宝贝，是将来唯一的靠手。有孩子在身边，生活就有憧憬有奔头，一旦没了孩子，未来将如何生活！马珍平怎么也舍不得慧儿。隔了几日，验血清楚，正式确定佘慧儿就是姜连喜的儿子姜鹊儿，按律应立即解救孩子，交于姜连喜带回。鉴于马珍平母女愚昧不知情，又没有恶意，免于起诉，给予批评教育。这时，懦弱的马珍平早已哭成了一个泪人了。当晚，马珍平一个人待在屋里，冷凄凄，阴森森。思来想去，慧儿是留不住了。没了慧儿，自己孤单单一个人活在世上还有啥意味，便在房梁上缚一绳，下面放一杌子，想悬梁自尽。马珍平邻居有一老太，见马珍平如此孤独可怜，便常来马珍平家里说话，安慰马珍平。马珍平母亲回家前，一再叮嘱老太多来与马珍平岔烦恼。邻居老太本是热心人，知道马珍平没有做晚饭，便给马珍平端了晚饭来，及进门却发现马珍平悬在房梁上，正荡着秋千，急忙喊人将马珍平解了下来。众人将马珍平放在炕上，立即通知马珍平的娘家。听知马珍平自缢，娘家人连夜携了慧儿来看，众人正在哭哭啼啼，却见马珍平睁开双眼，抱着慧儿，双眼流泪，毫不放松。周围的人都在想着，一旦慧儿离去，马珍平一个软弱妇人将怎样生活？皆感悲伤。珍平母亲建议将慧儿藏得远远的，让他们寻不到，待事寝以后，慧儿再与马珍平团聚。马珍武却道："不可，掩盖藏匿是不行的，慧儿十岁了，人人皆知，即使藏到天涯海角，公安也能找出，到时还自取其辱。此事只有协商解决。"马珍花道："咱们也得为丢孩子的人家想想：妻离子散，家破人亡，到处流浪，奔波数年，就是为了一家团圆。现在，政府已经知道了，孩子肯定留不下来。"众人一时都无法可想，都道："这一场人间悲剧都是那个坏蛋佘本昌招惹的，佘本昌真是万罪之源。"

次日，法院院长刘爽民带着警察，前来解救姜鹊儿。一进门，就见马珍平抱着鹊儿不放，姜连喜抢，马珍平夺，一个孩子，拉过去，扯过来，双方都不放手，孩子惊恐万状，吓得吱哇惊叫。一时娘哭娃喊，珍平母性大发，又披发大嚎，如疯了一般，跌倒不起，满屋鸡飞狗跳。刘院长大喝一声，众人都停了手。马珍平兄长马珍武来到刘院长面前，诚恳地对刘爽民院长道："如此场面，对孩子身心健康没有益处，弄不好要出人命的。还是另想一个办法好。"又哀求连喜道："孩子肯定会让你领走的。假如你现在就将孩子领走，那就是生生地热摘了他妈的心肝，他妈就活不过今晚。你还是行行善吧。缓上几日，待我们做一做思想工作。"姜连喜坚决不许，双方僵持起来。刘院长叫大家都冷静下来，道："不要吓着孩子。"那马珍平早已哭得没了声息，只是不断地给姜连喜跪着磕头，家人劝解不开。珍平母亲将孩子拉到一旁，问孩子："慧儿，你认得那个人吗？"孩子道："认得，那是我爸。"又问："那你愿意跟你妈，还是愿意跟你爸？"孩子怯怯的，回头看看连喜，又看看马珍平，一副可怜的样子，道："跟我妈，也跟我爸。"这时，人们发现马珍平好像变了个人，神情僵滞，和以前迥然不同，不理睬任何人，只是搂着鹊儿不放，连自己的母亲也不搭理。

法院刘院长目睹了这一切，思考了一阵子，将马珍武拉到僻处，说道："现在事已至此，我多说一句话，如果你们双方都听了，对孩子对双方都好，若是不听，对孩子对双方都不好。"马珍武道："什么话，你就说吧。你是政府，我们相信政府是为老百姓排忧解难的。"刘院长对马珍武小声道："方才，孩子的话你听清楚了没有？"珍武道："听清楚了。"刘院长道："既然听清楚了，那我们为何不按孩子的意思来，将两家结合在一起？"珍武点了点头。刘院长又道：

"现在，对方是一个鳏夫，你方是一个寡妇，也都是旺年，都舍不得孩子。他终究要一个女人来做衣做饭，这边女人也得依靠一个男人来过活。我的意思是将他们二人结为夫妇，这样他们二人不但有一个完整的家庭，更使得孩子不再产生分离之苦，也省得分割财产、赔偿等一系列麻烦纠缠。我说此话，是为你们好，切勿嗔怪。更有最重要的一点我也调查清楚了，就是两方都是踏踏实实过日子的好人。"马珍武低头沉思道："我相信你这样想法是为我们好。"刘院长又道："你先仔细想一想。此事暂时不要告诉任何人。我现在就去征求对方的意见。"

刘院长又将连兴叫到了僻处，连兴犹暴躁着，对着刘院长唾沫星儿乱喷："孩子今天一定要引回。"刘院长先嘱其冷静，道："孩子肯定是你们的，这我代表政府向你保证。"然后才告诉了自己的设想。连兴沉默了一会儿，道："此为美事，待我与兄弟商议。"即去征求连喜的意见。连兴将刘院长的想法对连喜说了，又道："马珍平确实是一个善良的女人，很爱孩子。而兄弟家里终究需要一个女人来管理。"姜连喜也有此感，又见母子依依，自己实在不忍强行拆散。连兴道："全盘考虑，为孩子着想，为自己着想，也为对方着想，都是好事。"连喜沉思了一会儿，道："先问对方啥意见，但无论如何，孩子是咱家的根，要带回去。"连兴遂向刘院长回了话。刘院长又将马珍武叫到僻处，将连喜的意思对马珍武讲了。马珍武立即将自家人招集一处，告诉了刘院长的想法及姜家人的态度，最重要者，是为孩子着想。马珍平的娘家人，早就有这个意思，只是没有机会说出来，现在法院人员既然挑明了，大家也就亮开心底了。于是，马家人去做马珍平的思想工作。这马珍平的母亲担心女儿刚刚死了丈夫，心里不能接受这一桩新婚姻，但珍花和珍武却在珍平旁边聒噪着，劝其从了对方："你还年轻，终究要走这一步。现在与对方结合，才是最佳方案。你母子不分离，少受一痛。对方又是孩子父亲，对孩子和对你都是好事。"见珍平在犹豫，又道："佘昌本将对方的媳妇害了，假如他不病死，也要被政府判死刑，病死是便宜了他。即使将全部家当赔了人家都不能换回孩子亲妈。你走这一步，也省得分割家产了。""你不走这一步，就要忍受母子分离之痛。你又软弱无依靠，一个人在此孤孤单单地生活，我们也不放心。""再者，这佘昌本不是好东西，他活着的时候做了许多对不起你的事情。你难道要背一个杀人犯家属的身份一辈子吗？你给他守寡，不值。"马珍平已经哭得发昏，只是一言不发。众人又道："姜连喜确实是一个待人和气、勤劳善良的人，为寻孩子锲而不舍，有恒心，有心计，还有手艺，将来你能靠住。"马珍平本来就是一个没有主张的村妇，在娘家时一切听母亲的，出嫁后一切听丈夫的，此时心里乱作一团，听亲人们都说是一件好事，自己也认为是好事，嘴上不说，自是满眶涕泪，胡乱点头，默默接受。马珍平母亲便告诉了刘院长，刘院长又分别将连喜与珍平叫到僻处，征求当事人意见，讲了二人结合的好处。二人经过一番思考，都表示同意。刘院长非常高兴，专门在镇上定了两桌饭，将双方家人招集在一起。大家都和颜悦色地坐下，杯酒之后，刘院长道："方才大家都在气头上，都是为了孩子，做了过头的事，说了难听的话，甚至于推了搡了，瞪眼了，现在一切都过去了，坐下来就是一家人。"大家都表示赞同。刘院长又道："既然你们双方都同意二人结合，这个媒我就做定了。再给你们三天时间，让你们冷静考虑，各办手续，三天后就板上钉钉。这事，我也要斟酌斟酌，不要让别人议论我为办理案件而强配鸳鸯。孩子还放在这个家里，由公安来监控，谁也引不走。"三天后，刘院长再次征询了马珍平和姜连喜的意见，双方都表示同意。刘院长道："好事，那就早结连理，口说无凭，先将结婚证领了。"在刘院长的带领下，大家陪同着姜连喜和马珍平，将大红结婚证领了。刘院长又道："双方都是半路上人，都不要过分计较，依风俗各方准备一下结婚仪式，男方给女方买一身衣服。"并按程序让二人在调解赔偿及领回小孩的证明书上签字。

刘院长又联系政府，为二人举行婚礼，以示祝贺。三日后，是一个好日子，富丰县政府在县上最大的礼堂为二人举行了婚礼，将二人结为夫妇。当日，连喜村子的干部和县上乡上都来了人，连喜前妻任芳丽家里也来了人，皆是祝愿夫妻二人恩爱互敬，又庆祝父子团聚，婚礼庄重严肃。婚礼后，政府用了几辆车将一家三口及贺客等送回了姜家，姜家院子早已摆好酒席，新房收拾得停停当当，花费都是政府提供。此事轰动了整个富丰县，大家俱拍手称赞："这是一个好婚姻。"都道："分明就是前世冤家：佘昌本害死别人妻子，还将别人的孩子买了给自己当儿子。今天自己的家成了别人的家，自己的妻子成了别人的妻子，外带自己全部家产。真是天理昭彰，报应不爽。"

这也算是一段人间佳话。婚后，姜连喜与马珍平居然琴瑟，款恰甚欢，二人将佘昌本家当一部分拉了回来，大部分就在当地变卖了，姜连喜还扩建了新房。

两年后，马珍平又生了一女，夫妻和谐，一唱一随，自不必说。村中人惊奇地发现，这个马珍平和姜连喜的前妻性情一样随和自然，善良温婉，待上接下，邻里称贤，而且举止神态，怪似姜连喜前妻任芳丽，只是变了个模样，姜连喜也有此感，人们更加欣羡，皆祝一家幸福平安。

姜连喜问马珍平："你知道是谁将我们结合在一起的？"马珍平道："是儿子。"连喜道："你知道是谁给我引的路？"马珍平道："不知。"姜连喜道："是喜鹊引的路。也许是我的心理作用，但我还是相信喜鹊是通人性的。"便对马珍平讲了整个事情的经过。从此，夫妻二人更加爱护喜鹊，并教育孩子，保护鸟儿，就是保护自己。后来，姜连喜承包了宅院旁边那片林子，林子来了许多喜鹊，还有其他鸟儿，连喜给林子起了名字叫喜鹊林。喜鹊林成了鸟儿乐园，这里鸟声悠扬动听：百灵的悦耳，画眉的嘹亮，柳莺的婉转，鹦鹉的清脆，更有云雀翔天，锦鸡落树，吸引周围许多人都来这里游玩，竟然成了一方乐土。

第十四卷

———

众人连环救家庭

上

兴平郭庄有妇人郭春堂者,嫁于本县韩村高启宗,夫妻恩爱。公公高安劳养奶牛以食其利。有一小叔高启朝,定王家坪女子王友娟为妻,二人互相爱慕,已初定于腊月底做嫁娶事。另一小叔高启武在新疆军队服役。启宗兄弟平素务一拖拉机,农忙耕种,农闲货运。一家辛勤,光景蒸蒸日上,邻里赞美。郭氏春堂也慧美贤淑,与婆婆宋氏十分和谐,颇得颂誉。嫁三年,生一子一女。

时子不足两岁,方能言语;女仅三月,哺乳怀中。家有乳牛产犊,子最爱追犊玩耍。家居村口,当时盛夏,子用枝条追犊,犊急,无处逃,遂钻入村口桥下一窖内,子立洞口,见窖内黑莽,慑惧不敢入。其时,爷寻孙至,问其犊,孙指窖内,呜呜不清,其爷疑惑,即入窖探之,久不出。启宗寻子,见子呆立洞口,问子,子呜呜道其爷似在洞内,启宗也入洞探之,又不出。春堂婆婆宋氏惊怪,于窖口呼之,不应,急遣叔下,叔惊惧,将手电一照,见洞内瘴雾弥漫,腐臭刺鼻,父、兄及犊俱倒卧于内,当时愕呼。村人至,掘开窖,取二人出,早已毙也。原来此窖乃生产队时一沤肥窖,生产队散伙后,也就弃了,村民将死猫烂狗丢于内,时正是六月酷暑,尸骸腐恶,毒气聚集,二人贸然进入,致遭此劫。

斯须之间,大祸天降,一家人只觉天塌地陷,日月无光。号啕之声,震破瓦宇。政府及村人帮助殡葬,抚恤安慰。哀悲之后,春堂母亲杨杏娘思想女儿尚且年轻,携有二子,却是突然遭遇人生之大不幸,今后路还长着,总不能携其呱呱者终身守老，终究要再醮，便有心促之。着人将春堂接至身边，以传己意。女方丧夫，心意烦乱，曰："死者尸骨未寒，若如此急于再偶，必为人笑。待周年后方议。"其母曰："人于世上，勿为死者忧，当为生者虑，才是正确。汝方守寡，孩子尚幼，尽管生得好容颜，再醮也是难也。若有合适者，切莫错过。"春堂低头认可，曰："妈妈说得有理。"杏娘回思良久，方吞吞吐吐道："我想最佳者，是能与小叔启朝结合。"春堂先是一惊，既而道："妈妈如何说出这般话？彼已与王家坪女子有婚约，且定于年底婚娶也。况且我如今不仅是丧偶之人，还生有两个孩子，若是如此，岂不有辱人家，让别人终生取笑，我也为人所笑。"杨氏道："订了婚又怎样？究竟还是没有过门。"杨氏又道："他与那女子也只是闪面之交，感情不深。你放主动些，先给他讲明道理，做通思想，看他态度如何。他若同意，咱依礼而行。若是两人能做个一生一世的百年好夫妻，何怕别人取笑？"母又道："无论如何，他和孩子总有血亲关系，你若是能与他结合，他焉能对娃不好？现放着一个'亲'爸不去抢了过来，何须要找一个外姓人来给娃当后爸？"春堂低头不语。杨氏又道："娘说此话都是为你考虑。"春堂脸红道："女儿目前正是青年寡妇，热孝在身，背后不知有多少眼睛盯着，倘若行为稍有不慎，就会招人非议，那将来如何在街道走？怎么见人？"杨氏道："嫂叔转房通婚，也是古规古俗，更何况你现在是给孩子争父。再者从相貌上讲，你绝不输于他。"春堂又虑之曰："那些事儿羞人答答的，无论如何，女儿难以做出。妈妈既然有此想法，还是明明白白地按道理行。但不知他母亲能想到这一层否？若是能想到这一层，无须我出面，他母亲也会主动安排此事。这还要看他本人能想得开、想得长远否？他若是个真正的男子汉，就会顾家不顾私，承担起这个家。他若是想不开，我就是再努力也是白费唇舌。"杏娘道："你没有抛出你的心，怎知他没有这一层意思？即便他有此心，他又不知你的意思。自古到今，天下多少男男女女心里倾爱，但却怕羞，嘴里没有说出来，也就误了多少有情好眷属，只能是梦里相会了。"春堂又思虑道："倘若女儿亲自招他到闺房之中，给他讲明道理，事若和谐，做个一生一世的夫妻，那是最好。若事不谐，女儿反增一层耻辱，徒取笑柄，以后在家中连头都抬不起来了。最怕的是表面上同意了，来个逢场作戏，仅能讨一时之趣味，转身却又反悔，那又有什么意思？反倒添了烦恼。"杏娘道："我女儿说得对，我女儿将来还要在人面前行走，怎能做出这让人耻笑之事？但无论如何，你要先与他交心，进行感化，人心都是肉做的。"又道："这也是一条道路。只要你有意，娘为汝谋之。"女道："娘若有心成全此事，那就尽早尽快。以防日久蔓多，倘若不成，反为众人所笑。"其母点头称是，女又道："那我就听母亲安排。他若是不听劝，那我也不怪他，毕竟人家还是个童子。"杏娘给女儿做通思想，便托媒婆姜嬷嬷将此谋风示于春堂之婆婆宋氏，先探其口风。这姜嬷嬷，就是当时给启宗与春堂做媒的婆子，也是春堂她奶妈，一生最喜撮合姻缘，牵系红绳。姜嬷嬷听了杏娘所请，也称此方最为佳妙，曰："事若能成，乃善中之善也。"及见春堂，哀叹道："世人都想过一竿到底的日子，可人世总有不幸。"春堂听此，又抽噎起来，姜嬷嬷又在一旁抚劝道："人生该哭就哭，哭过了还是要笑，才有意思。总不能身背死人的痛苦过一辈子。那岂不亏了自己也！春堂可不要愁坏了身子。"

那春堂之婆婆宋氏因家出大祸，悲气冲天，时有号啕，邻舍皆闻，丈夫究竟年过六旬，虽遭横祸，也不为夭。只是丧了儿子，难以接受。悲哀之余，也在思想着儿媳春堂及两个孙子的将来，毕竟儿媳年轻，不能死守。适邻村发生了后父将孩子虐待致死案，满村哗然，议论鼎沸。那宋氏心中自警，既爱其孙，又不舍其母，怕其母再醮而去。

骤然间母子伶仃，那春堂更是朝夕悲哽，早已乱了方寸。婆媳互相慰勉，照看着一双小儿女。也正是因为有这一双无知的小儿女闹着笑着，才多少化释了屋里的悲凉气氛，婆媳二人才稍有寄托。尤其是春堂，正是要和丈夫儿女热热火火过日子的时候，却突然成了寡妇，顿时没了依靠，想到自己将来，心里整天空落落的，多时将儿女搂在怀里，得以欣慰。那春堂记了母亲所教，便有心将启朝考察，但究竟苦于少妇羞怯，心里七上八下，如猫抓一般，欲将启朝叫于自己房中，但不待启齿，已是脸红心慌，不知何说。那启朝劳作之余，为母分忧，多时把侄子、侄女抱于怀中，子抱叔项，呼作二爸，问亲爸及爷，三人听了，皆泪落如豆。那春堂穿戴素俏，形态忸怩，常唤启朝至闺房之中，看视儿女。叔嫂于孩子交接之间，四目相对，嫂眼角眉梢，颇怀乞怜。二人行为拘泥，难逃婆婆之目。婆婆便也想到了将妇人转房于次子这一层，乃是救家之最佳方案。

姜嬷嬷来到高家，执宋氏手悲叹道："天降大祸，人当自强。不可低头，不能倒下。"宋氏怀搂孙子又是号啕，道："本是一个光光亮亮的日子，正兴旺着，一下子就跌到了沟底。就是他爷怎么说也是六十出头的人了，这样去了倒也罢了。只可惜我儿启宗正是活人的时候，一双儿女最需要养育，却突遭横祸。把个春堂好媳妇也闪却在了人生半路之上，叫人怎能过心得下！"姜嬷嬷劝其节哀。拭泪毕，姜嬷嬷探问媳妇下一步之事，道："我看这儿媳春堂正是风花雪月年龄，守也是守不住的，迟早是要后走。"宋氏一惊，以为这姜嬷嬷要给春堂介绍下家，心中不喜，道："此事我也为难，那么好个媳妇，又有那么可爱的一双儿女！可究竟儿媳年少，正是春情岁月，谁忍心让其活守，终究留人不住！两个幼儿以后可又怎么办呀！"一阵痛泣，姜嬷嬷也陪着落泪，既而悄声道："说得有理，彼是少年寡妇，春心最旺，正是要风月的年岁，焉能孀居下去？留也留不住，禁也禁不了。老身今天冒昧一言，你也不要见外。"宋氏道："你能来，也是一片好心，有啥话就直说，焉能见外。"姜嬷嬷道："何不将春堂转房于小叔？这样岂不两全其美？可以省却许多烦恼。"宋氏先是一愣，既而道："此话固然在理，但我家老二尚与王家坪女子定有婚约。老三年幼，比他嫂子小好几岁，还在部队服役，肯定不行。"姜嬷嬷道："你老糊涂矣，说的就是你家老二，两人年庚相貌皆是合适。"宋氏也叹气道："此事我也曾想过，只有如此，才能保全一家，但就是难以开口。儿子这边，还有春堂那边，都不知心中意思。虑的是儿子憨拙倔强，已经订婚两载，若是反悔，女方家里自是懊恼一场。但无论如何，他叔嫂二人愿意才成。"姜嬷嬷道："先教你老人家将心定了，至于春堂，彼今一个寡妇身，带有两个孩子，还能有什么选择？这是她求之不得的事情，关键在于你家老二。至于与王家的婚约，就是悔了，她又能怎样？大不了招她家一顿骂，却换回一个百年和顺的好日子，也是值却。"宋氏道："你说得有道理。媳妇这边我也看出，忽然成了寡妇，不能接受。情无所寄，身无所托，心正急乱着。幸亏还有两个孩子整日偎闹怀里，才岔开烦恼。最近也不断地向老二眨眼使色，似欲有言。"姜嬷嬷道："我也实话说了吧。我已经讨了春堂母女之口气，彼百分同意。"宋氏思想道："既然如此，我和他叔父试着做儿子的工作。"姜嬷嬷郑重道："你现在是一家的主心骨，别人乱，你不能乱。主意要你拿，日子是你过。既然认为是好事，就要想方设法地促其成功。"宋氏也道言之有理，姜嬷嬷才辞了宋氏而去。

启朝叔父高安勤听了嫂子宋氏所表，思想道："也只有此法可以浑全家庭。"便专门将启朝招至，说明原因。其母先是一阵悲泣，才劝曰："家罹大祸，汝当有责拯救家庭。汝之嫂乃村中能行者，为人贤惠，才貌村中无人堪匹。况且育有儿女，皆汝兄之骨肉，也相当于你的骨肉也。汝嫂方年轻，终久要再醮，彼若将孩子带去，孩子在他人门楼之下将受委屈，为娘心又不忍，我想汝也不忍也；彼若不带子去，将子遗于为娘，为娘今已六十，能养多久？将来你结了婚，又要遗于你，中馈能将其善待否？况且母子情深，汝之嫂何能忍心母子分离？吾与汝叔商议，欲让汝二人结合，汝侄即汝之亲子焉，彼母子也不分离，娘也高兴，咱们还是一个团圆之家。就是你父兄在天有灵，也绝对赞成这样安排。"情辞哀切，悲泣不胜，安勤劝止。见启朝低头脸红，又曰："娘知道，此事对儿有所委屈。但任何事都要从大局着想，如果你二人结合，将对家中有无限益处。"叔父也道："家里现在气氛压抑，是一团死水。只要你行了此事，立即就会春光满院，一河水都开了。关于与王友娟婚姻之纠葛，不用你操心，我们自会处理圆满。"又曰："汝嫂若再醮离去，后夫能对子女好否？前村发生之案件就是镜子；将子女留于汝母，汝母劳神而又彼母子分离，对子女也是大不幸。汝与嫂结合，不存在分离，一家子还是亲骨肉。"启朝还是沉吟不语。安勤又道："不要有过多想法，抛开世俗观念，过自己的日子，勿要怕个别人说长道短，外人也不会在背后论黑道白。而且村人还会称赞你勇于承担家庭责任。数年之后，只有他人羡慕，汝还受他人尊敬。汝父兄已经去世，汝母亲与我即是汝最近之亲人了。能来说此话者，绝无害你之心。汝之嫂是千里挑一的好女子，你二人又年庚相同，正好匹配。你们究竟还没有分家另过，进出还是一个门，还在一个锅里搅着勺把，是亲亲的一家人。况且叔嫂转房，古今皆有，不为丑。就是村中多人都有此想法，私下告诉你母亲，你母亲与我也是多方比较后，才来征询于你。"其母道："此事我一再回想，才与你叔来说此话。你也先想一想，要心胸广开，向深处想，向远处想，为家庭后代将来想。"安勤又道："你若是不同意，目前家里就是一盘死棋，不出几年，这个家将会烂下去。春堂后走，子女去留、家产分割、婆媳反目等事情就会相继出现，先前亲亲的一家子，富厚殷实，立即就变得生分争竞起来了。要走活这盘棋，关键就看你了。"启朝俯首缄默，一语不发。三日后，其舅姨等皆来，劝曰："天降大难，只有以人力弥补。唯有此段姻缘，可以补天补地，保家安宅。"媒婆姜嬷嬷也来百端委谕，陈其利害，私下告启朝曰：“春堂现在是一个寡妇，正处难中，提及此事时，只是羞赧不语，多时哭泣。”又道：“此事乃多人之望。”启朝问春堂有何意思，姜嬷嬷道：“彼目前正处在人生十字路口，进退皆难，关键在你。只要汝答应，彼求之不得，还有何话可说？”又道：“春堂本来想亲自给你说明利害，但考虑自己乃是非之身，多有不便。”启朝思来想去，一阵忸怩，始点头应之。叔父面带庄严，郑重叮嘱启朝道：“你已成人，话说出口，铁板钉钉，不可反悔。再给你一夜考虑。明日，我即安排人与友娟家了断前事。不要让对方说是我们强行将你们拆散。”

那启朝思想一夜，即对叔与母道：“我想母亲的话有道理。我尚年轻，也想不出有啥好办法来保全家庭。唯有这样，也就是了。此事由叔父和母亲做主，我无不同意见。”宋氏赞扬道：“我儿还是识大理，晓大义。”其叔道：“此是积阴德、行大善之事。”遂又安排春堂来与启朝小会，春堂自是羞怯，只是哭泣，哽咽道：“我非不能再嫁，奈因不能抛弃一双儿女，又不舍好婆婆，与这里一切都有了感情。我也想过，这一子一女，也是兄弟之骨血，托于兄弟门下，终生不受歧视。如果兄弟能抛弃世俗观念，认子女为亲生，此大恩大德，我母子三人将刻骨铭心，没齿不忘。”启朝也不由落泪，事遂定。那安勤观察启朝似乎意态不坚，便与宋氏商议道：“我观启朝口虽同意，但面有忤色，心中似乎还二三其德。”宋氏也有同感：“我也感觉启朝肚里不太稳定，就怕另存一副心肠。”随后商议：“还是促二人早日圆房，以免夜长梦多，中途生变。启朝入了洞房，日久生情，也就顺了。”初步定于秋忙之后为二人圆房。

当晚，高安勤便找给启朝和友娟做媒的丁本利，先做通了思想工作。次日早，高安勤、丁本利叫来村长，一同前往王友娟家知会此事。这村长自是安定村子，听了安勤所请，极意嘉纳。几人来到友娟家，友娟父母甚是惊讶。村长乃一干练汉子，快刀斩乱麻，道：“天降大灾，栋折榱崩，家遭倾覆。经我们一再考虑，要挽救这个家庭，只有让他叔嫂二人结合。经大家做思想工作，启朝还是从大局着想，表示同意。如此，启朝与友娟之婚事就此终结。今天我们来，就是向你家赔礼，并向友娟道歉，希望能体谅此事，以表尊重。”听毕，友娟之父母脸色骤变。安勤解释道：“事情你们也清楚。无论如何，春堂现在就是一寡妇，又十分年轻，带有两个孩子，下一步路就是难走。婆婆舍不得孙子，春堂舍不得孩子，只要他叔嫂成婚，骨肉才不至分离，孩子还有一个亲爸。还是一个完整的家。"那友娟父母低头不语。丁本利也解释着："这样做对友娟也是好事。假如妇人在家里守寡，而启朝娶了友娟，自古寡妇门前是非多，彼孤孀人家，启朝又得帮助务作田地庄稼，那两个孩子常缠绕启朝身边，友娟愿意否？此其一也。其二，进出一门，孀居不便，难免有是非传出，那么启朝能与友娟弄好关系否？其三，若是春堂后走，带走孩子，分家析产，又是一大堆矛盾。若是给春堂招一男子进门，将更加难堪。"丁本利又道："当初我也是一片好心。谁料想男方家出了大凶之事，致生变故，此作也是无奈，连我也成了尴尬之身！希望你们体谅。"夫妻二人不知何说，正在迟疑，友娟却闪了进来，面目阴郁，夫妻惊疑。父母与友娟商议，友娟道："既然启朝已经做出决定，也只有如此了。"友娟父才道："事已至此，不可挽回。就是咱们不同意，对方也可以结婚，到时别人还说咱们不知趣，倒不如落个顺水人情，也显得咱们大义，懂事理。"友娟之母道："屈了我女儿也。"友娟泣道："屈我是一时，而她一双儿女幸福却是一世，孰轻孰重，女儿自是能掂量得出。"原来，友娟看到媒妁丁本利与几人进了家门，就倚在窗外探听，初以为是谈论自己年底嫁娶事。惊闻事变，酸楚不堪。友娟已经将嫁衣准备好了，但现在也只得舍小情而顾大义了。后来，友娟家还将彩礼全部退给了启朝家，其父道："彼家发生大难，省得村人议论咱们的不是。这样在乡人面前也有一个好口碑。"

　　至此，叔嫂转房，无了挂碍。母便为子置新房，备新衣，其时春堂欲亲自备之，但心中慌慌，失了主意，只是对婆婆有所叮嘱，以表心中乞怜之真意。母对子曰："汝哥嫂合卺时，穿半截衣，故而做了半道夫妻，娘坚决不能叫你穿半截衣也。"亲睹子穿了衣，女方之母也如是教女也。合卺是日，只邀亲戚并乡中德望老人及村长、乡长等，大家多鼓励二人互相尊重，白头偕老，家庭和顺。母令二人当庭对拜，启朝颈颜皆赤，矜庄不言。女见丈夫秋气霜沉，自己也严妆肃穆，意态沮然。宋氏观颜察色，不由心中沉郁，只是促二人早入洞房，希冀用二人之情欲消除心中疙瘩。于是：百年姻缘今宵定，一对夫妻此夜游。当晚，宋氏携二孙眠。村中人暗中称赞启朝晓明大义，勇挑重担，将此事以为美谈，多有祝愿。但也有人为此婚姻捏着一把汗。

　　以前叔嫂，今夜夫妻，二人于榻上，终是含羞。嫂又思念故夫，时而泪水汪汪。现在与小叔同房，颇是生分，五脏六腑，如团乱麻，没个头绪。因之，花烛之夜，二人无有一言，各裹一被，和衣而卧，以背相对。春堂念母所教，再羞耻，也应大胆放开，以身换心。便纤手探入启朝衾中，轻摇丈夫，使其转身。夫却坚卧，伪寐若不知觉。妇便启衾入，又摇之抚之，轻捻股胫，欲括其入怀，彼却抱胸缩膝，不予配合。嫂又怕彼误认自己意荡思淫，移欢于彼，忘记前夫恩情，也只好含羞而眠。本应：流苏帐子芙蓉床，桃花被内卧鸳鸯。良宵一刻金不换，任它红日照东墙。而今：流苏帐子桃花被，谁料鸳鸯各自栖。孤衾三更心彷徨，玉人怅惘红泪枉。早起，母因孙女号乳，抱入闺房，见炕上龙凤被襮各展，鸳鸯绣枕两边，新妇气色凝滞，母心愀然。至晚，母察子似不愿入妇人房，怒目令入。母又将双枕并排，一被置柜中。嫂铺展茵褥，侍夫上炕，唤夫小字，欲与言语，夫却依旧和衣假寐，嫂入衾扪之，稍触肌肤，彼即缩去，再触之，彼却拨开。嫂好言抚慰，曰："兄弟不要如此，我春堂绝非水性杨花之人。想我与你哥结为夫妻，也是画眉举案，互相恩爱。谁想天降凶祸，遗下我母子三人，确实路途艰难。好心人又将你我结为夫妇，此事对兄弟有所屈尊。但兄弟放心，兄弟能对我母子好，春堂我终生感恩戴德，生死相报，不负众望。"春堂说至情处，痛泣不断。启朝想起父兄，也不由眼眶悬泪。女拭其泪，但彼只是捂被不语，俄尔鼾声起焉。如此三日，妇曲意奉迎，夫却设意回避，拒不与合，春堂泪湿枕畔。正是：落花有意随流水，流水无心恋落花。此后，二人相遇，辄俯首避去，肃若冰霜。那宋氏是有心之人，已经察觉一二，便专门于窗外窃听以验真确。待二人熄灯，只隐约听到春堂之声音，辞情殷殷，却听不见儿子回声。甚者，夫妻二人终夜在床上没有响动，只有儿子微微鼾声和春堂独自转侧叹息之声，更加确定情况不妙。宋氏心中烦恼，一夜不眠，次日早，听见房门响，原来是春堂早起要哺乳婴儿，滴泪而出。宋氏怒气冲冲闯了进去，正见儿子对壁而鼾，鸳鸯绣枕，两头各一。听见母亲进来，启朝惊醒，母亲看了枕头，满脸怒气，对启朝愤之以目，启朝赧颜不知如何对待。早饭后，宋氏道："启朝你过来，妈有话给你说。"启朝忐忑至后房，宋氏道："你怎么不听妈的话？你是个男人不是？春堂是那么好的一个媳妇，你怎能如此待她？难道你还要将她逼走不成？你忘了，你是怎样向我和你叔保证的。妈一再告诫你：过日子比装面子更重要。春堂若走，这个家就散伙了。"启朝低头红脸而去。

宋氏又将情况告于春堂之母杏娘，杏娘则遣人要女回，以宵情诘女，女脸颊绯红，低头洒泪。杏娘知其床事不谐，教女曰："有些事情，本不用娘教之。但你究竟是过来人，何况比其大，该主动，就主动。夫妻之间，俯身求欢不为低，彼心中一乐，就离不开你了。你对他好，他也就对你好了。此是以心换心。"见女脸有潮红之色，母又道："汝与启朝之事，也属于明媒正娶，凤求凰，凰戏凤，没有上下之分，都不越礼。"又曰："晚上饭一吃，叫他不要出门，早早关门睡觉。听妈的话：床上事不顺，则家庭百事不顺。床上事顺，则家庭百事皆顺。他正是青春年少，难道对你无动于衷？关键问题还是你功夫没有做到，他已经上了你的炕，只要你功夫做到，他还能不上你的身？我就不信。"女顿足失声，哽咽不能语。母也助泪，婉劝曰："你不为别人想，当为自己孩子想，命已如此了，不怕羞耻。为娘觍颜相劝，实为你之家庭和睦。汝与前夫，或可平起平坐。现在不一样了，就要多迁就，多付出才是。"母又道："切记，你与启朝在一起，不可提及以前之事，以免扫兴。"遂送女回，女一路涕零，其母也抽咽不胜，道："你这样哭着回去，叫为娘如何放心得下？我娃光景不顺，心有委屈，为娘心都能疼烂。"又道："前面是你爸坟墓，到你爸坟上一哭，也可轻松。"于是，母女二人来到坟前，一阵号啕，自觉轻松。其母又送了一程，道："为了孩子，我娃要委曲求全。我娃日子和顺了，娘才能放心。"

那宋氏也敦促儿子："该说的话都给你说了，你也知道怎样做。现在是闲月天气。你与春堂乃是新婚夫妻，理应早睡晏起，多温存一会儿。夫妻之间，就该这样。"子默不言，只是脸红。母又道："女乃德义之妇，周围称贤，为咱家生了一对好儿女。现在，身处大难之中，汝不可轻慢。彼是过来人，要怎样，就怎样，你不要羞缩躲闪。勿冷其心，勿伤其尊。你要对得起春堂一片真心，她所作所为，都是为了咱家好。妈还是那句话：过日子比装面子重要，日子是自己过的，面子是给人看的。"启朝还是不言语。其母又道："人活世上，该哭就哭，哭完了该笑还是要笑，该乐还是要乐。总不能因为死了人，就永远悲哀下去，这样活于世上还有啥滋味？"

是夕，春堂将叔迎至炕上，叔又裹衣紧卧，丝毫不为女动。女抚其头，使其转向自己，枕于臂上，启朝双目微闭，依旧不语。妇良言相劝："君勿嫌弃我是寡妇之身也。君上了我的炕，就这一步，证明君是识大体顾大义的男子汉。"启朝为之动容。妇又以手扪叔胸背，抚其颊，叔渐舒展。二人遂拥抱一起。但叔终是羞缩，亵中带肃，默不一语，少有笑脸。女曰："夫莫羞，丈夫巾帼，本该如此，何况夫妻之间，有何羞哉！"春堂心想：只有如此，启朝能被感化，家庭就有希望。只要他对我儿女好，我母子有了依靠，就是将我身上肉吃了都不嫌，况且这也是做妻子应尽的责任，尽他喜欢。妇人喜在心里，便极力配合。从此，二人鱼水相欢。如此数月，果如母言，叔觉妻子可爱，笑挂脸上。一日晚，睡至中夜，女对叔曰："君勿笑我如此俯身下气相求，我非为荡妇贱人，我是为孩子着想，也是为高家之苗裔考虑，诚心诚意欲与君共度下半世也，故而在君面前舍耻换心。"启朝心中感激，直是零涕。说道："夫妻之情，人伦之本，当是平等，安有贱荡二字？"女曰："你认我为汝妻也？"启朝道："事已至此，谁还能说我们不是夫妻？"二人欢情浓烈，发誓永谐琴瑟，终生不离。

中

却说那女子王友娟自从学校毕业回村，不久便与启朝缔结婚姻，心中欢喜，期待着年底结婚。然而却因启朝家突发祸事，致使中途生变，如晴天霹雳一般。为了春堂孩子，为了启朝一家，毅然放弃所爱，她相信启朝和她是同样心理。嗟悼数月，至春节，经人介绍，又与启朝村中青年牛吴行定婚，并初步定于十月一日完婚。依俗，订婚也有一个隆重仪式。订婚那天，启朝也去贺喜。那牛吴行本是一宵小之物，举止轻浮，言语唐突，早就知道那友娟在周围姿色亮艳，十月一日就可娶回家中，实是福分，便兴兴狂狂，开怀畅饮。也是一时酒入舌出，忘了顾忌，对着一群卑趣俗流之辈，便戏谑启朝道："大丈夫行于人世，何能娶一寡妇？被人耻笑。"旁边有人暗中摇手，使眼色，甚至有人掐了一下牛吴行，欲制止其胡言乱语，但彼正在酒中，得意非凡，道："男子汉当配一大姑娘，方不枉来人世一场。"声更大了。直到被长辈训斥，才停了那鸟嘴。旁边又有小人道："肥水不流外人田。这般肥水，若是流了外人田，岂不可惜？"更有小人越发诨语："嫂子尻蛋子，兄弟一半子嘛。"引得众宵小一片哄笑。那启朝听了此话，却是面红耳赤，羞窘不堪，低头寞寞而去，气氛一时冷清，众人都不欢而散。长辈又训斥牛吴行道："启朝不与他嫂子结婚，你能有今天？小人一个！"牛吴行方才后悔。

　　启朝当晚回家，俯首屋外，逡巡不入。春堂闻启朝步履声，喜而出迎，拂榻促眠，见启朝郁闷，不知原因，问其酒饭，却是不答。数次唤之，启朝始应。春堂忙为夫端水濯足，又为其解衣去袜，将启朝伺候上床，然后自己才卸妆入帏。但启朝对妻子期待却是视而不见，依旧不言不睬，春堂以为启朝乏累，便为其按摩肩背，然后盖被捂足，关灯促眠。连着几日，皆如是也。正是：鸳鸯枕套双喜帐，合欢床上两条心。春堂很是不解，以为自己于床上伺候丈夫不周，于是更加体贴入微，殷勤臻至。但夫却如最初一般：缩身捂被而卧，唉声叹气，将春堂冷落一边。女又好言抚慰，曰："君勿如此，我春堂有啥不到之处，君就明言，不要以此折磨春堂，冷我心肠。"启朝还是不语。春堂思当融洽气氛，便自投启朝怀内，却被其推堕床下。妇问为何？夫不回答。春堂羞愤，无地自容，身心屈辱，谁人理解！妇抽泣终夜，既而着衣怒曰："我此作不仅为我母子三人想，也为你娘想。我在你面前，不顾羞耻，俯身求欢，就是希望能留住你一片良知，而你却是执迷不悟。你记着，两个根苗也是你家血脉，你当养之。"愤而出门。是夜风雨交加，启朝望见春堂尚在窗外伫立，容色惨怛，掩袂流涕，委屈抽噎。启朝本来对自己态度阴存悔心，但脾气冷倔，却是不加抚慰。女冀其夫回心转意，久未见应，彻底心凉，折身而去。

　　宋氏这几日见媳妇又脸色沉绵，凛若冰霜，夫妻避道而行，又心内紧悚。这日早，宋氏早起做饭，未见媳，心生疑窦，诘于子，子曰："昨夜逃也。"母爽然自失，瘫坐地上，号啕大哭，安勤即遣人四处找寻。邻居来劝，再看床上一对儿女，女褓褓濡湿，更是嗷嗷求乳，儿也啼哭唤母。有人抱了女婴为其哺乳，有人给男婴喂食。杨杏娘家人知道女儿宵遁，不晓何因，急忙到亲戚朋友处找寻，毫无踪迹。怕其寻短，沟坎井壑，无处不寻。从此抚养两小儿就成宋氏之事，宋氏拊掌悲曰："这日子将如何过也！"日日抹泪，萦累可知。

　　不久，宋氏妇人知道了媳妇出走之因：是牛吴行从中贬损挑唆。宋氏恚愤不可忍，去牛家门前哭骂："多少好心人几经周折才将一家子捏在一起，而你却是挑拨离间，导致我家妻离子散。老者、呱呱者俱日夜号啼，你就高兴也？"一时人人皆知春堂出走是牛吴行的谗言嘲讽所致，都骂牛吴行。

　　却说村长每每因事去乡政府办事，乡长都要询问高启朝家庭状况，当听到二人燕好甚敦、十分惬恰时，乡长就极力赞赏，道："启朝冲破封建思想，为了家庭毅然决然与其嫂子结婚，使一个濒临破碎的家庭重新完整，有一种责任心，对孩子对社会都有益处。"又对村长道："二人婚姻尚在险期，你要暗中护佑，防止中途生变。一旦有矛盾最好是亲属解决，你也要暗中鼓励，切记不可张扬。"可见，乡长对此婚姻也是捏了一把汗。后来，乡长听到派出所报告郭春堂成了失踪人口之时，很是吃惊，急忙将村长招来询问事由，村长道是牛吴行从中挑拨，致使一个美满的家庭分崩离析。乡长很是叹惋了一阵子，道："主因还是启朝心里不坚定。"又道："还是尽量让二人重归于好，这有利于村子和谐稳定。"乡长也促使派出所帮助寻找，然而，殊无端兆。乡长对牛吴行颇有恶感。

那天，牛吴行携友娟来乡政府领结婚证时，友娟在电线杆上看到一则寻人启事，分明是高启朝在寻找妻子郭春堂，心中吃惊。及来到领证处，见坐有几妇人，正议论着街头那则寻人启事。妇人当中有乡长婆娘，及听到来领证者就是韩村的牛吴行时，心里就非常厌恶，适牛吴行去做婚前体检，乡长婆娘小声告诉众妇人道："正是这个牛吴行将人家夫妻拆散也。"没想到友娟耳尖，逮到了这句话，就躲在暗处竖耳窃听，乡长夫人便仔细描述了拆散过程，友娟听了，就气不打一处来。那友娟对与牛吴行之婚姻本来就有委屈之感，及听此，当下决定放弃与牛吴行婚姻。立即奔回家里，通知媒妁，坚决退婚，并让父母将彩礼尽快退于对方。那牛吴行检查完身体，踌躇满志，再找不见友娟，询之门卫，道其已经回家去了。牛吴行心中一惊，也回了家去。晚间，媒人即告诉牛吴行：友娟要退婚。牛吴行急忙赶到友娟家来，究问其因。友娟恨声道："人常说：宁拆一座庙，勿拆一个家。那启朝顶着多少世俗压力，才与春堂走到这一步。而你专向人痛处戳，将人家夫妻拆散。你所做是人事否？"牛吴行道："高启朝是一个青春男子，娶了一个寡妇，焉能长久？算什么英雄？现在抛弃了那寡妇，才算是真正的男子汉。"友娟道："高启朝才是真正的男子汉，大仁大量，胸怀宽阔，危难之中，挺身而出，撑起家庭。"又道："我与启朝皆为他人着想，取大义而舍小情，才忍痛割断情丝。这样你才有幸与我相识，你不感谢他这种大义精神，不珍惜这份来之不易的姻缘，反而取笑他，玷辱他，诽谤他，硬是破坏了人家一个好端端的家庭。"牛吴行因此事曾被乡邻父母骂了，现在又被未婚妻数落了一顿，不由猴急，怒对友娟道："你与他分手，心里还是想着他。"女道："似你这等小人无赖，低级庸俗，卑鄙肮脏，又无威无能，怎能与他胸怀相比？告诉你：今生不可能伺候你，你走吧。"那牛吴行始向友娟认错，那友娟就是不同意。友娟父母一直在里屋听着，见二人起了口角，怕牛吴行猴急，动手伤了友娟，便出来劝牛吴行道："你先回去，请媒人从中调解，我们也将友娟劝一劝。"牛吴行走后，友娟对父母道："势利小人，反复无常，终不可靠。"遂也离家出走，只对父母说是去外边打工。

却说周围两女相继遁去，皆杳无音信，影响颇大。那牛吴行因挑散别人婚姻，先前在村里就被村人骂，被父母训斥，村长也将他狠狠地剋了一顿，骂他破坏村子安定团结，现在未婚妻也因此没了，自是心里窝火，懊悔不迭。牛家把这一切都归咎于启朝母亲将此事畅扬出去。自此，牛吴行家与高启朝家结了冤仇，互相诟詈，众议纷然。唉：酒后一句话，拆散两个家。真是害人又害己也。尤其是高启朝家，经过多人努力，春堂又使出了万种柔情，才得到一个和谐家庭，本指望与启朝团圆百年，现在竟然毁于小人牛吴行的只言片语。真是一言偾事，功亏一篑。虽然多咎于小人牛吴行，关键还是启朝之意念不坚耳，而春堂也难逃遗子弃女之责。村人初以为春堂出去一段时间，就可自己回来，但数月后，还是生不见人，死不见尸，谣诼遂出："与野汉子私奔也。"但启朝一家却是不信。

婴儿思乳，昼夜嗷啼，宋氏不胜其烦。埋怨儿子道："汝负了多少好心人之期望也！"叔父安勤说道："你已经成大人了，还做出这亲痛仇快之事！"启朝因为怄走了妻子，被亲者骂，被群众指责，无人理睬，甚觉尴尬。又回想妻对己之一片痴爱，始才知错，嗟悔不及，愧怍欲死。而对方母亲杨杏娘却屡来要人，哭诉启朝将女虐待逼逃或害死也，要去告官。启朝力辩冤枉，痛悔知错。其叔高安勤等人也尽力抚慰，皆求杨杏娘切勿仓促上告，先以找人为主。安勤及宋氏皆对启朝道："汝既知错，现在唯一的选择就是出去寻回春堂，向其认错，方能表以真心。否则，你就是跳到黄河也洗不清也。"启朝便将女之亲戚朋友通问一遍，还是无有消息。可天下之大，要到哪里去寻找？只好在县城乡镇贴寻人启事，并许以重诺。然而折腾一月，犹如石沉大海，毫无踪兆，自己整天在村中灰溜溜的，颇为狼狈。忽有人从西安回来，道是在西安南郊看见一女，似乎就是郭春堂。启朝仔细询问了那人，遂将养奶牛事托于叔父，自己到西安南郊寻找，可西安之大，人海茫茫，能在何处打问！启朝便留西安打工也，以便寻找。至秋忙，又回家收秋也。至家，别是一番滋味。睹其炕头，乃二人温情之处，却是：

锦衾虽暖人已去，绣枕凝泪恨犹存。现在炕上满是尘土鼠粪，更者，独卧空斋，单枕难眠，夜雨寒床，冷衾伤意。清夜扪心，觉得自己负了妻子一颗火热之心。鸾飞凤去，更加想念。母亲又是怨恚不断。两个孩子没了父母，见自己回，又来寞寞围绕身边，情景乖张，失了欢容。正是自己逼走其母，负罪何深？悒悒不安，悔愧交集，但不知妻子栖身何处。正是：玉人一去不回头，春闺乍暖影空留。又是日落黄昏后，惆怅红粉被谁留。

那启朝张贴寻人启事，惹得沸沸扬扬，周围村镇皆知，多有叹息感触。这日，家中忽收一信，是从新疆库尔勒邮寄而来，而非老三高启武之笔。信曰：此有采棉妇，自言是尔妻。暗怀归家志，又恐情难为。对众无欢颜，独自多涕泣。望君速来迎，莫负少妇心。信上详细告诉了其所在地址。见信，启朝顿时心情豁朗，此妇非春堂而谁也。一颗悬心，方才落地，恨不得立即飞到春堂身边，跪承其错。但信未署名，也未索要偿金，启朝心中惊喜，又是疑惑。先是，政府有组织农妇去新疆采棉事，启朝寻到组织者，申明来意。组织者检索采棉者名单，果然有郭春堂名字在册。组织者又告诉曰："此女报名时就郁悒寡欢，一副心事重重的样子。估计是家贫。现在才知是凄恋儿女。不过，同行者皆是本地人，能互相照顾。"组织者又告诉了采棉的大概地址，与来信者所言地址吻合。至此，两家之人始稍稍放心。宋氏对启朝曰："春堂既然是在新疆采棉，汝当自去寻找，若不能寻找回来，汝也勿回也。"启朝火速奔赴新疆。

却说启朝按信中地址来到新疆库尔勒某县，寻找妻子郭春堂。及至县城，却是双眼一抹黑，到处打问，到处碰壁。县下有乡镇，又到信中所告诉的乡镇去寻找。新疆本来就地阔人稀，棉田远在各处。及至，见棉田辽阔，茫茫无际。有时偌大个棉田，仅有一二人在焉，绝非想象中的关中地面——田间地头到处是人声鼎沸的热闹景象。田中采棉者，人员纷杂，各色各音。除陕西籍外，陇晋冀鲁豫等皆有，多是妇女，其中也有男子，还有一家数口者。问了几处，皆摇头不知有甚兴平人，有些农妇甚至连陕西在什么地方都不知晓，更何况"兴平"二字。在空旷广袤的田野中找人，才知自己是井底之蛙，算盘打错也。数日奔波，疲累不堪，而身上盘缠所剩无几。思曰："如此，也不是办法。"自己只好加入采棉队伍中，边采棉边打问寻找。由于手慢，而又心不在焉，采的棉少，所挣除却自己食宿，少有盈余，只好减省饭食，并且今天这一处，明天那一处地采，只奔有陕西女工的地方而去。或告曰："采棉工一下火车，即有人来抢着招收，而女工专拣价高者奔去，一下火车就纷乱无筹也，多不按当时计划照办，更不留名。"听此，启朝更加迷惘。或问曰："为何寻妇？"启朝想起春堂对己之恩爱，哀告是自己不是，使得妻子怀愤离家，遗有一双小儿女。有人笑曰："还有妇人来采棉，顺便将自己嫁于当地者。说不定你老婆也自嫁新疆也。"还有人劝曰："这里女人多，许多都没有男人。你寻不见自己婆娘，就在采棉工中拾掇一合适妇人，引回去做婆娘也就是了。"启朝道："安能如此，娃娃也是不认。"启朝暗思："彼或许不认我是她丈夫，另奔他人也未可知。"思此不由捶胸顿足，后悔不迭。新疆日照时间长，采棉时间长，启朝心中焦急，连日奔波，又不服水土，唇干舌燥，至此，气派悚然，又餐饭不继，委顿不堪，甚是狼狈。遂歇在路边一小房中，来往者多有知道。

下

却说那郭春堂负一时之气，离家出走，惘无目标，思欲回了娘家，那母亲又要归咎于己，强逼回返。心内酸苦，诉于谁知！自思无处可投，便来到西安城，见有阳陵人开的一家饭馆正在招工，便应了下来，主人供其食宿。春堂安了己身，思曰：我家婆子，自是不会亏待我儿我女，只是苦了婆婆也，待我手头活泛了，再徐谋儿女生计。连着几晚，大雨淙淙，冷风飘窗，春堂躺在铺上，小屋幽静，又起思儿念女之心："不知我儿女被子盖好没有。"对窗涕泪。真是：枕上眼泪窗外雨，隔个帘儿滴到明。夜阑，老板娘子起解，却闻屋里隐约有幽泣之声，听了许久。猜想此女有冤屈，又思：这女子来了几月时间，一直脸色抑郁，多有哀叹，肯定身上有故事，但此女体健结实能干活。昧爽启扉，却见春堂容色憔悴，神情惨淡，便私问春堂为何深夜哭泣。春堂不答，唯有泣泪。老板娘便耐心开导，曰："妹子有啥委屈，告诉大姐，说出来你心里也好受些，大姐或许能帮助于你。"春堂见老板娘心地诚善，便痛诉自己的不幸遭际，词涉悲恻。老板娘非常同情，劝春堂回家去照顾儿女，道："大姐当说你几句了。你心怎么跟石头一样硬，丢下一个吃奶娃儿，就一个人逃了出来。你把娃儿撇在家里，就能放心得下？不怕娃娃哭断肠？"听此，春堂泪落如豆："我怎能不想我的娃呀。

但家里出现矛盾，心里烦乱，便私自出来散心。"大姐训道："想娃，你还往出跑！能有多大矛盾，连娃都不管了。"这位大姐劝了半晌，春堂才性定，颠倒苦思："汉子负我，我可不能负儿女。我还是回家看一下儿女。"遂结了工钱，决定回家。大姐亲自将春堂送到了去兴平的汽车站，一再叮嘱："儿女现在没爸了，可不能再没有妈。倘若有啥困难或想不开之事，可到大姐这儿来，大姐将尽力帮扶。"春堂与大姐依依惜别。到了县城，春堂又起反复之心：自己当时负气出走，现在又悄悄返回，将被人笑。迷惘不定时，适县城出榜招去新疆采棉工，遂提了包袱，报名去新疆采棉也。上了火车，见车上多是母女妯娌等结伴去新疆采棉者，在车上嬉闹问候，叽叽喳喳，只自己戚戚孤独。忽见同行者中有一女子，年貌比自己小，姿容姣好，也是孤身一人，屡望春堂。春堂也望其颜色，似乎相熟，却不能忆起。女子见春堂闷闷不乐，便主动来与春堂搭讪，春堂才稍解郁闷。互审里居，女子自道兴平刘村人，名字叫春蕙。春堂道自己是郭庄人，女立即道："姊非郭春堂乎？"春堂惊讶道："你怎么知道我名字？"春蕙道："咱们同在乡上中学上过学。"春堂点头道："难怪我看你也面熟。"一阵寒暄。郭庄与刘村相距有十里地，属同一乡府，二人遂相欢好。及至采棉地，春蕙又主动与春堂同食宿。春堂问春蕙曰："何单独而出？"女曰："逃婚。"春堂又问："为何逃？"女曰："父母为了金钱，强行将我许于一不喜欢男子，并预定于过年结婚。因而我逃了出来。"女又问春堂："姐姐为何也是孤身一人出来？"春堂不愿意别人知道自己之悲惨遭际，只道是嫁人不淑，丈夫粗暴，自己不甘，遂离婚也。春蕙道："有志气。"春蕙又道："咱二人同病相怜，而且名字相近，又不期而遇，不如咱二人结拜为姐妹，你看如何？"春堂高兴，二人遂结为姐妹。从此二人餐风宿野，步趋相随，亲密无间，生活互相照应。一般采棉者都是一家出动，或夫妻，或妯娌，或姐妹，同食同宿。众人见那春堂、春蕙二人互相爱悦，也认为她们是妯娌耳。那春堂想念儿女，思念故夫，怨恨后夫不提。

一日，佣工之间，传言有一男子寻妻，称是妻子遗下一双小儿女，私来此地采棉挣钱也。现在儿女病啼无乳养，特来寻妇。妇人皆有母性，闻此，多有叹惋者，甚至于有落泪者。春堂也汍澜如雨。春蕙问曰："姐姐为何哭泣？"春堂曰："我也有一双儿女，尚在襁褓中，遗于婆婆照管。"春蕙道："原来姐姐也有一双儿女！"春堂便哭诉自己不幸之经历："亲夫去世，婆婆将我转房于小叔子。而彼却嫌我是寡妇之身，伤了他自尊。我想：我在他家屋檐下也难久长，便逃了出来。"春蕙惊道："原来姐姐有如此凄惨之经历！那你也能狠心扔下一双小儿女？"听此，春堂又号啕大哭。春蕙劝慰良久，春堂才停了哭泣，曰："愿我儿我女别来无恙。料我婆婆也不会苦了我一双儿女也。"春蕙又问："不知对方现在后悔否？"春堂道："那个负心汉，知道什么是恩爱？将心给吃了都不知道好，只知道耍男子汉大丈夫。"春蕙又道："姐姐或许误判人也，我离县城时，听人说有一男子在县城寻找妻子。因为劳燕分飞，当街泪水潸漓。噢，好像还满街贴寻人启事，大概名字就是你。"春堂惊愕，眼睛顿时一亮，急问春蕙道："可是真的？"春蕙道："是真的。"春蕙又劝道："不为负心人想，当为儿女想，采完棉即可回家，与儿女团聚。"春堂又曰："儿女我怎能抛舍得下！只是当初负气出走，今又有何脸面主动回去？"春蕙又道："那个来此寻妇者莫非就是你家丈夫？"春堂又问："他是哪里人？"春蕙曰："传言他是陕西人。"春堂便疑是启朝为寻己而来，自语道："难道他还要我？"又落泪思曰："吾夫已亡，还能有哪个男人挂念于我！那个狼心狗肺的高启朝，封建脑袋，何能来给我一个寡妇低头认错！"又是想他，又是恨他，自言自语道："不信他有此心！"自是一番叹息，曰："待我挣得钱了，将一双儿女引了，自谋生计。"

春蕙笑道："那我采棉完了，也不回家了，和你生活在一起，帮你养儿女，咱二人永不分离。"春堂道："妹子还年轻，路尚长，焉能没有一个好女婿？回到家里，姐姐帮你谋划一个。"春蕙道："我都不想结婚。我觉得没有男人还好，不生孩子才是自由洒落。"春堂道："人不结婚，就辜负了青春岁月，人不生子，那就对不起社会。倘若人人都不生子，那就没有社会了。人生一世，草木一秋，花草都知道开花结籽，何况一个人？人生之所以精彩，花草之所以美丽，就是因为她能开花结果，将生命延续。"春蕙道："一旦结婚生子，就有一大堆烦恼事。"春堂道："你说错了，人就是为事才来这个世界的，有事才有社会，没事就没有了社会。人就是在事中苦，在事中乐。你说你不想结婚，难道给荒里长？老了怎么办？一个不结穗的光秆秆子，还叫人笑话。"春蕙道："但你尚且没有下家，何能为我找女婿？"又问道："你家丈夫是如何就不在了？"春堂就从自己儿子如何赶牛犊引起的事故讲了起来，讲得满眼泪水。春蕙听完，惊道："原来你就是高家的长媳。高家之事在周围传遍了，都感到非常惋惜。人们都说高家三英，与众不凡，老大纯，老二精，老三武，个个帅气。其父英雄，挣了一个好光景。没想到却出了这样大祸事。"春堂听了，益发哭泣："姐是多么想过先前的日子呀。与丈夫儿女在一起，多么幸福。"惹得春蕙不住地劝。次日早，春蕙却不辞而别，春堂心中疑怪。

却说采棉工为多挣钱，皆采至天黑不能视时才收工交棉领钱焉，然后吃饭歇息，由于苦累，一躺下即入寝也，日日如是。当晚，春蕙不在身旁，时月光满室，秋虫鸣唧。春堂清夜孤坐，一时心潮澎湃，便思儿想女，又是泪落斑斑。又暗忖那个寻人者莫非就是自己丈夫？是进是退，万缕潮心，不能成眠。想到："倘若他能为我而来，我何不趁此台阶寻他而去。"正是：半窗花影夜深沉，一段情愁捉弄人。春蕙忽然返回，春堂满脸娇嗔道："你不辞而别，将姐一个人撂下不管，你看姐还不可怜！"春蕙告曰："姐该高兴才是。我打听清楚了，那男的正是你丈夫。"春堂立即变恼为喜，询问起来。春蕙道："昨日，一个老乡招我去她那里，今早我便去了。正好知道了那个寻妻者的准确信息。那男人自称是陕西兴平人，姓高，年二十六七，寻一个名叫郭春堂的妇人。我一想正是你，就赶快来告诉你了。"春堂又惊又喜："正是我夫寻我来了。"急道："他住在哪里？"春蕙道："听说那人由于连日奔波，找人不见，心中焦灼，肝火上升，竟然急出了病。现在都不能动弹了，在路旁一个小房子里躺着呢。"春堂急道："他生病了？"春蕙又道："我看姐姐还是趁早去看他便了。如果是，还是相认了为好。"春堂心中激动，不由手摇心颤、脸色发红。就想去看，先举镜自览，但见自己首如飞蓬，脸色焦黑。叹气道："我如此模样，怎能见他？若是见了，他更是不要我了。"春蕙取出梳子，帮春堂理了妆容，道："勿怕，彼万里寻人，肯定真心为你而来，难道他见你变黑就不要了？"春堂又犹豫道："我若是去，就是我给他低头了。他对不起我，我怎能低头去见他？"春蕙道："两口子的事就是狗皮袜子没反正。夫妻矛盾本是一层纸，谁先戳破谁后戳破又有啥区别？他能来找你，就是他先戳破了那层纸，是他先向你低头认错来了。"春蕙又道："姐姐若是不去，都能被脏话埋汰死了。"春堂问："什么脏话？"春蕙道："周围人晓得他来找妻，都说此男人有情有义，反倒说你是抛夫弃子呀，随奸夫私奔呀；名为采棉，实为卖身呀；什么扔下儿女，傍了大款呀，蛇蝎心肠呀；等等，啥话都有。"春堂更是吃惊，问："那他怎么说？"春蕙道："他说：'她子女在家嗷嗷待哺，不可能做出此事。休得乱说。'可见他心中并未向坏处想。"春堂曰："看来，我还是去认了他吧。这里人多嘴杂，妄听妄传，倘若整个兴平县都知道我的事，岂不臭死人了。"春蕙道："不仅仅是整个兴平县都知道，半个中国都知道了你。若是有记者将他一采访，那全中国、全世界都知道你郭春堂了。"春堂更加不安道："臭完了！臭完了！"春蕙又道："当时在县城，那男人就向围观者哭诉妻子丢下嗷嗷待哺的孩子，离家出走。围观者就有许多难听话儿，说什么那妇人是一个精神病人，胡乱跑丢了；还有人说是被人拐卖了；还有人说随野汉子私奔了。说啥话的都有。"春堂脸色不安起来。春蕙又道："那男人还将寻人启事贴在西安、宝鸡、咸阳各个街道的电线杆上，县城村庄大小胡同的墙上，还有车站，到处都贴，连厕所里面都贴着。上面还有你照片，和手掌一样大。为了醒目，那'人'字画得又黑又重。上面写着什么患有神经病，神志不清，胡言乱语，等等。还写着能提供可靠信息者奖励三万，送回家者重谢。就差上电视了。"春堂道："贴到厕所！还上电视？还说我有神经病？丢人死了！丢人死了！"春蕙又道："以现在的行情，娶一个新媳妇，从订婚礼钱到娶进门所有花费也不过三万，你丈夫能出此价寻找你，可见他心中确实有你。"春蕙又笑道："姐姐若是不回去，明日我向你家里打个电话，这三万就归我了。"春堂自语道："看来，我还是赶快回去吧。不然，我这一赌气就是三万，我出来采棉能挣几个钱！可是不容易呀！还说我有神经病，不知是谁出此馊主意！你看姐有神经病没有？"春蕙道："姐哪有神经病。若是不写你有神经病，试想一个好端端的女人怎能抛下自己吃奶的娃就走了。"春堂沉默。春蕙又笑道："姐姐若是不想见那个男人，还是将自己藏起来吧。万一被人看见，报了信，你家就少三万块钱了。"春堂也笑。春蕙又叹息道："你还好，还有人来寻找。我出来，根本没人问。"想起自己婚姻的不顺，春蕙不由双泪盈眦。春堂劝慰道："我二人是同病相怜。好了，别哭了，姐姐回到家中，再给你找一个满意的女婿，总不能就这样虚度了青春。"此时春堂有心将春蕙说与三弟高启武，便道："我家老三高启武，英武潇洒，在部队服役，明年就役满复原，至今没有对象。你与他年龄相当，我将你介绍与他，那时我们还是姊妹，你看如何？"春蕙道："姐却拿高启武来兴我。那高启武我也知道，从小就心高志大，我能高攀得上？"春蕙又道："先别兴我，说你的事。听那个同乡讲，采棉工之中，还有和你情况相同者，并有人向那寻妻者乱介绍女子。对那个男子说：'这里有许多妇女和你媳妇情况相同，选一个亮艳年轻的女人引回去就是了。为啥非要找回自己的婆娘。'""那他又怎么说？"春堂急问。春蕙道："他说：'皮囊虽好，但心却不一定好。引回去孩子也不认。'有几个妇女听说这男子如此多情，就主动投到了他那里。成与未成，却是不知。"春堂曰："真是这样吗？"春蕙道："真是的！我还能欺骗姐姐不成。"春堂心中越发着急，生怕别人抢去了自己丈夫，无论如何，得赶快去找。便问春蕙："他离此地多远？"春蕙道："三里远近。"春堂决定立即去看，便从包袱中取衣服出来。一时心慌，又手忙脚乱的，却是没找出一件像样的衣服，都是半新半旧的褶皱衣服，又叹气道："可怜姐连身完整的衣服都没有的。"春蕙忙取出自己的新衣裙让春堂穿，春堂看了，道："姐不能穿你的衣服。姐是奶过孩子的女人，腰粗腿壮，走了形了。而你现在还是腰肢娉婷、体态苗条的姑娘，你的衣服姐穿不进去。"最后还是春蕙帮着选出一套半新衣服穿了，虽不新鲜，只是合身，春蕙在一边帮助系腰抻袖。春蕙道："黑夜行路，心中害怕。还是明日一大早去看。"春堂一时心中急迫，道："只三里地，你陪姐姐，一顿饭工夫就到了。"春堂提了手电，出了门外，但见满天星斗，旷野苍凉，蒿草之中，时传乌嚎狐奔之声，春堂不由汗毛皆竖，觳觫四顾，幸有春蕙相伴，略不胆怯。

这时，乌云散去，月辉如霜，二人联袂蒙露，踏月而行。一路上，春堂步履匆匆，离思萦怀，神色不定。春蕙曰："去见丈夫，姊勿紧张惮怕。"春堂曰："妹非当事人，不能体会姐心中甘苦，姐心里如猫抓一般。"顺着小径，疾行之，距那个小房百步之遥，春蕙止步不前，道："想你之人就在里面。"春堂心跳咚咚，踟蹰不前，思想自己如何进去，又犹豫道："这见了面却又说啥呀。"春蕙笑道："你学学外国电影上的，男女久别重逢，见面啥话不说，第一件事就是拥抱在一起，狂啃一通，所有怨恨烦恼都烟消云散了。"春堂也笑了起来："外国人是啥嘛，毛烘烘的，我怎能跟他们一样？"牵裾欲与春蕙同入，春蕙却道："你夫妻久别重逢，我外人不便参与。"将春堂向前推去，自己却远远伫立。春堂不敢前，只用手电向门缝处照，见没有反应，又拣了一土块扔在门上，还是没有反应，春蕙却不断挥手让其叩门，春堂才怯怯上前叩门。连叩几下，还是无人应声，更加疑惑。二人手电照着，方推门入，哪有什么人影，只有一土炕，空荡荡的，二人失望。春蕙道："白天，我分明看到他就在此处。怎么一时就没有了？"二人仔细看了，确实有刚刚搬去的痕迹。春堂疑虑道："得是被什么女人勾跑了？"春蕙道："这很难说，他是一个多情人，也可能被别的女人勾跑了，但，也不一定！或许已经病瘳，搬到其他地方去了。"二人遂坐于房前石台上歇息。四周寂静，野色苍茫，唯寒蛩鸣草。春堂以手支颐，满脸忧愁，焦虑懊恼，思绪万千。春蕙曰："姐姐勿烦恼。多人能说是你丈夫，那肯定就是你丈夫，就在周围，不会走远。"春堂喃喃道："来这里采棉的多是女人，比我年轻漂亮的多得是。"那春蕙道："姐姐啊，依我说，你现在就回兴平去，只要他有这份心就行。"春堂道："万一不是他来寻我，或者他又娶了一个媳妇在家，那我回去有什么趣味？脸给哪儿搁？"春蕙道："他不是那样的人。再者，你回去是看孩子。"又建议道："咱们不如搬到这里来采棉，顺便可以打问寻找。"二人小憩一阵，随后寞寞而返。次日搬了行李，来此地采棉。

连着几天，春蕙、春堂逢人便打问那个寻妻的男子。那春蕙采棉，却是飘忽不定，东一下，西一下，春堂怪其年轻没耐性。一日午后，那春堂一个正在地中采棉，忽报有沙尘暴至，有人招呼大家到前方村镇躲避。新疆地处西部，沙尘暴频发，一旦出现，则十分强烈。但见不远处地面黄雾接天，沙尘滚滚扑来，众人立即向东边一村镇奔去。因春堂又饥又渴，心中就惦记着放在地头的午饭和水，便在田地顶头寻找，因而落在了最后，与众人失散也。原来采棉工早晨吃毕饭，再带了午饭和水，放置田头。现在因沙尘暴至，漫天黑黄，根本找不见饭盒及水。春堂急随着众人跑，春蕙忽至，春堂促春蕙赶快到前面村子避风，二人扶将而行。春蕙却将一瓶水塞于春堂手中，曰："姐勿乱跑，寻你的人马上就到，回头看，他就开着那辆拖拉机，你向他招手就是了。前面有人等我，我去焉。"春堂已渴极，接了就喝，风又大，根本听不清春蕙所说。春蕙见春堂莫名其妙地愣神，又道："接你的人来也，你赶快跟他一道回去。切勿惦记我。"春堂顺着春蕙指的方向看，再回头让春蕙喝水时，春蕙却是不见了身影。春堂心中正疑虑春蕙方才所说，只见两道光柱直射自己，空中黄雾迷蒙，天地不分，一辆拖拉机吱咔吱咔着开了过来。春堂站于当道，大呼停车，车停，下来一男子，立即将春堂扶到车上，见车上已有数位男女。拖拉机又向前开去，春堂喊叫："还有一人。"凭借车灯，春堂再也未见到春蕙的身影，不知所措。这时，沙尘暴扑至，霎时，天地黑冥，对面不识，拖拉机高速开去。逃至镇上，大家下车，只顾给屋里钻。春堂忽迎面遇上高启朝，二人愕顾，各自惊讶。春堂先问道："孩子可安否？"启朝回道："一切尚好。"启朝自承其过，劝妇回，妇佯怒曰："负心汉子，伤我心肠，还来寻我？永不回去。"启朝曰："是我做错事也，对不住你。"妇又曰："以你那样待我，我就该不回去，另嫁别人。可我知你终有后悔的一天。"启朝感动流涕，双手捧女颊曰："使卿又黑又瘦，过在我也。"女也不由抽泣。男又问曰："你怎么知道是我来寻你的？"春堂曰："听人讲，有如此这般的一个兴平男子来寻媳妇，我即知是你来寻我了。"男曰："今日相逢，如在梦中一般。"继而，各责己过，四泪汪汪。

原来，启朝那日正在地头询问春堂下落，却见一拖拉机因故障而不能动，主人百般修理却是不行，启朝对此熟练，便主动上前修理好，主人感谢，遂请启朝驾驶拖拉机焉。启朝思此最好，更是方便寻找春堂，便移居镇上，今天却不期而遇。夫妻相聚，春风化雨，邂逅含情，极尽欢昵。那春堂又气又喜，二人于枕上涵述相思之情，启朝承认自己一时头脑昏蒙，做了负情之人。女也回思自己颠沛流离、思儿想女之苦，说到极处，女哽咽不能成声……二人双双自责，尽释前嫌，于飞之乐，甚是和谐。春堂问："听说你贴寻人启事，出赏金三万？家里哪儿有这么多钱？"启朝道："是三十，不是三万。"春堂惊讶道："难道我就值三十块钱吗？"启朝道："是报信给三十。你是无价之宝。"春堂道："上面得是还埋汰我有神经病？"启朝道："没有写，我哪能埋汰我媳妇？"春堂似乎明白了什么。

启朝欲携妻子回还。春堂曰："我在此处还结拜了一个妹子春蕙，是咱兴平刘村人。因逃婚，才出来采棉。我_人结为姊妹了。前日，是她让我上了你的车。我现在回去，要和她告别一下。"启朝随春堂便来到了二人采棉处，却是未见到春蕙，多方寻找打问，皆不知其流落何处。春堂思曰："彼或许和她的村人又聚到一起了。"心中怏怏。而启朝又以女啼子号为由，催促春堂早日还家，二人遂乘火车回家。路过西安，下了火车，春堂道："我在西安认识了一位开饭馆的大姐，我曾在她那里打工，大姐待我非常好，给予我很多帮助。现在，我要去看她。"当春堂携启朝来到那饭馆时，却见饭馆的招牌已经换了，问之，饭馆新主人道："听说是老板娘生了病，现在回老家去了。""什么病？"回曰："听说是食道癌。"听此，春堂差点儿晕了过去，眼泪骤然涌出，启朝在一旁劝解。启朝问："她家在什么地方？"回曰："只知道是阳陵人，具体地方不知道。"多么好的一位大姐，面容柔媚，心地善良，简练精干，可难以再见到了。主人便问春堂："与女老板什么关系？"春堂道："先前曾在这里打工，以姐妹称呼。"新主人道自己是银桥人，将春堂劝慰了一阵子，春堂才眼含泪珠，与启朝离开了饭馆，心中默默祈祷大姐能逃过大难。以后，春堂还为这位大姐哭了数次，不提。夫妻二人返回兴平。一双儿女听说母亲回来了，载欣载奔，及见了春堂，却是生疏不前，或是因为近半年没有看见母亲，或是因为春堂变得黑瘦。春堂抱着儿女紧紧不放，双眼泪流，亲了又亲，悔恨不迭，道："我的孩子终于有了亲父亲母，家也浑全了。这比啥都好。"婆婆宋氏握着儿媳的手，也流着眼泪道："使媳妇受了委屈，是老身我教子无方也。"春堂也流泪道："儿媳我也有错。"启朝道："从此我们一家再不能分开了。"村中有多人来欢迎春堂回家，皆劝二人白头偕老，永不分离。

次日，当着二人面，宋氏及叔父高安勤责备启朝不该逼走妻子，春堂之母杏娘、奶妈姜嬷嬷也狠狠责备春堂不该丢弃子女，私自离去，导致流言四起，曰："谁的牙齿不咬腮帮子，夫妻产生矛盾，动辄离家出走，这还能过日子？两口子本没有上下之分，装聋作哑，多忍让才能长久。"春堂也意识到自己的错误。杏娘又私劝女儿曰："既然对方知悔，更要恩爱，按母亲先前教你的去做。无事叫他少出门，更不要与一帮卑趣俗流之人厮混一起，省得耳软听人言，再生事端。赶快为启朝生一子，笼络其心，以防再犯。"以后，夫妻二人鱼水和谐。次年，果然为启朝生一子。启朝欲去城市打工，春堂母亲却是坚决反对，对春堂道："外边世界复杂，花花绿绿，诱惑颇多，多少夫妻在家恩爱，一旦出门，便经不住诱惑，守而不住，最后弄得鸾飞凤别，何况你们还是坎坷婚姻，一定不能让他出去。"果然，启朝没能出去打工，还是在家中饲养奶牛，又种植果树，光景蒸蒸日上。这是后话。但二人还是不知道是谁将春堂在新疆采棉的消息通过信函告诉启朝的。春堂曰："兴平那么多女子都去新疆采棉，大家都是有同情心的。"那春堂却是一直思念那个和自己在一起采棉的女子春蕙。多么好的一个女子啊，和自己绵密如亲姐妹！倾想殊切。至采棉全部结束，计那春蕙也返回村中，又惦记着春蕙的婚事，便携子前往，欲让子认姨氏。及至刘村，遍问之，满村人皆曰："村中没有一个叫春蕙的女子。"春堂思曰："彼因逃婚，或许是化名耳。"耿耿而返。

却说在新疆部队从军的老三高启武，处理完父兄的后事，将母亲一顿安慰，又去服役，对家里发生的兄嫂结合事也颇知晓，并回信表示赞成。但对于后来二人之离奇曲折却是一概不知。两年后，高启武寄回家书称：自己已在新疆结婚也，妻子是兴平王家坪的女子王友娟。家人又惊又喜。书中又叙述了二人巧遇的经过。两年前的一次沙尘暴后，当地人民受灾，军队立即开赴灾区救援，高启武所在连队从深沟中救出一女子，送至医院才醒。高启武细问之，女子道自己是兴平人，并告诉了高启武自己的详细地址，高启武才知女子和自己同乡里，正是牺牲了爱情而保全自己家庭的女子王友娟。因此事，高启武对王友娟肃然起敬。王友娟告诉了启朝与春堂之曲折故事，至此，高启武才知道大概过程，立即函问兄嫂之情况，回信道是一切安好如初，高启武始放心。女子还告诉了自己的一切，高启武感慨万千。女子出院后，并未回家，留在新疆打工。高启武常去看望，二人遂互生爱慕之情。友娟又问启朝夫妻团聚否，高启武道："家里来信说，早已团聚也。嫂子一直挂念当时给她许多帮助的那个女子春蕙，不知情况又如何也。说是那个女子和她一起在新疆采棉，结为金兰，对她多有呵护。正是那个春蕙的帮助，才使一家人重新团聚。只晓得女子是刘村人，但去了刘村寻找，却并无此人，实是憾事。信中又说，嫂子想将那个女子介绍于我，以后她们还能做姊妹。"友娟只是笑。

却言那小人牛吴行搅散了春堂家庭，自己未婚妻也因此逃遁不知去向。半年后，还是无有音信，知道婚事不成，便与其母及媒人到王友娟家闹事。牛吴行母曲护子短，辱其土家将女儿卖了两次，还想再卖。当有围观者告诉牛吴行"友娟正在新疆采棉"时，牛吴行置若罔闻。只是和媒人要回了彩礼钱，一场空喜，懊丧不堪。

高启武役满复员后，并未回原籍，而是留在新疆打工，并与友娟在当地结婚也。三年后，因友娟要生孩子，二人才返回兴平。春堂因为友娟当年大义将未婚夫启朝让给了自己，使得自己儿女有了完全的父母，保全了家庭，十分感佩，便亲自去车站迎接。及见了友娟更是惊讶：那友娟正是当时和自己结为金兰的春蕙。

当初启朝与友娟订婚时，因春堂怀有身孕，依当地风俗，不能出面招待，只是远远觑其背影，因而春堂不认识友娟，而友娟却是认识春堂。春堂理解了友娟的一片苦心：整日萦绕在自己周围，就是为了促成自己夫妻团聚，并且用了一个假名字。也就是这个友娟，忍痛将自己未婚夫让给了春堂，才促成了春堂一双儿女有了一个亲爸，使得春堂有一个完整的家，而她自己婚姻却艰难曲折。

原来那王友娟逃婚后，来到县城，看到政府招收去新疆的采棉工，遂报名去新疆采棉，在去新疆采棉的花名册上，看到了郭春堂的名字，便在火车上找见了春堂。及到了新疆，又用假名字假地址与春堂结为姊妹，并给启朝家去了一封信，告诉了春堂的具体位置。采棉过程中，友娟也不是去寻找自己村人，而是去给春堂寻找丈夫高启朝去了，并道出了寻人启事这一招，以促使春堂早日回心转意。现在春堂知晓了这一切，非常感谢友娟，说道："当时真是委屈了妹子矣。妹子真是我全家的大恩人。"又笑道："也是屈了一时，妹子今天照样有一个好丈夫也。我们还真的成了姊妹。"高启武非常吃惊，对友娟道："是你将他们两个重新捏合在一起也！"友娟道："些些小事，不足挂齿。主要是他们都对自己以前的鲁莽行为非常后悔。他们心中并没有分离。我仅效一点儿绵薄之力罢了。再者，咱们兴平人都是有同情之心，谁知道了此事，谁都会帮忙的，何况是我。"

后来，友娟在家中生了儿子，月子期间，春堂倾心经管。又一年后，友娟与高启武又回到新疆打工，将孩子遗于嫂子、婆婆，春堂视如己出，悉心照顾。以后，启朝夫妻在家种地，饲养奶牛，友娟和高启武时时将钱寄回家中。日子和美如初也。这才是：众人合力救家庭，高启朝夫妻重会。

第十五卷

唐景新情动穗香女

蓝田唐家庄有小儿唐景新，冬日大清早，去塾馆上学。道经树林，忽听婴儿嗷嗷啼声，童子好奇，寻声往视，果然是一婴儿，全身包裹红布，偃卧矮灌木丛下。其时大雪纷扬，裹布上洒满白雪，婴儿正于飕飕冷风中发抖。

景新拂去披雪，将婴儿抱回家中。其母王氏见了，惊问之，景新道是在树林中捡拾。婴儿已冻得全身紫红，奄奄一息，王氏急忙将裹布去了，放热炕上暖之。婴儿女也，肤若莹玉，臂若莲藕，喂以热水，渐渐舒缓，熟眠也。王氏已多年未育，本想再养一女，便与丈夫唐春林商议，意欲养之，春林道："若是有人寻找，当还于人家。若无人寻找时，自己养之。"便不许景新告诉外人。然而，一连数天，村中无有寻女者，此女婴就在春林家养了起来。

婴儿不到一岁，尚未摘乳，天不明，则饥啼，幸亏家中饲有一羊，平时由景新放养，王氏便以羊乳哺之。羊乳不足，王氏多时含哺喂养。倏忽之间，到了春天，还是无人寻找，全家始将婴儿抱于街头。婴儿取名岁新。村人见春林家无故多一女婴，打问之，王氏道："是大姊之女，彼无力养，即送于我家。"村人也就半信半疑。春林本是农家光景，王氏要为全家谋衣食，还要帮助丈夫料理田地庄稼，现在怀中多一女婴，擦屎揩尿，窘态可知。景新每放学回家，即和婴儿玩耍，婴儿开始认生，见生人则怯怯哭泣，景新即抱之逗之，久之，婴儿与景新形影不离也。春林夫妻每见婴儿喜笑跳乐，大相爱悦，不啻己出。

乌飞兔走，又是三载。这日，有媪步履苊苊，萦回村中。村人问之，媪道是寻女，说自己是山阳县人，三年前，女儿因故丢失于此地矣，至今无有下落。

媪泣述思女之苦，词诣悲恻，闻者戚然，多有同情。适景新引妹子过，有人暗中指了。媪睨女谛相，双睛睒闪，有贪婪之色，问景新，景新道："是我大姨女儿。"并急忙将妹子引回，告诉母亲。王氏慌惶，不愿割爱，立即将女送于他村大姊家藏之。月余，又引回，再不许景新引出上街。然而未过一月，女渺也，全家人料是被媪偷去。景新好舍不得，痛哭流涕，悲哀数日。

十数年后，景新成人，这年冬腊，其舅家盖房，王氏着儿子前去帮忙，王氏酿了一坛香醋，刚刚淋滤，顺便着儿子给外婆送一罐去。那天有雾奇大，景新提了醋罐，即去舅家。村民盖房，也就是半月时间，估计工事完结，景新却是未回，王氏起疑，去娘家问之。景新外婆及舅惊讶道："未见景新前来帮忙，更无送醋之事。"王氏恐惧，以为儿子丢也，赶快与丈夫春林召集人夫寻找。两家相距也就二十里，中间有丛林树木，罕有村庄，即使那日雾大，也不至于迷途多半月也。先在道路两边村子寻问，却是无人见到这般模样的青年。春林忽然一惊："或许景新走了捷径，那是一条偏僻曲折的羊肠小道，终年少人行，三冬没鸟影，旁边有山谷深数丈。隆冬时节，大雾弥漫，氤氲匝地，或许景新因为视物不清、步急苔滑，一脚踩空，跌于山谷下面也。"天不明，春林等来到山谷下面，山谷下面乔木灌丛，密密匝匝，没过头顶，向上望去，浓雾茫茫，悬石欲坠，沿着谷底寻找，至下午，于丛薪错楚中，看到几溜压痕，芜秽杂乱，分开草丛，见自家的那只瓦罐，已经摔碎也。可以肯定景新跌落此处了。顺草痕寻找至一树林处，则痕迹消渺，树林郁闭深险，明显是兽类渊薮。因此处常有黑熊狼豹等出现，尤其是冬天，山上无食时，动物就下山觅食，常有伤人事。春林察之，见树木草丛有兽粪兽毛，便认为儿子或遭遇不幸，夫妻哭泣。不提。

却说唐景新正是青年好奇心性，确实是抄了那条只有鸟飞兽走的羊肠石坡小道，小道半步宽狭，一边崖壁，一边深谷。那天大雾，足下生烟，三步之外，迷离苍茫，景新手提醋罐，贴壁而行，忽然迎面冲出一头野猪，异常凶猛，景新躲避不及，又是隆冬季节，白霜盖石，积苔滑险，足下把持不住，跌落谷底也。及醒，见自己躺于庵棚内一草铺上，右肘处血浆模糊，两腿膝盖也满是血迹，稍稍扭动身躯，则痛不可忍，有一麻色老妪正用热水拭其血迹，铺下有木盆，盆水尽赤。处境陌生，景新以为自己入了冥国，惊慌恐惧。却见妪一脸慈祥，知其无歹意，也只好听之任之。妪见景新呻吟呼疼，曰："忍之勿动，已着穗香请郎中去也。"妪又去扉前了望。须臾，有一清素女子喘喘奔回，对妪曰："郎中将至矣。"妪对女道："穗香，学生醒也，快着姜汤来。"穗香奔向灶中，既而，手端姜汤而来。妪为景新灌之，景新顿觉喉咙辛辣，一时浑身汗出。忽有老叟身背药箱，推扉入，乃郎中也。老叟胡须灰白，将景新身体捏之揉之，曰："左小腿胫骨骨折也，必须接骨。"妪令女取来夹板，只见少女抱来几片竹板，郎中与妪将景新左腿抚之调之，既而用竹板夹紧，扎上白细绳，景新全身疼痛，只能任其摆布。郎中又取出数包药，曰："此药煎服，每天两次。"又取出一罐膏药，曰："此是外敷药，于伤口处涂之，每天一次。"老郎中先给景新右肘处及膝盖敷上，既而以布束之。妪对穗香道："仔细看着，以后你就如此给学生换药。"女凝注不舍。景新已疼得麻木，及固定毕，昏昏睡去。再醒，见自己多处包扎，绝不能动，只是流泪。妪安慰之，问："姓甚名谁，家居何处？我们将告诉你父母。"景新沉思良久，曰："不能记忆。"妪道："这里周围无有人家，也无人寻找。你就暂时在这里静心养伤。"景新问："阿姨，何日能愈？"妪霭然道："伤筋动骨，百日恢复。等你想起了你家乡姓名，我们就送你回家。"听此，景新泪下泫然。妪道："以后，你就呼我为田姨，此女子你就呼田穗香，由她负责给你换药。"妪又道："穗香十七岁，从此你们就以兄妹相称。穗香以后就呼学生为小哥子。"女道："我知道了。"次日天不明，女已为景新熬好汤药，滗入陶碗，端于景新喝了。接着，女又为景新端来稀粥麦饼，以及各种新鲜野蔬，景新只觉味道芳馥。啜毕，妪唤女为景新外敷药膏，妪在一旁逐步指导。女敷药毕，抹去额头汗水，如释重负。妪曰："已熟练也，无须我指教。"嘱咐景新静卧。景新问："田姨，此为何处，我是如何到了这里？"妪道："此是我们临时住处。你从悬崖摔下，昏迷不醒。我们采药，经过那里，将你救下，用车拉到此处。"景新埋头思考，还是懵懵不能记忆，只道："我想回家。"妪晓得景新跌傻也，道："你从高处摔下，因大脑震荡而失去记忆。我们就在你跌落地方采药，一旦发现你家人寻找，就将你交给你家人。"景新只好如此。

景新怕疼，每换药时，不愿将臂伸开，穗香则唬曰："该活动之，不然，肘弯处就长在一起了，到时伸展不开，行动不便。"景新还欲执拗。女道："几年前有一青年，晚上看守庄稼，见有黑瞎子(黑熊)在糟蹋玉米，青年便端猎枪打黑瞎子。黑瞎子肉厚，不怕枪子，怒而冲向青年，青年躲避不及，黑瞎子一把抓过去，就扯开了胳膊上的皮肉，骨头都露在外边了。幸亏他爸及时赶到，抢着火把吓退了黑瞎子。众人将青年抬到郎中处给接臂，臂给接上了，郎中嘱咐家人要时时摇动那胳膊，不然，那肘弯处就会长在一起，不能伸展。但他妈每给儿子活动胳膊时，儿子就喊疼，其母不忍，就不给儿子摇动了。过了一月，伤口是长好了，但那胳膊肘处的皮肉长得连在一起，从此那胳膊就不能伸开了，成了残废。所以你就要不怕疼，不然，肘弯处的皮也就长到一起不能动了。"那景新听此，才配合女子给自己换药。数日后，疼痛稍稳，身上小划伤业已痊愈，膝伤也已结痂，只臂伤处胀肿溃脓，景新复呼痛不已。

妪视臂伤，曰："此需手术，方能痊愈。"着一利刃出，宽如指，薄如纸，亮如霜，与穗香将伤臂绑一板上，唤女曰："穗香，我老眼昏花，手摇心颤，不能操作。你来用刀划开脓肿，割除胬肉，清除脓秽。"女先将草药捣成浆汁，敷在脓肿处，景新顿觉清凉痛止。女嘱其勿动，既而以利刃迅速划开肿块，拭其脓秽，再用利刃剔除周围腐胬，拨除净尽，敷以药屑，最后以布裹之。景新初见利刃，不由股颤心摇，而女静心屏气，手执利刃，娴熟自若。女俯身时，眉目面容悉对景新，粉颜秀颈，玉洁清纯，眉如柳叶，眸如秋水，碧痕动人。景新只觉馥郁扑面，贪其气息，嗅吸不尽。或许因为神飞意幻而忘其疼痛也，但耳中只听伤处刺刺有声。景新尚未将女看够，而女已包扎完毕。但景新额头已渗汗如豆，女为景新拭去额上汗珠，嘱其静卧勿动，然后才自拭额汗，阖扉而去。茅棚静谧，景新躺于草铺，渐觉疮疡烧疼，稍有扭动，则疼如刀割，冒汗如浆。外边阳光温暖，鸟声哕哕。景新不知什么时候才能痊愈，是否落下残疾，心神不定。女每俯身换药，目不旁睨，景新只眈眈视女面容，甚是可爱。女觉，笑曰："我有何看哉？"景新道："看你可以减少疼痛。"女笑曰："哥哥不能生邪心怪念，恐对疮疡不利。"景新脸色羞红。换药时，女都要清洗溃疡，药水相激，痛彻骨髓。现在不但不觉痛楚，而且唯恐女早早毕事。

此家中只有母女二人，草棚茅铺，所谓的铺只是土台上垫有絮草，棚子用布帘隔开，景新养伤外面，那母女住里面。母女布衣蔬食，妪体态臃肿，步履蹇缓。女虽不甚丽，但也天然清爽，朴素纯真。但母女每天都要出去，问之，女曰："采集草药。"景新道："此是苦累事。"女又曰："还要将草药加工，然后送到县城药铺卖掉，以此生涯。"景新却生臆想：穗香是我救命恩人，将来给我做媳妇，不也悦乎。愈思愈深，忽觉伤疡处脉搏悉悉跳疼，景新呻吟，女即来，敷清凉药于伤疡处，疼才止。景新复思之，又转疼。女已猜晓其情，责备曰："必是心生邪念，邪念生邪脉，邪脉紊动，所以伤处疼痛。"景新不信，清心静卧，则疼痛渐止。稍有邪想，则又转痛。景新尽量抑敛邪想，女也唬曰："若再邪想，造成感染，小心连腿都要锯掉。"自此景新再不敢胡思邪想，但颇不能自已。景新躺草铺上，每当疼痛发作时，就烦躁不安，非常希望女早早回来给自己施术止疼。女每回来，则先到景新身边，揞伤慰愉。无何，溃疡收敛结痂，但犹红肿发痒，景新不由抠挠，女嘱其勿挠，防止脓秽扩散。景新要女陪自己说话，觉得很有意味，女也常流连景新身边，故意拖延，瞻恋弗舍，偎傍不去。姬看在眼里，辄支女去他做，训曰："不可搅扰小哥子，养伤要安静，才能早日愈合。你在身边，郎子分神，则耽延伤情。"女道："小哥哥要我陪他说话，说是他的伤口就不痛了。我不在身边，哥哥容易抠破伤口，产生脓秽。"其母道："那你就整天陪他说话，也不用药，他就好了？"女又道："我还给小哥哥诊脉也。"姬道："皮外伤，无须诊脉。"女道："我练手耳。"才恋恋而去。姬时时防之，因此，女也不敢在景新身边多停留。渐渐地，创痂脱落，伤口由手大，渐如掌大，渐如指顶，景新已忘揭创割腐之痛，情绪也安静下来。姬却叹息道："都多半月了，还是没有寻你消息，看来只有等你自己恢复记忆，我们再送你回家。"听此，景新不由泪水汪汪。

月余，景新稍能挪动身体，姬许其出外散心。景新始单臂架拐，由女扶出门外，观看景致，时外边已是春风吹草绿，细雨点花红。只见小院：嫩绿铺茵，细蔓扒地，翠花点景，芬芳清香。景新不由心情豁朗，愁眉舒展。转至棚后，见积有各种草药，芎泽弥漫，架子车上装满日用物品，多用油布苫着，旁边放有一小药篓之镬铲之类，还有捣药用的石臼石杵，景新为之感动。时阳光温暖，和风惠畅，女常扶景新坐草丛晒太阳，把握之间，二人挽手不放。又一月，景新取掉夹板，扔掉撑拐，稍能步，也随女去采药，二人于草丛之中，步趋相伴，连袂踏青，逢水对影。女辄于丰林茂草中，揪花草尝之，也唤景新品尝，景新嗅着芳馥，嚼之却是味道酸涩，女特别喜食藜藋鲜蕨，并道其寒热性能。景新不喜其味，女便摘其花蕊使景新食之，确实甘芳。女对景新道："植物多是药物，味道不同，药性不同，可治百病，延年益寿。花草味虽甘甜，但性凉，不宜多食，多食则易泻肚。"妪见二人同出采药玩耍，对女曰："不可太猖狂，小哥子骨未坚实，草丛有坑洼，跌宕起伏，倘若蹉跌，复发奈何。"女不悦。妪又曰："待骨子硬实，那时耍之未迟。"妪不许走远，景新多时在茅舍周围散心，妪母女若是外出，景新则送之，回则迎之。景新已能提桶取水，取水是在距棚子百步远的小溪，并帮厨淅米，准备炊事，妪只是要景新惜力而行。偶然有客从此地过，以为这是一家三口，融融和睦，颇是羡慕。其间，景新努力回忆着自己家乡姓名，可就是不能忆起。

一日，女身背小竹篓，仓皇跑回，满脸汗珠，景新急忙接住，女犹心悸气喘，神色不定。景新问之，女曰："今日出门不吉，险遇黑牙也。幸亏藏匿草丛中，才不被发觉，不然，丢命也。"景新问何为黑牙，妪道："黑牙即野猪，野猪为黑色且长有獠牙，俗称黑牙，生性凶猛，常攻击人。"景新问："黑牙在何处？"女指道："岭上树木摇晃处！"景新望去，远处乱山丛沓，近岭树木浓密，一道彩虹，直出青涧，景色空濛，宛然图画，果然有大树晃动，树顶乌鸦噪飞。景新问："是何人有这般大力，能撼动大树？"妪曰："此是黑牙在树上蹭痒，不可不防。"景新道："田姨，穗香若出，我与同去。"妪道："也好。"

一日，景新正在陪伴穗香采药，忽见一大黑野猪，尾巴上翘，獠牙出喙外一拃，后面一群小野猪，个个也是尾巴上翘，獠牙出喙，乌泱乌泱地吼着叫着，拱地寻食。二人急忙隐匿树丛后面，屏息静气。大野猪看见穗香，便冲出草丛，直扑过来，景新急忙用身子护住穗香，野猪将景新撞了一跌，带领小野猪直逃了去。冲撞瞬间，景新直觉自己掉下悬崖，翻身坐起，早已惊出一身冷汗，只见眼前有一女子，脸色煞白，喘汗吁吁，浑身颤抖。景新问："你是何人？"女喘息才定，惊讶道："我是穗香，怎么连我都不认识了？"景新又问："穗香是谁？我如何到了这里？"穗香道："你怎么忘记了！那天，你从悬崖跌下，是我母女将你救了回来，给你治好了伤痛。"景新开始回忆：那天，自己跌下悬崖，然后被一对母女救下，又给自己接骨疗伤。景新忽然激动地道："你是穗香，我恢复记忆了。我叫唐景新，我家在唐家庄。那天，我去舅家帮助盖房，在坡道上有一只野猪撞了我，我就忘了一切。今天，又被野猪撞了，就恢复了记忆。"二人回到草棚，景新告诉田姨自己恢复记忆了，又道出了自己姓名地址，田姨道："此可喜可贺。"并问："如何就恢复记忆了？"穗香道了被黑牙冲撞之事，妪道：

"你二人可幸无恙。"女道："是小哥哥救了我。"妪道："你应感谢学生。"景新道："这算什么。你们将我从死亡线上救了过来，此大恩大德永世不亡，我当重重报恩。"妪道："你有感恩之心就好，山里人家，花费不多。"妪又道："郎子骨伤痊愈，明日即可送回家中。"女道："骨伤未完全愈合。"妪道："已无大碍，此处有野猪出没，不能久留。"

景新知明日回家，能见到父母，自是兴奋，躺铺上，辗转不眠，至晓色朦胧，却听穗香有叹息声，景新不知如何，女忽搴帘入，摇手令勿惊母醒，其母正鼾声如雷。二人来到外边。时月光清亮，二人坐月下草丛，景新道："妹妹为我治伤，无微不至。我真不知如何感谢。妹妹到底家在何处？如何只与母亲孤栖？"女曰："哥哥不知，我家在山阳县，因为生计，自幼就随母亲到处漂泊，搭棚采药。每至一处，或三月，或半载，然后再行移居。可以说是依草附木，栖霜宿露，居无定所，经常被人下瞧。我看惯了人世间的眉高眼低，尝尽了人世间的酸苦。实是不愿再过这种颠沛流离、被人下眼观瞧的日子也。我自幼无有朋友，自从哥哥来到身边，就非常高兴，将哥哥当成知心朋友，我知道哥哥将要回家，我真是舍不得哥哥离去。"女不由啜泣。景新曰："我也舍不得离开妹妹。你们一起去我家，以后就住在我家。"女曰："那我是什么名分？非盐非醋的。"景新不假思索道："你给我当媳妇。"女害羞，良久始点头，二人遂倚偎一起。忽然，一声黄鹂鸣翠，但见天色欲晓，女曰："幸亏母亲嗜睡未醒，发觉不宥也。"遂返回棚中，却见母亲已起，见穗香回，怫然变色，景新即提桶汲水，女急忙烧火做羹，解释道："小哥子今早离去，特与道别耳。"妪道："有多少话？就道别半晚上。"女骤然腮红面赤，道："临明，我才与哥哥说话。"一时饭熟，景新因为兴奋，无有食欲，妪劝道："路途遥远，不吃饱饭，焉能回家？"饭毕，母女二人送景新上路也。

路上，景新见女不乐，窃问之，女曰："我将哥哥所说告诉了母亲，母亲将我训斥一顿，道是婚姻大事，岂能轻许。要将你家情况了解清楚，再确定是否合适。"景新道："如此尚好。"女只是催促景新回家后，速遣媒妁来定婚姻，景新应诺。妪昏眊聋聩，见二人私语，辞色不乐。妪见前方有大柳树，似乎熟悉，又将景新之村名考问，景新告诉了，妪即低头沉思，似有醒悟。景新对妪道："昨晚，我与穗香说了我们之事。我想田姨就住在我家，我与穗香将你养老。"

妪道:"你有此心,田姨已很满足。你们相处数月,有了感情,就想付之婚姻,这等戏场之事,万万不可。"听此,景新不知所措,而女更是泪花蓬蓬。忽然南山有乌云遮天而来,妪对女道:"大雨将至,淋湿草药也。"即与景新道别。景新道:"田姨,改日,我与父母前往报恩拜谢。"妪道:"救人伤痛,乃是积德行善。近来黑牙在那里游走,我们卖掉草药,也要离开,以避其凶。"景新问:"田姨将迁至何处?"妪道:"先回老家。关于医费,以后再说。"妪拉女急急而去,女意态沮丧,频频回头,婉恋不舍,景新恻楚不安,将其反送一程,直至妪坚拒之,景新才痴痴相望,目送母女远去。

景新站在大柳树下,思绪如麻,树下有农人坐石。景新虽然伤愈,但走路终究不给力,由于昨晚兴奋未眠,十分困倦,便靠树小憩。这时,清风细细,嫩柳丝丝,拂面凉爽,这是雨前预兆,而景新不知,一时眯盹实了,直到被大雨浇醒。景新回到家时,天已昏黑,景新叩门。及门开,景新闪进屋里,春林夫妻见是儿子,非常惊讶,王氏不及询问,则抱子痛哭。景新已经浑身湿濡,春林呼其先为儿子换去湿衣。夫妻见子寅夜而归,恍如梦寐,但确实无讹,王氏赶快入灶做饭。春林思想:将近三月,未见子面,百般寻找,无有下落,以为葬身兽腹。今夜,却踽踽归来,其中必有缘故。食毕,夫妻细诘景新这几月之所遇,景新便道自己走了那条石坡道,未承想迎面冲来一头野猪,自己躲避不及,踩在积苔上,滑落悬崖而骨折受伤,被在那里采药的田姨母女救了,另一个白须郎中给自己接骨,田姨母女将自己悉心照顾。父母便将景新伤处仔细检看,伤虽愈但瘀痕犹存。先前一切原是一场虚惊耳,夫妻二人不由热泪盈眶。父问:"但三月之中,为何不给家中捎一信耳,你可知父母多么担心?"景新道:"跌落悬崖后,由于脑震荡而完全丧失记忆。昨天才恢复了记忆,今天就回家了。"春林道:"你何不请恩人来家里?"景新道:"那母女将我送到半路,因下雨,急急回去,还要收拾草药。"春林道:"无论如何,我们得报答恩情。"王氏只是烧香拜佛,招呼儿子早息,道:"不知是哪路神仙救了我儿性命,真是烧了高香也。"次日,亲戚邻居等皆来看望,景新告诉所遇,众人俱道万幸。

谁料淙淙大雨,弥月不休,待道路不再泥泞,春林夫妻备了重礼,由景新带路,前往谢恩。行了半天,才至那处,霖雨之后,荻草疯长,长莎蔽径,葛艾如麻,更有荆藤碍道。记忆中的羊肠小径、柴棚土灶、草丛灌木,均湮没于莽莽蓬蒿之中，焉能寻及，只有野鸟鸣飞。而周围更无什么人可以打问。春林道："此地面周围十里，为父走了几十年，并未听说有此人家。"景新茫然，道："听穗香说，他们是山阳县人，来到此处，搭棚采药。我回来时，因为有野猪出现，田姨说是要搬离此处，肯定是搬走了。"春林道："即使搬走，怎么连一丝痕迹也无？"景新不知所措，只好说道："三月之间，多时躺在室内养伤，直到回家前半月，才出来一见阳光，但盘桓不过百步，对周围道路实不了解。"春林夫妻以为儿子从悬崖跌落，伤了大脑，记忆不全，尤其是蒿草没人，景色变幻，丛莽迷离，致使儿子记错路径。三人叹息而回。实际是连日大雨，致使山体垮塌滑坡，产生泥石流，将那所棚屋涌倒推平，接着又是茂草疯长，覆盖了原来所有痕迹。

嗣后，景新还是日夜悬想。一日，私下来到当日养伤之处，察其地势，搜索枯肠，一切就发生在此处：竹篱茅棚、油布药篓、石臼石杵、田姨的慈祥面孔、穗香的清爽笑容、三月的精心呵护就在足下。现在人迹杳渺，废墟全无，四周静得出奇，唯有崖水叮咚。景新简直不敢相信，昔日之草木已长，而昔日之恩人不知迁至何所。踌躇不安，懊惘而返。寻人不见，怅然若失，茶饭不思，言语减少，神情怪异，终日恹恹寡欢。王氏见儿子如此形态，心中戚戚，有人对王氏道："给定一花朵媳妇，孩子心中一喜，便可从那缠绵状态中解脱出来。"王氏思之正确，便对媒妁放话，要为儿子点选佳偶。而景新却道不与其他女子结婚姻，要与救自己的穗香结为婚姻，道："已经许了愿也。"父母道："救命之恩，以此为报，也是一段人间佳话。但确实不知彼在何方。"因而婚事就一直搁着。

一日，景新一人在家独睡，忽闻叩门声，景新懒惰不起，呼其自己进来，那人才排闼而入。来者履声细碎，径至景新榻前，景新闭目假寐。景新忽觉芳馨兰息，一齐扑至，颇似穗香，急睁眼，果然穗香也，正对白己笑。景新喜极，执手不放，二人温存良久，景新问："是否在梦中？"女秋波流娇，曰："不是做梦，我真在哥哥面前。哥哥放手，你家大人将回也。"景新知道并非梦寐。女曰："妹妹久蒙哥哥注念，无比忻悦，今日偷空而来，以慰哥哥思念之情。"景新问："你是如何寻到我家？"女道："我问了村中人，村人道是你尚在家中。听到你声音时，我才推门进来。"倚偎间，王氏还，见儿子与一陌生女子在家，两情依依。景新曰："此即救我性命的女子穗香也。"母亲惊讶，急忙捧茶招待，又令人火速通知丈夫。那春林听说救子之恩人至，即去镇上沽酒买肉，以飨恩人。王氏道："你母女救了景新性命，我们曾前往拜恩，可不知你们搬到何处。"女道："天下大雨，我们回山阳老家也。"又问其母为何未至，女道母亲事忙，走不开。女风致娟然，言语腼腆，如小家碧玉，一问一答，无问时，则脉脉无语，低头羞怯。春林将蔬菜酒肉回，见屋内仅一少女，容颜清素，二目水灵，似有十六七岁，不信其医，问之，女道："医者另有其人，我不过是依法换药。"女察景新父有疑惑之色，又言辞轻漫，便告辞欲回，王氏坚止之，要女子住上几天，景新也不令女去。及饭熟，款待女子，但女口味清淡，不善肉食，只食素。王氏见女楚楚可怜，与子形影不离，步趋不分，如小鸟依人，以为佳偶。思曰："子将来有伉俪如此，不也美乎。"晚间，母伴女寝，私诘女之身志去向以及来由，又触及景新思念之情，女唯俯首，羞赧似无所之。但女似乎不能离开景新，景新稍离身边，则烦躁无所适，及见景新，则性情恬静。二人燕好，常秘有小语，旁人不闻，女辄露喜羞之色。

次日清早，女凄然泪莹，王氏急问之，女道："此次是因为想见哥哥一面才来的。未告诉母亲，实为私奔。母亲将至，要强使我回，一旦分别，或永远不能相见也。"说完泫然流涕。王氏惊问为何，女曰："母亲严厉，不许我私自出门。今日蒙羞冒险，身背人言，母亲焉能放过。"泪落如麻。王氏劝慰道："你既有心，景新有意，此是好事。你母亲若来，我再解释。"女抽息忍涕。果然，午后，村中来一妪，说是寻女，火急急的，被人引至景新家中。景新父母问之，果然是为穗香而来，笑迎入屋，感荷殷殷，道："本该前去重谢，只是不知家住何处。"妪曰："救郎子性命，乃是天意，无须感谢。"春林道："但药物人工，总得花费，应当奉送。"春林将医费双手交于老妪，老妪稽盘之后，收了。其时，女与景新正在田中，王氏寻来，道是其母已至，女即脸色惨变，似不愿见母。王氏搂女怀中，极意温恤，劝女勿怕，道："有我们在侧，你母亲不敢难为于你。"听此，女略有怪色。妪见女与景新并肩回，勃然大怒，责之曰："娘到处寻找，都能急疯。我一揣摩，就知是来了此处。何如此轻薄，辱我清门，败我门风，被人耻笑！"又对王氏道："一个大姑娘家，住在外面，晚间不回，旁人数黑论白的，脸面给哪里搁，看为娘着急不！"王氏道歉曰："女本欲回，我见他二人感情绵密，遂强留下来。错是在我，勿冤穗香。"而女只是低头不语。景新父母以酒肉款待之，妪也与女一般，多食素，道是：山肴野蕨，清香纯美，甚是适口。饭间，母女无有言语，王氏欲与妪论婚姻，而妪含含糊糊，只言女过，女怯怯不食。王氏又欲定其婚志，妪更是东拉西扯，胡乱应承。王氏曰："你也不必烦恼。而我看穗香还是听话女子。"妪道："女大不由娘，这次来你家，就未告诉于我。"王氏问妪家在何处，妪道："山阳县鹿家口村，离此有三十里地。"饭后，王氏道："你母女既然来了，就住上几天，不然我们过意不去。"妪道："无须。"妪欲携女去，女凄凄楚楚，盯着景新，一副含愁含恨、可怜巴巴的样子。王氏知女之情，挽着穗香手道："女儿勿哭，景新心里也只有你，过几天我着人去敲定婚事。"妪对女满脸愠怒，强引女手，牵行之。女满脸酸恻，莹莹欲涕，妪不断回目怒瞋。春林将一切看在眼里，很是蹊跷。

数日后，王氏遣媒妁登门求聘，媒妁迢迢来到鹿家口村，遍处打问，并无此母女二人，失望而返。春林尽力回忆妪当时所言，方才醒悟，道："彼无意与我家结亲也。那天言及二人婚姻时，那母亲就言辞闪烁，不议正题。"媒妁也道："既然不愿意就说不愿意，却是哄骗我们跑断腿也。"王氏本是性情中人，说对方曰："我儿子哪点配不上你家女子，一个草女，自投我家，款待优渥，至亲至爱，却用假地址来哄骗我们。"并要景新绝了此念，曰："恩是恩，情是情，两者不可混。恩已报，情要断。"而景新却道："穗香不是绝情女子，看她神情，其中必有难言之处。还是我亲去为好。"王氏阻止道："周围多的是好女子，娘给你问，无须与那么远的人家结婚姻。采药者，本是飘荡之族裔，无固定住家，娶了，村人笑话。"但景新执拗，怀思颇苦，寝食不安。梦中却见穗香曰："痴郎思妹，如妹思郎也。哥哥疗伤期间，耳鬓厮磨，欢欣三月，尔时情窦初开，早生爱慕，如茧自缚。妹知哥哥也是惓惓情深。但自柳下分手，母亲即阻此婚姻，妹只能酸溃惆怅。但此时已堕入情网，日夜眷念，不能自拔，心欲不往而实不能止步也。又私奔哥哥身边，却为母亲拽回，母亲淳淳劝诱，要妹他适。近知哥哥又遣媒妁来，此实枉费心机，请哥哥断了此念，别置芳草，另寻红颜。以此梦诀，切勿挂念。"毕，女也敛衽鸣泣。景新一梦而寤，只见朝暾已红。颠倒苦思：妪一直脸色抑郁，女也戚戚少笑容，揣情摩意，母女肯定有甚曲衷，此事还是亲自一访为确。

他日，矫以去舅家，却私自寻至鹿家口村，来找田穗香。村人言道："此村无此女子。"景新怅惘，细细打问，村南头有低矮茅舍，见一婆婆正于门前洒扫，景新道自己口渴，问婆婆求水喝，婆婆将景新导入院内，院子有一老汉正在劈柴。喝水毕，向老人感谢。景新道自己是蓝田人，来此村是寻找一个叫田穗香的女子，她家中只有母女二人。婆婆道："村中确实无此母女二人，数天前就有人曾来寻找，你今又寻之。可见此女非是一般。"那老汉却对景新道："南边五里处有鹿家沟，有一老妇孀居那里，身边倒是有一个女儿，莫非是矣？前几天我砍柴时，还见她家冒烟火气，你可去那里寻找。"景新想：或许那就是田姨母女，就要前去寻找，老汉道："那里地形复杂，阴风怪冷，现已日晡，暂歇一晚，明日再去寻找。"那景新寻人心切，老汉阻挡不住。

根据老汉指引，景新来到鹿家沟，沟里榛荒迷目，静瑟肃杀，幽无人烟，令人恐惧。其时日头将落，残阳返照，淡金遍洒。天上雁字横空，眼前蒿草芜黄，足下小径崎岖，有土人留下的颓垣败堵，墟废不能住人。终于在一阳坡处，见有竹篱茅舍，似有住家生活之景象，但院宇静穆，篱内鲜花，皆已枯萎，杂棘丛丛，柴门紧锁。景新猛然看见了那只药篓，就是穗香采药之药篓，丝毫无差，这肯定就是穗香居所了。景新手抚药篓，遐想联翩：如此天然纯洁的女子却是住在这样荒墟的地方，不知秋水玉颜正随母亲在何处山岭草泽奔波，恨不即在身边，直感憷栗。景新想：或许天黑前，她们就返回了，无论如何，要将穗香带回自己家里。

那景新奔波一天，又累又乏，便靠墙歇息，一时双眸迷蒙，睡意上心，不觉盹去。忽然一个寒噤，一下醒转，原来沟风骤起，吹得景新直打哆嗦。这时日色曛昏，蛩声渐起，景新逡巡周围，悬望甚苦，却是不见穗香回，而山风寒烈，吹得景新喷嚏连连。景新忽然醒悟：此屋肯定数天无人居住，自己是空等也，还是赶快回村子过夜。可山沟地方，说黑即黑，一时，夜幕降临，辨物不清，景新连出鹿家沟的路都寻不着了，方信老汉言之不假。景新心慌，转而又思：自己年轻火盛，又买有肉饼，只要在此处遮风一宿，明日早晨，去留再行定夺。这时，万蛰尽出，鬼火兽睛，荧荧逼近，鸱枭怪叫，骇人心目。景新惶悚，静栖避风处，取出肉饼食之，肉饼此时冰冷如铁。这景新本来是走了长路，身子乏累，又吸了一肚子冷风，还食了冰冷不洁肉饼，至夜半，肚疼不已，上吐下泻，流涕发烧。

却说景新父母，对儿子去舅家之事，心中疑惑，便去证之，其舅道并无此事。春林思曰："儿子心还在穗香身上，多是寻找去了。"感到事态严重，儿子已出走两天也。春林赶快来到鹿家口村询问，正是那个老汉告诉春林："前天确有一个青年去了鹿家沟。"春林立即来到鹿家沟寻找，果然见儿子蜷缩废墟之中，只剩一缕微息了，犹在等待那母女。春林大惊，赶快赁车载子回，医治补养。春林对子言："那母亲无建立婚姻之意，咱们是剃头担子一头热，肯定不行。"全家怨咒，诟詈正酣，却见妪与女急至家门，穗香直奔景新身边曰："痴哉哥哥，何至于此！"握手呜泣，景新也泪流满面。女曰："知晓哥哥因妹而病，寸心如割，恨不飞到身边。承蒙眷爱，再也不离开哥哥了。"二人依偎一起，再无言语。女为景新煎药烧汤，几天后，景新康复如初。景新父母却是大埋怨妪，妪因奔波，满脸疲倦，道歉曰："千错万错，错在老身。老身阻此婚姻，是怀有私意。谁料你家郎子是如此痴情，和我家女子一般，要寻死觅活的，老身思来想去，还是随其意愿，因此便送女子来附婚姻。"春林道："也好，一言既出，驷马难追。"妪道："老身也是一言九鼎之人，今日专为婚姻而来，焉能反悔！"

原来，景新被父母接回家后，事情就在鹿家口村周围传得沸沸扬扬，道是："蓝田县有青年被一个叫田穗香的女子骗了钱财，青年一片真心殉情来了。"如敲锣一般，风传甚广，村人多是骂穗香。传至穗香母女耳中，穗香便立即要来看望景新，道："誓死也要见上哥哥一面。"其母阻挡不住，思事已至此，不如答应此婚姻。母女便匆匆来到景新家，讲明原因，以践姻事。妪又道："自从你儿子伤愈回家，我家女子就如丢魂一样，坐卧不安，整天哭着要和你家儿子在一起。月前就私自来了一次，被我拽了回家。没想到回去之后，还是晨昏思慕，寝食不安，我百般劝解，一概无用。她受委屈，我心不安。就在此时，却传出你家儿子来寻找之事，还乔出了病。传得是是非非，外人说是我以女为饵，骗人钱财，又要将女另许。女儿听此，更是意绪烦躁，不食不睡。我想：既然二人都沉溺情渊，那还是尽快将女送来，防止因痴情而生不测，也息众议。这不，今日就送女来了。"春林又郑重问道："那先前，为何不愿附此婚姻？"妪思虑一会儿道："老身知道，你家儿子也是一个黄花后生，清秀嫩朗，与我家女儿十分般配。但老身经常送药的那个铺子有坐堂郎中，看上了我家女儿，要我家女儿嫁给他家儿子。他家非常富贵，我不愿意女儿受苦，便答应了对方。可穗香却是看上了你家儿子，我多方劝谕，可女儿不听。老身扭不过，就要将你家情况进行考察，再定夺婚姻。在送你儿子回家路上，走到那大柳树下，老身感到熟悉，又确定了你村名，就越发坚定了主意，要女儿嫁于那郎中之子。"春林道："这如何说？"妪道："一者是你家路途遥远，将来想见女子，也得半天行程，老身年已衰朽，行动不便。二者是穗香半岁时，曾被人偷到你村，被你村人养有三年。后来老身在你村子找到了女儿，未曾报养育之恩，就暗中偷了回来。每每想此，则羞惭不安，因而老身是一个忘恩负义之人，不敢见你村人，也就不愿附此婚姻。但不知是养在哪户人家？"王氏听此，惊讶道："这才奇了，正是养在我家，取名岁新。"便讲了当年经过。妪听了，也惊讶道："这样说来，是你家儿子救了穗香性命，天下竟有这般巧事！怪不得我问女儿名字时，她自呈岁新，老身却听作穗香。真是无脸面对恩人也。"王氏喜道："我女儿岁新回来了，还成了我家媳妇，这都是天意。"妪喜道："二人既然有这段故事，那就更该结为婚姻。"春林问："既然成了亲家，我就冒昧问一句，你母女二人根基在何处？"妪沉吟道："老身家在河沟镇，是外来户。自幼随父母采药，父亲跌落深涧而亡。剩下我与母亲还是采药为生，只是再不到高山峻岭去了。成人后，母亲将我嫁人，丈夫是鹿家沟人，也是采药者。嫁三年，丈夫采药时，却是遭遇毒蛇而亡。剩下我与母亲艰难度日。又几年，母亲死亡，有药铺主人帮我安葬了母亲，他得知我是一寡妇，便道自己丧偶经年，目前单鹄孤鸾，要我填房于他。当时我正处难中，孤无所依，就同意了。后夫待我不薄，我们住在河沟镇，生活倒也安稳。未承想，后夫却暴病身亡，他老家来人处理后事。这时我才知道，他婆娘并未死亡，尚在人世，是后夫欺骗了我。那婆娘泼悍凶恶，率领子侄，收回药铺，将我赶逐出门。我只好住在鹿家沟前夫遗留的破屋。这鹿家沟与鹿家口原是一村，后来村民都迁到了鹿家口，前夫家贫，一直未迁，因而鹿家口村人大多不知道我母女。那时老身已怀有身孕，半年后，产下一女。老身以为后夫家产应有我女儿一份，便怀抱女儿去他家认祖。那婆娘亲情恶薄，丝毫不怜自家骨血，根本不容老身解释半句，还用污言秽语诬蔑我，道我勾引她丈夫，是扫帚星，连着克死两任丈夫，将我母女赶逐出门。后夫在日，衣食尚有依靠，后夫死亡，我母女难以糊口，好在身边有些小积蓄，才不至受饿。未曾想女儿却被人偷了去，老身三十多岁，才得此女，突然丢失，如疯了一般，百般寻找。两年后，那后夫婆娘得了绝症，心中忏悔，为了减轻自己罪业，着人告诉我，是她怕我女儿分她家产，将我女儿偷了去，丢在你村子旁边的树林里。老身便在你村子打听到了下落，又将女儿偷了回来。几年后，身边积蓄用完，只好领着女儿采药谋生。你家儿子去鹿家沟寻找那几天，老身母女恰好去售药材，致使你儿子遭受此难。"

春林夫妻听了，十分惊讶，道："原来如此曲折离奇。"妪道："老身门户单寒，只有这一个女子，相依为命，实在不能割舍。"春林道："那就在后院专门筑一厦房安顿你老人家，这样，你母女就永不分离了。一切生活所需，皆由景新负责，女婿也是半个儿，何况你又是他的再生父母。"王氏也说道："现在一家人不说两家话，此村就是你安身之所，你就在这里安享天年，将来二人结婚生子，你就与女儿孙子共享天伦。"妪思之曰："如此甚好。你家村外有田，就在垅头为老身扎一厦房为佳。老身就食于此，一者显两亲家有回旋之地，省却诸多不便；二者穗香自幼娇惯，未曾离膝下，十分黏我。居此，我与女儿，灯火相望，以慰思念；三者老身向来好田园安静，结草为床，凭木而栖，也就是了。老身言而有信：彩礼俗仪，一概免却。"春林道："母女不离，骨肉不分，如此绝佳，他小两口就此地为你养老送终。"探得母女主意已决，春林先安排其别第居住，然后准备木瓦，招集工匠，为亲家营建住宅，垒灶盘炕，办制家当。月余，新房竣工，炊烟渐起，妪与穗香另成一家，油米日用，皆由景新支送。两亲家商议春节为二人行合卺大礼。结婚是日，一顶花轿将穗香从妪处抬至春林家，一路吹吹打打，也显一番热闹，妪之老家也来几人庆贺，其中就有那个白须郎中，春林致谢殷殷。婚后三日，小夫妻又依俗回盘于妪处。穗香知道了丈夫在十几年前曾将自己从雪地救回，并以兄妹相称，简直就是天作之合，因而与丈夫更加恩爱。

村外草木秾茂，僻静幽雅，妪于此，并非闲着，补衲之外，结草为绳，编蒹作帚，多拿于集市贩卖。妪还教景新夫妻采集草药，辨识药性。一日，有妇人抱子哭泣，妪问了，知是小儿食生导致腹痛，妪将几味草药熬汤，饮于小儿，次日小儿愈。他日，又有妇人抱子来，道是其子发烧，妪给以药剂又施之针灸，次日烧退。又有媪来求药为子媳催乳，妪给之以药又教之以法，三日后，乳如泉溢。至此，村中人才知道，妪乃一郎中也。有人问之，妪道："祖上颇通医术，自己只是略知皮毛，郎中之名，实不敢当。"于是，村人若有小疾，则于妪处求药，很是灵验，妪收费低廉，村人多有传颂。妪便挂了招牌，曰：田家老堂。穗香也颇知药性，多时随母亲为人诊病取药。

和先前一样，女禀性端庄，生活清俭，娴静少言，见生人辄缄默不语，日唯与景新闭门相对，夫妻恩爱。女特怕犬，村中每有犬吠，则殊切惊惧，躲藏于景新身后，瑟瑟发抖。村中佻达儿知此，晚间更是于女之闺房外做犬吠声，女闻，则埋首于景新怀中不敢动。问女，女曰："生来惧犬。"因而景新家不养犬，但久后，女见犬也熟视无睹也。

数年后，穗香产子，举家祝贺，春林大摆酒宴，亲朋毕至，穗香母亲专门为孙子送的是：虎头鞋子虎头帽，麒麟裹兜花雀雀。萝卜雕花五色彩，枣糕俏点喜庆红。由于心喜，妪喝得酩酊大醉，天黑归时，步履不稳。众人见妪酡颜醉腮，走路颠颠歪歪，俱大笑相送，妪将众人阻止。次日，景新夫妻去看望，妪已身亡也。穗香大恸，俯仰悲怆，景新将老妪依俗葬之。

后来，穗香又产一男一女，皆由春林夫妻管带。景新夫妻农作之外，以采药为营生，每采药成，依法炮制，再售于药店。女颇明地理，辄导引之，何处有参，何处有苓，何处有附，何处有苗，不一而足。女也颇通医道，延续着田家堂子，为村人疗疾，一如其母，收费低廉，遐迩赞誉。